U0115754

唐詩選注評鑒 十

十卷本

刘学锴 撰

中州古籍出版社
·郑州·

目 录

李商隐

李商隐

    李商隐（812—858），字义山，号玉谿生，又号樊南生，原籍怀州河内（辖境包括今河南沁阳市及博爱县），从祖父起迁居郑州荥阳。幼年随父李嗣赴幕，"浙水东西，半纪漂泊"。大和初曾在玉阳山学道。大和三年（829），以所业文谒令狐楚于洛阳，楚奇其才，令与诸子（绪、绹、纶）同游。岁末，随楚赴天平节度使幕，为巡官。后又入令狐楚太原幕。大和五至七年，三应进士试未第。八年依重表叔崔戎于华州、兖海幕。开成二年（837）始登进士第。楚卒，应博学宏辞科试被黜，三年春入泾原节度使王茂元幕，娶其女。四年释褐为秘书省校书郎，旋调补弘农尉。五年秋移家长安樊南，应茂元之召赴陈许幕代草章表。旋居华州周墀幕。会昌二年（842）以书判拔萃授秘书省正字。旋丁母忧居丧。四年春移家永乐。服阕重官秘省正字。大中元年（847）三月，随桂管观察使郑亚赴桂林，为观察支使，掌表记。二年亚贬，罢幕归京，选盩厔尉，京兆尹留其假参军事，专章奏。十月，武宁节度使卢弘止奏辟其为判官，得监察御史衔。四年夏，随弘止至宣武节度使幕。五年春暮，妻王氏卒，商隐罢幕归京。以文章干令狐绹，授太学博士。七月，东川节度使柳仲郢辟其为掌书记，后改判官。约七年冬，曾自东川归京。九年冬，罢东川幕随柳仲郢还朝，任盐铁推官。十二年病废返郑州，卒。商隐工诗擅骈文，曾自编其骈文为《樊南甲集》《樊南乙集》各二十卷。北宋真宗朝编其诗集为三卷。《全唐诗》编其诗为三卷。其诗情调感伤，意境朦胧，富于象征暗示色彩，咏史、咏物、无题及吟咏爱情的篇章均多佳作。清人朱鹤龄、冯浩，近人张采田均有其诗文笺注及年谱。今人叶葱奇有《李商隐诗集疏注》，刘学锴、余恕诚有《李商隐诗歌集解》。

锦　瑟①

锦瑟无端五十弦②，一弦一柱思华年③。庄生晓梦迷蝴

蝶④，望帝春心托杜鹃⑤。沧海月明珠有泪⑥，蓝田日暖玉生烟⑦。此情可待成追忆⑧，只是当时已惘然。

[校注]

①锦瑟，绘有锦绣般花纹的瑟。瑟是古代一种弦乐器。诗咏锦瑟所奏的音乐意境及因此引起的联想和感受，即"思华年"。此诗大约作于诗人的暮年。②无端，没来由地。五十弦，《史记·封禅书》："太帝使素女鼓五十弦瑟，悲，帝禁不止，故破其瑟为二十五弦。"③柱，系弦的木柱。思，忆。华年，青年时代，此处含有身世年华之意。④《庄子·齐物论》："昔者庄周梦为胡蝶，栩栩然胡蝶也；自喻适志与？不知周也。俄而觉，则蘧蘧然周也。不知周之梦为胡蝶与？胡蝶之梦为周与？"⑤望帝，《蜀记》："昔有人姓杜名宇，王蜀，号曰望帝。宇死，俗说云，宇化为子规。"子规，即杜鹃。⑥月明珠有泪，古代认为海中蚌珠的圆缺与月的盈亏相应。《博物志》："南海外有鲛人，水居如鱼，不废织绩，其眼能泣珠。"⑦蓝田，山名，产美玉，在今陕西蓝田县。司空图《与极浦书》："戴容州（叔伦）云：诗家之景，如蓝田日暖，良玉生烟，可望而不可置于眉睫之前也。"⑧可待，何待、岂待。

[笺评]

刘攽曰：李商隐有《锦瑟》诗，人莫晓其意，或谓是令狐楚家青衣也。（《中山诗话》）

黄朝英曰：义山《锦瑟》诗……山谷道人读此诗，殊不晓其意，后以问东坡，东坡云："此出《古今乐志》，云：锦瑟之为器也，其弦五十，其柱如之，其声也，适、怨、清、和。"案李诗"庄生晓梦迷蝴蝶"，适也；"望帝春心托杜鹃"，怨也；"沧海月明珠有泪"，清也；"蓝田日暖玉生烟"，和也。一篇之中，曲尽其意，史称其瑰迈奇古，

信然。刘贡父《诗话》以谓锦瑟乃当时贵人爱姬之名，义山因以寓意，非也。（《靖康缃素杂记》）

邵博曰：《庄生》《望帝》，皆瑟中古曲名。（《邵氏闻见后录》）

张邦基曰：瑟谱有适、怨、清、和四曲名，四句盖形容四曲耳。（《墨庄漫录》）

元好问曰：望帝春心托杜鹃，佳人锦瑟怨华年。诗家总爱西昆好，独恨无人作郑笺。（《论诗》三十首之十二）

王世贞曰：李义山《锦瑟》中二联是丽语，作适、怨、清、和解甚通。然不解则涉无谓，既解则意味都尽，以此知诗之难也。（《艺苑卮言》卷四）

胡应麟曰：锦瑟是青衣名，见唐人小说，谓义山有感作者。观此诗结句及"晓梦"、"春心"、"蓝田"、珠泪等，大概《无题》中语，但首句略用锦瑟引起耳。宋人认作咏物，以适、怨、清、和字面附会穿凿，遂令本意懵然。且至"此情可待成追忆"处，更说不通。学者试尽屏此等议论，只将题面作青衣，诗意作追忆读之，自当踊跃。（《诗薮·内编·近体上·五言》）

胡震亨曰：以锦瑟为真瑟者痴，以为令狐楚青衣，以为商隐庄事楚，狎绚，必绚青衣亦痴。商隐情诗，借诗中两字为题者尽多，不独《锦瑟》。（《唐音癸签·诂笺八》）

周珽曰：此诗自是闺情，不泥在锦瑟耳……屠长卿注云：义山尝通令狐楚之妾，名锦而善弹，故作以寄思。言瑟声甚悲，而情思在妙年女子所弹者乃有适、怨、清、和之妙，令人思之不能释也。末谓此自宜及时尽情抚弄，岂可待他年空成追忆，致悔当时惘然不曲传其怀抱而自失也。（《删补唐诗选脉笺释会通评林·晚七律》）

陆时雍曰：总属影借。（《唐诗镜》）

朱鹤龄曰：按义山《房中曲》："归来已不见，锦瑟长于人。"此诗寓意略同。是以锦瑟起兴，非专赋锦瑟也。《缃素杂记》引东坡适怨清和之说，吾不谓然，恐是伪托耳。《刘贡父诗话》云："锦瑟，当

时贵人爱姬之名。"或遂实以令狐楚青衣，说尤诬妄，当亟正之。（《李义山诗集笺注》）

吴乔曰：《唐诗纪事》以锦瑟为令狐丞相青衣，愚谓丞相指楚言。（首句）旧事年深，托怨于瑟柱之多。（次句）追思前事。（三句）"迷"言仕途速化之无术。（四句）义山王孙，故用望帝。（五句）述己思楚之意。（六句）言绹通显之乐。（七八句）言楚之厚德，不待绹今日见疏而后追思之，虽在其存日，已自惘然出于望外也。（《西昆发微》）

冯舒曰：义山又有句云："锦瑟长于人。"则锦瑟必是妇人。或云令狐楚妾也，则中四句了然可辨，不过云此有泪明珠、生烟宝玉是活宝耳。宋人梦说何足道！（《二冯评阅瀛奎律髓》）

冯班曰：令狐，玉谿之师。若盗其妾，岂堪入咏？此是李集第一首，决如东坡解方是。（同上）

陆次云曰：义山晚唐佳手，佳莫佳于此矣。意致迷离，在可解不可解之间，于初、盛诸家中得未曾有。三楚精神，笔端独得。（《五朝诗善鸣集》）

朱彝尊曰：此悼亡诗也。意亡者喜弹此，故睹物思人，因托物起兴也。瑟本二十五弦，弦断而为五十弦矣，故曰"无端"也，取断弦之意也。"一弦一柱"而接"思华年"，二十五岁而殁也。蝴蝶、杜鹃，言已化去也。"珠有泪"，哭之也，"玉生烟"，已葬也，犹言埋香瘗玉也。此情岂待今日追忆乎？只是当时生存之日已常忧其至此，而预为之惘然，必其婉弱多病，故云然也。（《李义山诗集辑评》卷二）

钱良择曰：此悼亡诗也……锦瑟当是亡者平日所御，故睹物思人，因而托物起兴也。集中悼亡诗甚多，所悼者即王茂元之女。旧解纷纷，殊无意义。（《唐音审体》）按：句下笺与朱彝尊评略同，不录。

田同之曰：义山《锦瑟》诗，拈首二字为题，即无题义，最是。盖此诗之佳，在一弦一柱中思其华年，心思紊乱，故中联不伦不次，没首没尾，正所谓"无端"也。而以"清和适怨"傅之，不亦拘乎！

（《西圃诗说》）

何焯曰：此悼亡之诗也。首特借素女鼓五十弦瑟而悲，泰帝禁不可止发端，言悲思之情有不可得而止者。次连则悲其遽化为异物，腹连又悲其不能复起之九原也。曰"思年华"，曰"追忆"，指趣晓然，何事纷纷附会乎？钱饮光亦以为悼亡之诗，与吾意合。"庄生"句，取义于鼓盆也。但云"生平不喜义山诗，意为词掩"，却所未喻。亡友程湘衡谓此义山自题其诗以开集首者，次联言作诗之旨趣，中联又自明其匠巧也。余初亦颇喜其说之新，然义山集三卷出于后人掇拾，非自定，则程说固无据也。（《义门读书记》）按：王应奎《柳南随笔》云："玉谿《锦瑟》诗，从来解者纷纷，迄无定说。而何太史义门（焯）以为此义山自题其诗以开集首者。首联……言平时述作，遂以成集，而一言一咏，俱是追忆生平也。次联……言集中诸诗，或自伤其出处，或托讽于君亲，盖作诗之旨趣尽在于此也。中联……言清词丽句，珠辉玉润，而语多激映，又有根柢，则又自明其匠巧也。末联……言诗之所陈，虽不堪追忆，庶几后之读者知其人而论其世，犹可得其大凡耳。"与何焯《读书记》所云不同，姑附此。

《李义山诗集辑评》朱笔评曰：此篇乃自伤之词，骚人所谓美人迟暮也。"庄生"句言付之梦寐，"望帝"句言待之来世；"沧海""蓝田"，言埋而不得自见；"月明""日暖"，则清时而独为不遇之人，尤可悲也。义山集三卷，犹是宋本相传旧次，始之以《锦瑟》，终之以《井泥》，合二诗观之，则吾谓自伤者更无疑矣。感年华之易迈，借锦瑟以发端。"思年华"三字，一篇之骨。三四赋"思"也，五六赋"年华"也。末仍结归"思"字。诸家皆以为悼亡之作。"庄生"句，言其情历乱；"望帝"句，诉其情哀苦；珠泪、玉烟，以自喻其文采。（以上各条与何焯《读书记》之解不同，疑非何氏评，故另立一条。）

查慎行曰：此诗借题寓感，解者必从锦瑟着题，遂苦苦牵合。读到结句，如何通得去？（《初白庵诗评》）

胡以梅曰：兴言锦瑟，必当年所善之人能此乐者，故触绪兴思……今专用五十弦，言悲来无端耳……思年华，从弦柱配合言，若谓五十弦论年，则非矣……第二句既脱卸于年华，中四尽承之……三当年之迷恋，四五彼此离思凄怆，六即"绿叶成荫子满枝"也。此情即四句之情，当年已是不堪，而况今日成追忆哉！（《唐诗贯珠串释》）

《唐诗鼓吹评注》：此义山有托而咏也。首言锦瑟之制，其弦五十，其柱如之，以人之年华而移于其数。乐随事去，事与境迁，故于是乎可思耳。乃若年华所历，适如庄生之晓梦，怨如望帝之春心，清而为沧海之珠泪，和而为蓝田之玉烟，不特锦瑟之音有此四者之情已。夫以如此情绪，事往悲生，不堪回首，固不可待之他日而成追忆也。然而流光荏苒，韶华不再，遥遡当时，则已惘然矣，此情终何极哉！此诗说者纷纷……自东坡谓咏锦瑟之声，则有适怨清和之解说，诗家多奉为指南。然以分配中两联固自相合，如"无端""五十弦柱""思年"，则又何解以处此？详玩"无端"二字，锦瑟弦柱当属借语，其大旨则取五十之义，"无端"者，犹言岁月忽已晚也，玩下句自见。顾其意言所指，或忆少年之艳冶，而伤美人之迟暮，或感身世之阅历，而悼壮夫之晚晚，则未可以一辞定也。

杜诏曰：诗以锦瑟起兴。"无端"二字，便有自诩自怜之意，此瑟之弦遂五十耶？瑟之柱如其弦，而人之年已历历如其柱矣，即孔北海所谓五十年忽焉已至也。庄生梦醒，化蝶无踪；望帝不归，啼鹃长托；以比华年之难再也。感激而明珠欲泪，绸缪而暖玉生烟，年华之情尔尔。不但今日追忆无从，而在当日已成虚负，故曰"惘然"。（《中晚唐诗叩弹集》）

徐燨曰：此义山自伤迟暮，借锦瑟起兴……五十以前，如庄生之梦了不可追；五十以后，如望帝之心托于来世。珠玉席上之珍，无如沉而在下，韬光匿彩，只自韫椟而已。"此情可待成追忆，只是当时已惘然"，谓始原不薄，自今追忆，不觉惘然，能不痛念而自伤哉！"当时"，言非一日也。（王欣夫《唐人书录十四种》引，载《中国古

典文学丛考》第一辑）

杜庭珠曰："梦蝶"，谓当时牛、李之纷纭；"望帝"，谓宪、敬二宗被弑；五十年世事也。"珠有泪"，谓悼亡之感；"蓝田玉"，即龙种凤雏意：五十年身事也。（《中晚唐诗叩弹集》）

徐德泓云：此就瑟而写情也。弦多则哀乐杂出矣。中二联，分状其声，或迷离，或哀怨，或凄凉，或和畅，而俱有年华之思在内也。故结联以"此情"二字紧接。追维往昔，不禁百端交感，又不知从何而起，故曰"可待"、曰"惘然"，与"无端"两字合照，惝恍之情，流连不尽。（《李义山诗疏》）

陆鸣皋曰："无端"二字，即含兴感意，而以"思华年"接之。物象、人情，两意交注，首尾拍合，情境始佳。若仅谓写瑟之工，便成死煞。（《李义山诗疏》）

陆昆曾曰：悼亡之作无疑。盖颂瑟本二十五弦，今曰五十弦，是一齐断却，一弦变为两弦故也。曰"无端"者，出自不意也。一弦一柱思华年，从此意说到人身上来。庄生蝴蝶，望帝杜鹃，同是物化，引以悼其妻之亡。五六指所遗之子女言。古人爱女，以掌上珠譬之。孙权见诸葛恪，谓其父瑾曰："蓝田生玉。"又戴容州有"蓝田日暖，良玉生烟，可望而不可置于眉睫之间"之语。义山悼伤后，即赴东蜀辟，诗曰"珠有泪"，悲女之失母也；曰"玉生烟"，叹己之远子也。结言夫妇儿女之情，每一追忆，辄为惘然，此《锦瑟》所由寄慨也。（《李义山诗解》）

姚培谦曰：此悼亡之作，托锦瑟起兴。瑟本五十弦，古人破之为二十五弦，是瑟已破矣。今曰"无端五十弦"，犹已破之镜，而想未破时之团圆。一弦一柱，历历都在心头，正七句所谓"追忆"也。次联蝴蝶杜鹃，乃已破后之幻想。中联明珠暖玉，乃未破时之精神。而已愁到已破之后，盖人生奇福，常恐消受不得也。（《李义山诗集笺注》）

屈复曰：此诗解者纷纷，有言悼亡者，有言忧国者，有言自比文才者，有言思侍儿锦瑟者，不可悉数。凡诗无自序，后之读者，就诗论诗而已，其寄托或在君臣朋友夫妇昆弟间，或实有其事，俱不可知。自《三百篇》、汉、魏、三唐，男女慕悦之词，皆寄托也。若必强牵其人其事以解之，作者固未尝语人，解者其谁曾起九原而问之哉？以"无端"吊动"思华年"，中四紧承。七"此情"紧收，"可待"字、"只是"字遥应"无端"字。一，兴也，二，一篇主句。中四皆承"思华年"。七八总结。三四言情厚也……五别离之泪。六可望而不可亲，别离之情。月明而珠有泪，则月亏珠阙可知矣，故曰别离之泪。（《玉谿生诗意》）

程梦星曰：夫妇琴瑟之喻，经史历有陈言，以此发端，元非假借……三四谓生者辗转结想，唯有迷晓梦于蝴蝶；死者魂魄能归，不过托春心于杜鹃。五六谓其容仪端妍，如沧海之珠，今深沉泉路，空作鲛人之泪矣；性情温润，如蓝田之玉，今销亡冥漠，不啻紫玉之烟矣。（《重订李义山诗集笺注》）

汪师韩曰：《锦瑟》乃是以古瑟自况……世所用者，二十五弦之瑟，而此乃五十弦之古制，不为时尚。成此才学，有此文章，即己亦不解其故，故曰"无端"，犹言无谓也。自顾头颅老大，一弦一柱，盖已半百之年矣。"晓梦"喻少年时事，义山早负才名，登第入仕，都如一梦。"春心"者，壮心也。壮志销歇，如望帝之化杜鹃，已成隔世。珠、玉皆宝货，珠在沧海，则有遗珠之叹，唯见月照而泪。生烟者，玉之精气，玉虽不为人采，而日中之精气，自在蓝田。（《诗学纂闻》）

叶矫然曰：细味此诗，起句说"无端"，结句说"惘然"，分明是义山自悔其少年场中，风流摇荡，到今始知其有情皆幻、有色皆空也。次句说"思华年"，懊悔之意毕露矣，此与香山《和微之梦游》诗同意。晓梦、春心、月明、日暖，俱是形容其风流摇荡处，着解不得。义山用事写意，皆此类也。袁中郎谓《锦瑟》诗直谜而已，岂知义山者哉！（《龙性堂诗话》）

杨守智曰：琴瑟喻夫妇，冠以"锦"者，言贵重华美，非荆钗布裙之匹也。五十弦，五十柱，合之得百数。"思华年"者，犹云百岁偕老也。（《玉谿生诗笺注》引）

冯浩曰：杨说似精而实非也，言瑟而曰锦瑟、宝瑟，犹言琴而曰玉琴、瑶琴，亦泛例耳。有弦必有柱，今者抚其弦柱而叹年华之倏过，思旧而神伤也，便是下文"追忆"二字，前人每以求深失之。（庄生句）取物化之义，兼用庄子妻死，惠子吊之，庄子方箕踞鼓盆而歌。义山用古，颇有旁射者。（望帝句）谓身在蜀中，托物寓哀。下半重致其抚今追昔之痛。五句美其明眸，六句美其容色，乃所谓"追忆"也。木庵谓是哭之葬之，则接第七句必不融洽矣。（七八句）"惘然"紧应"无端"二字。"无端"者，不意得此佳耦也。当时睹此美色，已觉如梦如迷，早知好梦必不坚牢耳。（《玉谿生诗笺注》）

纪昀曰：前六句托为隐语猝不可解，然末二句道明本旨，意亦止是，非真有深味可寻也。集中"一片非烟隔九枝"一篇亦因此体格，缘此诗偶列卷首，故昔人皆拈为论端耳。此自用素女鼓瑟事耳，非以弦断为义也。"雨打湘灵五十弦"岂亦悼亡耶？问长孺解《锦瑟》如何？曰详诗末二句，是感旧怀人之作，此说是也，但不得坐实悼亡，涉于武断耳。问香泉解《锦瑟》如何？曰惟坐实悼亡未敢遽以为是，馀解皆直捷切当与鄙意暗合也。（《玉谿生诗说》）以"思华年"领起，以"此情"二字总承。盖始有所欢，中有所限，故追忆之而作。中四句迷离惝恍，所谓"惘然"也。韩致光《五更》诗云："光景旋消惆怅在，一生赢得是凄凉。"即是此意，别无深解。因偶列卷首，故宋人纷纷穿凿。遗山《论诗绝句》独拈此首为论端，皆风幡不动，贤者心自动也。（《李义山诗集辑评》引）

许昂霄曰：题名《锦瑟》，义取断弦无可疑者。或因古瑟本五十弦，故于首句次句尚多别解。不知既曰"无端"，则是变出意外，断言已断之后，非犹未破之时矣，三四庄生、望帝，皆谓生者也。往事难寻，竟同蝶梦；哀心莫寄，唯学鹃啼耳。五六珠玉，以喻亡者也。

明月、日暖，岂非昔人所谓美景良辰，今则泉路深沉，徒有鲛人之泪；形容缥缈，已如美女之烟矣，盖即珠沉玉碎之意也。结意又进一层，义山惯用此法。（张载华、张佩兼辑《初白庵诗评》附识引许昂霄《笺注玉谿生诗·〈锦瑟〉诗解》）

黄子云曰：诗固有引类以自喻者，物与我自有相通之义。若"锦瑟无端五十弦，一弦一柱思年华"，物与我均无是理。"庄生晓梦"四语，更又不知何所指。必当日獭祭之时，偶因属对工丽，遂强题之曰"锦瑟无端"。原其意亦不自解，而反弁之卷首者，欲以欺后世之人，知我之篇章兴寄，未易度量也。子瞻亦堕其术中，犹斤斤解之以适怨清和，惑矣。（《野鸿诗的》）

薛雪曰：此诗全在起句"无端"二字，通体妙处，俱从此出。意云：锦瑟一弦一柱，已足令人怅望年华，不知何故有此许多弦柱，令人怅望不尽，全似埋怨锦瑟无端有此弦柱，遂致无端有此怅望。即达若庄生，亦迷晓梦；魂为杜宇，犹托春心。沧海珠光，无非是泪；蓝田玉气，恍若生烟。触此情怀，垂垂追溯，当时种种，尽付惘然。对锦瑟而兴悲，叹无端而感切。如此体会，则诗神诗旨，跃然纸上。（《一瓢诗话》）

翁方纲曰：（元遗山《论诗绝句》：望帝春心托杜鹃，佳人锦瑟怨华年。诗家总爱西昆好，独恨无人作郑笺）拈此二句，非第趁其韵也。正以先提唱杜鹃句于上，却押华年于下，乃是此篇回复幽咽之旨也。遗山当日必有神会，惜未见其所述也。又曰：锦瑟本是五十弦，其弦五十，其柱如是，故曰"一弦一柱"也。此义山回复幽咽之旨，在既破作二十五弦之后，而追说未破之初。"无端"二字，从空顿挫而出。言此瑟若本是二十五弦，则此恨无须追诉耳。无奈其本是五十弦，谁令其未破之先本自完全哉！"无端"者，若诉若怪，此善言幽怨者，正以其未破之时，不应当初完全，致令破作二十五弦而懊惜也。所谓欢聚者，乃正是结此悲怨之根耳。五六句珠以月明，而已先含泪；玉以日暖，而已自含烟。所以末二句……不待今已破而后感伤也，其情种全在当时未破时耳。以此回抱三四句之晓梦蝴蝶、春心杜鹃，乃得通体神理一片。所以遗山叙此二句，以杜鹃之托说在前，而思华年之怨收在后，大旨了然矣，何庸复觅郑笺乎？（《石洲诗话》）

姜炳璋曰：此义山行年五十，而以锦瑟自况也。和雅中存，文章外著，故取锦瑟。瑟五十弦，一弦一柱而思华年，盖无端已五十岁矣。此五十年中，其乐也，如庄生之梦为蝴蝶，而极其乐也；其哀也，如望帝之化为杜鹃，而极其哀也。哀乐之情，发之于诗，往往以艳冶之辞，寓凄绝之意，正如珠生沧海，一珠一泪，暗投于世，谁见知者？然而光气腾上，自不可掩，又如蓝田产玉，必有发越之气，《记》所谓精神见于山川是也。则望气者亦或相赏于形声之外矣。四句一气旋折，莫可端倪。末二，言诗之所见，皆吾情之所钟，不历历堪忆乎？然在当时，用情而不知情之何以如此深，作诗而不知思之何以如此苦，有惘然相忘于语言文字之外者，又岂能追忆乎？盖心华结撰，工巧天成，不假一毫凑泊。此义山之自评其诗，故以此为全集之冠也。（《选玉谿生诗补说》）

吴汝纶曰：此诗疑为感国祚兴衰而作。五十弦，一弦一柱，则百年矣。盖自安史之乱至义山作诗时凡百年也。梦迷蝴蝶，谓天宝政治昏乱也；望帝春心，谓上皇失势之乱也。沧海明珠，谓利尽南海；蓝玉生烟，谓贤人憔悴也。结言不但后人感吊，即当时识者已有颠覆之忧也。（《桐城先生评点唐诗鼓吹》）

梁启超曰：义山的《锦瑟》《碧城》《圣女祠》等诗，讲的什么事，我理会不着……但我觉得他美，读起来令我精神上得一种新鲜的愉快。须知美是多方面的，美是含有神秘性的；我们若还承认美的价值，对此种文字，便不容轻轻抹煞。（《中国韵文内所表现的情感》）

孟森曰：义山婚王氏时年二十五，意其妇年正同，夫妇各二十五，适合古瑟弦之数。（《李义山锦瑟诗考证》）

张采田曰：此为全集压卷之作，解者纷纷……迄不得真象，惟何义门云："此篇乃自伤之词，骚人所谓美人迟暮也。"其说近似。盖首句谓行年无端将五十。"庄生晓梦"，状时局之变迁；"望帝春心"，叹文章之空托。而悼亡斥外之痛，皆于言外包之。"沧海""蓝田"二句，则谓卫公毅魄久已与珠海同枯，令狐相业方且如玉田不冷。卫公贬珠崖而卒，而令狐秉钧赫赫，用"蓝田"喻之，即"节彼南山"意也。结言此种遭际，思之真为可痛，而当日则为人颠倒，实惘然若堕五里雾中耳，所谓"一弦一柱思华年"也。隐然为一部诗集作解。（《玉谿生年谱会笺》）

汪辟疆曰：此义山自道生平之诗也，第二句"思华年"三字，即一篇眼目。庄生句，喻己功名蹭蹬。以彼其才，又似非终身郁郁下僚者，天为之抑人为之也，故用庄生梦蝶事以见迷离恍惚，而迷字已透露之。望帝句，喻己抱一腔忠愤，既不得信，而又不甘抑郁，只可以掩抑之词出之，即楚天云雨尽堪疑之意也。沧海月明喻清时，然珠藏海中，不能自见，以见自伤之意。蓝田日暖喻抱负，然玉韫土中，不为人知，而光彩终不可掩，则文章之事也……此句又全本戴氏，详戴之言，则此句指其诗文又无可疑。末二句总结此情，即以上四句之情。"成追忆"三字，正与"思华年"相应。第八句仍不肯直说，以当时已惘然五字逆挽，为上文作不即不离之咏叹，益增怅怅矣。（《玉谿诗笺举例》）

岑仲勉曰：余颇疑此诗是伤唐室之残破，与恋爱无关。好问金之遗民，宜其特取此诗以立说。（《隋唐史》）

钱钟书曰：李商隐《锦瑟》一篇，古来笺释纷如……多以为影射身世。何焯因宋本《义山集》旧次，《锦瑟》冠首，解为："此义山自题其诗以开集者首"……视他说之瓜蔓牵引，风影比附者，最为省净。窃采其旨而疏通之。自题其诗，开宗明义，略同编集之自序。拈锦瑟发兴，犹杜甫《西阁》第一首："朱绂犹纱帽，新诗近玉琴。"锦瑟玉琴，殊堪连类。首二句言华年已逝，篇什犹留，毕世心力，平生欢戚，清和适怨，开卷历历。"庄生晓梦迷蝴蝶，望帝春心托杜鹃。"此一联言作诗之法也。心之所思，情之所感，寓言假物，譬喻拟象，如飞蝶征庄生之逸兴，啼鹃见望帝之沉哀，均义归比兴，无取直白。举事宣心，故"托"；旨隐词婉，故易"迷"。此即十八世纪以还，法国、德国心理学常语所谓"形象思维"：以"蝶"与"鹃"等外物形象体示"梦"与"心"之衷曲情思。"庄生晓梦迷蝴蝶，望帝春心托杜鹃"，此一联言诗成之风格或境界，如司空图所形容之诗品。《博物志》卷九《艺文类聚》卷八四引《搜神记》载鲛人能泣珠，今不曰"珠是泪"，而曰"珠有泪"，以见虽化珠圆，仍含泪热，已成珍玩，尚带酸辛，具宝质而不失人气；"暖玉生烟"，此物此志，言不同常玉之坚冷。盖喻己诗虽琢炼精莹，而真情流露，生气蓬勃，异乎雕绘夺情、工巧伤气之作。若后世所谓"昆体"，非不珠光玉色，而泪枯烟灭矣！珠泪玉烟亦正以"形象"体示抽象之诗品也。（《冯注玉谿生诗集诠评》未刊稿，周振甫《诗词例话》引。钱氏《谈艺录》补订本另有长篇阐论，见该书第433~438页，文长不录）

[鉴赏]

这可能是中国古代诗歌史上解说最为纷纭的一首名作——它以含意的隐晦、意境的朦胧著称，也以特有的朦胧美和丰富的暗示性，吸引着历代的诗评家、注家和诗人一次又一次地试图撩开它神秘的面纱。从北宋的刘攽、苏轼到现在，解者不下百人，重要的异说也近十来种。面对珠圆玉润而又扑朔迷离的诗歌境界和一大堆纷纭的异说，开始时不免眼花缭乱，但细加寻绎，却可发现在迷离中自有线索可循，在纷纭中也不无相通之处。不少异说，实际上是诗歌本身的丰富蕴含和暗示在不同读者中引起的不同感受与联想。它们往往各得其一体而未窥全豹，但不必互相排斥。如果我们根据诗人自己提供的线索按迹循踪，找到它的主意和基调，融汇各种原可相通、相包或相并行的异说（包括最占优势的自伤身世说和悼亡说，以及古老的"适怨清和"说和后起而别开生面的自述诗歌创作说等），也许可以做到比较接近这首诗的本来面目而不致阉割其丰富的内涵，对它的艺术特点也会有比较切实的体察认识。

律诗的首、尾二联，在一般情况下较多叙事和直接抒情成分，全篇的主意也往往寓含在这两联里，有时甚至明白点出。而颔、腹两联则往往敷演主意，意象密度较大。李商隐的这首《锦瑟》，首联以"五十弦"的形制和"一弦一柱"（即弦弦柱柱）所发的悲声引出"思华年"，尾联以"成追忆"回应"思"字，以"惘然"点醒华年之思的感受，已经明白告诉我们：这首诗是诗人追忆华年往事、不胜惘然之作。这种惘然的华年身世之感，内涵非常宽泛，既可以兼包诗人的悼亡之痛乃至悼亡之外的爱情生活悲剧，也和抒写诗人不幸身世、充满感伤情调的诗歌创作密切相关。伤身世、咏悼亡、述创作，对于李商隐这样一位身世凄凉、处境孤羁、"刻意伤春复伤别"的诗人来说，原不妨是三位一体的。锦瑟，既可以是诗人凄凉身世的一种象征，也不妨看作感伤身世的诗歌创作的一种形象化比喻，正像他在《崇让宅东亭醉后沔然有作》诗中所说的："声名佳句在，身世玉琴张。"（张是张设的意思。"身世玉琴张"，就是说自己的身世正如丝弦已张的玉琴，这和本篇首联是一个意思。而用玉琴或锦瑟象征身世，本身就暗喻自己是一位诗人。）当然，根据作者"新知他日好，锦瑟傍朱栊"（《寓目》）、"归来已不见，锦瑟长于人"（《房中曲》）、"凤女弹瑶瑟"（《西溪》）等诗句，认为锦瑟和怀念王氏妻有关，也自可与上述理解并存，因为锦瑟的弦弦柱柱所奏的悲音中原就包括了悼亡之音。

"锦瑟无端五十弦，一弦一柱思华年。"锦瑟而言"五十弦"，本属作者诗中通例（如《七月二十八日夜与王郑二秀才听雨后梦作》有"雨打湘灵五十弦"），但这里将"五十弦"与回顾华年往事联系在一起，可能和诗人当时大致年岁不无关系（张采田《玉谿生年谱会笺》认为这首诗作于诗人病废居郑州时，这一年他四十七岁）。"无端"，是没来由、平白无故的意思，这里含有睹物心惊、怨怅和无可奈何等多种感情。诗人触物兴感，本来是由于内心感情的郁积，反而觉得是物之有意逗恨，所以不禁怨之而曰"无端"。或说"无端"即"无心"，虽也可通，情味不免大减。"一弦一柱思华年"，与白居易《琵琶行》"弦弦掩抑声声思，似诉平生不得意"之句意蕴相近，意思是说，听到这锦瑟弦弦柱柱上所弹奏出的悲声，不禁触动自己的身世之感而沉浸在对华年逝岁的回忆中。这对颔、腹两联的内容和表现手法是一种概括的提示，说明它们所描绘的既是锦瑟的弦弦柱柱所奏出的音乐境界，又是诗人华年所历的人生境界；既是瑟声，又是诗人思华年时流露的心声。苏轼认为颔、腹二联分咏瑟声的适、怨、清、和（见《苕溪渔隐丛话·前集》卷二十二引《缃素杂记》），虽不尽切合各句所写情景，但他看出中间四句直接描绘音乐意境，还是很有鉴赏力的。

颔联出句用《庄子·齐物论》："昔者庄周梦为蝴蝶，栩栩然蝴蝶也，自喻适志与？不知周也。俄而觉，则蘧蘧然周也。不知周之梦为蝴蝶与？蝴蝶之梦为周与？"庄周梦蝶故事本身就充满变幻迷离色彩，诗人在运用这一故事时，又突出一个"迷"字。"庄生晓梦迷蝴蝶"，即庄生迷蝴蝶之晓梦，"迷"字既形况梦境的迷离恍惚、梦中的如痴如迷，也写出梦醒后的空虚幻灭、惘然若迷。这迷离之境、迷惘之情，从描绘音乐境界来说，是形况瑟声的如梦似幻，令人迷惘；从表现诗人的华年所历与身世之感来说，则正是梦幻般的身世和追求、幻灭、迷惘历程的一种象征。作者在其他诗篇中多次用梦幻来形容身世的变幻、理想的幻灭，有的还直接用梦蝶的典故，如"神女生涯原是梦"（《无题二首》）、"顾我有怀如大梦"（《十字水期韦潘侍御同年不至》）、"怜我秋斋梦蝴蝶"（《偶成转韵七十二句赠四同舍》）、"枕寒庄蝶去"（《秋日晚思》）等句，都可和"庄生"句互参。说"晓梦"，正是极言其幻灭之迅速。主张悼亡说的注家因为庄周梦蝶的典故中提到"物化"，便牵扯庄子鼓盆的故事，以证明这句写丧妻之痛，未免胶柱鼓瑟。其实，短促而美好的幻梦的破灭本就可以包括悼亡之痛，因为后者正是诗人梦幻般的悲剧身世的组成部分。

颔联对句用望帝魂化杜鹃的典故。《文选·蜀都赋》"鸟生杜宇之魄"注引《蜀记》说："杜宇王蜀，号曰望帝。宇死，俗说云：宇化为子规。蜀人闻子规鸣，皆曰望帝也。"《华阳国志》等书还有望帝让国委位的传说。杜鹃鸣声悲凄，俗有杜鹃啼血之说。春心，一般指对爱情的向往追求，也可借喻对美好事物的追求。但这里的"春心"既和杜鹃的悲啼联结在一起，则实际上已包含了伤春、春恨的意蕴。而伤春，在李商隐的诗歌中，多指忧国伤时、感伤身世，所谓"天荒地变心虽折，若比伤春意未多"（《曲江》）、"刻意伤春复伤别"（《杜司勋》）、"年华无一事，只是自伤春"（《清河》），都可作为明证。"望帝春心托杜鹃"，这里所展示的正是一幅笼罩着哀怨凄迷气氛的图画：象征着望帝冤魂的杜鹃，在泣血般的悲鸣中寄托着不泯的春心春恨。这幅图画，一方面是表现瑟声的哀怨凄迷，如杜鹃啼血；另一方面又是象喻自己的春心春恨（美好的愿望和忧时忧国、感伤身世之情）都托之于如杜鹃啼血般的哀怨凄断的诗歌。用禽鸟的鸣啭来比喻自己的诗歌，作者诗中多有其例，像"巧啭岂能无本意，良辰未必有佳期"的流莺伤春之啼和"五更疏欲断，一树碧无情"的寒蝉凄断之鸣，都是显例。句中的"托"字，即"寄托"之意，乃是全句的句眼，它暗示用来寄托"春心"者的性质。倾诉春心春恨的杜鹃，正不妨视为作者的诗魂。杜牧《寄浙江韩乂评事》说："梦寐几回迷蛱蝶，文章应广畔牢愁。"上句与"庄生晓梦迷蝴蝶"意略同；下句则正可作为"望帝春心托杜鹃"的注脚，只不过小杜诗用直抒写法，小李诗用象征而已。

腹联上句"沧海月明珠有泪"包含一系列与珠有关的典故。古代认为海中的蚌珠的圆缺和月亮的盈亏相应，月满则珠圆，月亏则珠缺，所以这里把圆润的明珠置于"沧海月明"的背景之下。古代又有南海鲛人哭泣时眼泪化为珍珠的传说（见《博物志》、左思《吴都赋》注），所以这里又把"珠"和"泪"连在一起。而全句则又暗用"沧海遗珠"典故。《新唐书·狄仁杰传》："举明经，调汴州参军。为吏诬诉。黜陟使阎立本召讯，异其才，谢曰：'仲尼称观过知仁，君可谓沧海遗珠矣。'"沧海中的明珠，本是稀世之珍，为人所重，现在却被采集者所遗，独处明月映照的苍茫大海中，成为盈盈的"泪"珠。这幅沧海月明、遗珠如泪的图画，在辽阔清朗的背景下，透露出一种无言的寂寞和伤感。它既是对锦瑟清寥悲苦音乐意境的描摹，又是诗人沉沦废弃、才能不为世用的寂寞身世的一种象征。"珠有泪"，仿佛无理，却正可见这人格化的沧海遗珠内心的悲苦寂寞。这句与"望帝"句虽同属哀怨悲苦之境，但"望帝"句因杜鹃啼血而近乎凄厉，"沧海"句则因沧海月明而透出寂寥，意境仍自有别，寓意更不相重。苏轼分别用"怨"和"清"来概括四、五句所描绘的音乐意境，大体上符合实际。

腹联下句"蓝田日暖玉生烟"，描绘的是这样一幅图景：蓝田山中沉埋的美玉，在暖日晴辉的映照下，升起丝丝缕缕的轻烟。蓝田山在陕西蓝田县，是著名的产玉地。晚唐司空图《与极浦书》说："戴容州（按：即中唐诗人戴叔伦）云：'诗家之景，如蓝田日暖，良玉生烟，可望而不可置于眉睫之前也。'"从司空图所引戴氏语和李商隐诗语完全一致可以推知："蓝田日暖，良玉生烟"是当时流行的一种比兴象征说法，它的象征性含义就是"可望而不可置于眉睫之前"。只不过戴叔伦是借它来形况"诗家之景"，而李商隐则是借以形况锦瑟所奏出的音乐意境缥缈朦胧，像暖日映照下蓝田玉山上升起的丝丝轻烟，远望若有，近之则杳；也是用来象征自己平生所向往、追求的境界，正像"蓝田日暖玉生烟"一样，可望而不可即，属于缥缈虚无之域。类似的境界与感受，在李商隐的其他诗作中，是经常出现的。像"浦外传光远，烟中结响微"（《如有》）、"如何雪月交光夜，更在瑶台十二层"（《无题》）、"恍惚无倪明又暗，低迷不已断还连"（《七月二十八日夜与王郑二秀才听雨后梦作》）等句，都与"蓝田"句声息暗通。或以为这句是说美玉沉埋土中，不为人所知，但光彩终不能掩，以比喻自己虽沉沦不遇，但词华文采却显露于世。虽然与诗人身世文章也相吻合，但既和颔、腹二联借乐境寓身世的通例不符，又和"可望而不可置于眉睫之前"的象征含义脱节，疑非诗人本意。

末联是对"一弦一柱思华年"的总括。"此情"统指颔、腹二联所概括抒写的情事，即自己的悲剧身世的各种境界。"可待"，即何待、岂待。两句意谓：华年所历的这种情境何待今日闻乐追思时才不胜怅惘呢，就是在当时即已使人惘然若失、惆怅不已了。"惘然"二字，概括"思华年"的全部感受，举凡迷惘、哀伤、寂寥、虚幻之情，统于这二字中包括。而何待追忆、当时已然的感喟则不但强调了华年往事的可悲，而且以昔衬今，加倍渲染了今日追忆时难以禁受的怅惘悲凉。如果说颔、腹二联是听到锦瑟弹奏时涌现于脑海的对华年情境的联翩浮想和发自心底的与瑟声相应的悲凉心声，那么，末联就是弹奏结束后如梦初醒的怅惘的沉思。锦瑟的悲声终止了，在静默中却依然笼罩着一片无边的惆怅，回荡着悠长的凄清余韵——"繁丝何似绝言语，惆怅人间万古情！"

这是一位富于抱负和才华的诗人在追忆悲剧性的华年逝岁时所奏出的一曲人生哀歌。全篇笼罩着一层浓重的哀伤低回、凄迷朦胧的情调氛围，反映出一个衰颓的时代中正直而不免软弱的知识分子典型的悲剧心理：既不满于环境的压抑，又无力反抗环境；既有所追求向往，又时感空虚幻灭；既为自己的悲剧命运而深沉哀伤，又对造成悲剧的原因感到惘然。透过这种悲剧心理，可以看出那个趋于没落的时代对人才志士的压抑摧残。诗中的哀伤迷惘令人同情，但毕竟是属于已经过去的时代了。

从总体看，这首诗和诗人许多托物自寓的篇章性质是相近的。但由于他在回顾华年逝岁时并没有采用通常的历叙平生的方式，而是将自己的悲剧身世境遇和悲剧心理幻化为一幅幅各自独立的象征性图景，这些图景既具有形象的鲜明性、丰富性，又具有内涵的虚泛、抽象和朦胧的特点。这就使得它们既缺乏通常抒情方式所具有的明确性，又具有较之通常的抒情方式更为丰富的暗示性，能引起读者多方面的联想。但这些含义朦胧虚泛的象征性图景，又是被约束在"思华年"和"惘然"这个总范围里，因而读者在感受和理解上的某些具体差异并不影响从总体上去把握诗人的悲剧身世境遇和悲剧心理。这种总体含义的明确和局部含义的朦胧，象征性图景的鲜明和象征含义的朦胧，构成了这首古代朦胧诗意境创造上一个突出的特点，而它的优点和缺点也同时寓于其中。

诗的颔、腹二联展示的象征性图景在形象的构成和意蕴的暗示方面，具有诗、画、乐三位一体的特点。它们都是借助诗歌的语言和意象，将锦瑟的各种艺术意境（迷幻、哀怨、清寥、缥缈）化为一幅幅形象鲜明的图画（庄生之梦迷蝴蝶、望帝之魂化杜鹃、沧海月明而遗珠如泪、蓝田日暖而良玉生烟），以概括抒写其华年所历的种种人生境界和人生感受，传达他在思华年时迷惘、哀伤、寂寞、惘怅的心声。因此它们同时兼有音乐意境、画面形象和诗歌意象的三重暗示性。这多重暗示的融汇统一，一方面使得它们的意蕴显得特别丰富复杂，另一方面又使它们兼有画面形象美、音乐意境美和诗歌意象美。实际上，这种诗、画、乐三位一体的象征暗示，正是《锦瑟》诗整体构思的一个根本特点。由于未能把握这一特点，单纯从诗歌语言方面去探寻颔、腹两联的含义，往往造成某些误解。

颔、腹二联所展示的象征性图景在时间、空间、感情方面尽管没有固定的次序和逻辑联系，但它们都带有悲怆、迷惘的情调，再加上工整的对仗、凄清的声韵和相关的意象等多种因素的映带联系，全诗仍具明显的整体感。而悲怆的情思和声韵，与珠圆玉润、精丽典雅的诗歌语言的和谐结合，更使这首诗成功地表现出一种哀婉美好事物幻灭的悲剧意境。这种片断的独立性与整体的统一性的结合，也是这首诗的一个特点。

金代诗人元好问《论诗绝句》说："望帝春心托杜鹃，佳人锦瑟怨华年。诗家总（纵然）爱西昆好，独恨无人作郑笺。"解《锦瑟》者往往以为前两句只是复述《锦瑟》诗语，后两句则慨叹无人作解。实际上，元好问已经用貌似复述的方式钩玄提要，为《锦瑟》作了"郑笺"——李商隐这位才人（即所谓"佳人"）正是要借咏锦瑟来寄托华年身世之悲，他的一腔春心春恨都寄寓在这杜鹃啼血般的诗歌中了。可惜他言之未详，以致这位李商隐的真知音、解开《锦瑟》诗秘密的第一人的发现被历史尘封了七百多年。

重过圣女祠①

白石岩扉碧藓滋②，上清沦谪得归迟③。一春梦雨常飘瓦④，尽日灵风不满旗⑤。萼绿华来无定所⑥，杜兰香去未移时⑦。玉郎会此通仙籍⑧，忆向天阶问紫芝⑨。

[校注]

①《水经注·漾水》："故道水合广香川水，又西南入秦冈山（在今陕西略阳县境），尚婆水注之。山高入云，悬崖之侧，列壁之上，有神象若图，指状妇人之容，其形上赤下白，世谓之曰圣女神。"此圣女祠地在陈仓、大散关间，为秦、蜀或秦、梁往来道途所经。②扉，门户。滋，滋生。③上清，道教所称的三清（玉清、上清、太清）仙境之一。《太真经》："三清之间，各有正位：圣登玉清，真登上清，仙登太清。"沦谪，贬谪到下界凡间。④梦雨，迷蒙的细雨。王若虚《滹南诗话》引萧闲曰："盖雨之至细若有若无者谓之梦。"此处暗用宋玉《高唐赋序》巫山神女自述"妾在巫山之阳，高丘之阻，朝为行云，暮为行雨"，与楚怀王梦遇事。⑤旗，指祠前神幡。⑥萼绿华，仙女名。《真诰》："萼绿华者，自云是南山人……年可二十上下，青衣，颜色绝整。以升平三年十一月十日夜降羊权家，自此往来，一月辄六过其家。"⑦杜兰香，仙女名。《墉城仙录》谓其本为渔父在湘江

边收养的弃婴，长大后有青童灵人自天而降，携其升天而去，临行时对渔父说："我仙女也，有过谪人间，今去矣。"未移时，谓其升仙尚未过多久时间。⑧玉郎，掌管学仙簿箓的仙官。《太平御览》引《金根经》："青宫之内北殿上有仙格，格有学仙簿箓，及玄名年月深浅，金简玉札，有十万篇，领仙玉郎所典也。"仙籍，仙人的名籍。通仙籍，将名字载入仙籍，取得登仙界的资格。⑨忆，思。天阶，天上宫殿前的台阶。问，寻访、求取。紫芝，仙人所服的神芝。

[笺评]

吕本中曰：深爱义山"一春梦雨常飘瓦，尽日灵风不满旗"之句，以为有不尽之意。（《紫薇诗话》）

周珽曰：首谓祠宇闲封者，由圣女被谪上清，留滞人间也。雨常飘瓦，风不满旗，正归迟虚寂之景。来无定所，去不移时，乃仙伴疏旷之象，末谓己之姓名，倘在仙籍之中，当会此相问飞升不死之药也。（《删补唐诗选脉笺释会通评林·晚七绝》）

金圣叹曰：（前解）此则又托圣女以摅迁谪之怨也。言此岩扉本白，而今薛滋成碧者，自蒙放逐，久不召还，多受沉屈，则更憔悴也。雨常飘瓦者，归朝之望，一念奋飞，恨不拔宅冲举；风不满旗者，寡党之士，无有扶掖，终然颠坠而止也。（后解）前解写被谪，此解写得援也。萼绿华，言定得有人怜而援手，特未卜其因缘则在何处也。杜兰香，言近已有人，唇承面许，然无奈其别去犹无多日也。末言既有相援之人，则必有得归之日。此番若至中朝，定须牢记一问，有何巧宦之方，始终得免沦谪，盖怨之甚，而遂出于戏言也。萼绿华、杜兰香，皆圣女之同人也。玉郎，即称圣女也。忆问，即记问也。（《贯华堂选批唐才子诗》卷六）

朱鹤龄曰：此以"沦谪"二字发自己愤懑也。（《李义山诗集补注》）

朱彝尊曰：（首句）祠。（次句）圣女。（三句）幽景可想。（三、四句）祠。（五、六句）圣女。末二句归到自身，结出"重过"字。（《李义山诗集辑评》引）

胡以梅曰：起因其形在石壁而言……三、四本言其风雨飘零……五、六以二仙女比拟之……若使九天玉郎来会此，以通仙籍，将必思向天阶去问紫芝矣。言追随之而去也。"忆紫芝"是代为饰词，"通籍"犹通谱，还说得蕴蓄，然以仙女而会玉郎，知非庄语。（《唐诗贯珠串释》）

赵臣瑗曰：此借题以发抒此意也……"得归迟"三字是通篇眼目。首句上四字喻己操行洁白，下三字喻被人点污。次句实之，言所以沦谪归迟者职此之由。三梦雨常飘，言无时不愿奉君王之后尘也。四灵风不满，言无路再沾天家之雨露也。此二句是写欲归而不得归。五、六萼绿华、杜兰香借圣女同袍以暗指二知己。来无定所，即肯援手无奈其难于即就也。此二句是申写得归而犹尚迟迟。结带谲意。玉郎谓圣女，即自谓也。此会，此番也。通仙籍，还朝也；忆，记也；问紫芝，求其得以不沦谪之方也。此又预拟得归后事，以供天下人一笑也。怨而不怒，其犹有《风》之遗乎！（《山满楼笺注唐诗七言律》）

贺裳曰：长吉、义山皆善作神鬼诗，《神弦曲》有幽阴之气，《圣女祠》多缥缈之思。如"无质易迷三里雾，不寒长着五铢衣"，真令人可望而不可亲，有是耶非耶之致。至"一春梦雨常飘瓦，尽日灵风不满旗"，又似可亲不可望，如曹植所云"神光离合，乍阴乍阳"也。（《载酒园诗话又编》）

张谦宜曰："一春梦雨常飘瓦，尽日灵风不满旗"，思入微妙。夫朝云暮雨，高唐神女之精也。今经春梦中之雨历历飘瓦，意者其将来耶？来时风肃然，上林神君之迹也。乃尽日祠前之风尚不满旗，意者其不来耶？恍惚缥缈，使人可想而不可即。鬼神文字如此做，真是不可思议。（《絸斋诗谈》卷五）

何焯曰：次连乃是圣女祠，移向别仙鬼庙不得。（《义门读书记》）此自喻也。名不挂朝籍，同于圣女沦谪不字。萼华、兰香，则梦得所谓"沉舟侧畔千帆过，病树前头万木春"者耳。"无定所"，则非"沦谪"；"未移时"，则异"归迟"。以岩扉碧藓滋，知沦谪已久。梦雨，言事之虚幻，不满旗，言全无凭据，日见荒凉困顿，一无聊赖也。杜兰香，以比当时之得意者，来去无以，相欲相炫，以揽我心，更无可以相语耳。玉郎曾通仙籍，紫芝得仙所由，忆一周之，诚知是也（疑有误字），则自不沦谪；即沦谪亦不至得归之迟，为彼所揶揄矣。（首句）已含"迟"字。看来只借圣女以自喻，文亦飘忽。（《李义山诗集辑评》引）

黄周星曰："梦雨""灵风"犹可解，梦雨何以常飘瓦？灵风何以不满旗？殊觉难解也。然亦何必甚解乎！（《唐诗快》）

陆次云曰："梦雨""灵风"，大有《离骚》之致。（《晚唐诗善鸣集》）

徐德泓曰：此思登第之诗。开成初，李在令狐楚山南幕，当必赴试过此，借题自况，亦比体也。首联，喻沦落而未第。中二联，皆言圣女之情缘未化，以喻己之奔走名场也。梦雨常飘，则名心时动矣；灵风不满，则未得畅怀矣。去来无定，则仆仆道途矣。故结寓言此去当策名通籍，而思向帝廷受禄也。"忆"字竟作"思"字读，则意自亮。（《李义山诗疏》）

陆昆曾曰：通篇以圣女自况，"沦谪"二字，是一诗眼目……一春梦雨，尽日灵风，言其栖迟寂寞，疑有疑无，如人处显晦之际也。（《李义山诗解》）

姚培谦曰：按《水经注》，圣女以形似得名，非果有其神也。诗特点出"沦谪"二字，发自己愤懑。岩扉碧藓，留滞此间，梦雨灵风，凄凉无托。然既有神灵精爽往来，必非凡偶。回想未沦谪时，天阶紫芝，必曾亲摘，岂无真仙眷属如玉郎者，会此同登上界耶？义山登第后，仕路偃蹇，未免以汲引望人，故其词如此。（《李义山诗集笺

注》）

屈复曰：一祠，二圣女，三四顺承。五六开，七八重过。前过此祠，松篁蕙香，今则碧藓已滋者，沦谪不归，故神女梦雨，一春飘瓦，山鬼灵风，日不满旗，犹留此不去也。萼绿华来，杜兰香去，虽有伴侣，来去无常。唯有玉郎会此，可通仙籍，追忆日前曾向天阶问紫芝也。玉郎与崔、刘意同，皆自喻也。此《圣女祠》与《锦瑟》《无题》皆自寄托，不必认真。起以"碧藓滋"吊动"归迟"。下"一春""尽日"正应"归迟"。五六以萼绿华、杜兰香逼出"玉郎"，以"无定所""未移时"逼出"通仙籍"，以"忆向"遥应首句，言所会皆女仙，且不能长也。（《玉谿生诗意》）一春飘瓦者乃神女梦中之雨，尽日不满旗者乃仙灵来往之微风，既写寂寥景况，兼起五六。（《唐诗成法》）

程梦星曰：《圣女祠》集中凡三见，皆刺当时女道士者。"白石岩扉碧藓滋"，言其道院之清幽也。"上清沦谪得归迟"，言天上之谪仙也。"一春梦雨"，言其如巫山神女，暮雨朝云，得所欢也。"尽日灵风"，言其如湘江帝子，北渚秋风，离其偶也。下紧接云"无定所""未移时"，言其暗期会合无常……何不明请下嫁，竟向天阶，免嘲寄孽，共通仙籍为得耳。（《重订李义山诗集笺注》）

冯浩曰：自巴蜀归，追忆开成二年事，全以圣女自况。"沦谪"二字，一篇之眼，义山自慨由秘省清资而久外斥也。三四谓梦想时殷，好风难得，正顶次句之意。五六不第正写重过，实借慨投托无门，徒匆匆归去也。七句望入朝仍修好于令狐。八句重忆助之登第，即赴兴元而经此庙之年也。（《玉谿生诗笺注》）

纪昀曰：前四句写圣女祠，后四句写重过。盖于此有所遇而托其祠于圣女。（《玉谿生诗说》）

姜炳璋曰：次句为一篇之主……（三四）是写圣女神境，又是写圣女凄凉之境……妙绝。五六，因想仙姬沦谪，不久即归，而圣女不然，以况己之久滞于外也。七八，倘掌仙籍者会得此意……当有立时

召归天府者，而何以置之不论，此则咎执政之不见省也。（《选玉谿生诗补说》）

施补华曰："一春梦雨常飘瓦，尽日灵风不满旗"，作缥缈幽冥之语，而气息自沉，故非鬼派。（《岘佣说诗》）

张采田曰：此随仲郢还朝时作。"上清沦谪得归迟"，一篇之骨……结则回忆子直助之登第，正经过此庙之年。今则无复"灵风"，只有付之"梦雨"而已，尚堪复问也哉！（《玉谿生年谱会笺》）

汪辟疆云：此义山借圣女以寄慨身世之诗也……全篇皆以仙真语出之，空灵幽渺，寄托遥深。而结二句打开说，与上文之上清沦谪，春梦灵风，混茫相接，精细无伦。大家换笔之妙，一至于此。（《玉谿诗笺举例》）

[鉴赏]

李商隐写过三首以"圣女祠"为题的诗，另两首，一首是五言排律《圣女祠》（杳霭逢仙迹），一首是七律《圣女祠》（松篁台殿蕙香帷）。祠在陈仓（今陕西宝鸡市东）、大散关间，是由京城赴兴元（今陕西汉中市）或赴蜀地必经之地。商隐开成二年（837）冬在往返兴元、长安时，曾经过这里。大中十年（856）春，商隐在罢梓州幕之后，随内征为吏部侍郎的原东川幕主柳仲郢返京途中再次经过这里，写下这首《重过圣女祠》。或以为圣女祠实即女道士观。两说不妨并存。不过，诗中直接歌咏的还是一位"上清沦谪"的"圣女"以及她所居住的环境——圣女祠。因此，我们首先仍不妨从诗人所描绘的直接形象入手来理解诗意。

古代有不少关于天上神女谪降人间的传说，因此诗人很自然地由眼前这座幽寂的圣女祠生出类似的联想。"白石岩扉碧藓滋，上清沦谪得归迟。"——圣女祠前用白石建造的门扉旁已经长满了碧绿的苔藓，看来这位从上清洞府谪降到下界的圣女沦落在尘世已经很久了。

首句写祠前即目所见，从"白石""碧藓"相映的景色中勾画出圣女所居的清幽寂寥，暗透其"上清沦谪"的身份和幽洁清丽的风神气质；门前碧藓滋生，暗示幽居独处，久无人迹，微逗"梦雨"一联，同时也暗寓"归迟"之意。次句是即目所见而引起的联想，正面揭出全篇主意。"沦谪得归迟"，是说沦谪下界，迟迟未能回归天上。

颔联从门前进而扩展到对整个圣女祠环境气氛的描绘——"一春梦雨常飘瓦，尽日灵风不满旗。"如丝春雨，悄然飘洒在屋瓦上，迷蒙飘忽，如梦似幻；习习灵风，轻轻吹拂着檐角的神旗，始终未能使它高高扬起。诗人所看到的，自然只是一段时间内的景象。但由于细雨轻风连绵不断的态势所造成的印象，竟仿佛感到它们"一春"常飘、"尽日"轻扬了。眼前的实景中融入了想象的成分，意境便显得更加悠远，诗人凝望时沉思冥想之状也就如在目前。单就写景状物来说，这一联已经极富神韵，有画笔难到之妙。不过，它更出色的地方恐怕还是意境的朦胧缥缈，能给人以丰富的联想与暗示。王若虚《滹南诗话》引萧闲语云："盖雨之至细若有若无者谓之梦。"这梦一般的细雨，本来就已经给人一种虚无缥缈、朦胧迷幻之感，再加上高唐神女朝云暮雨的故实，又赋予"梦雨"以爱情的暗示，因此，这"一春梦雨常飘瓦"的景象便不单纯是一种气氛渲染，而是多少带上了比兴象征的意味。它令人联想到这位幽居独处、沦谪未归的圣女仿佛在爱情上有某种朦胧的期待和希望，而这种期待和希望又总是像梦一样的飘忽、渺茫。同样地，当我们联系"何处西南待好风"（《无题二首》之一）、"安得好风吹汝来"（《无题二首》）一类诗句来细加体味，也会隐隐约约感到"尽日灵风不满旗"的描写中暗透出一种好风不满的遗憾和无所依托的幽怨。这种由缥缈之景、朦胧之情所融合成的幽渺迷蒙之境，极富象外之致，却又带有不确定的性质，略可意会，而难以言传。这是一种典型的朦胧美。尽管它不免给人以雾里看花之感，但对于诗人所要表现的特殊对象——一位本身就带有虚无缥缈气息的"圣女"来说,却又有其特具的和谐与适应。"神女生涯原是梦"(《无题二首》之二)。这梦一般的身姿面影、身世遭遇,梦一般的爱情期待和心灵叹息,似乎正需要这梦一样的氛围来表现。

颈联又由"沦谪"不归、幽寂无托的"圣女",联想到处境与之不同的两位仙女。道书上说,萼绿华年约二十上下,青衣,颜色绝整,于晋穆帝升平三年夜降羊权家,从此经常往来,后授权尸解药引其升仙。杜兰香本是渔父在湘江岸边收养的弃婴,长大后有青童自天而降,携其升天而去。临上天时兰香对渔父说:"我仙女也,有过谪人间,今去矣。"来无定所,踪迹飘忽不定,说明并非"沦谪"尘世,困守一地;去未移时,说明终归仙界,而不同于圣女之迟迟未归。颔、颈两联,一用烘托,一用反衬,将"圣女"沦谪不归、长守幽寂之境的身世遭遇,从不同的侧面成功地表现出来了。这是诗人面对细雨灵风包围中寂寥的圣女祠时所生的联翩浮想。不知不觉中,仿佛已身处其境,化身为圣女了。因此,尾联就自然以圣女的身份口吻抒慨。

"玉郎会此通仙籍,忆向天阶问紫芝。"玉郎,是天上掌管神仙名册的仙官。通仙籍,指登仙界的资格(古称登朝为官为通朝籍)。忆,是思念、想望的意思。这一联是说,处此沦谪不归的寂寥境遇,希望能有职掌仙籍的玉郎和自己在这里相会,以便帮助自己重登仙籍,在天阶采取紫芝。"玉郎"盖影指柳仲郢,当时他内征为吏部侍郎,职掌官吏诠选,商隐希望他能帮助自己重登朝籍。以沦谪归迟的境遇而有此重登"仙籍"的企盼,是很自然的事。

这首诗成功地塑造了一位沦谪不归、幽居无托的圣女形象。有的研究者认为诗人是托圣女以自寓,有的则认为是托圣女以写女冠。实际上圣女、女冠、作者,不妨说是三位而一体:明赋圣女,实咏女冠,而诗人自己的"沦谪归迟"之情也就借圣女形象隐隐传出。所谓"圣女祠",大约就是女道观的异名,这从七律《圣女祠》中看得相当清楚。所不同的，只是《圣女祠》借咏圣女而寄作者爱情方面的幽渺之思，而《重过圣女祠》则借咏圣女而寄其身世沉沦之慨罢了。清人施补华评"梦雨"一联道："作缥缈幽冥之语，而气息自沉，故非鬼派。"由于其中融合了诗人自己遇合如梦、无所依托的人生体验，诗歌的意境才能在缥缈中显出沉郁。

霜　月

初闻征雁已无蝉^①，百尺楼南水接天^②。青女素娥俱耐冷^③，月中霜里斗婵娟^④。

[校注]

①《礼记·月令》："孟秋之月寒蝉鸣，仲秋之月鸿雁来，季秋之月霜始降。"陶潜《己酉岁九月九日》："哀蝉无留响，征雁鸣云霄。"初闻征雁，已无蝉声，时令已到深秋。②南，《全唐诗》原作"高"，校："一作南。"兹据改。③青女，主管霜雪的女神。《淮南子·天文训》："秋三月……青女乃出，以降霜雪。"高诱注："青女，青要玉女，主霜雪也。"素娥，即嫦娥。月色白，故称。俱，读平声。耐，宜。④婵娟，美好的容态。作者《秋月》云："姮娥无粉黛，只是逞婵娟。"

[笺评]

周必大曰：唐李义山《霜月》绝句："青女素娥俱耐冷，月中霜里斗婵娟。"本朝石曼卿云："素娥青女元无匹，霜月亭亭各自愁。"意相反而句皆工。（《二老堂诗话》）

何焯曰：第二句先虚写霜月之光，最接得妙。下二句常语也。（《李义山诗集辑评》引）

陆鸣皋曰：妙语偶然拈到。（《李义山诗疏》）

姚培谦曰：从无伴中说出有伴来，如此伴侣，煞是难得。(《李义山诗集笺注》)

屈复曰：一岁已云暮，二履高视远。三四霜月中犹斗婵娟，何其耐冷如此。(《玉谿生诗意》)

冯浩曰：艳情也。(《玉谿生诗笺注》)

纪昀曰：首二句极写摇落高寒之态，则人不耐冷可知。却不说破，只以青女、素娥对照之，笔意深曲。(《玉谿生诗说》)

张文荪曰：托兴幽缈，自见风骨。(《唐贤清雅集》)

[鉴赏]

这首吟咏秋夜的霜华、月色的小诗，不但生动地展示了霜天夜月一片空明澄澈的自然美，而且象征性地表现了一种"耐冷"的精神美和人格美，称得上是一首寓有"高情远意"的作品。

首句从秋夜闻雁写起。古代对于时令的感受往往和自然界中禽鸟虫兽的活动联系在一起，陶潜《己酉岁九月九日》："哀蝉无留响，征雁鸣云霄。"李商隐这句似括陶诗之意，但意味小异。陶诗平列二者，"无""鸣"对映，重在表现对于深秋季节肃杀清寥景象的感受，略带感伤意味；李诗由秋夜初闻雁声而联想到蝉鸣已绝，言外对深秋的高远寥廓、清净绝喧怀有一种欣赏的感情，这与下面几句所显示的感情是一致的。

次句"百尺楼南水接天"，转从视觉角度写秋夜高楼遥望之景。百尺高楼，视野极为广远，望见远水遥天、混茫相接的景象，原不奇怪，但题为"霜月"，写水势浩茫却与题面无涉，三、四两句所写景象也与水无关。细味全诗，这句的"水"并非实写，而是暗写、虚写霜、月。秋天的月夜，整个天宇特别明净，皎洁的月光像无边无际的水波一样充满了天地之间；而皎洁的霜华和充盈空间的月光又浑然一色。因此，所谓"水接天"，正是霜华月光，似水一色在诗人眼中所引起的幻觉似的感受。在李商隐之前或同时，写"月光如水"（赵嘏）或"月如霜"（李益）的不乏其例，但是像李商隐这样，将霜、月交辉，浑然一体的情景用"水接天"来不着痕迹地加以表现，却是一种独创。它已经不是一般的所谓暗喻，而是如实抒写自己独特的幻觉式感受。这里所展示的高远寥廓、空明澄澈的境界，正为后两句的神话式想象创造了意念飞跃的条件。何焯说："第二句先虚写霜、月之光，最接得妙。"大概就是有见于这句与下两句的关系。

"青女素娥俱耐冷，月中霜里斗婵娟。"三、四两句从霜华月光交相辉映的情景中展开想象，进而以象征性笔意摄取霜、月之神。青女，是神话传说中主管霜雪的女神。《淮南子·天文训》："秋三月，青女乃出，以降霜雪。"高诱注："青女，天神，青要玉女，主霜雪也。"素娥，即嫦娥，月色洁白，如美人不施粉黛，故称"素娥"。"耐"字可以作"忍耐"之耐解，也可作"宜""称"解（参见张相《诗词曲语辞汇释》），后一种解释可能更切合一些。婵娟，美好的容态，这里特指一种高洁清雅的风姿。两句将霜月交辉的景象想象为霜、月之神在竞妍斗美，意思是说，霜神青女和月神嫦娥都特别适宜于清冷的环境，她们各自在霜中月里呈现自己的本色，比赛看谁更美丽。这里有好几层美好的想象。诗人首先将霜月交辉的自然美幻化为霜神、月神斗美竞妍，这就不但使美好的自然景象具有生动的意态风貌，而且赋予了（或者说摄取了）霜、月的精神魂魄。同时，诗人还进而想象，霜、月之神具有特殊的性格气质——"耐冷"，她们在清冷的环境中不是瑟缩畏惧，而是倍增生气精神，充分展示出她们的美。而她们的美，又不是那种凡俗的艳丽，而是一种不施粉黛的本色美，一种与清冷环境相称的高洁幽雅的意态美，一种环境越是清冷就越富于生气的精神美。更重要的是，诗人通过想象，寄寓了自己对这种超凡脱俗的精神美、人格美的向往追求和深情赞颂。这种向往追求，是诗人长期处于污浊黑暗的现实环境中，精神人格上受到压抑的一种反激。他在《高松》中说："有风传雅韵，无雪试幽姿。"《霜月》所写，正是"无雪"句的对面。

作为一首写景咏物与抒怀密切结合的诗，《霜月》的根本特点在于略貌取神，着重抒写主观感受，寄托诗人自己的精神情操。

蝉①

本以高难饱②，徒劳恨费声。五更疏欲断，一树碧无情。薄宦梗犹泛③，故园芜已平④。烦君最相警⑤，我亦举家清⑥。

[校注]

①据"薄宦"句，诗当作于羁泊寄幕期间，以作于大中四年（850）秋寓居卢弘止幕时的可能性较大。参注⑥。②《吴越春秋》："秋蝉登高树，饮清露，随风挥（挥）挠，长吟悲鸣。"③薄宦，官职卑微。梗泛，《战国策·齐策》载：齐孟尝君欲赴秦，苏秦劝阻道："今者臣来过于淄上，有土偶人与桃梗相对语。桃梗谓土偶人曰：'子西岸之土也，挺子以为人，至岁八月，降雨下，淄水至，则汝残矣。'土偶曰：'不然。吾西岸之土也，土则复西岸耳。今子东国之桃梗也，刻削子以为人，降雨下，淄水至，流子而去，则子漂漂者将何如？'"后因以"梗泛"喻漂泊流转的生活。④芜已平，杂草丛生，长得一片平齐，形容荒芜景象。陶潜《归去来兮辞》："归去来兮，田园将芜胡不归！"卢思道《听鸣蝉篇》："故乡已超忽，空庭正芜没。"⑤君，指蝉。警，警醒、提醒。⑥大中三年十月商隐应卢弘止之辟入徐州幕为节度判官时有《上尚书范阳公启》，其中述及自己境况时云："去年远从桂海，来返玉京，无文通半顷之田，乏元亮数间之屋。"即此句"举家清"之意。清，清贫。

[笺评]

钟惺曰：（起句）五字名士赞。（碧无情）三字冷极幻极。结自处

不苟。(《唐诗归》)

钱良择曰：（一树句）神句非复思议可通，所谓不宜释者是也。(《唐音审体》)

吴乔曰：义山（蝉）诗，绝不描写、用古，诚为杰作……《落花》起句奇绝，通篇无实语，与《蝉》同，结亦奇。(《围炉诗话》)

朱彝尊曰：第四句更奇，令人思路断绝。(《李义山诗集辑评》引)

姚培谦曰：此以蝉自况也。蝉之自处既高矣，何恨之有？三承"声"字，四承"恨"字。五六言我今实无异于蝉。听此声声相唤，岂欲以警我耶？不知我举家清况已惯，豪无怨尤，不劳警得也。(《李义山诗集笺注》)

屈复曰：三四流水对，言蝉声忽断忽续，树色一碧。五六说目前客况，开一笔，结方有力。(《唐诗成法》) 通首自喻清高。三四承"恨费声"。五六又应"难饱"。七结前四，八结五六。本言其费声，而翻写不鸣。盖除却五更欲断，此外无不鸣时也。高即清也。本以居高，终身难饱，鸣以传恨，徒劳费声。惟至五更，树碧无情，乃不鸣耳。费声如此。梗泛园芜，吾之遭逢如此。故烦君相警，而举家亦清也。(《玉谿生诗意》)

徐德泓曰：此从事幕府而以蝉见意也。首联，写高洁。颈联，微寓失所依栖意，是以嗟泛梗而兴故园之思。末以人、物同情结之。前写物，而曰"高"曰"恨"，曰"欲断""无情"，不离乎人；后写人，而曰"梗"曰"芜"曰"清"，不离乎物，正诗家针法精密处。(《李义山诗疏》)

冯浩曰：此章无可征实，味其意致，当在斯时。(《玉谿生诗笺注》) 按：冯谱编大中五年。

纪昀曰：起二句斗入有力，所谓意在笔先。前半写蝉，即自喻；后半自写，仍归到蝉。隐显分合，章法可玩。(《玉谿生诗说》)

沈德潜曰：（一树碧无情）取题之神。(《唐诗别裁》)

宋宗元曰：（五更二句）咏物而揭其神，乃非漫咏。（《网师园唐诗笺》）

李因培曰：（五更二句）追魂之笔，对句更可思而不可言。（《唐诗观澜集》）

顾安曰：首二句写蝉之鸣，三四写蝉之不鸣。"一树碧无情"，真是追魂取气之句。五、六先作"清"字地步，然后借"烦君"二字折出结句来。法老笔高，中、晚一人也。（《唐律消夏录》）

黄叔灿曰：上四句就蝉之大致刻划，便有比意。起极超脱，人不能道也，入神之笔也。"薄宦"一联，即自己说，结二语仍收转蝉说，觉"一树"句更情思惘然。古人善咏物者必有比托。（《唐诗笺注》）

施补华曰：《三百篇》比兴为多，唐人犹得此意。同一咏蝉，虞世南"居高声自远，端不（按：集作"非是"）藉秋风"，是清华人语；骆宾王"露重飞难进，风多响易沉"，是患难人语；李商隐"本以高难饱，徒劳恨费声"，是牢骚人语。比兴不同如此。（《岘佣说诗》）

张采田曰：起四句暗托令狐屡启陈情不省，有神无迹，真绝唱也，非细心不能味之。（《李义山诗辨正》）又云：颇难征实，冯编徐幕，无据。（《玉谿生年谱会笺》）

[鉴赏]

李商隐是唐代咏物诗的名家，其托物寓怀寄慨身世之作往往绝去比附、物我浑融；离形入神，传神空际；不涉理路，极饶神韵，在艺术上对传统咏物诗有明显发展。这首《蝉》正是体现上述特征的名作。

"本以高难饱，徒劳恨费声。"起手即撇开蝉的外在形貌特征，将它人格化，赋予它"高难饱"的清高寒士气质，直传其悲鸣诉恨而徒劳费声的悲慨。古人认为蝉栖息高树，啜饮清露，故说"高难饱"。

蝉声悲切，似乎在诉说自己"高难饱"的怨恨，但却得不到同情，故说"徒劳""费声"。"徒劳恨费声"，即徒劳费声以寄恨。"高"字双关，既指蝉栖高饮露，也隐寓诗人自身品格之高洁。初唐虞世南的《蝉》、骆宾王的《在狱咏蝉》与本篇立意有别，但都间接或直接地提及蝉的高洁品性。两句揭出"高"与"饱"、"费声"与"徒劳"的矛盾，隐寓自己因品格高洁而穷愁困苦，虽悲鸣寄恨而无人同情的悲剧性命运，起势突兀，笼盖全篇，纪昀说："起二句斗入有力，所谓意在笔先。"

"五更疏欲断，一树碧无情。"颔联承"徒劳恨费声"，说彻夜悲鸣的蝉，到五更天将晓时，鸣声逐渐稀疏无力，似乎就要嘶断声绝，而所栖息的高树，却一片碧绿，悄然无言，像是对寒蝉的悲鸣全然无动于衷。上句传神地描绘出五更时分蝉声悲凄无力、欲断仍嘶的神韵，透出自己濒于绝望而仍不甘沉默、有所希冀的心理状态；下句奇想入幻，将清晨时分静寂不动的一树碧阴想象为对凄断欲绝的寒蝉冷漠无情的反应，显示出所处环境的冷酷及对这种环境绝望的怨愤。两句构成强烈对比，使下句的反跌更为沉痛有力。钟惺说："'碧无情'三字冷极幻极。""冷"是指心境的幽冷凄清，"幻"是指意境的奇幻。"碧"色本为青翠而具生机之色，此却曰"无情"，正缘于抒情主体自身主观感受的投射所致。这种描写，纯然是把蝉当作有知觉、有感情的人来写，而且表现的是诗人这样一个有着清高品性、梗泛身世而又承受着冷漠环境压抑的士人的心态。评家谓此联"取题之神"，正道出其离形取神、传神空际的特点。在这方面，它比虞、骆二作更加脱略形迹，因为它们都分别写到了"垂緌""玄鬓影"等外在特征。

"薄宦梗犹泛，故园芜已平。"上句由蝉的流转栖息于树枝，联想到自己的宦游羁泊生活，说自己至今仍然过着漂泊梗泛的生活，官卑职微。何焯说此句"双抱"，指的正是其兼指蝉与人的"梗泛"。"犹"字着意，见这种薄宦梗泛生活为时已久，其中隐隐透出对此的厌倦与难堪，下句化用陶潜《归去来兮辞》"归去来兮，田园将芜胡不归"

之意，而改"将"为"已"，言外见虽欲归而不能的意蕴。这句疑亦物、我双抱。明为自写，隐亦写蝉。蝉的幼虫生长在树下的土洞中，至若虫、成虫阶段才栖息于高树，"故园"贴"蝉"说，或正指幼虫所居已被一片荒草所掩。

"烦君最相警，我亦举家清。"尾联"君""我"对举双收，意谓：劳烦你用悲鸣警醒提示我的身世境遇，我和你一样，也是举家清寒，有家难归啊！"亦"字双抱，"举家清"回抱首句"高难饱"，首尾一贯。

这首托物寓怀诗抓住寒蝉栖高饮露、悲鸣欲绝这两个特点，突出表现其"高难饱""恨费声"的处境遭遇，为自己志行高洁而不免穷困潦倒，满腔悲愤而却无人同情，羁宦漂泊而欲归不得的悲剧命运写照。诗人写蝉，不着重于外在形貌的描绘刻画和它与人的形似，而致力揭示它的感情、感受和心理，在将蝉人化的同时达到人、物浑然一体的有神无迹的境界。评家所说的"空际传神""意在笔先"，指的正是这种特点。在结构章法上，首联总起，颔、腹二联，分承"恨费声"与"高难饱"，尾联双收，回抱首联。前四句写蝉即以自寓，五、六句写己兼抱寒蝉，七、八"君""我"对举收束。隐显分合，严密而有变化。

悼伤后赴东蜀辟至散关遇雪①

剑外从军远②，无家与寄衣③。散关三尺雪，回梦旧鸳机④。

[校注]

①悼伤，指妻子亡故，商隐妻王氏卒于大中五年（851）春夏间。同年七月，新任东川节度使柳仲郢奏辟商隐为节度书记。商隐因料理王氏丧葬、安顿子女托长安亲友照顾等事，未即随柳仲郢赴幕，迟至

深秋九月方只身前往梓州（今四川三台）。行至散关（即大散关，在今陕西宝鸡市），遇大雪，作此诗。东蜀，即东川。节度使府在梓州。②剑外，剑门关之外，东川节度使府梓州在剑门关南。唐人称蜀地为剑外，有剑南西道（治成都）、剑南东道（治梓州），亦称西川、东川或西蜀、东蜀。从军，指在节度使军幕任职。从京城长安至梓州二千九十里。（据《旧唐书·地理志》）③《诗·秦风·无衣》写从军出征，每章均以"岂曰无衣"开头。此处借用"无衣"的字面谓妻子亡故，已经无家人可给自己寄寒衣。④鸳机，织锦机。句意谓梦中回到家中见妻子正在织锦机旁。

[笺评]

何焯曰：通首不离"悼伤后"三字。（《义门读书记》）

姚培谦曰：悲在一"旧"字。（《李义山诗集笺注》）

屈复曰：以"从军"起"无衣"，以"无衣"起"三尺雪"。四总结上三。（《玉谿生诗意》）

纪昀曰：气格高远，犹存开、宝之遗。"回梦旧鸳机"，犹作有家想也。缩退一步，正是加一倍法。（《玉谿生诗说》）陈陶《陇西行》曰："可怜无定河边骨，犹是春闺梦里人。"是此诗对面。（《李义山诗集辑评》引）

姜炳璋曰：一呼三应，二呼四应。机上无人，故无衣可寄。积雪散关，益增梦想。凄绝！（《选玉谿生诗补说》）

刘永济曰：无家之人于远方雪夜中，忽作有家之梦，情已可伤，况当悼亡之后，何以为怀？"鸳机"二字中含有无限温暖在。（《唐人绝句精华》）

[鉴赏]

唐宣宗大中五年（851）深秋，诗人在丧妻后不久，又应东川节度使柳仲郢之辟，抛下幼小的子女，只身远赴剑门关外的梓州（今四川三台县）任节度书记。行至大散关，遇到大雪，在凄冷孤子中写下这首层深曲折而又浑成无迹的小诗。

首句明点赴东蜀军幕。着一"远"字，不仅显示出"京华庸蜀三千里"长途跋涉的艰辛，而且透露出对又一次漂泊天涯的人生旅途的伤感。《诗·秦风·无衣》写从军出征，每章都以"岂曰无衣"开头。从军远行的人惦念家人寄衣，不单是为了御寒，还因为寄衣象征着亲情的温暖。因此由"从军远"联想到"寄衣"，原极自然。但现实情况却是"无家与寄衣"。"无家"，正点题内"悼伤"。这层转折，于长途跋涉的辛苦之外又加失去家庭温暖和精神慰藉的痛苦，孤子凄凉之感更深化了。

在这种情况下，偏偏又遇上了"散关三尺雪"。大雪不仅增添跋涉之艰，更加强了生理上心理上的凄寒感。由"无衣"而"三尺雪"，凄苦之情已累积转进到最高点。第四句仿佛无可为继，却转出新境——"回梦旧鸳机"。鸳机，即织锦机。身心的孤子凄寒使诗人更加向往家庭的温暖。这种在现实中根本无法实现的向往遂幻化为温馨的梦境。"鸳机"与上"无衣""三尺雪"正成为鲜明对照。梦境的温馨似乎驱散了彻骨的凄寒，但"梦里不知身是客"的悲慨和梦醒后更令人难以禁受的凄寒却因此更加强烈。梦境是凄冷现境的反激，又是诗人凄冷心境更深一层的表现。诗写到"回梦"，即徐徐收住，梦中梦后种种情事和无限凄凉都留给读者去咀嚼体味。

诗"以'从军'起'无衣'，以'无衣'起'三尺雪'"（屈复评），由"三尺雪"又转出温馨梦境，层层转折加深，却又一气浑成，极为自然。三、四句的转折，看似突然，实有深刻心理依据。在朴素平淡的叙说中蕴含着丰富的感情。纪昀称此诗为"盛唐余响"，当是着眼于其浑融无迹的一面。

乐游原^①

向晚意不适^②，驱车登古原^③。夕阳无限好，只是近黄昏。

[校注]

①乐游原，在长安东南，地势较高，四望宽敞，可以眺望长安全城。汉宣帝神爵三年（前59）于此建乐游苑。《汉书》颜师古注引《关中记》云："宣帝立庙于曲池之北，今所呼乐游庙者是也。"又称乐游园。唐代太平公主于此建亭阁，玄宗时宁、申、岐、薛诸王再加修建，遂成长安登览胜地。每年正月晦日、三月三日、九月九日，长安士女多到此登赏。《唐诗品汇》《唐音统签》题作《登乐游原》。②向晚，傍晚。③古原，指乐游原。自秦于此建宜春苑、汉于此建乐游苑，已历近千年。

[笺评]

许颢曰：洪觉范……作《冷斋夜话》，有曰："诗至李义山，为文章一厄。"仆读至此，蹙额无语。渠再三穷诘，仆不得已曰："夕阳无限好，只是近黄昏。"觉范曰："我解子意矣。"即时删去。今印本存之，盖已前传出者。（《彦周诗话》）

杨万里曰：此诗忧唐祚将衰也。（《唐诗品汇》引）

吴乔曰：宋之最著者苏、黄，全失唐人一唱三叹之致，况陆放翁辈乎？但有偶然撞着者，如明道云："未须愁日暮，天际是轻阴。"忠厚和平，不减义山之"夕阳无限好，只是近黄昏"矣。（《答万季埜诗问》）问曰："唐诗六义如何？"答曰："《风》《雅》《颂》各别，比兴赋杂出乎其中……'忽见陌头杨柳色，悔教夫婿觅封侯'，兴也；'夕阳无限好，只是近黄昏'，比也；'海日生残夜，江春入旧年'，赋也。"（《围炉诗话》）

朱彝尊曰：言值唐家衰晚也。（《李义山诗集辑评》引）

吴昌祺曰：（三四）二句似诗馀，然亦首选。宋人谓喻唐祚，亦不必也。（《删订唐诗解》）

杨守智曰：迟暮之感，沉沦之痛，触绪纷来。（《玉谿生诗笺注》引）按：《李义山诗集辑评》朱笔评引此"触绪纷来"下有"悲凉无限"四字。此条下又有朱笔批曰："叹时无宣帝，可致中兴，唐祚将沦也。"与上一条似非出一手，是否何焯批，亦未可定。姑附此。

姚培谦曰：销魂之语，不堪多诵。（《李义山诗集笺注》）

屈复曰：时事遇合，俱在个中，抑扬尽致。（《玉谿生诗意》）

程梦星曰：此诗当作于会昌四、五年间，时义山去河阳退居太原，往来京师，过乐游原而作是诗，盖为武宗忧也。武宗英敏特达，略似汉宣，其任德裕为相，克泽潞，取太原，在唐季世，可谓有为，故曰"夕阳无限好"也。而内宠王才人，外筑望仙台，封道士刘玄静为学士，用其术以致身病不复自惜，识者知其不永，故义山忧之，以为"近黄昏"也。（《重订李义山诗集笺注》）

纪昀曰：百感茫茫，一时交集，谓之悲身世可，谓之忧时事亦可。下二句向来所赏，然得力处在以"向晚意不适"句倒装而入，下二句已含句下。（《玉谿生诗说》）或谓"夕阳"二句近小词，此充类至义之尽语，要不为无见，赖起二句苍劲足相救耳。（《李义山诗集辑评》引）

姜炳璋曰：此忧年华之迟暮也。名利场中，多少征逐，回头一想，黯然销魂，天下事大抵如此。"向晚"二字，领起全神。（《选玉谿生诗补说》）

管世铭曰：李义山《乐游原》诗，消息甚大，为绝句中所未有。（《读雪山房唐诗序例》）

宋宗元曰：（三四句）爱惜景光，仍收到"不适"。（《网师园唐诗笺》）

李锳曰：以末句收足"向晚"意，言外有身世迟暮之感。（《诗法

易简录》）

施补华曰：义山"向晚意不适，驱车登古原。夕阳无限好，只是近黄昏"，叹老之意极矣，然只说夕阳，并不说自己，所以为妙。五绝七绝，均须如此，此亦比兴也。（《岘佣说诗》）

吴仰贤曰：李义山诗："夕阳无限好，只是近黄昏。"宋程伯子诗："未须愁日暮，天际是轻阴。"两人身世所遭不同，故其咏怀寄托亦异……寥寥十字，两朝兴废之迹寓焉。（《小匏庵诗话》）

张采田曰：杨氏……可谓善状此诗妙处。谓忧唐之衰者，只一义耳。（《玉谿生年谱会笺》）

俞陛云曰：诗言薄暮无聊，藉登眺以舒怀抱。烟树人家，在微明夕照中，如天开图画。而无情暮景，已逐步逼人而来。一入黄昏，万象都灭，玉谿生若有深感者。（《诗境浅说》续编）

刘永济曰：作者因晚登古原，见夕阳虽好而黄昏将至，遂有美景不常之感。此美景不常之感，久蕴积在诗人意中，今外境适与相合，故虽未明指所感，而所感之事即在其中。（《唐人绝句精华》）

[鉴赏]

乐游原在长安东南，四望宽敞，可以俯瞰全城，为唐代登临胜地。汉宣帝曾于其地起乐游苑，故诗称"古原"。

前两句写登临之由。薄暮的环境气氛，每易枨触愁绪。这里只笼统说"意不适"，当是一种郁积盘结、复杂多端、难以言说的惆怅。因此后幅因登览而触发的感慨，其内涵也就特别深广虚涵。纪昀说："末二句向来所赏。妙在第一句倒装而入，末二句乃字字有根。"

后两句写登览所感。诗人于登临所见诸多景物中独取"夕阳"，固缘在薄暮的旷远迷茫中，最引人注目的景象便是正在西沉的一轮红日；同时也由于潜藏之"不适"恰与景遇，触发更深广的人生感慨。诗人既激赏夕阳之"无限好"，又因其"近黄昏"而不胜低回流连，惋惜怅惘。唯其"无限好",怅惘之情便愈加浓重,三句之极赞正所以反跌末句之浩叹。其间"无限"与"只是",一扬一抑,一纵一收,将浓重的怅惘渲染得非常充分,却又显得唱叹有致。作者身处衰世,国运陵夷,身世沉沦,岁月蹉跎,对好景不长的感受特深。登古原骋望,见夕阳沉西之苍茫景象,自不免触发上述种种感受。情与景浃,遂浑沦书感,而家国之忧、身世之感、时光流逝之恨均一齐包括。而在"百感茫茫,一时交集"(纪昀语)之中,还蕴含着更深一层的带有哲理意味的感慨:某种行将消逝的事物往往呈现出特有的美,而这种美又是如此匆匆易逝。美的发现与消逝,美的赞叹与惋惜紧密地联结在一起,诗人的感情也陷入既赞赏流连又惋惜怅惘的矛盾苦闷之中。诗中所表现的这种感慨,既带有那个衰颓时世特有的色彩,又具有一定的普遍性。管世铭谓此诗"消息甚大,为绝句中所未有",正道出其感慨的深广虚涵。

本篇触景生慨,最近兴体,妙在有意无意、不即不离之间,可以引起广泛联想,却不必泥定一端。若认作有明确意图的比喻,便全失语妙。

北齐二首①

其 一

一笑相倾国便亡②,何劳荆棘始堪伤③。小怜玉体横陈夜④,已报周师入晋阳⑤。

其 二

巧笑知堪敌万机⑥,倾城最在著戎衣⑦。晋阳已陷休回顾,更请君王猎一围⑧。

[校注]

①二首均咏北齐后主高纬宠冯淑妃，荒淫亡国事。《北史》卷八有《北齐后主本纪》，卷十四有北齐后主《冯淑妃传》。二诗或有所托讽。可能作于武宗会昌五年（845）。②《诗·大雅·瞻卬》："哲夫成城，哲妇倾城。"《汉书·外戚传》李延年歌曰："北方有佳人，绝世而独立。一顾倾人城，再顾倾人国。宁不知倾城与倾国，佳人再难得。""一笑相倾"之"倾"为倾心、倾倒之义，句意为君主一旦为美色所迷，便种下亡国祸根。③《吴越春秋》：夫差听谗，伍子胥垂涕曰："以曲作直，舍谗攻忠，将灭吴国，城郭丘墟，殿生荆棘。"句意为何必要等到国家覆亡、宫殿长满荆棘时才值得悲伤呢。堪，《全唐诗》校："一作悲。"④小怜，北齐后主高纬的宠妃。《北史·冯淑妃传》："冯淑妃名小怜，大穆后从婢也。穆后爱衰，以五月五日进之，号曰'续命'。慧黠能弹琵琶，工歌舞。后主惑之，坐则同席，出则并马。"怜，一作"莲"。宋玉《讽赋》："内怵惕兮徂玉床，横自陈兮君之傍。""玉体横陈夜"，指冯小怜进御之夕。⑤晋阳，今山西太原市，北齐军事、政治重镇，自齐高祖高欢起，历代皇帝均以晋阳为根本，屡次巡幸，常驻其地。据《北齐书》载，武平七年十二月，周武帝来救晋州（今山西临汾），齐师大败。齐后主弃军先还，留安德王延宗等守晋阳。后主逃奔到都城邺城（今河北临漳）。同月十七日（577年1月21日），延宗与周师战，大败，为周师所虏。周师攻破晋阳。这里用"周师入晋阳"表明北齐面临亡国的危急局势。⑥《诗·卫风·硕人》："巧笑倩兮，美目盼兮。"万机，君主日常处理的繁剧政务。《书·皋陶谟》："兢兢业业，一日二日万几。"孔传："几，微也，言当戒惧万事之微。"后多以"万几"或"万机"径指繁多政事。⑦谓冯淑妃之美艳绝伦尤在着戎装之时。盖指其与后主围猎，参下注。⑧《北史·冯淑妃传》："周师之取平阳，帝猎于三堆，晋州告急，帝

将还，淑妃请更杀一围，帝从其言。识者以为后主名纬，杀围言非吉征。及帝至晋州，城已欲没矣。"《通鉴》亦载，晋州告急，自旦至午三至；至暮更至，曰："平阳已陷。"乃奏之，齐主将还，冯淑妃请更杀一围，从之。据此，"已陷"者系晋州平阳，非晋阳，当是作者一时误记。杀一围，再围猎一次。

[笺评]

朱彝尊曰：（首章第三句评）故用极亵昵字，末句接下方有力。（次章三四句评）有案无断，其旨更深。（《李义山诗集辑评》引。冯浩《玉谿生诗笺注》引作钱良择评）

何焯曰：上言其一为所惑，祸败即来；下言转入转迷，必将祸至不觉，用意可谓反复深至矣。首章最警切。又按：上篇叹其不知不见是图，下篇笑其至死不悟。（《义门读书记》）又云：（首章三四句）警快。（《李义山诗集辑评》引）

张谦宜曰：不说他甚底，罪案已定，此咏史体。（《絸斋诗谈》）

姚培谦曰：前者是惑溺开场，后者是惑溺下场。沉痛得《正月》诗人遗意。（《李义山诗集笺注》）

屈复曰：（首章）"一"字"便"字，"何劳"字"始堪"字"已报"字相呼相应。（次章）"知堪""最在""已陷""更请"相呼相应。不用论断，具文见意。（《玉谿生诗意》）

程梦星曰：此托北齐以慨武宗、王才人游猎之荒淫也。（《重订李义山诗集笺注》）

冯浩曰：（首章）北齐以晋阳为根本地，晋阳破则齐亡矣。诗言淑妃进御之夕，齐之亡征已定，不待事至始知也。（次章）程氏、徐氏以武宗游猎苑中，王才人必袍骑而从，故假事以讽之。夫武宗岂高纬之比，断非也。寄托未详，当直作咏史看。（《玉谿生诗笺注》）

纪昀曰：廉衣评曰："芥舟云二诗太快，然病只在前二句欠深浑，后二句必如此快写始妙。"议论以指点出之，神韵自远。若但议论而乏神韵，则周昙、胡曾之流仅有名论矣。诗固有理正意足而不佳者。（次章）此首尤（《辑评》作"较"）含蓄有味，风调欲绝，而不纤不佻，所以为诗人之言。（《玉谿生诗说》）

林昌彝曰：唐人诗："晋阳已陷休回顾，更请君王猎一围。"……诗但述其事，不溢一词，而讽谕蕴藉，格律极高。此唐人擅长处。（《射鹰楼诗话》）

俞陛云曰：（次章）后二句神采飞扬，千载下诵之，声口宛然，词人妙笔也。（《诗境浅说》续编）

[鉴赏]

北齐后主高纬是著名的荒淫之君。他宠冯淑妃（名小怜，一作小莲），曾作《无愁曲》，自弹琵琶，民间称其为"无愁天子"。这两首联章咏史七绝，即以严冷辛辣的笔调讽刺后主与淑妃的荒淫废政，导致国家覆亡，以寓鉴戒之意。

首章前两句以议论揭出两章主旨，极力强调君主一为美色所迷，便种下亡国之祸，何必等到宫殿长满荆棘才悲伤呢？上句既用汉李延年歌"北方有佳人，绝世而独立。一顾倾人城，再顾倾人国"的字面，又暗用周幽王为博褒姒一笑，举烽火召诸侯，终为犬戎所杀之事；下句"荆棘"字本《吴越春秋》伍子胥谏夫差之语："以曲作直，舍谏攻忠，将灭吴国，城郭丘墟，殿生荆棘。"融化古语故事，浑然无迹。"一"与"便"，"何劳"与"始堪"两两相承，正反相形，一气贯注，极言美色惑君覆国为祸之速之烈。在议论中糅合了史事，灌注了感情，并运用了强烈的夸张。"一""便"相承，直启下两句。

三、四句由议入叙，用史事为前面的议论提供有力的印证。公元577年初，周师攻破北齐军事重镇晋阳（今太原市），向齐都邺城进军，高纬出逃被俘，北齐遂灭。此处即以"周师入晋阳"表明北齐面临危亡局面。小莲进御之夕与周师入晋阳，在时间上本不相连，这里为极言色荒之祸，特将二者加以连缀剪接。表面上看，似乎夸张失实。但这种在时间上超前的夸张，由于融合了鲜明的对比，使极亵昵的情景与极危急的局势并列，从而有力地揭示出其间的因果联系，表达了"一笑相倾国便亡"的主题，显得警切明快、发人深省。

次章前两句"巧笑""倾城"仍遥承前章"一笑相倾"而言，意脉贯通，正是联章体的章法。"巧笑"与"万机"（指皇帝要处理的繁重政务），对于一国之君来说，孰轻孰重，本属常识；但对迷恋美色的无愁天子高纬来说，冯淑妃的"巧笑"却足以"敌万机"。"敌"字讽刺极尖锐而辛辣。美人而"着戎衣"，如驰骋疆场，固然英姿飒爽，但"着戎衣"而迷畋猎，废武备，则这种"倾城"之姿适足以覆国而已。妙在"知堪""最在"二语，反言若正，似赞实讽，冷隽的讽刺中含有耐人寻味的幽默，读之但觉谐趣横生。

三、四两句进而选取一个最能表现讽刺对象性格的典型情节，以印证上两句的议论。史载：周师取平阳，帝猎于三堆。晋州告急，帝将还。淑妃请更杀一围（再围猎一次），从之。这里说"晋阳已陷"，可能是一时误记，也可能是为了与上首"周师入晋阳"相承而作出的改动。两句拟冯淑妃口吻，貌似客观叙说，有案无断，而淑妃的恃宠放娇，后主的昏愦麻木，以及这一对无愁天子、后妃不顾一切后果、肆意行乐的性格，乃至冯淑妃的神情，都刻画得生动传神，入木三分。这两句同样运用了强烈的对比，极危急的局面（晋阳已陷）与极闲暇的态度（休回顾，更杀一围）形成的巨大反差，构成了一种耐人寻味的幽默，使得讽刺更加冷隽了。

这两首诗可能有某种现实针对性，非泛泛的以古鉴今之作。唐武宗喜畋猎，宠女色。史载王才人善歌舞，每猎苑中，才人必从，"袍而骑，佼服光侈"，与次章所写有相似处。武宗固非高纬一流，但诗人从关心国运出发，自不妨借北齐亡国事进行警戒。首章"一""便""何劳""始堪"等语，危言耸听，语重心长，若作泛论来读，便之情味。

　　两章均有较重的议论成分，但由于诗人善于提炼、剪裁典型的场景、情节，与议论相互映照，不但使议论落到实处，而且由于"议论以指点出之，神韵自远"（纪昀评语），而对比、夸张的融合，更使这两首诗具有奇警强烈的艺术效果。前首重在写后主，后首重在写淑妃；前首严肃切至，后首幽默俏皮；前首警快，后首含蓄，则又是其不同点。

夜雨寄北①

　　君问归期未有期，巴山夜雨涨秋池②。何当共剪西窗烛③，却话巴山夜雨时④？

[校注]

　　①冯浩《玉谿生诗笺注》云：《万首绝句》作"寄内"。按：文学古籍刊行社影印明嘉靖刊本《万首唐人绝句》题作"夜雨寄北"，冯氏所见当是别本。现存李商隐诗集诸旧本（包括影宋抄本及明、清刊本及抄本）除明姜道生刊本作"夜雨寄内"外，均题为"夜雨寄北"。诗当作于商隐居梓州幕期间，以作于大中七年（853）秋的可能性最大。关于此诗系年考证，详下鉴赏。寄北，寄给身居北方（当是长安）的某位亲友。时商隐同年进士、连襟韩瞻在京任职。②巴山，泛指东川一带的山。商隐《唐梓州慧义精舍南禅院四证堂碑铭》："掩霭巴山，繁华蜀国。"《为崔从事福寄尚书彭城公启》（亦作于梓幕期间）："潼水千波，巴山万嶂。"以"潼水"（即梓潼水。《旧唐书·地理志》：梓州梓潼郡，以梓潼水为名。）与"巴山"对举，均可证"巴山"即泛指东川梓州一带的山。③何当，何时，盼望之词。④却话，回过头来谈说。

[笺评]

范晞文曰：唐人绝句，有意相袭者，有句相袭者……贾岛《渡桑干》云："客舍并州已十霜，归心日夜忆咸阳。无端更渡桑干水，却望并州是故乡。"李商隐《夜雨寄人》云：……此皆袭其句而意别者。若定优劣、品高下，则亦昭然。（《对床夜语》）

李梦阳曰：唐诗如贵介公子，风流闲雅，观此信然。（《唐诗选脉会通评林》引）

唐汝询曰：题曰"寄北"，此必私昵之人。就景生意，为后人话旧长谈。（同上引）

周珽曰：以今夜雨中愁思，冀为他日相逢话头，意调俱新。第三句应转首句，次句生下落句，有情思。盖归未有期，复为夜雨所苦。则此夕之寂寞，唯自知之耳。得与共话此苦于剪烛之下，始一腔幽衷，或可相慰也。"何当""却话"四字妙，犁犁云树之思可想。（同上）

何焯曰：水精如意玉连环，荆公屡仿此。（《李义山诗集辑评》引）

王士禛曰：婉转缠绵，荡漾生姿。（《唐人万首绝句选》）

杨逢春曰：首是寄诗缘起，一句内含问答。二写寄诗时景，时、地俱显，三四于寄诗之夜，预写归后追叙此夜之情，是加一倍写法。（《唐诗绎》）

姚培谦曰："料得闺中夜深坐，多应说着远行人"，是魂飞到家里去，此诗则又预飞到归家后也。奇绝。（《李义山诗集笺注》）

屈复曰：即景见情，清空微妙，玉谿集中第一流也。（《玉谿生诗意》）

冯浩曰：语浅情浓，是寄内也。（《玉谿生诗笺注》）

徐德泓曰：翻从他日而话今宵，则此际羁情不写而自深矣。（《李义山诗疏》）

桂馥曰：眼前景反作后日怀想，意更深。（《札朴》）

黄叔灿曰：滞迹巴山，又当夜雨，却思剪烛西窗，将此夜之愁细诉，更觉愁绪缠绵，倍为沉挚。（《唐诗笺注》）

王尧衢曰：此诗内复用"巴山夜雨"，一实一虚。（《古唐诗合解》）

纪昀曰：探过一步作结，不言当下如何，而当下意境可想。作不尽语每不免有做作态，此诗含蓄不露，却只似一气说完，故为高唱。（《玉谿生诗说》）

施补华曰：李义山"君问归期"一首，贾长江"客舍并州"一首，曲折清转，风格相似，取其用意沉至，神韵尚欠一层也。（《岘佣说诗》）

林昌彝曰：七绝喜深而不宜浅，喜婉曲而不宜平直……李义山《夜雨寄北》……眼前景却作后日怀想，此意更深。（《射鹰楼诗话》）

姜炳璋曰：只一转换间，慧舌慧心。（《选玉谿生诗补说》）

李慈铭曰：淡淡中有无限意思。（《越缦堂读书简端记·万首唐人绝句选》批）

俞陛云曰：清空如话，一气循环，绝句中最为擅胜。诗本寄友，如闻娓娓清淡，诗情弥见。此与"客舍并州已十霜"，皆首尾相应，同一机轴。（《诗境浅说》续编）

[鉴赏]

冯浩、张采田均系此诗于大中二年（848）巴蜀之游。岑仲勉《玉谿生年谱会笺平质》已详辨包括梓、阆在内的大中二年巴蜀之游并不存在，冯、张所援为此游之证的篇章多为大中五至九年梓幕期间或大中元年赴桂幕、二年由桂返长安途中所作。兹不赘引，读者可自行参阅。此处单就本篇辨之。按冯谱，义山系先自桂返洛，然后又游江汉巴蜀，于深秋略顿巴巫之境。此说之误显然。《陆发荆南始至商洛》《归墅》（均大中二年桂管归途作）已言"四海秋风阔""邓橘未全黄"，则至邓州、商洛时已届深秋，返洛后再出行至江汉巴蜀，往返数千里，而云"深秋略顿巴巫之境"，则时间直若停滞不动矣。张笺谓桂管归途先至巴蜀寻杜悰，不果而中途折回，由荆南赴洛，而后归京，并谓《夜雨寄北》所写系初秋景况，由洛赴京则在九月初。是则客游巴蜀之时至返洛又复入京之时，前后亦不过两月左右，如此长途往返，时日又岂敷分配？况诗明言"君问归期未有期"，明为长期羁留某地（巴山一带）之口吻，作诗时归期尚在不可知之数，又何从测其"即作归计"乎？"何当"云云，亦见归期未卜。且如张氏所云，义山巴蜀之游，几乎全部时日皆于仆仆道途中度过，并无一地有较长时日之羁留（实亦无此可能）。试问于如此变动不居之旅途中，双方书信往来竟若今日有现代化通讯工具传递之迅便，一似预知其何日当在何地者，岂非纯属想当然？

实则根据商隐梓幕所撰之文提及"巴山"者（已见注引），已可确定此诗系其羁留梓幕已有数年之久，尚未归京探望在长安寄养之儿女时所作（大中七年冬至八年春，商隐有归京及返梓之行，详笔者《李商隐梓幕期间归京考》）。参《二月二日》《初起》《写意》诸篇，此诗当作于大中七年秋。所寄对象，当为其亲友如韩瞻者。此时妻王氏已去世两年余，"寄内"之说自不能成立。

此诗佳处，首在诗心诗情，而非缘刻意构思。首句包含着一问一答，仿佛深夜灯前，向来书询问归期的友人倾吐归期无日的心曲。次句推开，写想象中室外夜雨浸淫之景。巴山、夜、雨、秋、池这一系列蕴含着遥远、寂寥、凄清、萧瑟意味的物象，用一"涨"字绾结，构成极富包孕的抒情氛围。客居异地的孤寂凄清，对友人的深长思念，郁积心底的重重愁思，似乎都随着单调凄清的夜雨声暗暗涨满秋池，这是融写实与象征、物象与心象为一体的典型境界。尤妙在三、四两句，紧扣夜雨，从深重绵长的愁思中生出异想，转出新境：遥想他日重逢，今宵巴山夜雨的凄凉情景都将成为西窗剪烛的谈资。在重逢的欢愉中回首凄清的往事，不但使遥想中的重逢显得更富诗意的魅力，而且给眼前的雨夜羁客带来一丝温暖与慰藉。"西窗剪烛"这个细节，更加强了重逢的温煦亲切气氛和今宵遥想时的悠然神往之情。此诗"期"字叠用，"巴山夜雨"重见，固然构成一种外在的回环映带的风调美，尤在"巴山夜雨"的重见中运用时空交错跳跃的手法，融凄清与温煦、黯然与神往、寂寥与慰藉为一体，构成极为含蓄蕴藉的内在情韵美。何焯用"水精如意玉连环"形容此诗风格，颇为形象。从中可见义山不仅善于将生活中凄清之情事化为凄伤之美，且具有一种摆脱凄伤心境、化凄伤为温煦之心灵潜能。此正义山诗心诗情之特质，使其诗虽感伤而不陷于绝望之原因。

韩　碑①

元和天子神武姿，彼何人哉轩与羲②。誓将上雪列圣耻③，坐法宫中朝四夷④。淮西有贼五十载⑤，封狼生貙貙生罴⑥。不据山河据平地，长戈利矛日可麾。帝得圣相相曰度⑦，贼斫不死神扶持⑧。腰悬相印作都统⑨，阴风惨澹天王旗⑩。愬武古通作牙爪⑪，仪曹外郎载笔随⑫。行军司马智且勇⑬，十四万众犹虎貔。入蔡缚贼献太庙⑭，功无与让恩不訾⑮。帝曰汝度功第一，汝从事愈宜为辞⑯。愈拜稽首蹈且舞，金石刻画臣能为⑰。古者世称大手笔⑱，此事不系于职司⑲。当仁自古有不让，言讫屡颔天子颐⑳。公退斋戒坐小阁，濡染大笔何淋漓。点窜《尧典》《舜典》字，涂改《清庙》《生民》诗㉑。文成破体书在纸㉒，清晨再拜铺丹墀。表曰臣愈昧死上，咏神圣功书之碑。碑高三丈字如斗，负以灵鳌蟠以螭㉓。句奇语重喻者少，谗之天子言其私。长绳百尺拽碑倒，粗砂大石相磨治㉔。公之斯文若元气，先时已入人肝脾。汤盘孔鼎有述作㉕，今无其器存其辞。呜呼圣王及圣相㉖，相与烜赫流淳熙㉗。公之斯文不示后，曷与三五相攀追㉘？愿书万本诵万过，口角流沫右手胝㉙。传之七十有三代㉚，以为封禅玉检明堂基㉛。

[校注]

①韩碑，指韩愈的《平淮西碑》。唐宪宗元和十二年（817）十月，宰相裴度统率的讨叛诸军平定淮西叛镇吴元济。十二月，诏命韩愈撰《平淮西碑》。②轩与羲，轩辕氏（黄帝）与伏羲氏，举以概指三皇五帝。③列圣耻，指安史之乱以来玄宗、肃宗、代宗、德宗、顺宗历朝皇帝所蒙受的耻辱。即指藩镇跋扈，不奉皇命，甚至反叛作乱。④法官，帝王处理政事的正殿。朝四夷，使四方外族来朝。⑤淮西，唐彰义军节度使，辖申、光、蔡州，称淮西镇。自李希烈于代宗大历末割据叛乱，历陈仙奇、吴少诚、吴少阳到吴元济，已近四十年。这里将肃宗宝应元年（762）到大历十四年（779）镇蔡，后来成为叛臣的李忠臣据镇的时间也包括在内，故称"有贼五十载"。⑥封狼，大狼。貙（chū），似狸而大的兽。罴（pí），即"人熊"。均喻指凶悍的割据叛乱者。⑦圣相，原注：《晏子春秋》："仲尼，圣相也。"度，指裴度。⑧"贼斫"句，元和十年（815）六月，淄青镇节度使李师道为了反对朝廷于前一年开始的讨伐淮西叛镇的战争，派刺客暗杀了主战的宰相武元衡；御史中丞裴度头、背部被刺伤，伤愈后拜相。⑨都统，统领各道兵马的统帅。元和十二年（817）七月，因淮西久讨不克，大臣李逢吉等竞言师老财竭，意欲罢兵，裴度请亲往前线督战，充淮西宣慰招讨处置使，实际上居于统帅地位。⑩天王旗，皇帝的旗帜。⑪愬武古通，李愬、韩公武、李道古、李文通。均为朝廷先后任命讨淮西的将领。牙爪，喻部下战将。⑫仪曹外郎，时以礼部员外郎李宗闵掌书记。⑬行军司马，时以右庶子韩愈为行军司马。⑭"入蔡"句，元和十二年十月十五日，李愬雪夜袭蔡州，擒吴元济，缚送长安，

献于太庙。⑮恩不訾（zī），恩遇隆重不可计量。淮西平，裴度加金紫光禄大夫、弘文馆大学士、赐勋上柱国，封晋国公。⑯从事，幕僚。⑰金石刻画，指撰写歌颂功德的碑文。⑱大手笔，指有关朝廷大事的诏令文书等大文章。⑲职司，主管部门。这里指主管撰拟诏命、起草文件的部门，如翰林院。当时段文昌为翰林学士。⑳颔、颐，点头（表示赞许）。㉑《尧典》《舜典》，《尚书》篇名。《清庙》《生民》，《诗经》篇名。两句谓韩愈撰写碑文时精心推敲修改，模仿典诰雅颂的文体。㉒破体，破当时为文之体。㉓灵鳌，指负载石碑的龟形基石。蟠以螭（chī），碑上刻着盘绕的螭龙。㉔"谗之"三句，据《旧唐书·韩愈传》说，李愬妻（唐安公主女）出入禁中，诉碑辞不实。诏令磨愈文，命翰林学士段文昌重撰文勒石。罗隐《说石烈士》谓愬武士石孝忠因愤韩碑不叙愬功，推碑几仆，为宪宗所闻，孝忠面陈愬功，宪宗乃令段文昌另撰。王载源《李义山〈韩碑〉诗事实考辩》认为以上二说均不可靠。进谗者应是牛党成员李逢吉、皇甫镈等。㉕汤盘，传为商汤沐浴用的大盘。孔鼎，孔子先世正考父的鼎。上均有铭文。㉖圣王，指宪宗。㉗淳熙，正大光明。㉘三五，三皇五帝。㉙胝（zhī），长老茧。㉚七十有三代，《史记·封禅书》说"古者封泰山、禅梁父者七十二家"，这里把唐代也加进去。㉛玉检，封禅文书外面罩的玉石封盖。明堂，古代天子宣明政教的地方。

[笺评]

许顗曰：李义山诗，字字锻炼，用事宛约，仍多近体。惟有《韩碑》一首古体。有曰"涂抹《尧典》《舜典》字，点窜《清庙》《生民》诗"，岂立段碑时躁辞耶？（《彦周诗话》）

黄彻曰：李义山《咏淮西碑》云："言讫屡颔天子颐。"虽务奇崛，人臣言不当如此。（《䂬溪诗话》）裴度平淮西，绝世之功也；韩愈《平淮西碑》，绝世之文也。非度之功，不足以当愈之文；非愈之

文，不足以发度之功。(《诗话总龟》卷五十引)

曾季貍曰：李义山诗雕镌，唯《咏平淮西碑》一篇，诗极雄健，不类常日作，如"点窜《尧典》《舜典》字，涂改《清庙》《生民》诗"，及"帝得圣相相曰度，贼斫不死神扶持"等语，甚雄健。(《艇斋诗话》)

陆时雍曰：宏达典雅，其品不在《淮西碑》下。(《唐诗镜》)

钟惺曰："此事不系于职司"句下评：特识。"点窜《尧典》《舜典》字，涂改《清庙》《生民》诗"二句下评：二语是此诗大主意。"公之斯文若元气，先时已入人肝脾"二句下评：文章定价，说得帝王无权。篇末总评：一篇典谟雅颂大文字，出自纤丽手中，尤为不测。(《唐诗归》)

谭元春曰："汤盘周鼎有述作，今无其器存其辞"二句下评：此例甚妙。篇末总评：文章语作诗，毕竟要看来是诗不是文章。(《唐诗归》)

许学夷曰：七言惟《韩碑》《安平公诗》二诗稍类退之，而《韩碑》为工。(《诗源辩体》)

贺裳云：《韩碑》诗亦甚肖韩，仿佛《石鼓歌》气概，造语更胜之。(《载酒园诗话》)

吴乔曰：时有病义山骨弱者，故作《韩碑》诗以解之，直狡狯变化耳。(《围炉诗话》)

朱彝尊云：题赋韩碑，诗定学韩文，神物之善变如此。此诗韵即学韩文，非学韩诗也，识者辨之。(《李义山诗集辑评》引)

陆次云曰：此大手笔也。出之鲜秾艳丽之人，令人不测。非惟晚唐，亦初、盛、中有数文字。(《五朝诗善鸣集》)

钱良择曰：义山诗多以好句见长，此独浑然元气，绝去雕饰，集中更无第二首，神物善变如此。(《唐音审体》)

何焯曰：可继《石鼓歌》。字字古茂，句句典雅，颂美之体，讽刺之遗也。"古者世称"四句批：此等皆波澜顿挫处，不尔便是直头布袋。（《义门读书记》）《韩碑》三百六十六字，《石鼓歌》四百六十二字。与韩《石鼓歌》气调魄力旗鼓相当。气雄力健，足与题称。（《李义山诗集辑评》引）

王应奎曰：诗之有律，非特近体为然也，即古诗亦有之……予观李商隐《韩碑》一篇，"封狼生貙貙生罴"，此七言皆平也；"帝得圣相相曰度"，此又七言皆仄；然而声未尝不和者，则以其于清浊轻重之律仍自调协耳。（《柳南随笔》）

沈德潜曰：晚唐人古诗秾鲜柔媚，近诗馀矣，即义山七古亦以辞胜。此篇意则正正堂堂，辞则鹰扬凤翔，在尔时如景星庆云，偶然一现。（《唐诗别裁》）七字每平仄相间，而义山《韩碑》一篇，"封狼生貙貙生罴"，七字平也；"帝得圣相相曰度"，七字仄也。气盛则言之短长与声之高下皆宜。（《说诗晬语》）

杜庭珠曰：义山古诗奇丽有酷似长吉处，独此篇直逼退之。（《中晚唐诗叩弹集》）

田雯曰：李商隐《韩碑》一首，媲杜凌韩，音声节奏之妙，令人含咀无尽。每怪义山用事隐僻，而此诗又别辟一境，诗人莫测如此。（《古欢堂杂著》）

李因培曰：玉谿诗以纤丽胜，此独古质，纯以气行，而字奇语重，直欲上步韩碑，乃全集中第一等作。（以上总批）"封狼"句：奇句。"帝得"句：重句。"行军司马"句：特表韩，诗为韩作也。"帝曰汝度"句：转入韩碑，音节好。"点窜"二句：句奇而法韩公，亦自谓编之乎？"文成"二句：诗书之册而无愧高文典册，用相如睽乎后已。"句奇语重"：四字尽韩碑之妙。"公之斯文"二句：与东坡水在地中之喻同妙。"今无其器"句：斟酌得宜。"七十有三"句：所谓"吏部文章日月光"也。（《唐诗观澜集》）

宋宗元曰：昌黎出人头地，正在句奇语重。咏韩诗便似韩笔，才人能事，无所不可。（《网师园唐诗笺》）

张文荪曰：义山自负杜诗韩文，此篇即本碑体成诗。渔洋山人谓直追昌黎，愚意有过之无不及也。叙事简明，极似碑文。（"行军司马"句下）一路云烟缭绕，至此三峰连合，脱卸到作碑，着重司马一层。（"濡染大笔"句下）写得十分郑重，与后"拽碑倒"相激射。确亦可谓大笔淋漓，句奇语重。（"长绳百尺"二句下）大段排宕，至此"一落千丈强"。故意用"长绳""粗砂""大石"等字增其气焰，亦自学韩得来。仍用总束回应成章法，归重碑文作结。余尝言不熟《史记》，不能作七古大篇，观此知非臆说。作七古最要紧是气，最好熟读千万遍，自然异人。（《唐贤清雅集》）

李锳曰：（"帝得圣相"句下）七仄句作提笔，倍见峭劲。叠用"相"字，其和转筋脉在此，其古趣横生亦在此。（《诗法易简录》）

姚培谦曰：起手至"功无与让恩不訾"，直叙平淮西事，都作轩天盖地语，见得淮西之寇、裴相之功，却似天要放这一篇大文字出头者。"句奇语重"下，又言此碑一出，乃天地间元气流行之文，而碑之存与不存，殊不足为此文损益。（《李义山诗集笺注》）

屈复曰：碑文不叙李愬之首功，昌黎不得无过。今段文不大传，而韩文家弦户诵，不无议者，好而不知其恶，可叹也。生硬中饶有古意，甚似昌黎，而清新过之。（《玉谿生诗意》）

程梦星曰：其云"古者世称大手笔，此事不系于职司"，乃讥段文昌。文昌官翰林学士，文词是其职业。然《平淮西碑》文，安能如昌黎之大手笔乎？义山不敢显言，而托诸微辞，故不以为己之论断，而属之昌黎之口吻，隐而显矣。（《重订李义山诗集笺注》）

冯浩曰：推崇韩碑不待言矣。淮西覆辙在前，河朔终于怙恶，作者其以铺张为风戒乎？按：韩昌黎年至长庆四年，段墨卿年至大和九年，此当非大和前所作。（《玉谿生诗笺注》）

纪昀曰：蘅斋评曰：首四句叙平淮西之由，庄重得体，亦即从韩碑首段化来。"誓将上雪列圣耻"句：说得尔许关系，已为平淮西高占地步。"淮西"四句极言元济之强，便令平淮西之功益壮。入手八句两段，字字争先，不是寻常铺叙之法。"帝得"句，遥接起四句，大书特书，提出眼目。十四万兵如何铺叙，只"阴风"七字传神，便见出号令森严，步武整齐，此一笔作百十笔用也，盖从《诗》"萧萧马鸣，悠悠旆旌"化来。层层写下，至"帝曰"二句，一笔定母，眼目分明，前路总为此二句。"公之斯文"四句：真撑得起。非此坚柱，如何撑挂一段大文。凡大篇须有几处精神团聚，方不平衍散缓。收处只将圣皇圣相高占地步，而碑文之发扬壮烈，不可磨灭自见。此一篇之主峰，结处标明。有一起合有一结，必如此章法乃称。(《玉谿生诗说》) 笔笔挺拔，步步顿挫，不肯作一流易语。(《李义山诗集辑评》引)

管世铭曰：李义山《韩碑》句奇语重，追步退之……三百年之后劲也。(《读雪山房唐诗序例·七古》)

姜炳璋云：淮西之役，晋公以宰相督师，则功罪系焉。韩碑归美天子，推重晋公，《春秋》法也。况碑文于愬功原未尝略，前人论之详矣。义山此摩昌黎酷肖。或云义山与段文昌之子成式交，故不敢贬段。愚谓诗取蕴藉，极力推重韩碑，则段碑自见。(《选玉谿生诗补说》)

方东树曰：此诗但句法可取而已，无复章法浮切气脉之妙，由不知古文也。欧、王皆胜之。此诗李、杜、韩无所解悟。此诗之病，一片板满，而雄杰之句，胜介甫作。(《昭昧詹言》)

乔亿曰：义山《韩碑》，淋漓尽致，独讳言段碑，盖事由奉敕也。或曰与柯古（段文昌子成式字）交善。(《剑溪说诗》)

刘熙载云："点窜《尧典》《舜典》字，涂改《清庙》《生民》诗"，其论昌黎也外矣。古人所谓俳优之文，何尝不正如义山所谓。诗有借色而无真色，虽藻缋实死灰耳。李义山却是绚中有素。敖器之谓其"绮密瑰妍，要非适用"，岂尽然哉！至或因其《韩碑》一篇，遂疑气骨与退之无二，则又非其质矣。(《艺概》)

吴闿生曰：姚姜坞云：此诗前代无推信者，至阮亭始取以配昌黎。又云：此诗瑰丽磅礴，亦昌黎所鲜。闿生案：此诗琢句有近韩处，至其取势平衍，意亦庸常，无纵荡开阖、跳荡票姚之韵，以故无甚可观。王、姚、刘诸公，皆盛推赞，以为有过昌黎，盖非笃论也。（《古诗钞》评）

[鉴赏]

被历代诗评家推为晚唐七古杰构的《韩碑》，是李商隐刻意经营的有为之作。它和韩愈的《平淮西碑》一样，都密切联系着现实的政治斗争。韩碑在记述颂美淮西平叛战争胜利的同时，反映了朝廷内部在对待藩镇割据势力上主战派与妥协派的分歧，突出了宪宗的明断和裴度的决策统帅之功，不但为这场交织着政治斗争的重大战役作了出色的总结，而且对当时仍持对抗或观望态度的强藩具有震慑告诫作用。其后宪宗信谗命人推倒韩碑，具体原因虽或有叙裴度与李愬功是否符合实际的问题，但从段文昌的政治倾向（与李逢吉、韦贯之、令狐楚、皇甫镈同属反对讨伐淮西的人物）与重撰的碑文所强调的"守文之王，安而忘战"一类反对用兵的主张来看，推韩碑树段碑这一事实本身确实反映了朝廷内主战派与妥协派势力的消长。元和末裴度被排挤出朝廷，紧接着穆宗长庆二年（822），河北三镇恢复割据，正是这种政局的自然结果。李商隐一贯认为，藩镇割据叛乱局面的长期延续，关键在于朝无贤相。在这首诗中，他极力推崇韩碑，并一再强调宪宗的英武果断、专任裴度和裴度的决策统帅之功，表明他对韩碑的用意有深刻理解，也反映出他在根除藩镇割据叛乱问题上的一贯主张。

李商隐的咏史之作，多寓现实感慨。本篇具体写作时间难以详考，但据诗中"呜呼圣皇及圣相"作追思赞叹语看，最早亦当在开成四年（839）裴度卒后。会昌年间，宰相李德裕在武宗的专任与支持下，力排众议，坚决主张讨伐叛镇刘稹，并亲自部署指挥，取得了泽潞战役的胜利。这和当年宪宗专任裴度，取得淮西战役的胜利，情况极为相似。宣宗继立，牛党执政，李德裕等会昌有功旧臣纷纷遭到贬黜，这几乎又是推碑事件另一种形式的重演。李商隐对李德裕的相业及伐叛之功极为推崇，在代郑亚拟的《会昌一品集序》中，借武宗之口，称扬其"居第一功"，誉之为"万古之良相"。联系《韩碑》诗中对"圣皇及圣相"的赞颂和对推碑的不满，以及"帝曰汝度功第一"等诗句，似不难体味出诗中所寓的现实政治感慨。坚决伐叛并为中兴统一大业作出贡献的君相，其历史功绩是任何人也难以磨灭的。

本篇叙、议相兼，而以叙事为主体，以议论为结穴。从叙事部分看，它歌咏了讨叛和撰碑这两件事。开头一段八句，是平叛的缘起；结尾一段，是对韩碑的热烈赞颂，可以看作上述两件事的前伸后延。从题目"韩碑"看，撰碑前占了三分之一篇幅，似有头重之嫌；但从主题表达看，如无对淮西之战的缘起及过程的叙写，后面对韩碑的赞颂便失去事理依据。这说明作者在构思与叙事详略安排上的匠心。

这首诗的一个突出特点，是笔力气势的雄健。一开头就以健举挺拔之势，大笔渲染宪宗的"神武"与平叛的决心，显出堂堂正正之气。"誓将上雪列圣耻"一句，将眼前的平叛战争与安史之乱以来国家多难的历史联系起来，更显出此役关系到国家的中兴事业，是高占地步之笔。接下来掉笔写淮西镇长期对抗朝廷，有意突出其嚣张跋扈，以反衬下文裴度平淮西之功的不同寻常。正如纪昀所评："入手八句两段，字字争先，不是寻常铺叙之法。"

第二段开头四句，遥承篇首，用古文笔法，郑重其事地点出裴度，暗示"上雪列圣耻"的关键在于"得圣相"。随即直入本题，叙到裴度统兵出征，毫不拖泥带水。叙出征，只用"阴风惨澹天王旗"稍作点染，便将森严肃穆气氛传出，空际传神，笔意超妙，气势豪健。接下"愬武"四句，从麾下武将文僚一直铺叙到士兵，以突出裴度的最高统帅形象和猛将精兵如云的盛大气势。其中"行军司马"单提，为下文奉命撰碑伏笔。写到这里，已充分显示出大军压境、蔡州必破之势，故下面写战争便用"入蔡缚贼"一笔带过。整个一段，无论写皇帝、部将、幕僚、士兵，写出征、作战、功赏，笔笔不离裴度，故末句"功无与让恩不訾"的重笔概括便极有分量。

第三段开头"帝曰"两句，束上起下，从伐叛过渡到撰碑，是全篇的主峰和枢纽。何焯说："提明晋公功第一，以明其辞之非私也。"奉命撰碑，特用详笔铺叙渲染，不但写宪宗的明确指示，韩愈的当仁不让，连宪宗的颔首称许、韩愈的稽首拜舞也一齐写出，令人宛见当日彤庭热烈气氛。以极恣肆的笔墨写极郑重的场面，别具奇趣。受命后，再用详笔铺写撰碑、献碑、树碑的过程。"点窜"二句，用奇警的语言道出韩碑高古典重的风格，"句奇语重"四字，言简意赅，揭出韩碑用意之深刻。唯其如此，故"喻者少"，说得兴起，无形中将宪宗也包括到不喻其用意的行列了。紧接着又写推碑和自己对这件事的感慨，写推碑，直言"谗之天子言其私"，不稍假借；抒感慨，盛赞碑如元气入人肝脾，推碑磨字也不能磨灭它在人们心中留下的深刻影响。气盛言壮，连皇帝的权威也仿佛不在话下。整个这一段，可谓"濡染大笔何淋漓"，波澜顿挫，酣畅淋漓。纪昀说："'公之斯文'四句……揭柱全篇，凡大篇有精神固结之处，方不迟缓。"这几句精彩的抒情性议论正是前面一大段酣畅淋漓的铺叙的结穴。

最后一段，紧接上段末尾的赞颂，着重从韩碑与国家中兴统一事业的关系着眼，进一步盛赞其不朽价值，是全诗意旨的深化与升华。而大气磅礴，兴会淋漓，特具笼罩一切的气势，展现出汪洋恣肆的境界。诚如纪昀所说："有此起，合有此结，章法乃称。"

这首诗既保持和发扬了不入律的七古笔力雄健、气象峥嵘的特点，又吸取了韩诗以文为诗、多用赋法的经验，而避免了韩诗过分追求奇崛拗险的弊病，形成一种既具健举气势，又能步骤井然地叙事、议论的体制。全篇多用拗调、拗句，多用散文化句子和虚字，像"誓将"句用六个仄声字，"帝得"句、"入蔡"句、"愈拜"句连用七个仄声字，"封狼"句连用七个平声字，都刻意造成高古奇峭的风格。但由于不像韩诗那样多用古字僻字和佶屈聱牙的句法，整体的语言风格仍显得既高古雄健又清新明快，正如屈复所评："生硬中饶有古意，甚似昌黎，而清新过之。"在晚唐七古普遍流于纤秾婉媚的时风中，《韩碑》是迥拔于流俗之作。

宿骆氏亭寄怀崔雍崔衮①

竹坞无尘水槛清②，相思迢递隔重城③。秋阴不散霜飞晚，留得枯荷听雨声④。

[校注]

①冯浩《玉谿生诗笺注》引杜牧《骆处士墓志》："骆处士峻，扬州士曹参军。元和初，母丧去职，于灞陵东阪下得水树居之，朝之名士，多造其庐。栖退超脱三十六年，会昌元年卒。"疑此诗题目中"骆氏亭"即骆峻之园亭，似之。崔雍、崔衮，商隐重表叔兼幕主崔戎之子，从诗题径称二人之名看，其时二人尚未登第。崔雍字顺中，咸通间官和州刺史；崔衮字炳章，咸通间官漳州刺史。崔戎在长安有宅，见商隐《安平公诗》及《过故崔兖海宅》。此诗系作者离长安后宿骆氏亭寄怀二崔之作，作年当在会昌元年骆峻卒前。②竹坞，植竹的船坞。水槛，临水有栏杆的亭轩。③迢递，有高、远二义，此用"高"义。"迢递隔重城"，即"隔迢递之重城"。重城，即高城。④孟浩然《初出关旅亭夜坐怀王大校书》："荷枯雨滴闻。"

[笺评]

何焯曰：寓情之意，全在言外。（《义门读书记》）"秋阴"旁批：欲雨。"霜飞晚"旁批：留荷。下二句暗藏永夜不寐，相思可以意得也。（《李义山诗集辑评》引）

陆鸣皋曰：枯荷听雨，正是怀人清致，不专言愁也。（《李义山诗疏》）

姚培谦曰：秋霜未降，荷叶先枯，多少身世之感！（《李义山诗集

笺注》）

屈复曰：一骆氏亭，二寄怀，三见时，四情景，写"宿"字之神。（《玉谿生诗意》）

纪昀曰：分明自己无聊，却就枯荷雨声渲出，极有馀味。若说破雨夜不眠，转尽于言下矣。"秋阴不散"，起"雨声"；"霜飞晚"，起"留得枯荷"，此是小处，然亦见得不苟。香泉（汪存宽）评曰：寄怀之意，全在言外。（《玉谿生诗说》）不言雨夜无眠，只言枯荷聒耳，意味乃深。"相思"二字，微露端倪，寄怀之意，全在言外。（《李义山诗集辑评》引）

[鉴赏]

一个深秋的夜晚，诗人寄宿在一位骆姓人家的园亭里，寂寥中怀念起远方的朋友，听着秋雨洒落在枯荷上的沙沙声，写下了这首富于情韵的小诗。诗题中的崔雍、崔衮是诗人的知遇者兼幕主崔戎的两个儿子。这首诗就是诗人与崔雍、崔衮告别后旅途中寄怀之作。

首句写骆氏亭：翠绿的修竹环抱着一尘不染的船坞；水槛，指傍水的有栏杆的亭轩，也就是题中的"骆氏亭"。清澄的湖水，翠绿的修竹，把这座亭轩映衬得格外清幽雅洁，"无尘"和"清"，正突出了骆氏亭这个特点，可以想见诗人置身其间颇有远离尘嚣之感。

幽静清寥的境界，每每使人恬然自适；但对有所思念、怀想的人来说，又往往是牵引思绪的一种触媒：或因境界的清幽而倍感孤寂，或因无良朋共赏幽胜而微感惆怅。一、二两句，由清幽的景色到别后的相思，其间虽有跳跃，却并不突兀，原因就在于景与情之间存在相反相成的内在联系。诗人眼下所宿的骆氏亭和崔氏兄弟所居的长安，中间隔着迢递的高城。"迢递隔重城"，即"隔迢递之重城"。由于"迢递隔重城"，所以深深怀念对方；而思念之深，又似乎缩短了彼此间的距离，诗人的思念之情，宛如随风飘荡的游丝，悠悠然越过来路和重城，飘向友人所在的长安。"隔"字在这里不只是表明"身隔"，而且曲折地显示了"情通"。这正是诗歌语言在具体条件下常常具有的一种妙用。

第三句又回到眼前景物上来。"秋阴不散霜飞晚"。时令已届深秋，但连日天气阴霾，孕育着雨意，所以霜也下得晚了。诗人是旅途中暂时宿骆氏亭，此地近一段时期的天气，包括霜期之晚，自然是出自揣测，这揣测的根据就是"秋阴不散"与"留得枯荷"。这一句一方面是为末句伏根（由于"秋阴不散"故有"雨"；由于"霜飞晚"所以"留得枯荷"），另一方面兼有渲染气氛、烘托情绪的作用。阴霾欲雨的天色，四望一片迷蒙，本来就因相思而耿耿不寐的诗人，心情不免更加暗淡，而这种心情又反过来更增加了相思的浓度。

末句是全篇的点睛之笔，但要领略诗句所蕴含的情趣，却须注意从"秋阴不散"到"雨"，以及这"雨"本身，都有一个时间的过程。诗人原来是一直在那里思念着远隔重城的朋友的，由于神驰天外，竟没有留意天气的变化。不知不觉间，下起了淅沥的秋雨，雨点洒落在枯荷上，发出一阵错落有致的声响。这才意外地发现，这萧瑟的秋雨敲打残荷的声韵，竟别具一种美的情趣。看来倒是"秋阴不散霜飞晚"的天气特意作美了。枯荷给人一种残败衰飒之感，本无可"留"的价值；但自己这样一个旅宿思友、永夜不眠的人，却因聆听枯荷秋雨的清韵而略慰相思，稍解寂寞，所以反而深幸枯荷之"留"了。"留""听"二字，写情入微，其中就蕴含有这种不期而遇的意外喜悦。不说"望"而说"听"，自然是因为夜宿的缘故，但主要还是"听雨"蕴含着一种特有的意境与神韵。而这"听雨"也同样是一个过程。初发现时，可能是略感意外——呵！下雨了。继而侧耳倾听，忽而发觉它竟有一种特别的美感。久听之后，这单调而凄清的声音，却又增加了环境的寂寥，从而加深了对朋友的思念。"梧桐树，三更雨，不道离情正苦，一叶叶，一声声，空阶滴到明"（温庭筠《更漏子》），意境或与此近似吧。

这首诗虽然写了秋亭夜雨的景色，而且写得清疏秀朗，历历如画，但它并不是一首写景诗，而是一首抒情诗。"宿骆氏亭"所见所闻是"寄怀"的凭借。纪昀说："'相思'二字，微露端倪，寄怀之意，全在言外。"何焯说："下二句暗藏永夜不寐，相思可以意得也。"都指出了本篇以景托情、寓情于景的特点。

风　雨①

凄凉宝剑篇②，羁泊欲穷年③。黄叶仍风雨④，青楼自管弦⑤。新知遭薄俗⑥，旧好隔良缘⑦。心断新丰酒⑧，消愁斗几千？

[校注]

①诗写羁泊异乡时因风雨引起的身世之感，风雨，是一个带有象征色彩的题目。此诗可能作于大中十一年（857）任盐铁推官游江东时。②宝剑篇，指唐前期名将郭震（字元振）托物寓怀的《古剑篇》，详参本书所选郭震《古剑篇》及作者小传。诗中有句云："何言中路遭弃捐，零落漂沦古狱边。虽复尘埋无所用，犹能夜夜气冲天。"③羁泊，羁旅漂泊。庾信《哀江南赋》："下亭飘泊，高桥羁旅。"穷年，有一年到头及毕生二解，此取后义。欲穷年，犹将终生。④仍，且，连词，含有"更加上，兼之以"之意。⑤青楼，指豪贵人家。自，犹自，含有自顾、只管之意。⑥薄俗，浇薄的世俗、轻薄的习俗。⑦隔良缘，良缘相隔，关系疏远。⑧心断，念念不忘、念极。新丰酒，新丰产的美酒。《新唐书·马周传》："舍新丰，逆旅主人不之顾，周命酒一斗八升，悠然独酌，众异之。至长安，舍中郎将常何家……周为条二十馀事，皆当世所切。"后得太宗赏识，拜监察御史。终拜相。此用马周未遇时以新丰酒独酌事。王维《少年行》："新丰美酒斗十千。"

陆时雍曰：三四语极自在。诗以不做为佳。中、晚刻核之极，有翻入自然者，然未易多摘耳。（《唐诗镜》）

何焯曰：义山为弘农尉，故以元振通泉自比。因令狐责其薄，不之礼，故有是篇。（《李义山诗集辑评》引）

姚培谦曰：凄凉羁泊，以得意人相形，愈益难堪。风雨自风雨，管弦自管弦，宜愁人之肠断也。夫新知既日薄，而旧好且终暌，此时虽十千买酒，也消此愁不得，遑论新丰价值哉！（《李义山诗集笺注》）

屈复曰：当凄凉羁泊时，风雨之夕，听青楼管弦，因感新知旧好，而思斗酒消愁，情甚难堪。（《玉谿生诗意》）

杨守智曰：（三四）一喧一寂，对勘自见。（《玉谿生诗笺注》引）

冯浩曰：引国初二公为映证，义山援古证今皆不夹杂也。不得官京师，故首尾皆用内召事焉。曰"羁泊"，是江乡客中作矣。（《玉谿生诗笺注》）

纪昀曰：神力完足。"仍"字"自"字多少悲凉。芥舟谓"旧好"句疵。（《玉谿生诗说》）余谓"新知"句亦露骨。此诗累于此二句。（《李义山诗集辑评》引）

薛雪曰：老杜善用"自"字……李义山"青楼自管弦""秋池不自冷""不识寒郊自转蓬"之类，未始非无穷感慨之情，所以直登老杜之堂，亦有由矣。（《一瓢诗话》）

张佩纶曰：姚平山谓"新知日薄而旧好暌"，得之，即杜陵"晚将末契托年少，当面输心背面笑"。此必义山自桂府还都后之作。"新知"指轻薄少年，"旧好"则回思往事，感慨系之。其起句"凄凉《宝剑篇》，羁泊欲穷年"，意旨甚明。茂元乃玉谿密姻，不应以为"薄俗"也。（《涧于日记》）

张采田曰：不能久居京师，翻使穷年羁泊。自断此生已无郭震、马周之奇遇，诗之所以叹也。味其意致，似在游江东时矣。（《玉谿生年谱会笺》）

[鉴赏]

这首诗大约作于诗人晚年羁泊异乡期间。这时，长期沉沦漂泊、寄迹幕府的诗人已经到了人生的穷途。这篇《风雨》，正像是这位饱受人世风雨摧残的一代才人，在生命之火将要熄灭之前所唱出的一曲慷慨不平的悲歌。

"凄凉宝剑篇，羁泊欲穷年。"诗一开头就在一片苍凉沉郁的气氛中展示出理想抱负与实际境遇的矛盾。《古剑篇》是唐代前期名将郭元振落拓未遇时所写的托物寓怀之作。诗借古剑尘埋托寓才士不遇，在磊落不平中显示出积极用世的热情。后来郭元振上《古剑篇》，深得武后赏爱，终于实现匡国之志。这里暗用此典。两句意为：自己尽管也怀有像郭元振那样的宏大抱负和用世热情，却没有他那样的际遇，只能将满腔怀才不遇的悲愤、羁旅漂泊的凄凉托之于诗歌。首句中的"宝剑篇"，系借指自己抒发不遇之感的诗作，故用"凄凉"来形容。从字面看，两句"凄凉""羁泊"连用，再加上用"欲穷年"来突出凄凉羁泊生涯的无穷无已，似乎满纸悲酸凄苦。但由于"宝剑篇"这个典故本身所包含的壮怀激烈的意蕴和郭元振这位富于才略的历史人物在读者脑海中引起的联想，它给人们的实际感受，却是在羁旅漂泊的凄凉中蕴积着一股金剑沉埋的郁勃不平之气。

颔联承上，进一步抒写羁泊异乡期间风雨凄凉的人生感受。上句触物兴感，实中寓虚，用风雨中飘零满地的黄叶象征自己不幸的身世遭遇，与下句实写青楼管弦正形成一喧一寂的鲜明强烈对比，形象地展现出沉沦寒士与青楼豪贵苦乐悬殊、冷热迥异的两幅对立的人生图景。两句中"仍""自"二字，开合相应，极富韵味。"仍"是更、兼之意。黄叶本已凋衰，再加风雨摧残，其凄凉景象更令人触目神伤。它不仅用加倍法写出风雨之无情和不幸之重叠，而且有力地透出内心难以忍受的痛苦。"自"字既有转折意味，又含"自顾"之意，画出青楼豪贵得意纵恣、自顾享乐、根本无视人间另有忧苦的意态。它与"仍"字对应，正显示出苦者自苦、乐者自乐那样一种冷酷的社会现实和人际关系，而诗人对这种社会现实的愤激不平，也含蓄地表现了出来。

在羁泊异乡的凄凉孤子境况中，友谊的温暖往往是对寂寞心灵的一种慰藉，颈联因此自然引出对"新知""旧好"的忆念。但思忆的结果却反而给心灵带来更深的痛苦——"新知遭薄俗，旧好隔良缘"。新交的朋友遭到浇薄世俗的诋毁，旧日的知交也关系疏远，良缘阻隔。注家对"新知""旧好"具体所指有过不同的猜测，实际上放空了看也许更符合实际。由于无意中触犯了朋党间的戒律，诗人不但仕途上偃蹇不遇，坎壈终身，而且人格也遭到种种诋毁，被加上"放利偷合""诡薄无行"（《新唐书·李商隐传》）一类罪名。在这种情况下，"旧好"关系疏远，"新知"遭受非难便是必然的了。两句中一"遭"一"隔"，写出了诗人在现实中孑然孤立的处境，也蕴含了诗人对"薄俗"的强烈不满。从"青楼自管弦"到"旧好隔良缘"，既是对自己处境的深一层描写，也是对人生感受的深一层抒发。凄冷的人间风雨，已经渗透到知交的领域，茫茫人世，似乎只剩下冰凉的雨帘，再也找不到任何一个温暖的角落了。

能使凄凉的心得到暂时温暖的便只有酒——"心断新丰酒，消愁斗几千？"和首联的"宝剑篇"一样，这里的"新丰酒"也暗含着一段唐初故实：马周落拓未遇时，西游长安，宿新丰旅舍。店主人只顾接待商贩，对马周颇为冷遇。马周遂取酒独酌。后来马周得到皇帝赏识，擢居高位。诗人想到自己只有马周当初未遇时的落拓，却无马周后来的幸遇，所以只能盼望着用新丰美酒一浇胸中块垒。然而羁泊异乡，远离京华，即使想如马周失意时取新丰美酒独酌也不可得，所以说"心断"。通过层层回旋曲折，终于将诗人内心的郁积苦闷发抒到极致。末句以问语作收，似结非结，正给人留下苦闷无法排遣、心绪茫然无着的印象。

题称"风雨"，说明这首诗是写羁泊异乡时因目接凄风苦雨而引起的身世之感。但这"风雨"又是一个象征性的题目。它象征着包围、压抑、摧残才智之士的冷酷的社会现实和社会氛围。不过，这首诗的突出特点与优点，并不单纯表现在它反映了人间风雨的凄冷，而表现在它同时透露了诗人内在的用世热情与生活热情。首、尾两联，暗用郭元振、马周故事，不只是作为自己当前境遇的一种反衬，同时也表露出对唐初开明政治的向往和匡世济时的强烈要求。即使是正面抒写自己的孤孑、凄凉与苦闷，也都表现出一种愤郁不平和挣脱苦闷的努力。这种环境的冷与内心的热的相互映衬和矛盾统一，正是这首诗最显著的思想艺术特点。

梦　泽①

梦泽悲风动白茅②，楚王葬尽满城娇③。未知歌舞能多少？虚减宫厨为细腰。

[校注]

①梦泽，古代有云梦泽，传为一方圆八九百里之大湖泊，地跨今湖北、湖南之间，包括今洞庭湖在内。旧有云在江北、梦在江南之说。这里所说的"梦泽"，或即指洞庭湖一带。大中元年（847）闰三月中下旬，诗人随桂管观察使郑亚赴桂林途中经过古梦泽，作此诗。②白茅，俗称茅草，春夏抽生有银白色丝状毛的花穗。古代用裹束之菁茅置柙中以滤酒。周代时楚国每年要向周天子贡苞茅。《左传·僖公四年》："尔贡苞茅不入，王祭不共，无以缩酒，寡人是征。"③楚王，指楚灵王。《韩非子·二柄》："楚灵王好细腰，而国中多饿人。"《后

汉书·马廖传》引传曰："楚王好细腰，宫中多饿死。"

[鉴赏]

对生活现象挖掘愈深，概括就愈广，作品就愈具普遍意义，因而也就愈能引发不同读者多方面的感受和联想。这是文艺创作和鉴赏的一条规律。这首《梦泽》可以为这条规律提供一个生动的例证。

这是诗人途经梦泽一带的时候，因眼前景物的触发，引起对历史和人生的联想与感慨而写下的一首诗。梦泽，这里约指今湖南北部长江以南、洞庭湖以北的一片湖泽地区。大中元年（847）春天，作者由长安赴桂林途中，曾经行这一带。这首诗大约就写在这个时候。

首句写望中所见梦泽一带荒凉景象。茫茫湖泽荒野，极目所见，唯有连天的白茅。旷野上的悲风，吹动白茅，发出萧萧悲声。这旷远迷茫、充满悲凉肃杀气氛的景象，本来就很容易引发怀古伤今的情感。加上这一带原是楚国旧地，眼前的茫茫白茅又和历史上楚国向周天子贡苞茅的故事有某种意念上的联系。因此，在诗人脑海里就自然而然地映现出一连串楚国旧事的叠印镜头。而变得越来越清晰的则是平常最熟悉的楚宫细腰的故事。

相传楚灵王好细腰的故事，先秦两汉典籍中多所记载。诗人在选择、提炼这些历史传说材料时，选取了比较典型的"楚王好细腰，宫中多饿死"（《后汉书·马廖传》）的记载，但范围却由"宫中"扩展到"满城"，为害的程度也由"多饿死"变成"葬尽"。这当然是为了突出"好细腰"的楚王这一癖好为祸之惨酷。但"葬尽满城娇"的想象却和眼前"悲风动白茅"的萧瑟荒凉景象分不开。今日这悲风阵阵、白茅萧萧的地下，也许正埋葬着当日为细腰而断送青春与生命的女子的累累白骨呢。眼前的景象使诗人因历史想象而引起的悲凄之感更加强烈了。

楚王的罪孽是深重的，是这场千古悲剧的制造者。但如果只从这一点上立意，诗意便不免显得平常而缺乏新意和深意。作者的可贵之处，在于对这场悲剧有自己独特的深刻感受与理解。三、四两句，就是这种独特感受的集中表现。

"未知歌舞能多少？虚减宫厨为细腰。"由于楚灵王好细腰，这条审美标准风靡一时，成了满城年轻女子的共同追求目标。她们心甘情愿地竞相为造就纤细的腰肢而节食减膳，以便能在楚王面前轻歌曼舞，呈现自己绰约纤柔的风姿，博得楚王的垂青和宠爱。她们似乎丝毫没有想到，这是对自己青春的摧残，是在慢性自戕中将自己推向坟墓；更没有想到，"好细腰"的楚王是葬送自己青春与生命的罪魁祸首。就是那些终于熬成了细腰，在楚宫歌舞中"长得君王带笑看"（李白《清平调》）的幸运者，也似乎一点都没有意识到，这样的细腰曼舞又能持续多久。今日细腰竞妍，明日又焉知不成为地下的累累白骨。

这自愿而又盲目地走向坟墓的悲剧，比起那种纯粹是被迫而清醒地走向死亡的悲剧（例如殉葬），即使不一定更深刻，却无疑更能发人深省。因为前一种悲剧如果没有人出来揭示它的本质，它就将长期地以各种方式不受阻碍地持续下去。这两句中，"未知""虚减"，前呼后应，正是对盲目而自愿的悲剧的点睛之笔。它讽刺入骨，又悲凉彻骨。在讽刺之中寄寓同情，但又不是一般地同情她们的处境与命运，而是同情她们作为悲剧人物所不应有的无知、愚蠢和灵魂的麻木。因此，这种同情之中又含有一种悲天悯人式的冷峻。

就这样，诗人将用笔的重点放到这些被害而又自戕的女子身上，从她们的悲剧中发掘出这种类型和性质的悲剧深刻而内在的本质。因而这首以历史上的宫廷生活为题材的小诗，在客观上获得了远远超出这一题材范围的典型性和普遍意义。人们从诗人所揭示的生活现象中可以联想起许多类似的生活现象，从弥漫楚国宫廷上下、举国皆受其害而不自知的"细腰风"中联想起另一些风靡一时的现象，并进而从中得到启迪，去思考它们的本质。清代注家姚培谦说："普天下揣摩逢世才人，读此同声一哭矣！"（《李义山诗集笺注》）另一位注家屈复也说："制艺取士，何以异此！可叹！"（《玉谿生诗意》）他们所说的，当然并不是《梦泽》的主题（它的实际主题应该是对"虚减宫厨为细腰"这种生活现象的本质的揭示），但作为对《梦泽》主题典型性与普遍意义的一种理解，却是相当准确而深刻的。

寄令狐郎中①

嵩云秦树久离居②，双鲤迢迢一纸书③。休问梁园旧宾客④，茂陵秋雨病相如⑤。

[校注]

①令狐郎中，令狐绹。李商隐的恩师和幕主令狐楚的次子。大和

三年（829）商隐以文谒楚并得楚之赏识后，即与绹同游，多诗文酬赠。开成二年（837）春商隐第五次应进士试，高锴知贡举，绹奖誉甚力，得登第。令狐楚去世后，商隐于开成三年春入泾原节度使王茂元幕，并娶茂元女。此后令狐绹对商隐的态度有猜疑，关系也产生隔阂。武宗会昌年间，李德裕当政，牛僧孺、李宗闵之党失势。会昌二年（842）冬至五年，商隐因守母丧离职家居。五年夏秋之际，商隐与家人居洛阳，骨肉之间，病恙相继。时任右（一作左）司郎中之令狐绹有书信自长安寄商隐问候，商隐作此诗以答谢。②嵩，嵩山。地近洛阳，借指作者所居。秦，秦中，指长安，令狐绹时居之地。嵩云秦树，从杜甫《春日忆李白》"渭北春天树，江东日暮云"化出，分指居于洛阳、长安的自己与友人令狐绹。③双鲤，指代书信。古乐府《饮马长城窟行》："客从远方来，遗我双鲤鱼。呼儿烹鲤鱼，中有尺素书。"④问，存问、慰问。梁园，梁孝王所筑宫苑。司马相如曾为梁孝王门下的宾客。《史记·司马相如列传》："（相如）事孝景帝为武骑常侍，非其好也。会景帝不好辞赋，是时梁孝王来朝，从游说之士齐人邹阳、淮阴枚乘、吴庄忌夫子之徒。相如见而说（悦）之，因病免，客游梁，梁孝王令与诸生同舍。"此以"梁园旧宾客"自指。商隐从大和三年至开成二年（829—837），曾在令狐楚天平幕、太原幕、兴元幕为幕僚。梁园，喻指楚幕。⑤《史记·司马相如列传》：相如尝称病闲居，"既病免，家居茂陵"。商隐于会昌二年至五年因服母丧在家闲居，时又多病，故以"茂陵病相如"自况。

[笺评]

敖英曰：义山此诗落句以相如自况，此是用古事为今事，用死事为活事。（《唐诗绝句类选》）

唐汝询曰：嵩云秦树，天各一方，所可达者惟书耳。然我秋雨抱疴，无足问也。（《唐诗解》）

陆鸣皋曰：李系令狐楚旧客，故云。冀望之情，写得雅致。（《李义山诗疏》）

姚培谦曰：相如病卧茂陵，非杨得意无由见知于武帝，此以杨得意望令狐也。（《李义山诗集笺注》）

屈复曰：求荐达之意在言外。（《玉谿生诗意》）

程梦星曰：此亦居郑亚幕中寄绹者。曰"梁园宾客"，皆追论畴昔从楚……之时。末语以茂陵卧病自慨者，亦颓然自放，免党怨之词也。（《重订李义山诗集笺注》）

杨守智曰：其词甚悲，意在修好。（《玉谿生诗笺注》引）

纪昀曰：一唱三叹，格韵俱高。（《玉谿生诗说》）

宋顾乐曰：布置工妙，神味隽永，绝句之正鹄也。（《唐人万首绝句选》评）

张采田曰："嵩云"自谓，"秦树"谓令狐。时义山还自郑州，卜居洛下，方患瘵恙，子直有书问讯，故诗以报之。未几，令狐即出刺湖州矣。冯编入之永乐，盖未见《补编》耳。（《玉谿生年谱会笺》）

俞陛云曰：义山与令狐相知久。退闲以后，得来书而却寄以诗，不作乞怜语，亦不涉觖望语。鬓丝病榻，犹回首前尘，得诗人温柔悲悱之旨。（《诗境浅说》续编）

[鉴赏]

这是会昌五年（845）秋天，作者闲居洛阳时回寄给在长安的旧友令狐绹的一首诗。令狐绹当时任右司郎中，所以题称"寄令狐郎中"。

首句嵩、秦分别指自己所在的洛阳和令狐绹所在的长安。"嵩云秦树"化用杜甫《春日忆李白》中即景寓情的名句："渭北春天树，江东日暮云。"云、树是分居两地的朋友即目所见之景，也是彼此思念之情的寄托。"嵩云秦树"之所以不能用"京华洛下"之类的词语替代，正是因为后者只说明京、洛离居的事实，前者却能同时唤起对他们相互思念情景的悠远想象，在脑海中浮现出两位朋友遥望云树、神驰天外的画面。这正是诗歌语言所特具的意象美。

次句说令狐绹从远方寄书存问。双鲤，语出古乐府《饮马长城窟行》："客从远方来，遗我双鲤鱼。呼儿烹鲤鱼，中有尺素书。"这里用作书信的代称。上句平平叙起，这句款款承接，初读只觉平淡，但和上下文联系起来细加吟味，却感到平淡中自含隽永的情味。久别远隔，两地思念，正当自己闲居多病、秋雨寂寥之际，忽得故交寄书殷勤问候自己，格外感到友谊的温暖。"迢迢""一纸"，从对比映衬中显出对方情意的深长和自己接读来书时油然而生的亲切感念之情。

三、四两句转写自己目前的境况，对来书作答。据《史记·司马相如列传》，司马相如曾为梁孝王宾客。作者从大和三年到开成二年，曾三居绹父令狐楚幕，得到令狐楚的知遇；开成二年应进士试时又曾得到令狐绹的推荐而登第，此处以"梁园旧宾客"自比（梁园是梁孝王的宫苑，此喻指楚幕）。司马相如晚年"尝称病闲居……既病免，家居茂陵"，作者会昌二年因丁母忧而离秘书省正字之职，几年来一直闲居。这段期间，他用世心切，常感闲居生活的寂寞无聊，心情郁悒，身弱多病，此以闲居病免的司马相如自况。

这两句写得凝练含蓄，富于情韵。短短十四个字，将自己过去和令狐父子的关系、当前的处境心情、对方来书的内容以及自己对故交情谊的感念融汇在一起，内涵极为丰富。闲居多病，秋雨寂寥，故人致书问候，不但深感对方情意的殷勤，而且引起过去与令狐父子关系中一些美好事情的回忆（"梁园旧宾客"五字中就蕴含着这种内容）。但想到自己落寞的身世、凄寂的处境，却又深感有愧故人的存问，增添了无穷的感慨。第三句用"休问"领起，便含着难以言尽、欲说还休的感怆情怀，末句又以貌似客观描述、实则寓情于景的诗句作结，不言感慨，而感慨愈深。

李商隐写过不少寄赠令狐绹的诗，其中确有一部分篇什"词卑志苦"，或迹近陈情告哀，或希求汲引推荐，表现了诗人思想性格中软弱和庸俗的一面。但会昌年间他们的关系比较正常。这首诗中所反映的相互关系，就是比较平等而真诚的。诗中有感念旧恩故交之意，却无卑屈趋奉之态；有感慨身世落寞之辞，却无乞援望荐之意；情意虽谈不上深厚浓至，却比较真率诚恳。纪昀说："一唱三叹，格韵俱高。"这个评语是比较合乎实际的。

哭刘蕡①

上帝深宫闭九阍②，巫咸不下问衔冤③。黄陵别后春涛隔④，溢浦书来秋雨翻⑤。只有安仁能作诔⑥，何曾宋玉解招魂⑦？平生风义兼师友⑧，不敢同君哭寝门⑨。

[校注]

①刘蕡（fén），字去华，唐幽州昌平（今北京昌平区）人。文宗大和二年（828），应贤良方正能直言极谏科考试，在对策中猛烈抨击宦官把持禁军，擅权乱政，要求"揭国柄以归于相，持兵柄以归于将"，指出唐王朝正面临"天下将倾，海内将乱"的深重危机，在当时士人和朝官中引起强烈反响。刘蕡因此遭到宦官头子仇士良等的嫉恨，被黜不取。令狐楚、牛僧孺节度山南西道、东道，曾表蕡幕府，授秘书郎。商隐与蕡于开成二年（837）令狐楚节度山南西道时，当已结识。蕡后于会昌元年（841）受宦官诬陷，贬柳州司户参军。至大中元年（847）始量移澧州司户参军。大中二年初春，商隐在奉使江陵归桂林途经湘阴黄陵时与刘蕡匆匆晤别，有《赠刘司户蕡》七律。大中三年秋，刘蕡客死溢浦（今江西九江市）的消息传至长安（时商隐在京兆府暂时代法曹参军，专章奏）。听到这一噩耗，一连写了四首诗沉痛哭吊，本篇是其中的一首（另三首是五律）。新、旧唐书均有《刘蕡传》。刘蕡贬柳、迁澧、客死的时间，史籍阙载，此前有关考证

颇多失误。详参笔者《李商隐传论》上编第十一章及有关考证文章。②九阍（hūn）：犹九门、九关。传说天帝所居有九门，也指皇宫的重门。《楚辞·九辩》："君之门兮九重。"③巫咸，古代神巫。屈原《离骚》："巫咸将夕降兮，怀椒糈而要之。"巫是神、人之间的使者，故有"下问衔冤"之语。衔冤，指刘蕡被冤贬长期斥外。④黄陵，旧本均误作"广（廣）陵"，何焯、冯浩、纪昀等据商隐《哭刘司户蕡》"去年相送地，春雪满黄陵"之句，认为应作"黄陵"，兹据改。黄陵，在今湖南湘阴县，当湘水入洞庭湖处。山下有黄陵庙，传为舜之二妃娥皇、女英所葬之地。⑤溢浦，指浔阳。书来，指告知刘蕡死讯的书信。翻，飞。⑥安仁，西晋作家潘岳的字。诔（lěi），叙述死者生前行事，在丧礼上宣读的文章。刘勰《文心雕龙·诔碑》："诔者，累也，累其德行，旌之不朽也……潘岳构意，专师孝山（苏顺的字，东汉作家，有《和帝诔》），巧于叙悲，易入新切，所以隔代相望。"⑦宋玉，战国时楚国著名辞赋家。王逸《楚辞章句》认为《招魂》系宋玉"怜哀屈原忠而斥弃……魂魄散佚"而作。宋玉、安仁均借以自喻。解，会，懂得。⑧风义，情谊。兼师友，兼有师、友之谊。《旧唐书·刘蕡传》谓令狐楚、牛僧孺表蕡幕府，待之如师友。⑨同君，和您居于同等的（朋友）地位。《礼记·檀弓》载孔子语："师，吾哭诸寝，朋友，吾哭诸寝门之外。"

[笺评]

金圣叹曰：一解四句，便有搏胸叫天，奋颡击地，放声长号，涕泗纵横之状。……末句因言：古礼：朋友若死，则哭诸寝门之外，今刘于己，情虽朋友，义从师事，然则今日我则哭之于寝，不敢同于朋友之礼也。（《贯华堂选批唐才子诗》）

胡以梅曰：起……虽用《离骚》，实赋当时之事，比既切当，而"上帝"亦可双夹，即指天子。将忠良受屈，昏君无权，全部包举，

阔大典雅，所以为妙……（三四）二句不同寻常格调，是倒插之意，然弥见其疏宕耐昧。（《唐诗贯珠串释》）

姚培谦曰：此痛忠直之不容于世也……举声一哭，盖直为天下恸，而非止哀我私也。（《李义山诗集笺注》）

沈德潜曰：上帝不遣巫咸问冤，言既阨于人，并阨于天也。（《唐诗别裁》）

纪昀曰：悲壮淋漓，一气鼓荡。（《玉谿生诗说》）

管世铭曰：不知其人视其友。观义山《哭刘蕡》诗，知非仅工词赋者。（《读雪山房唐诗序例》）

方东树曰：一起沉痛，先叙情，三四追溯。五六顿转。收亲切沉着。先将正意作棱，次融叙，而三四又每句用棱，此秘法也。（《昭昧詹言》）

[鉴赏]

首联寓言刘蕡被冤贬的情景：高高在上的天帝，安居深宫，重门紧闭，也不派遣巫咸到下界来了解衔冤负屈的情况。这幅超现实的上下隔绝、昏暗阴冷的图景，实际上是对被冤贬的刘蕡所处的现实政治环境的一种象征性描写。比起他另一些诗句如"九重黯已隔""天高但抚膺"等，形象更加鲜明，感情也更加强烈。诗人的矛头，直接指向昏聩的"上帝"，笔锋凌厉，情绪激愤，使这首诗一开始就笼罩在一种急风骤雨式的气氛中。

颔联从去年春天的离别写到今秋的突闻噩耗。大中二年（848）初春，两人在黄陵离别，以后就一直没有再见面，故说"黄陵别后春涛隔"。第二年秋天，刘蕡的死讯从浔阳传来，故说"湓浦书来秋雨翻"。这两句融叙事、写景、抒情为一体，具有鲜明而含蕴的意境和浓烈的感情色彩。"春涛隔"不只形象地显示了别后江湖阻隔的情景，而且含蓄地表达了因阻隔而引起的深长思念，"春涛"的形象，更赋予这种思念以优美丰富的联想。"秋雨翻"，既自然地点明听到噩耗的时间，又烘托出一种悲怆凄凉的气氛，使诗人当时激愤悲恸与凄冷哀伤交织的情怀，通过具体可感的画面形象得到极富感染力的表现。两句一写生离，一写死别，生离的思念更衬出死别的悲伤。感情先由上联的激愤沉痛转为纡徐低回，又由纡徐低回转为悲恸激愤，显得波澜起伏。

前幅由冤贬到死别，在叙事的基础上融入浓厚的抒情成分。后幅转为直接抒情。颈联以擅长作哀诔之文的西晋作家潘岳（字安仁）和"怜哀屈原忠而斥弃……魂魄散佚"而作《招魂》的宋玉自喻，说自己只能写哭吊的诗文深致哀悼，却无法招其魂魄使之复生。两句一正（只有……能）一反（何曾……解），相互映衬，有力地表现出诗人悲痛欲绝而又徒唤奈何的心情，下句尤显得拗峭遒劲。

尾联归结到彼此间的关系，正面点出题中的"哭"字。刘蕡敢于和宦官斗争的精神和耿直的品质，使他在士大夫和知识分子中获得很高的声誉和普遍的崇敬，当时有声望的大臣牛僧孺、令狐楚出镇襄阳、兴元时，都辟刘蕡入幕，待之如师友。诗人和刘蕡之间，既有多年的友谊，而刘蕡的风采节概又足以为己师表，所以说"平生风义（情谊）兼师友"。《礼记·檀弓上》说，死者是师，应在内寝哭吊；死者是友，应在寝门外哭吊。诗人尊刘蕡如师，所以说不敢自居于刘蕡的同列而哭于寝门之外。这两句，不但表达了诗人对刘蕡的深挚情谊和由衷敬仰，也显示了这种情谊的共同理想、政治基础。正因为这样，这首哭吊朋友的诗，其思想意义已远远超越一般友谊的范围，而具有鲜明的政治内容和强烈的政治批判色彩；诗人的悲痛、愤激、崇敬与同情也就不只属于个人，而具有普遍的意义。姚培谦说："盖直为天下恸，而非止哀我私也。"这是深得作者之意的。直接抒情，易流于空泛、抽象，但由于诗人感情的深挚和表达的朴素真切，读来只觉深沉凝重。纪昀对李商隐的诗颇多指摘，但对这首诗却誉为"一气鼓荡，字字沉郁"，这个评语看来并不是溢美之辞。

杜司勋①

高楼风雨感斯文②，短翼差池不及群③。刻意伤春复伤别，人间唯有杜司勋。

[校注]

①杜司勋，指杜牧。大中二至三年（848—849），杜牧任司勋员外郎，兼史馆修撰。此诗作于大中三年春，时商隐在京兆府暂代参军，专章奏。②《诗经·郑风·风雨》："风雨如晦，鸡鸣不已。"原抒风雨怀人之情。此处化用其意。斯文，此文。王羲之《兰亭集序》："后之览者，亦将有感于斯文。"③《诗经·邶风·燕燕》："燕燕于飞，差池其羽。之子于归，远送于野。瞻望弗及，泣涕如雨。"原诗系伤别之作。差（cī）池，形容燕飞时尾羽参差不齐之状。

[笺评]

何焯曰：高楼风雨，短翼差池，玉谿方自伤春伤别，乃弥有感于司勋之文也。（《义门读书记》）

朱彝尊曰：意以自比。（《李义山诗集辑评》引）

姚培谦曰：天下惟有至性人，方解伤春伤别。茫茫四海，除杜郎外，真是不晓得伤春，不晓得伤别也。（《李义山诗集笺注》）

屈复曰：三即首句"斯文"，言司勋之诗当世第一人也。（《玉谿生诗意》）

程梦星曰：义山于牧之凡两为诗，其倾倒于小杜者至矣。然"杜牧司勋字牧之"律诗，专美牧之也，此则借牧之以慨己。盖以牧之之文词，三历郡而后内迁，已可感矣，然较之于短翼雌伏者不犹愈耶？此等伤心，唯杜经历，差池铩羽，不及群飞，良可叹也。玩上二语，则伤己意多，而颂杜意少，味之可见。（《重订李义山诗集笺注》）

按：刘永济《唐人绝句精华》云：诗人之措意，至为融圆，伤人即以伤己，体物即是抒情，咏古即是讽今，故不宜过于拘泥。

杨守智曰：极力推重樊川，正是自作声价。（《玉谿生诗笺注》引）

纪昀曰：起二句义山自道，后二句乃借司勋对面写照，诗家弄笔法耳。"杜司勋"三字摘出为题，非咏杜也。（《玉谿生诗说》）

[鉴赏]

宣宗大中三年（849）春天，李商隐曾为当时同住长安、任司勋员外郎的诗人杜牧写过两首诗，对杜牧极表关切倾倒之意。这首七绝，专赞杜牧的诗歌创作。

首句"高楼风雨感斯文"，写自己对杜牧诗歌独特的感受。斯文，即此文，指他当时正在吟诵的杜牧诗作。这是一个风雨凄凄的春日。诗人登上高楼，凭栏四顾，只见整个长安城都沉浸在迷茫的雨雾中。这风雨如晦的景象，正像包围着他的昏暗凄迷的时代氛围，不免触动胸中郁积的伤世忧时之感。正是在这种恶劣的环境中，诗人对杜牧的诗作也就有了更深切的感受，因为后者就是"高楼风雨"的时代环境的产物。杜牧的"斯文"，不能确指，也不必确指，应是感伤时世、忧愁风雨之作。他的《题敬爱寺楼》说："暮景千山雪，春寒百尺楼。独登还独下，谁会我悠悠？"就颇有高楼暮景、百感茫茫的味道。只不过他的"悠悠"之情并非没有知音罢了。

次句"短翼差池不及群"，转说自己，也暗含杜牧。差池，语出《诗·邶风·燕燕》："燕燕于飞，差池其羽（形容燕飞时尾羽参差不齐）。之子于归，远送于野。瞻望弗及，泣涕如雨。"这是一首送别诗。李商隐用"差池"暗寓"伤别"之情。全句是说，自己正如风雨中艰难行进的弱燕，翅短力微，赶不上同群。这是自伤身世孤子，不能奋飞远举，也是自谦才力浅短，不如杜牧。这后一层意思，正与末句"唯有"相呼应。上句因"高楼风雨"兴感而兼写双方，这句表面上似专写自己，其实，"短翼差池"之恨岂独李商隐！他在《赠杜十三司勋员外》中曾深情劝勉杜牧："心铁已从干镆利，鬓丝休叹雪霜垂。"正说明杜牧同样有壮心不遂之恨。这里单提自己，只是一种委婉含蓄的表达方式。

"刻意伤春复伤别，人间唯有杜司勋。"三、四两句极力推重杜牧的诗歌。伤春、伤别，即"高楼风雨"的忧时伤世之意与"短翼差池"的自慨身世之情，也就是这首诗的基本内容和主题。何焯评一、二句说"含下伤春""含下伤别"，这是正确的。"伤春""伤别"，不但概括了杜牧诗歌的主要内容与基本主题，而且揭示了它的重要风格特征——带有那个衰颓时代所特有的感伤情调。"刻意"二字，既强调其创作态度之严肃，又突出其运思寓意之深至，暗示他所说的"伤春伤别"，并非寻常的男女相思离别，而是"忧愁风雨""可惜流年"，伤心人别有怀抱。末句更以"唯有"二字，重笔勾勒，对杜牧在当时诗坛上的崇高地位作了热情的称誉。

不过，这首诗的艺术感染力却主要不取决于全面而准确的评论，而在于渗透在字里行间的对诗友的深刻理解、深情赞叹。正是这种内在的抒情因素，使它有别于一般的论诗绝句，而具有知音之歌的抒情诗品格。

这首诗之所以耐人咀嚼，还因为它蕴含着丰富的言外之意、弦外之音。诗人极力称扬杜牧，实际上含有引杜牧为同调之意。"天荒地变心虽折，若比伤春意未多""曾苦伤春不忍听，凤城何处有花枝""相见时难别亦难，东风无力百花残""人世死前唯有别，春风争拟惜长条"，这些诗句表明，"刻意伤春复伤别"不但评杜，亦属自道。何焯说："高楼风雨，短翼差池，玉谿方自伤春伤别，乃弥有感于司勋之文也。"这是深得诗人用心的精到评论。同心相应、同气相求，诗人在评杜、赞杜的同时，也就寄托了自己对时代和身世的深沉感慨，而在"刻意伤春复伤别，人间唯有杜司勋"的赞叹中，似乎也包含着诗坛寂寞、知音稀少的弦外之音。

隋　宫①

　　紫泉宫殿锁烟霞②，欲取芜城作帝家③。玉玺不缘归日角④，锦帆应是到天涯⑤。于今腐草无萤火⑥，终古垂杨有暮鸦⑦。地下若逢陈后主，岂宜重问后庭花⑧？

[校注]

①隋宫，指隋炀帝在江都（今江苏扬州市）建造的江都、临春、显福等豪华的行宫。张采田《玉谿生年谱会笺》系此诗于大中十一年商隐任盐铁推官期间游江东时。②紫泉，即紫渊，司马相如《上林赋》叙长安形胜，有"丹水亘其南，紫渊径其北"之语，唐人避高祖李渊讳改"渊"为"泉"，此借指长安。③芜城，广陵的别称，亦即隋时之江都。南朝刘宋诗人鲍照见广陵故城荒芜，作《芜城赋》。后遂以芜城为广陵别称。帝家，帝都。④日角，古代星相家将人的额骨中央隆起如日者称为日角，认为这是帝王之相。李渊起兵夺取隋政权之前，唐俭曾说他"明公日角龙庭……天下属望"（《旧唐书·唐俭传》）。此以"日角"指代李渊。⑤锦帆，指隋炀帝南游江都时所乘的龙舟，船帆均用高级宫锦制成。⑥《隋书·炀帝纪》："大业十二年，上于景华宫征求萤火，得数斛，夜出游山放之，光遍岩谷。"此在东都事。扬州有放萤苑，据说亦为炀帝放萤之处。《礼记·月令》："腐草为萤。"⑦终古，长久。垂杨，指隋堤杨柳。炀帝开通济渠及邗沟（运河自汴口至长江的一段），沿堤一千三百里，遍植杨柳，世称隋堤。《开河记》："虞世基献计，请用垂柳栽于汴渠两堤上。"⑧陈后主，南朝陈代末代君主陈叔宝。《后庭花》，即《玉树后庭花》。《陈书·皇后传·后主张贵妃》："后主每引宾客对贵妃等游宴，则使诸贵人及女学士与狎客共赋新诗，互相赠答，采其尤艳丽者以为曲词，被以新声……其曲有《玉树后庭花》《临春乐》等。大指所归，皆美张

贵妃、孔贵嫔之容色也。"《旧唐书·音乐志》:"御史大夫杜淹对曰:'前代兴亡,实由于乐。陈将亡也,为《玉树后庭花》……所谓亡国之音也。'"因曲词中有"玉树后庭花,花开不复久"之句,故亦被视为预兆亡国的歌谶。据《隋遗录》卷上载:"炀帝在江都,昏湎滋深,尝游吴公宅鸡台,恍忽间与陈后主相遇,尚唤帝为殿下。后主舞女数十,中一人迥美,帝屡目之,后主云:'即(张)丽华也。'……(帝)因请丽华舞一曲,丽华徐起,终一曲。"地下逢后主问《后庭花》,即用此事。

[笺评]

方回曰:日角、天涯,巧。(《瀛奎律髓》)

吴师道曰:《隋宫》中四句……日角、锦帆、萤火、垂杨是实事,却以他字面交蹉对之,融化自称,亦其用意深处,真佳句也。(《吴礼部诗话》)

顾璘曰:此篇句句用故实,风格何在?况又俗,且用小说语,非古作者法律。初联、结联亦俗,大抵晚唐起结少有好语。(《批点唐音》)

周秉伦曰:通篇以虚意挑剔讥意。即结语,不曰难面阴灵于文帝,而曰岂宜问淫曲于后主,见殷鉴不远,致覆成业于前车,可笑可哭之甚,殊有深思。评者病其风格不雅则可。如谓其用小说语,彼稗官野史,何者非古今人文赋中料耶?(《唐诗选脉会通评林》引)

金圣叹曰:写淫暴之夫,流连荒亡,无有底极,最为条畅尽事也。(《贯华堂选批唐才子诗》)

冯班曰:腹联慷慨,专以巧句为义山,非知义山者也。(《二冯评阅才调集》)

贺裳曰:义山《隋宫》诗:"玉玺不缘归日角,锦帆应是到天涯。"飞卿《春江花月夜》云:"十幅锦帆风力满,连天展尽金芙蓉。"

虽竭力描写豪奢，不及李语更能状其无涯之欲。（《载酒园诗话又编》）

胡以梅曰：按诗情乃凭吊凄凉之事，而用事取物却一片华润。本来西昆出笔不宜淡薄，加以炀帝始终以风流淫荡灭亡，非关时危运尽之故，故作者犹带脂粉，即以诮之耳，最为称题。（《唐诗贯珠串释》）

陆次云曰：五六是他人结语，用在诗腹，别以新奇之意作结，机杼另出。义山当日所以独步于开成、会昌之间。（《五朝诗善鸣集》）

查慎行曰：前四句中转折如意。三四有议论，但"锦帆"事实，"玉玺"事凑。（《瀛奎律髓汇评》引）

钱湘灵曰：此首以工巧为能，非玉谿佳处。（同上）

赵臣瑗曰：紫泉宫殿，从来帝王之家也，今乃锁之而取芜城。夫芜城曷足为帝家哉？推炀帝之意不过为一树琼花，遂不恤殚我万方民力。倘太原之龙迟迟而起，则安知琼花谢后，又不锁芜城而取他处耶？写淫暴之主，纵心败度，至于无有穷极，真不费半点笔墨。不缘、应是，当句呼应，起伏自然，迥非恒调。日角、天涯，对法尤奇。五六节举二事，言繁华过去，单剩凄凉，为古今炀帝一辈人痛下针砭。末运实于虚，一半讥弹，一半嘲笑，阿麼真何以自解于叔宝耶？（《山满楼笺注唐诗七言律》）

何焯曰：无句不佳，三四尤得杜家骨髓。前半展拓得开，后半发挥得足，真大手笔。发端先言其虚关中以授他人，便已呼起第三句。着"玉玺"一联，直说出狂王抵死不悟，方见江都之祸非出于偶然不幸。后半讽刺更觉有力。（《义门读书记》）日角、天涯，佳处固不在此，然不必抹也。多看齐梁四六，便知杜诗中不用，乃其极老成处。元次山《闵荒诗》云："欢娱未央极，始到沧海头。"次连从之出也。（次连）激昂浏亮。"于今"二句：兴在象外。（《李义山诗集辑评》引）

沈德潜曰：言天命若不归唐，游幸岂止江都而已。用笔灵活。后

人只铺叙故实，所以板滞也。末言亡国之祸甚于后主，他时魂魄相遇，岂宜重以《后庭花》为问乎？（《唐诗别裁》）

陆昆曾曰：与《南朝》一篇，同刺荒淫覆国。彼用谐语，读者或易忽略；此则庄以出之，自能令人惊心动魄，怵然知戒也。（《李义山诗解》）

姚培谦曰：此为以有涯之生徇无涯之欲者警也……独怪其吴公台遇鬼之时，犹以《后庭花》为问，是不惟欲到天涯，且欲穷地下矣。痴人无心肝至是哉！（《李义山诗集笺注》）

纪昀曰：纯用衬贴活变之笔，一气流走，无复排偶之迹。首二句一起一落，上句顿，下句转，紧呼三四句。"不缘""应是"四字，跌宕生动之极。无限逸游，如何铺叙，三四句只作推算语，便连未有之事一并托出，不但包括十三年中事也。此非常敏妙之笔。结句是晚唐别于盛唐处。若李、杜为之，当别有道理。此升降大关，不可不知。学义山者，切戒此种笔墨。结虽不佳，然缘炀帝实有吴公台见陈后主一事，借为点缀，尚不大碍，若凭空作此语，则恶道矣。（《玉谿生诗说》）　中四句步步逆挽，句句跳脱。（《瀛奎律髓刊误》）

姜炳璋曰：八句跌宕顿挫，一气卷舒，似怜似谑，无限深情。（《选玉谿生诗补说》）

杨逢春曰：此诗全以议论驱驾事实，而复出以嵌空玲珑之笔，运以纵横排宕之气，无一笔呆写，无一句实砌，斯为咏史怀古之极。（《唐诗绎》）

黄叔灿曰：五十六字中以议论运实事，翻空排宕，与《南朝》诗同一笔墨。（《唐诗笺注》）

张文荪曰：参用活法夹写，便动荡有情。古今凭吊绝作。（《唐贤清雅集》）

李锳曰：言外无限感叹，无限警惕。（《诗法易简录》）

方南堂云：所谓"语不惊人死不休"者，非奇险怪诞之谓也。或至理名言，或真情实景，应手称心，得未曾有，便可震惊一世……李商隐之"于今腐草无萤火，终古垂杨有暮鸦"，不过写景句耳，而生前侈纵，死后荒凉，一一托出，又复光彩动人，非惊人语乎？（《缫锻录》）

方东树曰：先君云："寓议论于叙事，无使事之迹，无论断之迹，妙极妙极。"又曰："纯以虚字作用，五六句兴在象外，活极妙极，可谓绝作。"（《昭昧詹言》）

张采田曰：结以冷刺作收，含蓄不尽，余觉味美于回。（《李义山诗辨正》）

黄侃曰：平陈之役，炀帝为晋王，实总戎重。末路荒淫，过于叔宝，讥刺之意甚显，不必以稗官所记觌鬼事实之也。（《李义山诗偶评》）

俞陛云曰：凡作咏古诗，专咏一事，通篇固宜用本事，而须活泼出之。结句更须有意，乃为佳构。玉谿之《马嵬》《隋宫》二诗，皆运古入化，最宜取法……萤火垂杨，即用隋宫往事，而以感叹出之。句法复摇曳多姿。（《诗境浅说》续编）

[鉴赏]

李商隐的咏史政治讽刺诗大体上有两类。一类是托古讽今、借端寄慨之作，另一类是以古鉴今、昭示教训之作。这首《隋宫》就属于后一类。两类作品其实都是为"今"而作的，不过途径方式不同而已。

隋宫，指隋炀帝在江都（今扬州）建造的江都宫、显福宫、临春宫等豪华的行宫。这个中国历史上著名的荒淫昏暴的皇帝，在位十四年，绝大部分时间在外地游乐，在京不到一年。前后三次南游江都，耗尽民脂民膏，正像李商隐在七绝《隋宫》中所描写的那样："春风举国裁宫锦，半作障泥半作帆。"每次为了船帆等制作之用，光丝绸锦缎就不知用去了多少！这种近乎疯狂的淫游，极大地加快了隋朝政权走向覆亡的步伐。这首诗就是以隋炀帝南游江都为中心，对这个亡国之君进行入骨的讽刺，并且深深寄寓着历史教训的。

"紫泉宫殿锁烟霞，欲取芜城作帝家。"首联从出游江都写起，说长安的宫殿已经穷极壮丽，隋炀帝却还要把江都作为享乐的帝京。紫泉，就是紫渊，原是汉代长安的一条水的名字。这里用它来指代长安，是为了加强色彩的渲染，构成彤庭朱阁、彩碧辉煌的宫廷华美意象。"锁烟霞"，是说宫殿为烟云彩霞所缭绕。这不仅映衬出宫殿的巍峨壮丽，也显示出一种流动飘逸的意态。如此壮丽的长安宫阙，竟然还不满足，要另取芜城（即江都）作为"帝家"，足见隋炀帝奢淫享乐的欲望永无止境，同时也暗示江都行宫的豪华更甚于长安宫殿。这一联点明题目，交代出游，揭示隋炀帝的贪欲，为下一联开拓诗境作好准备。

"玉玺不缘归日角，锦帆应是到天涯。"玉玺，是皇帝的印章，也是国家权力的标志。日角，指唐高祖李渊，古代星相家把人的额骨中央隆起如日者称为日角，认为这是帝王之相。李渊起兵反隋前，有人曾吹捧他"日角龙庭"，必能取天下。锦帆，借指隋炀帝游江都时乘坐的龙舟。据史书记载，大业元年（605），隋炀帝带着皇后、妃嫔、文武官员、尼姑道士和卫队到江都游玩，龙舟杂船数千艘，在运河中首尾相接二百余里，仅拉纤的民夫就达八万多人。龙舟高四十五尺，长二百尺，起楼四层，船帆都用高级锦缎做成。最后一次游江都，从大业十二年七月，一直住到十四年三月隋炀帝被部下宇文化及杀掉为止。隋炀帝已经开了八百里的江南运河，如果不是被杀，南游的下一站便将是会稽。所以这一联嘲讽他说，如果不是传国的玉玺落到了日角龙庭的真命天子李渊手里，隋炀帝的龙舟想必会游遍天涯海角吧。这两句中的"日角""天涯"，对仗工巧，历来为诗评家所赞赏。不过真正值得称道之处，恐怕主要还是高妙的诗歌讽刺艺术。诗歌不同于小说戏剧，尽管可以夸张变形，却很少虚构事实。特别是咏史诗，所咏对象往往是历史上的著名人物，史实俱在，如果任意虚构，必然会使人感到不真实。但假如完全拘泥于史实，又往往会使事件不够典型，对讽刺对象的揭露不够深刻，或者让读者感到只是在铺陈故实，缺乏新警的含意。这是一个矛盾。李商隐这两句诗，正是在不违背史实、不虚构事实的前提下，作出了使生活真实上升到艺术真实的成功尝试。隋炀帝并没有乘舟游遍天涯，但根据他那种永不知足的享乐贪欲和肆意横行的昏暴性格，根据已经开通八百里江南运河的事实，只要这个昏君还坐在皇帝宝座上，就必要"乘兴"而游"到天涯"。正是由于把握了这一点，诗人才巧妙地用"不缘""应是"这样的假设推想之辞，对他的穷奢极欲、至死不悟进行尖刻的讽刺。这样写，既不违背史实，又不拘于史实，做到了在史实基础上进行艺术的升华，更深刻地揭示了这个亡国之君既淫奢又昏愦的性格，深入到了讽刺对象的灵魂。比起一般地直叙实写南游江都情景，艺术效果显然要强烈得多。清代诗评家沈德潜评这一联说："言天命若不归唐，游幸岂止江都而已。用笔灵活。后人只铺叙故实，所以板滞也。"实际上这种写法，已经和戏剧小说创作中根据人物性格的内在发展逻辑描写人物行动的必然发展非常类似，仅仅是没有虚构史实而已。不妨认为这正是一种体现咏史特点的典型化艺术手段。两句用流水对，"不缘"先让一步，"应是"随即翻卷过去，大大推进一步，运掉自如，极为圆转流畅，在轻松幽默的语调中寓有极辛辣的讽刺，笔意的巧妙更是一般诗人所难以企及的。

诗的前半部分从隋炀帝出游江都写到隋朝的覆亡，后半部分进一步写亡国以后的情事。"于今腐草无萤火，终古垂杨有暮鸦。"腹联暗含隋炀帝生前荒淫逸乐的两件典型事例。一件是"放萤"。他在洛阳景华宫时，曾命人搜求萤火虫数斛，夜间游山时放出，光照山谷，以此取乐。江都有放萤苑，相传是隋炀帝放萤的地方。古代有"腐草为萤"的说法，"腐草无萤火"，是说只有腐草，而无萤火。另一件是"植柳"。隋炀帝开通济渠和邗沟（运河由汴口到长江的一段），沿堤一千三百里，遍植杨柳，世称"隋堤"。如今，"隋家宫阙已成尘"，在荒凉的隋宫废墟上，但见荒芜的腐草，却再也见不到往昔萤火闪熠的热闹景象了；长久以来，千里运河上再也见不到锦帆相接的繁华场景，只有隋堤上垂柳暮鸦，在点缀着亡国的凄凉。这一联的突出特点，是把深刻的讽刺和深沉的感慨融合起来，"兴在象外"，含蕴无穷。讽刺性作品常犯的一个毛病，是只图讽刺得尖刻痛快，忽视艺术的含蕴，结果虽让读者获得一时的满足，却经不起细细咀嚼回味。这一联却能将讽刺的笔锋深寓在充满今昔盛衰感慨的鲜明画面中，特别耐人寻味。"放萤""植柳"这两件事，如果单纯作为隋炀帝荒淫逸乐的事例，在这一联中平列着来写，只不过在逸游之外再作一点量的增加，意义不大。诗人没有采取这种堆砌事例的写法，而是将这两件事和隋朝的兴亡联系起来，让它们作为盛衰的标志、历史的见证出现在读者面前，引导读者透过饱含历史沧桑之感的物象与图景去领会其内在意蕴。两句中的"无"和"有"，正是集中体现作者寓托感慨讽刺的句眼。"腐草无萤火"既是嘲讽萤火被隋炀帝搜尽，至今连腐草亦不复生萤，又是慨叹荒宫腐草，萤火绝迹，满目幽暗凄凉。今日之"无"，正透露出往昔之"有"，也正暗示往昔隋宫繁华何以变为一片空无。"垂杨有暮鸦"，不仅是着意渲染昏暗凄凉的景象，更寓有无限今昔盛衰的感慨。昔日龙舟游幸、锦帆耀日，何等炫赫，而今唯余隋堤衰柳、暮鸦聒噪，何等凄凉！这样的"有"，比什么都没有的"无"更令人感慨唏嘘。一个腐朽的政权，当它的遗物作为荒淫亡国的历史见证被保留下来后，这个政权的代表人物也就被永远钉在历史的耻辱柱上了。清初诗评家冯班说："腹联慷慨，专以巧句为义山，非知义山者也。"他看出这一联不只是对仗工巧，而且寓含了深沉的感慨，这是很有见地的。诗人对隋炀帝的深微讽刺，正是通过这种俯仰今昔的历史感慨更含蕴也更有力地表现出来的。前人说李商隐的诗"寄托深而措辞婉"，这一联正是很能体现其深婉特点的。

　　诗写到这里，无论是叙事、抒情、议论，似乎要说的话都已经说过，很难再转出新意来。换一个比较平庸的诗人，尾联很可能顺着腹联的一"无"一"有"，再发一点荒淫亡国的感慨，以昭示教训，点示主题，收束全篇。但这样的收束几乎注定要成为蛇足。因为荒淫亡国的意旨早就蕴含在颔、腹两联的具体描写中，根本无须再用抽象的议论去点示。律诗的尾联，往往容易松懈、空洞、平庸，重要原因之一就是不能在中间两联的基础上转出新境。这首诗的一个突出优点，正是在"山重水复疑无路"的情况下，转出"柳暗花明又一村"的新境来——"地下若逢陈后主，岂宜重问后庭花？"诗人讽刺的笔锋不但从南游、亡国一直追到亡国以后，而且追到地下，确实可以说是穷追不舍而又匪夷所思了，一般人是很难想到的。

尾联包含着一段耐人寻味的故事。陈后主名叔宝，是陈朝的末代皇帝，也是历史上出名的荒淫之君。《玉树后庭花》是他创作的反映宫廷淫靡生活的舞曲，历来被看作亡国之音的典型。据《隋遗录》一书记载：隋炀帝在江都时，一次梦见陈后主，看到舞女数十人，其中有后主的宠妃张丽华。隋炀帝就请她舞一曲《玉树后庭花》。舞完以后，后主对隋炀帝说："您的龙舟之游快乐吗？我原以为您会把政治搞得比尧舜还好，岂不料您今天也在走我的老路。人生各图快乐，您先前何必那样严厉责备我呢？"这个记载可能出自传闻，虚构成分很大，但包含着非常真实、合理的内核，它把隋炀帝因步陈后主的后尘而预感到亡国危险但又不思悔改的心理表现得十分深刻。但李商隐并不是简单地搬用这个故事，而是根据主题表达的需要，将生前梦遇引申为死后重逢，由请张丽华舞《玉树后庭花》进一步料想其必然"重问"，并用"若逢""岂宜"这样的语气来表达——已经国亡身死的隋炀帝，如果在地下和陈后主重逢，难道还好意思再请张丽华舞一曲《玉树后庭花》吗？

和颔联一样，尾联也是运用典型化的艺术手段和假设推想之辞更深刻地揭示讽刺对象的本质与灵魂，但想象更虚幻，措辞更巧妙，讽刺也更辛辣。梦中相逢，已属虚幻；地下重见，更近荒诞。但诗人用

"若逢"这样的假设之辞，便把虚构荒诞不经之事的嫌疑很轻松地脱掉，而这一想象中所反映的事物本质的内容则全部保留下来。这里包含着好几层微妙而辛辣的讽刺。第一，隋炀帝和陈后主，是一对臭味相投的难兄难弟，不但活着的时候前趋后效，竞相荒淫，死后也一定会相随于地下。说是"若逢"，其实诗人意中料其必逢。第二，不但重逢，而且"重问"。按照常情，隋炀帝步亡陈后尘，身死国亡，为天下笑，照说总会觉得"《后庭花》一曲，幽怨不堪听"而不再重问了，但他仍兴致勃勃，十分迷恋这亡国之音。说"岂宜重问"，实际上就包含了料其必问。这就暗示出，像隋炀帝这样一个昏君，即使掉了脑袋，做了鬼，他的享乐贪欲、淫昏本性也不会有丝毫改变。如果说颔联"玉玺不缘归日角，锦帆应是到天涯"还只是讽刺他不见棺材不落泪，那么尾联"地下若逢陈后主，岂宜重问后庭花"就是进而讽刺他见了棺材也不落泪了。这确实是对死不悔改的隋炀帝的诛心之笔。第三，对隋炀帝的"重问"，诗人并不正言厉色地加以愤怒斥责，而是用轻描淡写的"岂宜"二字投以冷峻的嘲讽。读者从这两个字中感受到的，正是对无可救药的亡国之君极大的轻蔑和无情的嘲弄。

历史是常常重复的，但像亡陈和亡隋这样迅速的重复，像陈后主和隋炀帝这样并世而生的昏君却不多见。它似乎特别能够说明：封建统治者所实行的政策和本身的行为，是国家兴亡盛衰的重要原因。用李商隐自己的诗句来表述，就是"成由勤俭败由奢"。陈后主、隋炀帝早已相从于地下，诗人从陈、隋两代亡国败君相继的事实中总结的历史教训，显然是为着警戒当代的封建统治者。从这个意义上去领会"岂宜重问后庭花"这句诗，它的弦外之音是不难默会的。

清代何焯评这首诗说："前半展拓得开，后半发挥得足，真大手笔。"所谓展拓、发挥，实际上不妨理解为典型化的艺术手段，其中既包括颔、尾两联那种入骨的讽刺，也包括腹联那种兴在象外、含蕴无穷的讽叹。在如何做到讽刺的深刻、寄慨的深沉与抒情气氛的浓郁方面，这首诗确实提供了成功的艺术经验。

政治讽刺诗与一般重在抒写诗人自我感情的抒情诗有所不同，它不能不将笔墨集中在讽刺对象身上，诗人自己的感情和个性便往往表现得不很明显和突出。而这首诗比较成功的另一点，正是在深刻揭示讽刺对象本质特点的同时，比较明显地体现了诗人的个性。这里，像"不缘""应是""无""有""若逢""岂宜"等一系列极富表现力的词语起了重要作用。它们把诗人对隋炀帝那种鄙视、挖苦、嘲弄的感情，那种冷嘲热讽的神情口吻淋漓尽致地表现出来了，也把诗人面对亡隋的历史遗迹时那种深沉的感慨和清醒而严肃的思考表现出来了。站在我们面前的，是一位既尖刻又含蕴，既嬉笑怒骂又深沉严肃的诗人形象。读完这首诗，讽刺对象的形象和讽刺者的形象都一齐跃然纸上了。

二月二日①

二月二日江上行，东风日暖闻吹笙②。花须柳眼各无赖③，紫蝶黄蜂俱有情。万里忆归元亮井④，三年从事亚夫营⑤。新滩莫悟游人意⑥，更作风檐夜雨声⑦。

[校注]

①据《全蜀艺文志》，成都以二月二日为踏青节，蜀中风俗当同此。诗作于居柳仲郢梓州幕期间。据"三年"句，当作于大中七年（853）二月二日。②笙，管乐器，由簧片、笙管、斗子三部分组成。簧片古时用竹制，后改为响铜。《说文·竹部》："笙，十三簧，象凤之身也。笙，正月之音。物生，故谓之笙。"③花须，花的雄蕊细长如须，故称。柳眼，柳叶初生时细长如眼初展。各，皆。无赖，有意逗恼人。杜甫《奉陪郑驸马韦曲》："韦曲花无赖，家家恼杀人。"《送路六侍御入朝》："剑南春色还无赖，触忤愁人到酒边。"④元亮，东晋诗人陶潜的字，其《归园田居》有"井灶有遗处，桑竹残朽株"之句。此处"元亮井"即借指故园乡井。⑤从事，指担任幕职。亚夫，

汉文帝时名将周亚夫。屯军细柳，军纪严明。世称"细柳营""柳营"。事详《史记·绛侯世家》。此处以"亚夫营"借指柳仲郢军幕，以"柳营"切仲郢之姓。商隐大中五年冬抵柳幕，至大中七年已是第三个年头。⑥新滩莫悟，《全唐诗》校："滩，一作春；悟，一作讶。"⑦夜雨，《全唐诗》校："一作雨夜。"

[笺评]

金圣叹曰：此二月二日，乃是偶然恰值之日。是日本是东风，却又日暖，江上闲行，忽闻吹笙，因而遽念家室，不能自裁也……看他"无赖""有情"上加"各"字、"俱"字，犹言物犹如此，人何以堪也。（《贯华堂选批唐才子诗》）

王夫之曰：何所不如杜陵，世论悠悠不足齿。（《唐诗评选》）

何焯曰：两路相形，夹写出忆归精神。合通首反复咀咏之，其情味自出。《隋宫》《筹笔驿》《重有感》《隋师东》诸篇，得老杜之髓矣，如此篇与《蜀中离席》，尤是《庄子》所云"善者机"。前半逼出忆归，如此浓至，却使人不觉，所谓"《国风》好色而不淫"也。此等诗，其神似老杜处，在作用不在气调。"东风"句：即温诗"并起别离恨，似闻歌吹喧"之意。同一江上行也，耳目所接，万物皆春，不免引动归思。及忆归不得，则江上滩声顿有凄凄风雨之意。笔墨至此，字字化工。（《义门读书记》）拗体。直写甚老。（《李义山诗集辑评》引）

李重华曰：拗体律诗亦有古今之别。如老杜《玉山草堂》一派，黄山谷纯用此体，竟用古体音节，但式样仍是律耳。如义山《二月二日》等类，许丁卯最善此种，每首有一定章法，每句有一定字法，乃拗体中另自成律，不许凌乱下笔。（《贞一斋诗说》）

陆昆曾曰：身羁使府，偶然出行，而风日晴暖，游人已有吹笙为乐者。且目之所接，万木皆春，不来江上，几不知花柳蝶蜂如此浓至也。于是因闻见而归思萌焉。曰"万里"，则为路甚远；曰"三年"，则为时甚久。而寄人庑下，知有无可奈何者。故犹是滩声也，一时听之，便有凄凄风雨之意，觉与初到时迥然不同。（《李义山诗解》）

姚培谦曰：此义山在东川时怀归之作。大凡人生境界无常，只心头不乐，好境都成恶境。此诗前四句，乍读之岂不是春游佳况，细玩一"各"字，一"俱"字，始觉无赖者自无赖，有情者自有情，于我总无与也。（《李义山诗集笺注》）

屈复曰：偶行江上，日暖闻笙，花柳蜂蝶，皆呈春色。独客游万里，从军数载，睹此春光，能不怀乡？故嘱令今夜新滩莫作风雨之声，令人思家不寐也。（《玉谿生诗意》）

王鸣盛曰：第三联斗接有神，一结凄惋有味，唯义山有之。（《玉谿生诗笺注》初刊本王氏手批）

纪昀曰：七句如何下"莫悟"二字？滩岂有知之物也？曰：此正沧浪所云"诗有别趣，非关理也"。（《玉谿生诗说》）

方东树曰：此即事即景诗也。五六阔大，收妙出场。起句叙，下三句景。后半情。此诗似杜公。（《昭昧詹言》）

[鉴赏]

大中五年（851）春夏间，李商隐的妻子王氏亡故。为了谋生，他不得不应东川节度使柳仲郢之辟，入幕任节度书记，于同年秋撇下幼女稚子，只身远赴梓州（州治在今四川三台），开始了他一生中最后也是时间最长的一次幕府生涯。"三年从事亚夫营"，到写这首诗时，他在柳幕已经是第三个年头了。

蜀中风俗，二月二日为踏青节。诗的首句，开门见山，点明踏青节江上春游。次句紧承，写江行游春的最初感觉和印象。和煦的东风，温暖的旭日，都散发着融和的春意，就是那笙声，也似乎带着春回大地的暖意。笙簧畏潮湿，天寒吹久则声涩不扬，须以微火香料暖笙。

东风日暖，笙自然也簧暖而声清了。"闻吹笙"并非泛语，它和"东风日暖"分别从听觉和感觉写出了踏青江行的感受——一种暖洋洋的春意。

颔联从所见角度续写江上春色。如果说"东风"句还是刚接触外界事物时一种自然的感受，这一联则是有意寻春、赏春了。花、柳、蜂、蝶，都是春天最常见的事物，是春天生命与活力的标志，红（花）、绿（柳）、黄、紫，更写出了春天的绚烂色彩。但这一联并非抒写诗人对秾丽春色的流连陶醉，而是表现因美好春色而触动的伤感。"无赖"，有意逗恼人。花、柳本是没有人的感觉和感情的事物，它只按自然规律行事，春天来了，便吐蕊、长叶，在东风旭日中显示出生命的活力，散发着春天的气息，而不顾人的悲欢哀乐。但在满怀愁绪的诗人感觉中，它们却好像是有意逗恼自己。蜂、蝶是有生命的动物，春到人间，穿花绕柳，翩翩飞舞，像是满怀喜悦宣告着春天的来临，故说"有情"。然而，不管是无心的花柳，还是有情的蜂蝶，它们作为春色的标志、生命活力的象征，又都和失去了生命春天的诗人形成鲜明对照。"无赖者自无赖，有情者自有情，于我总无与也"（姚培谦《李义山诗笺注》），其实还不止是"无与"，而且是一种刺激。细味"各"字、"俱"字，不难发觉其中透露出的隐痛。要之，前两联极写江间春色，写物遂其情，正是为了要反衬出自己的沉沦身世与凄苦心境。何焯说："前半逼出忆归，如此浓至，却使人不觉。"这"不觉"正是诗的蕴藉处。

颈联转写长期寄幕思归。初读似与前幅脱榫，但颔联"各""俱"二字，已暗逗消息，而且前幅越是把春色、春意渲染得充分，就越能引渡到"虽信美而非吾土兮，曾何足以少留"（王粲《登楼赋》）这层意思上去，所以前后幅之间是形断而神连。元亮井，用陶潜（字元亮）《归园田居》："井灶有遗处，桑竹残朽株"；亚夫营，用周亚夫屯兵细柳营事，暗寓幕主的柳姓。虽用典，却像随手拈来，信口道出。他曾说自己"无文通半顷之田，乏元亮数间之屋"，可见诗人连归隐躬耕的起码物质条件也没有。"万里""三年",表面上是写空间的悬隔、时间的漫长,实际上正是抒写欲归不能的苦闷。对照着"三年已制思乡泪,更入新年恐不禁"(《写意》)、"三年苦雾巴江水,不为离人照屋梁"(《初起》)等诗句,不难感到"三年从事亚夫营"之中所蕴含的羁泊天涯者的精神痛苦。

末联回应"江上行",写新滩流水在羁愁者耳中引起的特殊感受。春江水涨,新滩流水在一般游春者听来,自然是欢畅悦耳的春之歌;但在思归不得的天涯羁旅者耳中,却像是午夜檐间风雨的凄其之声,不断撩动着自己的羁愁,所以发出"新滩莫悟游人(作者自指)意"的嗟叹。本是听者主观感情作怪,却说"新滩莫悟",曲折有致。冯浩说:"悟字入微。我方借此遣恨,乃新滩莫悟,而更作风雨凄其之态,以动我愁,真令人驱愁无地矣。"可谓深得其旨。

李商隐许多抒写身世之悲的诗篇,往往以深沉凝重的笔调、绮丽精工的语言,着意渲染出一种迷蒙悲凄的环境气氛。这首诗却别具一格。它以乐境写哀思,以美丽的春色反衬自己凄苦的身世,以轻快流走的笔调抒发抑塞不舒的情怀,以清空如话的语言表现宛转曲折的情思,收到了相反相成的艺术效果。

筹笔驿①

猿鸟犹疑畏简书②,风云常为护储胥③。徒令上将挥神笔④,终见降王走传车⑤。管乐有才终不忝⑥,关张无命欲何如⑦。他年锦里经祠庙⑧,梁父吟成恨有馀⑨。

[校注]

①筹笔驿,旧址在今四川省广元市(唐时属利州绵谷县)北。《方舆胜览·利州东路·利州》:"筹笔驿,在绵谷县,去州北九十九里。旧传诸葛武侯出师,尝驻此。"杜牧《和野人殷潜之题筹笔驿十

四韵》："永安宫受诏，筹笔驿沉思。"筹笔之名，因诸葛亮曾驻此筹划军事而得名。诗作于大中九年（855）冬随柳仲郢还朝途中经此驿时，筹笔驿为川、陕间交通要站。②猿，《全唐诗》校："一作鱼。"简书，古代用竹简写字，称简书。这里特指军令文书。《诗·小雅·出车》："岂不怀归，畏此简书。"传曰："简书，戒命也。"③储胥，军队驻扎时设以防卫拒障的木栅藩篱。《汉书·扬雄传》："木雍枪累，以为储胥。"颜师古注："储，峙也；胥，须也。以木雍（拥）枪及累绳连结以为储胥。"④徒令，空教。上将，犹主将。此指诸葛亮。《孙子·地形》："料敌制胜，计险阨远近，上将之道也。"挥神笔，指筹划军事，挥笔出令，含有料敌如神之意。⑤降王，指蜀后主刘禅。传车（zhuàn jū），驿站所备供长途旅行用的车。传，传舍，驿站。魏景元四年（263），司马昭派邓艾、钟会伐蜀。邓艾兵至成都城北，"后主舆榇自缚诣军垒门……举家东迁（洛阳）"。"走传车"即指后主降魏后举家乘传车迁往洛阳事。⑥管，管仲，春秋时著名政治家，佐齐桓公成霸业。乐，乐毅，战国时著名军事家，曾为燕昭王破齐。《三国志·蜀书·诸葛亮传》："亮躬耕陇亩，好为《梁父吟》……每自比于管仲、乐毅，时人莫之许也。唯博陵崔州平、颍川徐庶元直与亮友善，谓为信然。"终，纵然，纵使。忝，愧。《全唐诗》校："终，一作真。"⑦关，关羽；张，张飞。两人均为蜀汉著名大将。无命，夭亡。指关羽镇荆州，为孙权遣将偷袭，兵败被杀，以及张飞从先主刘备伐吴，为部将张达、范疆所杀之事。详参《三国志·蜀书·关羽传》及《张飞传》。欲何如，又能有什么办法。⑧他年，犹往年、昔年。用"他"字指时间有过去与将来的两种用法，此处指前者。锦里，在成都城南，武侯祠所在处。此句指大中五年冬，商隐自梓州差赴西川推狱，曾拜谒武侯祠。⑨梁父，即《梁父吟》，古乐曲名，诸葛亮躬耕陇亩时，好为《梁父吟》。今传古辞，内容系咏齐相晏婴以二桃计杀争功三勇士之事。署诸葛亮作。后世或以为诸葛亮借此抒发政治感慨。这里即以《梁父》转指自己当年所写的借咏史以寓慨的诗篇《武侯庙古柏》，诗中有"玉垒经纶远，金刀（寓指刘汉王朝）历数终。谁将出师表，一为问昭融"之句，与"恨有馀"之语正合。杜甫《登楼》尾联云："可怜后主还祠庙，日暮聊为梁父吟。"

[笺评]

范温曰：义山诗云："鱼鸟犹疑畏简书，风云长为护储胥"，简书盖军中法令约束，言号令严明，虽千百年之后，鱼鸟犹畏之也。储胥盖军中藩篱，言忠谊贯神明，风云犹为护其壁垒也。诵此两句，使人凛然复见孔明风烈。至于"管乐有才真不忝，关张无命欲何如"，属对亲切，又自有议论，他人亦不及也。（《潜溪诗眼》）

方回曰：起句十字壮哉！五六痛恨至矣。（《瀛奎律髓》）

周珽曰：此追忆武侯而深致感伤之意。谓其法度忠诚，本足感天人，垂后世，然筹画虽工，而汉祚难移，盖才高而命不在也。他年而经过武侯祠庙，而恨功之徒劳，与武侯赋《梁父吟》所以恨三良者更有馀也。联属清切又有意，他人不能及。（《唐诗选脉会通评林》）

金圣叹曰：言直至今日，而鱼鸟犹畏，然则当时上将挥笔，其所号令部署，为是何等简书，何等储胥。而彼刘禅也者，乃终不免衔璧舆榇，跪为降王，此真不能不令千载英雄父兄拊膺恸哭，至于泪尽出血者也。分明如子美先生手。后解言：然此，亦无用多责刘禅也。天生武侯，虽负王霸之才，然而炎德既终，虎臣既损，大事之去，早有验矣。所以鞠躬尽瘁，犹未肯即弛担者，只为远答三顾之殷勤，近奉遗诏之苦切耳。至于自古有才，决是无命，此固不能与天力争者也。（《贯华堂选批唐才子诗》）

冯舒曰：荆州失，翼德死，蜀事终矣。第六句是巨眼。（《二冯评阅瀛奎律髓》）

胡以梅曰：起得凌空突兀……猿鸟无知，用"疑"；风云神物，直用"长为"矣，有分寸。"徒令"与"神"字皆承上文，而转出题面，下则发议论。五申明三四，六则言第四所以然之故。结借少陵诗"可怜后主还祠庙，日暮聊为《梁父吟》"之语，言昔年有人经过后主之祠庙，吟成《梁父》而有馀恨，今我同有馀恨于后主也……此结应"降王"也。（《唐诗贯珠串释》）

赵臣瑗曰：鱼鸟风云，写得诸葛亮武侯生气奕奕。"徒令"一转，不禁使人嗒焉欲丧……汉祚之衰，固非武侯之力所可得而挽回也。自古英雄有才无命，关、张虎臣，先后凋落，即大事可知矣。然武侯之志未申，武侯之心不死，后之过其地而吊之者，其能无馀恨耶？此诗一二擒题，三四感事。五承一二，六承三四，尚论也。七八总收，以致其惓惓之意焉。（《山满楼笺注唐诗七言律》）

黄周星曰：少陵之叹武侯"诸葛大名"一首，正可与此诗相表里。（《唐诗快》）

何焯曰：议论固高，尤当观其抑扬顿挫处，使人一唱三叹，转有馀味。不离承祚旧论，却非承祚本意。读书论世真难事。"猿鸟"二句一扬。"简书"切"筹笔"，"储胥"切"驿"。"徒令"二句一抑。破题来势极重，妙在次联接得矫健，不觉其板。"管乐"句：此句又扬。"关张"句：此句又抑。"他年"句对"驿"字，"梁父"句对"筹笔"。（《义门读书记》）起二句本意已尽，下无可措手矣，三四忽作开笔，五六收转，而两意相承，字字顿挫。七八振开作结，与少陵"丞相祠堂"作不可妄置优劣也。起二句即目所见，觉武侯英灵奕奕如在。"终见"句：起"恨"字，反醒"驿"字。通首用意沉郁顿挫，绝似少陵。（《李义山诗集辑评》引）

陆昆曾曰：直是一篇史论，而于"筹笔驿"三字又未尝抛荒。从来作此题者，摹写风景，多涉游移；铺叙事功，苦无生气，唯此最称杰出，首云简书，指筹笔也。次云储胥，指驿也，妙在衬帖猿鸟风云等字，又妙在虚下"犹疑""常护"等字，见得当时约束严明，藩篱坚固，至今照耀耳目也。（《李义山诗解》）

姚培谦曰：此因武侯志业不遂，而叹时命之不可强也。（《李义山

诗集笺注》）

　　屈复曰：一二壮丽称题，意亦超脱。下四句是武侯论，非筹笔驿诗。七八犹有馀意。四、六二句与题无涉，律以初唐之法，背谬极矣……乃作轻薄之词，将鞠躬尽瘁之纯忠，反若多事者，不惟诗法背谬，议论如此，识见何等！（《玉谿生诗意》）

　　杨守智曰：沉郁顿挫，绝似少陵。（《玉谿生诗笺注》引）

　　沈德潜曰：瓣香老杜，故能神完气足，边幅不窘。　（《唐诗别裁》）

　　宋宗元曰：起势突兀，通首一气呵成。（《网师园唐诗笺》）

　　纪昀曰：起手抬得甚高，三四忽然驳倒，四句之中几于自相矛盾，盖由意中先有五六一解，故敢下此离奇之笔，见是横绝，其实稳绝。前六句夭矫奇绝，不可方物，就势直结，必为强弩之末。故提笔掉转前日之经祠庙吟《梁父》而恨有馀，则今日抚其故迹，恨可知矣。一篇淋漓尽致，结处犹能作掉开不尽之笔，圆满之极。香泉曰："议论固高，尤难其抑扬顿挫处一唱三叹，转有馀味。"此最是诗家三昧语。若但取议论而无抑扬顿挫之妙，则胡曾之咏史矣，须知神韵筋节皆自抑扬顿挫中来。（《玉谿生诗说》）笔笔有龙跳虎卧之势。他年乃当年之谓，言他时经过其祠，恨尚有馀，况今日亲见行兵之地乎？亦加一倍法。通篇无一钝置语。（《瀛奎律髓刊误》）

　　方东树曰：先君云："此诗人不得其解，以为布置不匀。不知武侯之能尚待呆说乎？诗只咏蜀之亡，天命为之，'关张'句尤有识力。起正赋题，第四句是主。末只作衬收驿耳。"又曰："'恨有馀'三字收足。"树按：义山此等语，语意浩然，作用神魄，真不愧杜公。（《昭昧詹言》）

　　张采田曰：此随仲郢还朝途次作。结指大中五年西川推狱，曾至成都也。（《玉谿生年谱会笺》）

[鉴赏]

唐宣宗大中九年（855）冬，诗人罢梓州幕后由蜀中返回长安，途经利州绵谷县（今四川广元市）的筹笔驿时，写下这首咏怀古迹之作。相传诸葛亮出师伐魏，曾经驻扎在这里筹划军事，因而得名。在李商隐之前，杜甫的《蜀相》已经成功地塑造出诸葛亮的形象，表现他的崇高品质和悲剧命运。李商隐的这首《筹笔驿》之所以堪与《蜀相》并称咏武侯的双璧，正在于他在学习杜诗神髓的同时能自具面目。

跟《蜀相》一样，这首诗中的诸葛亮也是一位才智杰出而志业不成的悲剧性人物，甚至两首诗的结句"泪满襟""恨有馀"的感情反应也非常相似。但杜诗在慨叹其"出师未捷身先死"的悲剧命运时着意突出其鞠躬尽瘁、死而后已的主观精神品质，即所谓"两朝开济老臣心"，这正是杜甫所处的那个战乱时代对整顿乾坤的辅弼之才的需要；而李商隐在这首诗中着意表现的却是诸葛亮的才智跟他所遭遇的客观时势之间的悲剧性矛盾。诗人慨叹诸葛亮虽然才比管、乐，用兵如神，但既遇刘禅这样昏庸的君主，又失关、张这样忠勇的大将，终难挽救蜀汉危亡的命运。末句以"恨"字点醒全篇，说明诗人引为遗恨的正是爱国志士"才"与"命"的矛盾。晚唐政治腐败，危机深重，才智之士因客观环境制约，不但难成匡国大业，而且往往遭到忌毁打击。被李商隐推为"万古之良相"的李德裕在建树破回鹘、平泽潞的功勋后不久就被新即位的唐宣宗一再贬谪至死，就是突出的例证。李商隐在大中五年拜谒成都武侯祠时写的怀古伤今、借端寄慨的"梁父吟"式的诗篇《武侯庙古柏》，就借歌咏诸葛亮而融合了这方面的现实政治感慨。《筹笔驿》的尾联追忆往年情事，以"恨有馀"兼绾他年与今日，正暗示今日凭吊古迹，所抱者仍为志士"才命两相妨"的无穷遗恨。叹诸葛，即所以叹千古遭逢末世的才人志士，而诗人对晚唐衰颓国运的深切忧虑和深沉感慨自寓其中。相比之下，《蜀相》更侧重于表现竭忠尽力而志业未成的崇高感，《筹笔驿》则侧重于表现运去难回、无能为力的悲怆感。虽同为赋咏悲剧命运，时代不同，着眼点有别，造成的悲剧美感也有所区别。

与爱国志士遭逢末世才命相妨的思想主题相应，这首诗在构思上的显著特点是用诸葛亮的杰出才智反托其悲剧命运，并以开合抑扬的手法突出才与命的悲剧性矛盾。颔联出句"上将挥神笔"极力上扬，对句"降王走传车"一落千丈，反跌有力；腹联出句极赞其才略，对句极叹其无助。两联中"徒令""终见""终不忝""欲何如"，开合相应，在对照中更显出其才智超卓而命运不济的可悲。笔力雄健，感慨深沉，为尾联"恨有馀"作了充分铺垫。

《蜀相》突破杜甫以前七律主于情景的传统，兼用叙事、写景、议论、抒情，《筹笔驿》也兼容上述四端，而议论成分更见突出。但由于以抒情贯串全篇，故虽多议论而仍富唱叹之致。首联即景兴感，将客观景物（猿鸟、风云）主观化，在景物描写中渗透崇敬追思之情，"使人凛然复见孔明风烈"（范温《潜溪诗眼》）；颔腹二联，将大开大合的议论与抑扬有致的唱叹融为一体，而蜀汉衰亡史事的叙述也巧妙地穿插其中。尾联追昔绾今，昔之慨，今之恨，一齐收束，言外更含无限沉悲，正如纪昀所评："一篇淋漓尽致，结处犹能作掉开不尽之笔，圆满之极。"（《玉谿生诗说》）

屏　风

六曲连环接翠帷①，高楼半夜酒醒时。掩灯遮雾密如此，雨落月明两不知。

[校注]

①六曲，指十二扇叠为六扇的屏风。帷，床帐。

朱彝尊曰：似有所寓。（《李义山诗集辑评》引）

姚培谦曰：此为蔽明塞聪者发。（《李义山诗集笺注》）

屈复曰：昔有传语屏风者云："方今明目达聪，汝是何物，乃壅贤者路！"遂推倒之。玉谿亦此意。（《玉谿生诗意》）

程梦星曰：此亦近艳词而非者也。乃为有情不遂，深憾壅闭之作。（《重订李义山诗集笺注》）

冯浩曰：与《可叹》诸作互参（按：冯以《可叹》为刺贵家姬妾外遇）。或谓刺蔽贤之人，非也。（《玉谿生诗笺注》）

纪昀曰：四家以为寓浮云蔽日之感，是也。然措语有痕，反而平浅。（《玉谿生诗说》）

姜炳璋曰：此真艳词。铁老擅场，多本此。或以为谗诮蔽明，谬甚。（《选玉谿生诗补说》）

张采田曰：此诗是咏屏风，借物寓慨，故措语不嫌太显。此正深得比喻之妙。看似直致，实则寄托不露，神味更深。（《李义山诗辨正》）

［鉴赏］

从诗题和内容看，这首诗颇像是专写屏风的咏物之作，解者更因诗中有"掩灯遮雾""雨落月明两不知"之语而认为系托讽"蔽明塞聪"之流。细审诗意，并不专咏屏风，更未必有所比附托寓。它所抒写的，不过是"高楼半夜酒醒时"对周围环境的一种感觉印象和朦胧情思。

首句写室内陈设。古代屏风每置于床边，以障蔽和挡风。这里说"六曲连环接翠帷"，是指十二扇叠为六折的屏风横置床边，连接着翠绿的帷帐。这种陈设对翠帷中浓睡的人构成了一个近乎封闭的环境，为三、四句"掩""遮""不知"伏根。次句点出地点——高楼，时间——半夜，人物活动状态——酒醒时。这样一个特殊的时、地和人物活动背景，最易触发对环境醉意朦胧的感受。这句叙事，在全篇中处于关键地位。

三、四句即集中抒写夜半酒醒时的印象与感受。六曲屏风，层层帷幕，不但遮住了室内的灯光，而且挡住了室外的雾气，整个室内成为一个严密闭锁的空间，以致醒来时连外面究竟是下雨还是月明都弄不清楚了。说屏风掩灯自可，但遮雾却必须隔绝室内外的层帷，从这里也看出此诗并不单咏屏风，而是抒写"夜半酒醒时"对屏帷帘幕锁闭中的环境的印象与感觉，一种在浓艳温馨中微感室闷的感受。

此诗既非传统的"托物寓志"之作，也并没有表现某种明确的情感，它只是写一种直觉印象、朦胧意绪。这种内容，标志着五、七言诗内容意境的词化。在后来的词中，写夜半酒醒梦回室内环境气氛便成为常境。"梦后楼台高锁，酒醒帘幕低垂"一类典型的词境在这里正可找到它的滥觞。此诗作词境读，颇饶情致韵味；作诗境读，不免纤细轻艳；以寄托为解，则全乏诗意了。

无题二首 (其一)①

昨夜星辰昨夜风，画楼西畔桂堂东②。身无彩凤双飞翼，心有灵犀一点通③。隔座送钩春酒暖④，分曹射覆蜡灯红⑤。嗟余听鼓应官去⑥，走马兰台类转蓬⑦。

[校注]

①无题诗是李商隐的艺术独创。其诗集中以"无题"为题的诗，可以认定的共十四首，即《无题》（八岁偷照镜）、《无题》（照梁初有情）、《无题二首》（昨夜星辰昨夜风；闻道阊门萼绿华）、《无题四首》（来是空言去绝踪；飒飒东风细雨来；含情春婉晚；何处哀筝随

急管)、《无题》（相见时难别亦难）、《无题》（紫府仙人号宝灯）、《无题二首》（凤尾香罗薄几重；重帏深下莫愁堂）、《无题》（近知名阿侯）、《无题》（白道萦回入暮霞）。其他六首，或因与《无题》相连而失题误入，或与他题相连误入后又改题"无题"，或佚去本题而编录者署曰无题，均不可靠。可以认定的十四首无题，诗面大都写相思离别、会合难期之情。其中有的寄托痕迹较明显，有的寄托似有若无，有的显赋艳情或爱情。详参笔者《李商隐传论》下编第八章。这二首无题中，另一首是七绝："闻道阊门萼绿华，昔年相望抵天涯。岂知一夜秦楼客，偷看吴王苑内花。"二首合参，可揣知诗人所怀的对象是一位贵家女子（家妓之类）。据"走马兰台"句，诗当作于商隐任职秘书省期间，以作于会昌六年（846）春重官秘省正字期间的可能性较大。②楼，《全唐诗》校："一作堂。"③灵犀，古代将犀牛角视为灵异之物，犀角中心的髓质像一条白线贯通上下，故云"灵犀一点通"。《汉书·西域传》："通犀翠羽之珍。"如淳注："通犀，谓中央色白，通两头。"④送钩，指藏钩之戏。周处《风土记》："义阳腊日饮祭之后，叟妪儿童为藏钩之戏。分为二曹（队），以校胜负……一钩藏在数手中，曹人当射（猜）知所在。"⑤射覆，古代游戏，在巾盂等物下覆盖着东西让人猜。⑥听鼓，唐制：五更二点，鼓自内发，诸街鼓承振，坊市门皆启。鼓响天明，官员即须上班。应官，唐人常用语，上班应差。⑦兰台，汉代藏图书秘籍的官观称兰台，唐代指秘书省。《旧唐书·职官志》："秘书省。隶中书省之下。汉代藏书之所……（唐）龙朔改为兰台，光宅改为麟台，神龙复为秘书省。"有校书郎八人，正字四人。作者开成四年（839）曾任秘书省校书郎，旋出尉弘农。会昌二年曾任秘书省正字，同年守母丧离职。六年春服阕后复官正字。转，全唐诗原作"断"，校："一作转。"兹据改。

[笺评]

冯舒曰：妙在首二句。次连衬贴流丽圆美，西昆一世所效。义山

高处不在此。(《义门读书记》引)

　　冯班曰：起句妙。(《义门读书记》引) 三四不过可望不可即之意，点化工丽如此。次句言确有定处也。义山《无题》诸作，真有美人香草之遗，正当以不解解之。(何焯引。见《李义山诗集辑评》)

　　又云：义山以畿赤高贤，失意蹉跎，出而从事诸侯幕府，此诗托词讽怀，以序其意。"身无彩凤"一联，言同人之相隔也。下二联：序宴会之欢，而已不得与，方走马从事远方以为慨也。杨孟载云："义山无题诗，皆寓君臣遇合，得其旨矣。"(《西昆发微》引)

　　吴乔曰：(昨夜二句) 述绚宴接之地。(身无二句) 言绚与之位地隔绝，不得同升，而已两心相照也。(隔座二句) 极言情礼之欢洽。(嗟余二句) 结唯自恨，未怨令狐也。(《西昆发微》) 又云："昨夜星辰昨夜风，画楼西畔桂堂东"，乃是具文见意之法。起联以引起下文而虚做者，常道也；起联若实，次联反虚，是为定法。(《围炉诗话》)

　　胡以梅曰：此诗下半首，语气显然。且若作遇合论，席间座上已是灵犀通照，何尚烦转蓬之叹乎？此章本集内二首，其二曰："闻道阊门萼绿华，昔年相望抵天涯。岂知一夜秦楼客，偷看吴王苑内花。"则席上本有萼绿华其人，于吴王苑中偷看之而感情耳，已有注脚……此诗是席上有所遇追忆之作。妙在欲言良宵佳会，独从星辰说起，是言星辰晴焕，昨夜如良夜，而风亦和风也。叠言"昨夜"，是追思不置……两句凌空步虚，有绘风之妙……得三四铺云衬月，顿觉七宝放光，透出上文。身远心通，俨然相对一堂之中。五之胜情，六之胜境，皆为佳人着色。且隔座分曹，申明三之意；送钩春暖，方见四之实。蜡灯红后，恨无主人烛灭留髡之会。闻鼓而起，今朝寂寞，能不重念昨夜之为良时乎？若欲谓之伤遇合而作，则起处何因，首二句旨在何处，便入暗室。五六亦觉肤浅泛语，嚼蜡无味矣。(《唐诗贯珠串释》)

　　陆鸣皋曰：此因羁宦而思乐境，亦不得志之诗也。(《李义山诗疏》)

　　徐德泓曰：此诗非咏夜景，然既以夜说入，则酒暖、灯红、听鼓字样，俱属夜间，律法始合。一起超忽，尤争上游处也。(《李义山诗

疏》)

陆昆曾曰：首句星辰字、风字，非泛然写景，正见得昨夜乃良夜也。当此良夜，阻我佳期，则画楼桂堂之间，虽不能至，心向往之矣。隔座送钩，分曹射覆，言一宵乐事甚多，而听鼓应官之客，曾不得身与其间，伤之也，亦妒之也。（《李义山诗解》）

钱良择曰：义山无题诗直是艳语耳。杨眉庵谓托于臣不忘君，亦是故为高论，未敢信其必然。（《唐音审体》）

姚培谦曰：此言得路与失路者之不同也。星辰得路，重以好风，画楼桂堂，正得意人集聚之地。此时虽不必傅翼而飞，而已许作一路上人矣。于是隔座送钩，分曹射覆，眉目传情，机关默会，留髡送客之乐，不言可知。而余以听鼓应官之身，虽从走马兰台之后，巧拙冷暖，真是咫尺千里之叹也，如何！本集此章后有绝句云（按即"闻道阊门萼绿华"首），意其人必少俊而骤蹑清华者欤？（《李义山诗集笺注》）

屈复曰：一二昨夜所会时地。三四身虽似远，心已相通。五六承三四言，藏钩送酒，其如隔座；分曹射覆，唯碍灯红。及天明而去，应官走马，无异转蓬。感目成于此夜，恐后会之难期。（《玉谿生诗意》）

程梦星云：义山无题诸作，世多以艳语目之，不知义山转皆有题，凡无题者皆寄托也。杨孟载能知其为寓言，是矣，但皆以为感叹君臣之遇合，未免郢郭。……此诗第一首有"兰台"字，当是初成进士，释褐秘书省校书郎，调补农尉时作，盖叹不得立朝，将为下吏也。（《重订李义山诗集笺注》）

赵臣瑗曰：一是记其时，二是记其地。三可望而不可即也，四是欲舍之而不能舍也。五六是实记其所见之事，两行粉黛，十二金钗，后庭私宴，促坐追欢，有如此者。七八彼席未终，我踪靡定，彷徨回惑，唯有付之一叹而已。此义山在王茂元家窃睹其闺人而为之，或云在令狐相公家者，非也……（观）次首绝句"岂知一夜秦楼客，偷看

吴王苑内花"，则义山固已自写供招矣，又何疑焉？（《山满楼笺注唐诗七言律》）

冯浩曰：次联言身不接而心能通；五六正想象得之，与下章"偷看"相应，非义山身在其中也，意味乃佳。又云：自来解无题诸诗者，或谓其皆属寓言，或谓其尽赋本事，各有偏见，互持莫决。余细读全集，乃知实有寄托者多，直作艳情者少，夹杂不分，令人迷乱耳。此二首定属艳情，因窥见后房姬妾而作，得毋其中有吴人耶？赵笺大意良是，他人苦将上首穿凿，不知下首明道破矣。（《玉谿生诗笺注》）

王鸣盛曰：其所怀者，吴人也，故云"阊门"，又云"吴王苑内花"。冯先生因"秦楼"二字用萧史弄玉事，故以为王茂元后房，恐太泥。唐时风气，宴客出家妓，常事耳，何必妇翁？（《玉谿生诗笺注》初刊本王氏手批）

纪昀曰：二首直是狭邪之作，了无可取。何以定二首为实有本事也？以第一首七八句断之。（《玉谿生诗说》）义山风怀诗，注家皆以寓君臣为说，殊多穿凿。（《瀛奎律髓刊误》引）

张采田曰：此初官正字，歆羡内省之寓言也。首句点其时地。"身无"二句，分隔情通。"隔座"二句，状内省诸公联翩并进得意情态。结则艳妒之意，恐己不能身厕其间，喜极故反言之也。（《玉谿生年谱会笺》）

[鉴赏]

这是一首有作者自己直接出场的无题诗，抒写对昨夜一度相值、旋成间隔的意中人深切的怀想。原题二首，另一首是七绝，其中有"岂知一夜秦楼客，偷看吴王苑内花"的诗句，看来诗人所怀想的对象可能是一位贵家女子。

开头两句由今宵情景引发对昨夜的追忆。这是一个美好的春夜：星光闪烁，和风习习，空气中充溢着令人沉醉的温馨气息，一切都似乎和昨夜相仿佛。但昨夜在"画楼西畔桂堂东"和所爱者相见的那一幕却已经成为亲切而难以追寻的记忆。诗人没有去具体叙写昨夜的情事，只是借助于星辰好风的渲染，画楼桂堂的映衬，烘托出一种温馨旖旎、富于暗示性的环境气氛，读者自可意会。"昨夜"复叠，句中自对，以及上下两句一气蝉联的句式，构成了一种圆转流美、富于唱叹之致的格调，使得对昨夜的追忆抒情气氛更加浓郁了。

三、四两句由追忆昨夜回到现境，抒写今夕的相隔和由此引起的复杂微妙心理。两句说，自己身上尽管没有彩凤那样的双翅，得以飞越阻隔，与对方相会，但彼此的心，却像灵异的犀角一样，自有一线相通。彩凤比翼双飞，常用作美满爱情的象征。这里用"身无彩凤双飞翼"来暗示爱情的阻隔，可以说是常语翻新。而用"心有灵犀一点通"来比喻相爱的双方心灵的契合与感应，则完全是诗人的独创和巧思。犀牛角在古代被视为灵异之物，特别是它中央有一道贯通上下的白线（实为角质），更增添了神异色彩。诗人正是从这一点展开想象，赋予它以相爱的心灵奇异感应的性质，从而创造出这样一个略貌取神、极新奇而贴切的比喻。这种联想，带有更多的象征色彩。两句中"身无"与"心有"相互映照、生发，组成一个包蕴丰富的矛盾统一体。相爱的双方不能会合，本是深刻的痛苦；但身不能接而心则相通，却是莫大的慰藉。诗人所要表现的，并不是单纯的爱情间隔的苦闷或心灵契合的欣喜，而是间隔中的契合，苦闷中的欣喜，寂寞中的慰安。尽管这种契合的欣喜中不免带有苦涩的意味，但它却因身受阻隔而显得弥足珍贵。因此它不是消极的叹息，而是对美好情愫的积极肯定。将矛盾着的感情的相互渗透和奇妙交融表现得这样深刻细致而又主次分明，这样富于典型性，确实可见诗人抒写心灵感受的才力。

五、六两句乍读似乎是描绘诗人所经历的实境，但也可能是因身受阻隔而激发的对意中人今夕处境的想象。送钩、射覆，都是酒宴上的游戏（前者是传钩于某人手中藏着让对方猜，后者是藏物于巾盂之下让人猜，不中者罚酒）；分曹，是分组的意思。在诗人的想象中，对方此刻想必就在画楼桂堂上参与热闹的宴会。宴席之上，灯红酒绿，觥筹交错，笑语喧哗，隔坐送钩，分曹射覆，气氛该是何等热闹！越是阻隔，渴望会合的感情便越热切，对于相隔的意中人处境的想象便越加鲜明。"春酒暖""蜡灯红"，不只是传神地表现了宴会上融怡醉人的气氛，而且倾注了诗人强烈的向往倾慕之情和"身无彩凤双飞翼"的感慨。诗人此刻处境的凄清寂寞自见于言外。这就自然引起末联的嗟叹来。

"如此星辰非昨夜，为谁风露立中宵？"在终宵的追怀思念中，不知不觉，晨鼓已经敲响，上班应差的时间到了。可叹的是自己正像飘转不定的蓬草又不得不匆匆走马兰台（秘书省的别称，当时诗人正在秘书省任职），开始寂寞无聊的校书生涯。这个结尾，将爱情间隔的怅惘与身世飘蓬的慨叹融合起来，不但扩大了诗的内涵，而且深化了诗的意蕴，使得这首采用"赋"法的无题诗，也像他的一些有比兴寄托的无题诗一样，含有某种自伤身世的意味。

李商隐的无题诗往往着重抒写主人公的心理活动，事件与场景的描写常常打破一定的时空次序，随着心理活动的流程交错展现。这首诗在这方面表现得相当典型。起联明写昨夜，实际上暗含今宵到昨夜的情景联想与对比；次联似应续写昨夜，却突然回到今夕相隔的现境；颈联又转为对对方处境的想象，末联则再回到自身。这样大幅度的跳跃，加上实境虚写（如次句）、虚境实写（如颈联）等手法的运用，就使得这首采用赋法的无题诗也显得断续无端，变幻迷离，使读者感到困惑了。其实，把它看成古代诗歌中的"意识流"作品，许多困惑和歧解原是不难解决的。

无题四首 (选三首)

其　一

来是空言去绝踪，月斜楼上五更钟。梦为远别啼难唤，

书被催成墨未浓①。蜡照半笼金翡翠②，麝熏微度绣芙蓉③。刘郎已恨蓬山远④，更隔蓬山一万重。

［校注］

①书，书信。②蜡照，烛光。笼，罩，指烛光照及的范围。烛光用罗罩盖住，故帷帐的上部为烛照所不及，因谓之"半笼"。金翡翠，用金线绣成翡翠鸟图案的帷帐。③麝熏，古代豪贵人家用名贵的香料放在香炉中熏被帐衣物，这里指麝香熏燃后散发的芬芳气味。绣芙蓉，绣有芙蓉（荷花）图案的被褥。④刘郎，汉武帝刘彻与传说中与阮肇同入天台山采药遇仙女的刘晨均可称刘郎。汉武帝曾派人入海寻三神山（蓬莱、方丈、瀛洲）求不死之药，此处用"蓬山"字面，似用武帝事，但全篇内容与求仙无涉，系咏爱情间隔，故仍以用刘晨事较切，"蓬山"泛指仙山。传东汉永平间，剡县人刘晨、阮肇入天台山采药迷路，遇二仙女，被邀至家同结仙缘。半年后返里，子孙已历七世。后重入天台山访女，踪迹杳然。事见刘义庆《幽明录》。晚唐诗人曹唐有《刘阮洞中遇仙子》诗等五首，诗中有"免令仙犬吠刘郎""此生无处访刘郎"之句，是刘晨亦可称"刘郎"，刘禹锡"前度刘郎"亦用此。

其 二

飒飒东风细雨来①，芙蓉塘外有轻雷②。金蟾啮锁烧香入③，玉虎牵丝汲井回④。贾氏窥帘韩掾少⑤，宓妃留枕魏王才⑥。春心莫共花争发，一寸相思一寸灰⑦。

［校注］

①《楚辞·九歌·山鬼》："东风飘兮神灵雨。"风，一作南。②芙蓉塘，荷塘。轻雷，《文选·司马相如〈长门赋〉》："雷殷殷而

响起兮，声象君之车音。"③金蟾（chán），一种蛤蟆形状的香炉。啮（niè），咬。锁，指香炉的鼻钮，可以开闭，以填入香料。④玉虎，用玉石装饰的虎形辘轳。丝，指井索。⑤《世说新语·惑溺》："（晋）韩寿美姿容，贾充辟以为掾（yuàn，僚属）。充每聚会，贾女于青琐中看，见寿，说（悦）之。"二人遂私通。女以皇帝赐充之西域奇香赠寿，被贾充发觉，遂"秘之，以女妻寿"。"窥帘"即于青琐（窗）中窥见韩寿之事。⑥宓（fú）妃，传伏羲氏之女宓妃溺于洛水，遂为洛神。诗中"宓妃"借指曹丕甄后。《文选·洛神赋》李善注引《记》曰："魏东阿王（曹植），汉末求甄逸女，既不遂，太祖回与五官中郎将（曹丕）。植殊不平，昼思夜想，废寝与食。黄初中入朝，帝示植甄后玉镂金带枕，植见之，不觉泣。时已为郭后谗死。帝意亦寻悟，因……以枕赍植。植还，度辕辕，少许时，将息洛水上，思甄后，忽见女来，自云：'我本托心君王，其心不遂。此枕是我在家时从嫁，前与五官中郎将，今与君王。'遂用荐枕席，欢情交集……（王）悲喜不能自胜，遂作《感甄赋》。后明帝见之，改为《洛神赋》。"⑦《庄子·齐物论》："心固可使如死灰乎？"

其 四

何处哀筝随急管①，樱花永巷垂杨岸②。东家老女嫁不售③，白日当天三月半。溧阳公主年十四④，清明暖后同墙看。归来展转到五更，梁间燕子闻长叹。

[校注]

①哀，形容筝声的清亮动人。筝，古代弦乐器，最初五弦，后增为十三弦。管，古代竹制吹奏乐器。②永巷，长巷。③东家老女，宋玉《登徒子好色赋》："臣里之美者，莫若臣东家之子（指女子）。"古乐府《捉搦歌》："老女不嫁，蹋地唤天。"嫁不售，嫁不出去。④溧

阳公主，梁简文帝女，有美色，嫁侯景，为景所宠。大宝元年（550）三月，景请简文帝禊宴于乐游苑。此借指清明出游的贵家女子。

[笺评]

朱鹤龄曰：（次章）窥帘留枕，春心之摇荡极矣。迨乎香销梦断，丝尽泪干，终归灰灭。不至此，不知有情之皆幻也。乐天《和微之梦游（春）诗序》谓曲尽其妄，周知其非，然后返乎真，归乎实，义山诗即此义。不得但以艳语目之。（《李义山诗集笺注》）

贺裳曰：（艳诗）至元稹、杜牧、李商隐、韩偓，而上宫之迎，墝垣之望，不唯极意形容，兼亦直认无讳，真桑濮耳孙也……元微之"频频闻动中门锁，犹带春醒懒相送"，李义山"书被催成墨未浓"，"车走雷声语未通"，始是浪子宰相，清狂从事。（《载酒园诗话》）按：黄白山《载酒园诗话》评云：李为幕客，而其诗多寄情牵恨之语，虽不明所指，大要是主人姬妾之类。

吴乔曰：（首章）（首句）言绚有软语而无实情。（次句）言作诗时。（五六）两句从第二句来，此诗与《相见时难》皆是致书于绚时作，即《旧·传》所言屡启陈情也。（次章）（六句）言己才藻足为国华，绚不拔擢也。（四章）东家老女自比，溧阳公主比绚。又云：老女，自伤也。（《西昆发微》）

何焯曰：此等只是艳诗，杨孟载说迂缪穿凿，风雅之贼也。（《义门读书记》）（首章）梦别、书成、为远、被催、啼难、墨未，皆用双声叠韵对。（七八句）小冯云：应首连。（次章）雷雨之动满盈，则君子经纶之时也。曰"细"曰"轻"，盖冀望而终未能必之词。五六言杂进者多，不殊"病树前头万木春"也。三句言外之不能入，四句言内之不能出，防闲亦可谓密矣。而窥帘留枕，春心荡漾如此，此以见情之一字决非防闲之所能反也。（五句）年不如。（六句）势不逮。（七八句）小冯云：所谓止于礼义哉！（四章）此篇明白。溧阳公主，又早嫁而失所者。然则我生不辰，宁为老女乎？鸟兽犹不失伉俪，殆不如梁间之燕子也。（《李义山诗集辑评》引）按：《辑评》之笺解与《读书记》显有别，疑非何氏评，姑附此。

胡以梅曰：（首章）此诗内意：起言君臣无际会之时，或指当路止有空言之约。二三四是日夕想念之情。五六言其寂寥。七八言隔绝无路可寻。若以外象言之，乃是所欢一去，芳踪便绝，再来却付之空言矣。五更有梦，惊远别而犹啼；讯问欲通，徒情浓而墨淡。为想蜡照金屏，香薰绣箔，仙娥静处，比刘郎之恨蓬山更远也。（次章）内意：一二阴蒙而天日为蔽。三四言隔绝不通。五六羡古人之及年少而用才。七八不能与众芳齐艳竟使人灰心耳。外象则起言东南不日出而有细雨，是不有照见所欢之楼矣。莲塘可游而有雷声，则所欢不能出而采莲矣。想其静处遥深，唯有烧香汲井，欲得贾氏、宓妃之怜才爱少既不可得，已令人思之灰心。按此诗五六说明贾氏、魏王，大露圭角，翻是假托之词，而非真有私昵事可知，决不犯对题直赋也。（《唐诗贯珠串释》）

赵臣瑗曰：（首章）只首句七字便写尽幽期虽在、良会难成种种情事，真有不觉其望之切而怨之深者。次句一落，不是见月而惊，乃是闻钟而叹，盖钟动则天明，则此宵竟已虚度矣。三四放开一步，略举平日事，三写神魂之恍惚，四写报问之仓皇，情真理至，不可以其媒而忽之。五六乃缩笔重写。月斜楼上，烧烛以俟之，烛犹未灭也；焚香以候之，香犹未歇也。而昔也欲去，留之未能；今也不来，致之无路，将奈之何哉！以为远诚不知其远之若何，以为恨诚不知其恨之何若也。（《山满楼笺注唐诗七言律》）

《唐诗鼓吹评注》：（首章）此有幽期不至，故言来是空言而去已绝迹，待久不至，又当此月斜钟动之时矣。唯其空言，所以梦为远别，啼难唤醒，而裁书作答，催成墨淡也。想君此时，蜡烛犹笼，麝香微度，而我不得相亲，比之刘郎之恨，不更甚哉！刘郎宜指刘晨。（次章）此言细雨轻雷之候，思其人之所在，烧香入而金蟾啮锁，汲井回而玉虎牵丝，亦甚寂寞矣。然而窥帘留枕，则未尝留意于韩掾、魏王也。末则如怨如诉，相思之至，反言之而情愈深。

徐德泓曰：传载令狐绹作相，义山屡启陈情，绹不之省，数首疑为此作也，俱是喻体。（首章）此篇首二句，言信杳而时将尽矣。然痴情不醒，梦寐系之，急切裁书，亦不及修饰也。五六二句，想象华显之地。随言此地前已恨其远，今不更远乎？时李不得补官，故云。（次章）首句蒙晦之象。次句"雷"字从"风""雨"字生出，雷车奔逐，而曰"塘外"，曰"轻"，喻趋捷径者。是以私谒侯门者，如啮锁而入；暗相援引者，似牵丝而汲也。五六句，言一爱少，一怜才，今非少年，而又无怜才者，徒为热中何益乎？故结语云云。（四章）此又以老女伤春为比。首二句，亦倒装法，言声在某地也。三月半，则春垂尽。"溧阳"二句，言年少逢时者，而与之相形，尤不得不归而叹矣。结得黯然凄绝，古乐府之遗也。（《李义山诗疏》）

陆鸣皋曰：（首章）起得飘空，来无踪影，有春从天上之意，与《昨夜星辰》等篇同法。（次章）义山用事，大半借意，如"贾氏"二语，只为一"少"字"才"字，是属确解。而人舍此不求，徒以窥帘、留枕事实之，则失作者之意，而前后上下自成格塞，知此始可与读李也。（同上）

陆昆曾曰：（首章）一意反覆，只发挥得"来是空言去绝踪"七字耳。言我一夜之间，辗转反侧，而因见夫月之斜，因闻夫钟之动，思之亦云至矣。乃通之梦寐，而梦为远别，何踪迹之可寻乎？味其音书，而书被催成，宁空言之足据乎？蜡照半笼，言灯光已淡；麝熏微度，言香气渐消，夜将尽而天欲明之时也。言我之凄清寂寞至此，较之蓬山迢隔，不啻倍蓰，则信乎"来是空言去绝踪"也，（次章）承上言不特道之云远已也。彼飒然者风雨耶？殷然者雷声耶？是皆阻我良会者也。于计无复之处，忽生出下文转步来。金蟾啮锁，喻情之牢固也；曰"烧香入"，则扃钥尽开矣。玉虎牵丝，喻丝之萦绕也；曰"汲井回"，则辘轳不转矣。下半言情欲之感，终归灰灭，岂独今日为然？彼韩掾之香既销，窥帘者安在？陈思之梦已断，留枕者何人？甚矣相思无益，而春心之摇荡，不可不以礼义自裁也。（《李义山诗解》）

姚培谦曰：（首章）极言两人情愫之未易通，开口便将世间所谓幽期密约之丑尽情扫去，其来也固空言，其去也已绝踪，当此之时，真是水穷山断。然每到月斜钟动之际，黯然魂销，梦中之别，催成之书，幽忆怨乱，有非胶漆之所能喻者。乃知世间咫尺天涯之苦，正在此时。遥想翡翠灯笼，芙蓉帏幌，所谓"其室则迩，其人甚远"，纵复沥血刿肠，谁知我耶？（次章）极言相忆之苦，首句暗用巫云事，思之专而恍若有见也。次句暗用古诗"雷隐隐，动妾心"语，思之专而恍若有闻也。计此时，金蟾啮锁，非侍女烧香莫入；玉虎牵丝，或侍儿汲井时回，惆怅终无益耳。于是春心一发，妄想横生，念贾氏之窥帘，或者怜我之少；如宓妃之留枕，或者怜我之才。要之念念相续，念念成灰，毕竟何益！至此则心尽气绝时矣。（四章）前四句，寓迟暮不遇之叹。"溧阳"二句，以逢时得志者相形。"归来"二句，恐知己之终无其人也。读之此首，前三章之寄托可知。按义山自述云："凤闻妙喻，常在道场。至于南国妖姬，丛台妙妓，虽有涉于篇什，实不接于风流……可使国人尽保展禽，酒肆无疑阮籍。"观此四章，托兴幽深，寄词微婉，方知斯言之非欺我。（《李义山诗集笺注》）

屈复曰：（首章）一相期久别，二此时难堪。三梦犹难别，四幸通音信。五六孤灯微香，咫尺千里。七八远而又远，无可如何矣。（次章）此诗寓意在朋友遇合，言凶终隙来也。一二时景。三四当此时而汲井方回，烧香始入。五六即从三四托下，于是帘窥韩掾，枕留宓妃，须臾之间，不可复得。故七八以春心莫发自解自叹，而情更深矣。（四章）贫家之女，老犹不售；贵家之女，少小已嫁。故展转长叹，无人知者，唯燕子独闻也。（《玉谿生诗意》）

程梦星曰：此四首则已入茂元幕府时感叹之作。第一首起句言来居幕府，曾是何官，已去秘书，竟绝踪迹，次句言幕中供职之勤……

七八谓今则君门万里，比之汉武求仙，虽未得至蓬山，犹邀王母之降，若己甫授秘书省，竟未得入，是则较蓬山之远更为过矣。第二首专言幕中，盖作此寂寂之叹……第四章乃归后索居之怨。（《重订李义山诗集笺注》）

冯浩曰：此四章……盖恨令狐绹之不省陈情也。首章首二句谓绹来相见，仅有空言，去则更绝踪矣。令狐为内职，故次句点入朝时也。"梦为远别"，紧接次句，犹下云"隔万重"也。"书被催成"，盖令狐促义山代书而携入朝。文集有《上绹启》（按：指《上兵部相公启》），可推类也。五六言留宿。蓬山，唐人每以比翰林署，怨恨之至，故言更隔万重也。若误认作艳体，则翡翠被中，芙蓉褥上，既已惠然肯来，岂尚徒托空言而有梦别催书之情事哉？次首二句纪来时也。三句取瓣香之义，四句申汲引之情。五句重在"掾"字，谓己之常为幕官；六句重在"才"字，谓幸以才华，尚未相绝。结则叹终无实惠也。四章又长言叹息之。首言何处告哀，固惟有此地耳。无盐自喻，"溧阳公主"比令狐。末二句重结"归"字，闻长叹者只有梁燕，令狐之不省，言外托出矣。（《玉谿生诗笺注》）

薛雪曰：（四章）意云：永巷樱花，哀弦急管，白日当天，青春将半，老女不售，少女同墙。对此情景，其何以堪！展转不寐，直至五更，梁燕闻之，亦为长叹。此是一副不遇血泪。双手掬出，何尝是艳作！（《一瓢诗话》）

纪昀曰：（次章）起二句妙有远神，不可理解而可以意喻。"魏王"字合是"陈王"，为平仄所牵耳。贾氏窥帘，以韩掾之少；宓妃留枕，以魏王之才。自顾生平，岂复有分及此，故曰"春心莫共花争发，一寸相思一寸灰"，此四句是一提一落也。四首皆寓言也，此作较有蕴味，气体亦不堕卑琐。此四首纯是寓言矣。第一首三四句太纤小，七八句太直而尽……第四首尤浅薄径露。（《玉谿生诗说》）

姜炳璋曰：（首章）（来是句）写梦。（月斜句）梦之时。（梦为二句）梦中之景，点出梦，统贯上下，以清意旨，针线极细。（蜡照二句）二语写梦觉之景。（刘郎二句）落句极沉痛。"蓬山"指朝中显秩。（四章）（何处二句）春意恼人，入耳触目皆闷。（东家二句）喻己之不遇也。（溧阳二句）二句喻后进皆贵显也。（归来二句）望用之情迫矣，而绹何终不省也？观末章云"东家老女嫁不售"，则知义山自况，而非艳辞矣。然予决以为寄令狐绹之作。一章，犹云"梦令狐学士"也。（《选玉谿生诗补说》）

黄叔灿曰：（首章）语极摇曳，思却沉挚。（《唐诗笺注》）

潘德舆曰：自来咏雷电诗，皆壮伟有馀，轻婉不足，未免狰狞可畏。唯陶公"仲春遘时雨，始雷发东隅"，杜审言"日气含残雨，云阴送晚雷"，李义山"飒飒东风细雨来，芙蓉塘外有轻雷"，最耐讽玩。（《养一斋诗话》）

张采田曰：（首章）纪令狐来谒，匆匆竟去之事。"蜡照"二句，去后寂寞景况。结言从前内相位望，已恨悬隔；今则礼绝百寮，真不啻云泥万里矣。次章盼其重来。"金蟾"句瓣香甚切，"玉虎"句汲引无由。后四句言贾氏窥帘，以韩掾之少；宓妃留枕，以魏王之才，我岂有此哉！相思寸灰，深叹思之无益也。四章纪归来展转思忆之情……老女不售，自喻；溧阳公主，比令狐……末二句则极写独自无聊耳。（《玉谿生年谱会笺》）

黄侃曰：（首章）"啼难唤"者，言悲思之深；"墨未浓"者，言草书之促；五六句指所忆之地言。（次章）古诗"雷隐隐，感妾心。侧耳倾听非车音"。第二句略用其意，以兴三四句，言所忆者之自外独归也。五六句以下，则禁约闲情之词。言情事与韩寿、曹植既殊，则徒思无益者也。"东风细雨"，所以兴起"轻雷"，且"轻雷"又非真雷，乃以拟车声也。三四句亦所以足第二句之意，言其自外独归而已，非必真有"烧香""汲井"之事也。诗乃有所求于人而人不见谅之词也。（《李义山诗偶评》）

汪辟疆曰：原编共四首……盖编者取其用意从同，故统括以《无题》耳，当非一时所作也……首章前四句写梦中，后四句写梦觉，来去既不常，故言曰空言，踪曰绝踪，已非醒眼时境界，从古诗"既来不须臾，又不处重帷"脱化出也。次句点时地，入梦之时地也。三四梦中之情事，极恍惚迷离之境，决非果有其事。而张、冯二家必泥《上绚书》云令代书《太清宫寄张相公》旧诗，抑何可笑。五六则为梦醒时之景况，故云"半笼"，云"微度"，即为梦醒时在枕上重理梦境之感受。七八则叹蓬山本远而加以梦中障隔，较之醒时之蓬山更远也，此诗变化不拘常格。次章言事已如此，然终似有几希之望而终断之无益也。起二句曰细雨，曰轻雷，喻膏泽之不能大霈。然香炉虽闭，而金蟾可以啮通之；井水虽深，而玉虎可以汲引之。况己与令狐，乖隔虽深，旧情犹在，则援手亦不难也。但所疑虑者，窥帘以韩掾之少，留枕以魏王之才，而我何有哉？转念至此，则寸心灰尽，其无益也可断言之。此二首或为一时之作。(《玉谿诗笺举例》)

[鉴赏]

《无题四首》，包括七律两首，五律、七古各一首。体裁既杂，各篇之间在内容上也看不出有明显的联系，似乎不一定是同时所作的有统一主题的组诗。

(其一)

这首无题写一位男子对远隔天涯的所爱女子的思念。"梦为远别"四字是一篇眼目。全诗就是围绕着"梦"来抒写"远别"之情的。不过它没有按照远别——思念——入梦——梦醒的顺序来写，而是先从梦醒时的情景写起，然后再将梦中和梦后、实境与幻觉糅合在一起抒写，最后才点明蓬山重隔，归结到远别之恨。这样的构思，不只是为了避免艺术上的平直，而且是为了更好地突出爱情阻隔的主题。

首句说当初远别时对方曾有重来的期约，结果却徒为"空言"，一去之后便杳无踪影。这句凌空而起，似感突兀。下句宕开写景，更显得若即若离。这要和"梦"联系起来，才能领会它的韵味。经年远别，会合无缘，夜来入梦，忽得相见，一觉醒来，踪迹杳然。但见朦胧斜月空照楼阁，远处传来悠长而凄清的晓钟声。梦醒后的空寂更证实了梦境的虚幻，也更加强了"来是空言去绝踪"的感受。如果说第二句是梦醒后笼罩着一片空虚、孤寂、怅惘的氛围，那么第一句就是处在这种氛围中的抒情主人公一声长长的叹息。

领联出句追溯梦中情景。梦境往往是人们美好愿望的反映，远别的双方"枕上片时春梦中，行尽江南数千里"，得以越过万重蓬山的阻隔而相会；但梦境又毕竟离不开真实的现实，紧接着梦中短暂的欢聚而来的还是难堪的远别和不能自制的哭泣。这样的梦，正反映了远别所造成的深刻心灵伤痛，也强化了刻骨的相思。因此梦醒后不假思索而至的第一个冲动，就是立刻给对方写信。强烈思念之情驱使着抒情主人公奋笔疾书，倾诉积愫，好像连他自己也不知其所以然，处于一种不由自主的状态，这正是所谓的"书被催成"。心情急切，墨未磨浓就写起信来，这在日常生活中并不罕见，如果一般地说墨未浓而草成书信，也未见精彩。但"书被催成墨未浓"却是极真切传神的描写。在急切心情支配下写信的人当时是不会注意到墨的浓淡的，只有在"书被催成"之后，才意外地发现这个事实。这样的细节描写，完全符合主人公当时的心境，很富生活实感。

梦醒书成之际，残烛的黯淡余光半照着用金线绣成翡翠鸟图案的帷帐，芙蓉褥上似乎还依稀浮动着麝熏的幽香。颈联对室内环境气氛的描绘渲染，是实境与幻觉的交融，很富有象征暗示色彩。"金翡翠""绣芙蓉"，本来就是往昔美好爱情生活的象征，在朦胧的烛光映照下，更笼罩上了一层如梦似幻的色彩。刚刚消逝的梦境和眼前所见的室内景象在朦胧光影中浑为一片，恍惚中几疑梦境是真实的存在，甚至还仿佛可以闻到飘浮在被褥上的余香——日夜思念的人此刻也许就近在咫尺吧？这自然只是一刹那间产生的幻觉。幻觉一经消失，随之而来的便是室空人杳的空虚怅惘，往事不可复寻的感慨，"金翡翠""绣芙蓉"也就成了离恨的触媒，索寞处境的反衬。

幻梦的彻底消失，使抒情主人公更清醒地意识到会合无缘的现实。末联用刘晨重入天台寻觅仙侣不遇的故事，点醒爱情间阻的主题。细味诗意，似是双方本就阻隔不通，会合良难，后来对方又复远去，会合的希望就更加渺茫了。这两句本来应该是全篇抒情的出发点，现在却成了它的归宿。这是因为，只有通过前六句对远别之恨和相思之苦的反复描绘渲染，后两句集中抒写的天涯阻隔之恨才具有回肠荡气的艺术力量。

末联所点出的情事，是可以成为叙事的题材的；即使写成抒情诗，在别的诗人笔下，也可能含有较多叙事成分。但在这里，生活的原料已经被提炼、升华到只剩下一杯浓郁的感情琼浆，一切具体情事都消溶得几乎不留痕迹。拿李商隐这类纯粹抒情的爱情诗和元、白的叙事成分很浓的爱情诗略作比较，就不难发现它们的显著区别。前者由于过分忽略必要的叙事，可能比较费解，但就其"精纯"的程度而言，却远远超过了元、白那些绘形绘色有时却不免流于艳亵的爱情诗。

（其二）

这首无题写一位深锁幽闺的女子追求爱情而失望的痛苦，是一篇"刻意伤春"之作。

首联描绘环境气氛：飒飒东风，飘来蒙蒙细雨；芙蓉塘外，传来阵阵轻雷。这里，既隐隐传达了生命萌动的春天气息，又带有一些凄迷黯淡的色调，烘托出女主人公正在萌发跃动的春心和难以名状的迷惘苦闷。这种"象外之致"，和诗歌语言的富于暗示性有密切关系。东风细雨，会使人自然联想起"梦雨"的典故和"东风飘兮神灵雨，留灵修兮憺忘归"（《楚辞·九歌·山鬼》）一类诗句；芙蓉塘即莲塘，在南朝乐府和唐人诗作中，常常代指男女相悦传情之地；"轻雷"则又暗用司马相如《长门赋》："雷殷殷而响起兮，声象君之车音。"这一系列与爱情密切相关的词语，所给予读者的暗示和联想是很丰富的。纪昀说："起二句妙有远神，不可理解而可以意喻。"所谓"远神"，或许正是指这种富于暗示性的诗歌语言所构成的深远的艺术意境，以及可以意会、难以言传的朦胧美。

颔联续写女子居处的幽寂。金蟾是一种蟾状香炉；"锁"指香炉的鼻钮，可以开启放入香料；玉虎，是用玉石装饰的虎状辘轳，"丝"指井索。室内户外，所见者唯闭锁的香炉、汲井的辘轳，正衬托出女子幽居孤寂的情景和长日无聊、深锁春光的惆怅。香炉和辘轳，在诗词中也常和男女欢爱联系在一起。（如南朝乐府《杨叛儿》："欢作沉水香，侬作博山炉。"牛峤《菩萨蛮》："玉炉冰簟鸳鸯锦，粉融香汗流山枕。帘外辘轳声，敛眉含笑惊。"）所以它们同时又是牵动女主人公相思之情的事物，这从两句分别用"香""丝"谐音"相""思"可以明显见出。总之，这一联兼用赋、比，既表现女主人公深闭幽闺的寂寞，又暗示她内心的情丝在时时被牵动。由于务求深隐，读来不免感到晦涩。和上一联对照，可以看出朦胧之与晦涩，虽然貌似，实际上并不相同。

后幅是女主人公的内心独白。颈联出句用贾充女与韩寿的爱情故事。《世说新语》载：晋韩寿貌美，大臣贾充辟他为掾（僚属）。一次充女在帘后窥见韩寿，私相慕悦，遂私通。女以皇帝赐充之西域异香赠寿，被充所发觉，遂以女妻寿。对句用甄后与曹植的爱情故事。《文选·洛神赋》李善注说：魏东阿王曹植曾求娶甄氏为妃，曹操却将她许给曹丕。甄后被谗死后，曹丕将她的遗物玉带金镂枕送给曹植。植离京归国途经洛水，梦见甄后对他说："我本托心君王，其心不遂。此枕是我在家时从嫁，前与五官中郎将（曹丕），今与君王。……"植感其事作《感甄赋》，后明帝改名《洛神赋》（句中"宓妃"即洛神，代指甄后）。由上联的"烧香"引出贾氏窥帘，赠香韩掾；由"牵丝（思）"引出甄后留枕，情思不断，前后幅之间藕断丝连。这两个爱情故事，尽管结局有幸有不幸，但在女主人公的意念中，无论是贾氏窥帘，爱韩寿之少俊，还是甄后情深，慕曹植之才华，都反映出青年女子追求爱情的愿望是无法抑止的。如果把这两句诗翻成女主人公的内心独白，那就是——春心自共花争发。

末联陡转反接，迸发出内心的郁积与悲愤：向往美好爱情的心愿（即所谓"春心"），切莫和春花争荣竞发，因为寸寸相思都化成了灰烬！这是深锁幽闺、渴望爱情的女主人公相思无望的痛苦呼喊。这里有幻灭的悲哀，也有强烈的激愤不平。透过"春心莫共花争发"的诗句，读者实际感受到的却是：春心，永远无法抑止，也不会泯灭！诗中的女主人公，可能是一位幽闺少女，所谓"相思"也并不一定有具体的对象，可能竟是杜丽娘式的相思。唯其如此，就更能反映出有形的无形的封建束缚对青年男女美好爱情的禁锢与摧残，女主人公的痛苦呼喊也就更具典型性。这一联之所以具有震撼人心的艺术力量，除了感情的强烈和富于典型性外，还由于它在艺术上的创造性，以"春心"喻对爱情的向往，是平常的比喻；但把"春心"与"花争发"联系起来，不仅赋予"春心"以美好的形象，而且显示了它的自然合理性。"相思"本是抽象的概念，诗人由香销成灰生发联想，创造出"一寸相思一寸灰"的奇句，化抽象为具象，而且用强烈对照的方式显示了美好事物的被毁灭，使这首诗具有一种动人心弦的悲剧美。

李商隐写得最好的爱情诗，几乎全是写失意的爱情。这和他失意沉沦的身世遭遇不无关系。自身的失意遭遇使他对现实生活中青年男女失意的爱情有特别深切的体验，而当他在诗歌中抒写这种失意的爱情时也就有可能融入自己的某些身世之感。像本篇和前一首，在蓬山远隔、相思成灰的爱情感慨中，是不是也有可能融入仕途间阻、政治上的追求屡遭挫折的感触呢？

（其四）

在李商隐的无题诗中，这首唯一的七古是别具一格的。

开头两句好像只是描写环境，人物并未出场，但景物描写中隐含着人物的感情活动。"哀筝随急管"，不只表现出急管繁弦竞逐的欢快、热烈和喧闹，也透露出听者对音乐的那种撩拨心弦的力量的特殊感受。照一般的写法，这两句似乎应该写成"樱花永巷垂杨岸，哀筝急管相驰逐"，现在却以"何处"发问领起，先写闻乐，再写乐声从樱花盛开的深巷、垂杨飘拂的河边传出，这就生动地表现了听者闻乐神驰、按声循踪的情状。《牡丹亭》中伤春的杜丽娘有两句唱词："良辰美景奈何天，赏心乐事谁家院!"用来解释这两句诗的意蕴，倒是非常恰切的。

三、四两句写"东家老女"婚嫁失时，自伤迟暮。宋玉《登徒子好色赋》说："臣里之美者，莫若臣东家之子（指女子）。"可见东家老女之所以嫁不售，只是由于家境贫寒。这两句的句法也很特别，先推出人物，再拉开一幅丽日当天，春光将暮的图景。不用任何说明，读者自能想见容华绝世而婚嫁失时的东家老女面对这幅图景时那种触目心惊的迟暮之感。冯浩说第四句是"神来奇句"，可能正是感到了它的那种奇妙的比兴作用。

五、六两句掉笔写另一人物。历史上的溧阳公主是梁简文帝的女儿，嫁侯景，为景所宠。这里借用这个名号作为贵家女子的代称。同样是阳春三月，丽日当天，一边是年长难嫁，形单影只；一边却是少年得意，夫妇同游。用对比鲜明的图景，表现了两种不同社会地位的女子完全不同的境遇。

结尾写东家老女归来后的情景。暮春三月、芳华将逝的景色，丝管竞逐、赏心乐事的场面，贵家女子得意美满的生活，益发触动她的身世孤孑之感，增添内心的苦闷与哀怨。"卧后清宵细细长"，在寂寥的长夜中，该有多少痛苦的回忆、焦急的思虑和无法掌握自己命运的感慨! 这一心理过程，都只用"展转到五更"一语轻轻带过，用笔极简。末句以不解人的感情的梁燕犹"闻长叹"，反衬东家老女的痛苦心情却无人理解与同情，侧面虚点，倍觉隽永而有余味。

以美女的无媒难嫁，朱颜的见薄于时，寓才士不遇的感慨，屡见于历代诗家的篇什。这首无题从内容到写法，都很容易使我们联想起曹植的《美女篇》、《杂诗》（南国有佳人）以及其他一些比兴寓言体作品。不妨再看一下诗人的《戏题枢言草阁三十二韵》中一段寓意明显的描写：

榆荚乱不整，杨花飞相随。

上有白日照，下有东风吹。

青楼有美人，颜色如玫瑰。

歌声入青云，所痛无良媒。

少年苦不久，顾慕良难哉！

这段文字，脱胎于曹植的《美女篇》，显系托寓政治上的不遇。"无良媒"的"美人"和这首《无题》中"嫁不售"的"东家老女"，不正是同一类型的虚拟假托人物吗？所不同的，只是这首无题中设置了一个对衬的"溧阳公主"，在鲜明的对比中更加突出寒士的落拓不遇和贵显子弟的仕宦得意而已。清薛雪评说这首无题诗说："此是一副不遇血泪。双手掬出，何尝是艳作！"（《一瓢诗话》）可谓知言。

李商隐的无题，以七律为主要形式。这类无题，以抒情的深细婉曲、意境的含蓄朦胧为主要特色，多取抒情主人公内心独白的表达方式，很少叙写事件、人物和客观生活场景。这首七古无题却不主抒情，不作心理刻画，以第三人称的表达方式，描写出一幕有人物、有事件的生活场景，诗的旨意就寓含在生活场景之中。语言也明朗通俗，富于民歌风味，与七律无题那种华美而富于象征暗示色彩的语言显然有别。

王十二兄与畏之员外相访
见招小饮时予以悼亡日近不去因寄①

谢傅门庭旧末行②，今朝歌管属檀郎③。更无人处帘垂地，欲拂尘时簟竟床④。嵇氏幼男犹可悯⑤，左家娇女岂能忘⑥！秋霖腹疾俱难遣⑦，万里西风夜正长。

[校注]

①王十二，王茂元之子，商隐内兄。十二是其行第。畏之，李商

隐的连襟韩瞻的字，时任尚书省某部员外郎。大中五年（851）秋，王、韩往访商隐，邀其前往小饮。商隐因妻子王氏亡故未久，心情悲痛，未曾应邀。事后写作此诗寄给王、韩。②谢傅，指谢安，死后追赠太傅。此以"谢傅"借指王茂元。《世说新语·贤媛》：谢夫人（道韫，谢安侄女）曰："一门叔父，则有阿大、中郎，群从兄弟则有封、胡、遏、末，不意天壤之中尚有王郎（指其夫王凝之）！"门庭旧末行，谦称自己在茂元门下诸子婿中，忝居行列之末。商隐所娶系茂元幼女，故云。③檀郎，晋潘岳小字檀奴，后人或称之为檀郎。唐人惯称夫婿为檀郎，此借指韩瞻。④潘岳《悼亡诗》："展转眄枕席，长簟竟床空。床空委清尘，室虚来悲风。"这一联化用潘岳诗意及诗语。簟，竹席；竟，满。簟竟床，即《房中曲》"玉簟失柔肤"之意，谓席在人亡。⑤嵇氏幼男，指嵇康之子嵇绍，绍幼年丧母。此借指自己的儿子衮师。嵇康《与山巨源绝交书》："女年十三，男年八岁，未及成人，况复多疾。"⑥左家娇女，指左思之女。此处借指自己的女儿，即《骄儿诗》中与衮师一起玩耍的"阿姊"。左思《娇女诗》："吾家有娇女，皎皎颇白皙。"⑦秋，《全唐诗》校："一作愁。"秋霖，秋天下个不停的苦雨。腹疾，本指因淫雨引起的腹泻，这里泛指内心隐痛。《左传·昭公元年》："雨淫腹疾。"

[笺评]

金圣叹曰：先生与畏之同为王茂元婿，此王十二兄，想即茂元之子，故得以闺房之至悲，尽情相告也。一二言己昔日先忝门下……乃身今有故，不忍便过，遂让畏之独叨此宴也。三四承写今朝所以不忍便过之故，最是幽艳凄惋，虽在笔墨，亦有貌不瘁而神伤之叹也。前解写悼亡，此解悼亡中即有无数不堪之事也。方如幼男啼乳，娇女寻娘，秋霖彻宵，腹悲成疾。略举四隅，俱是难遣，则有何理又来欢聚乎？"夜正长"者，自诉今夜决不得睡，犹言十二兄与畏之共听歌管

之时，正我一人独听西风之时。加"万里"字，并西风怒号之声皆写出来也。（《贯华堂选批唐才子诗》）

钱良择曰：平平写去，凄断欲绝，唐以后无此风格矣。（冯浩《玉谿生诗笺注》引）按：《李义山诗集辑评》作朱彝尊批语，末句作"此种风格，唐以后人不能及"。

张谦宜曰："更无人处帘垂地，欲拂尘时簟竟床。"乍看只似平常，深思方可伤悼。盖"帘垂地"，房门锁闭可知；"簟竟床"，衾裯收卷可想。悼亡作如此语，真乃血泪如珠。（《絸斋诗谈》）

何焯曰："更无"二句：指悼亡。"嵇氏"二句：儿女满前，身兼内外之事，欲片时宴饮亦复不可。然则此怀岂能遣也！"万里"句："西风"加"万里"，"夜长"加"正"字，皆极写鳏鳏不寐之情。（《义门读书记》）

胡以梅曰：指挥如意，用事措词不同，妙处在意在言外，所以松灵。而五六正用悼亡诗内事尤妙。（《唐诗贯珠串释》）

赵臣瑗曰：尝读元微之《遣悲怀》云："惟将终夜长开眼，报答平生未展眉。"以为镂心刻骨之言，不啻血泪淋漓，然却不如先生此作，始终相称，凄惋之中复饶幽艳也。（《山满楼笺注唐诗七言律》）

屈复曰：起二句写王兄招饮。下二句皆写悼亡日近，此做题详略之法。（《玉谿生诗意》）

王鸣盛曰：声情哀楚，而一归于正，圣人不能删也。（《玉谿生诗笺注》初刊本王氏手批）

[鉴赏]

宣宗大中五年（851）春夏之交，李商隐的妻子王氏病故。多年来在政治上饱受排挤压抑的诗人，现在又失去了在忧患中相濡以沫的伴侣，精神上遭到极大打击。这年秋天，商隐的内兄王十二（十二是排行）和连襟韩瞻（字畏之，时任尚书省某部员外郎）往访商隐，邀他前往王家小饮。诗人因王氏亡故未久，心绪不好，没有应邀。过后写了这首诗寄给王、韩二人，抒写深切的悼亡之情，说明未能应约的原因。

"谢傅门庭旧末行，今朝歌管属檀郎。"谢傅，即谢安，死后追赠为太傅。这里借指岳丈王茂元。晋潘岳小字檀奴，后人或称之为檀郎，唐人多用以指女婿。这里借指韩瞻。两句是说，过去我在王家门庭之中，曾忝居诸子婿行列之末，参与过家庭的宴会，而今天的歌吹宴饮之乐，却只能属于韩瞻了。李商隐娶的是王茂元的幼女，故谦称"末行"。不过他最得茂元的赏爱。如果说"旧末行"的身份所引起的是对往昔翁婿夫妇间家庭温馨气氛怅然若失的怀想，那么，"今朝歌管"所带给诗人的就只有无边的孤子与凄凉了。"歌管属檀郎"，"属"字惨然。在诗人的感觉中，自己与家庭宴饮之乐已经永远绝缘了。

"更无人处帘垂地，欲拂尘时簟竟床。"颔联顶上"歌管属檀郎"，掉笔正面抒写悼亡。对句化用潘岳《悼亡诗》"展转眄枕席，长簟竟床空；床空委清尘，室虚来悲风"句意。两句以重帘垂地、长簟竟床和清尘委积来渲染室空人亡、睹物思人。这原是悼亡诗中常用的手法和常有的意境，但此处却不给人以蹈袭故常之感，而是在似曾相识中别具新意与深情，写得极富神韵。它的奥妙大概就在"更无人处"与"帘垂地"、"欲拂尘时"与"簟竟床"之间各有一个短暂的停顿。正是这两个停顿，显出了顿挫曲折的情致，构成了特有的韵味。诗人在恍惚中，似乎感到妻子还在室内，不觉寻寻觅觅，下意识地到处搜寻那熟悉的身影，结果却发现已是人迹消逝的空房，不禁发出"更无人处"的悲伤叹息。正在这时，眼光无意中落到悄然垂地的重帘上，这才恍然若有所悟，怅然若有所失。看到床上积满了灰尘，不免习惯地过去拂拭，但定睛一看，这竟是一张除了铺满的长席之外别无所有的空床！这后一个停顿，不但突出了诗人目击长簟竟床时的那种神惊心折之感，而且极为微妙地表现了诗人面对空床委尘而不忍拂拭的心理状态，似乎那会拂去对亡妻辛酸而亲切的记忆。句首的"欲"字，正传出这种欲拂而未能的意态。由于在平易中寓有细微曲折，传出恍惚怅惘之态，这两句诗便显得特别隽永有味。比较起来，潘岳原诗不免显得意直而词费了。

"嵇氏幼男犹可悯，左家娇女岂能忘！"颈联续写幼女稚子深堪悯念，是对悼亡之情的深一层抒写。嵇康之子嵇绍，十岁而丧母；左思曾为他的女儿作《娇女诗》，有"左家有娇女，皎皎颇白皙"之句。这里分别以"嵇氏幼男""左家娇女"借指自己的幼子衮师和女儿。"犹可悯"与"岂能忘"，互文兼指，不主一方。失去母亲怜爱的孩子是可怜的，自己孑然一身，在寂寞凄凉中稍感慰藉的，也只有幼男娇女，身在幽冥的妻子，想必更加系念留在人间的幼男娇女，经受着幽显隔绝无缘重见的痛苦，两句又好像是对幽冥中的妻子所作的郑重表白和深情安慰。怜念子女、自伤孤子、悼念亡妻，这几方面的感情内容都不露痕迹地包蕴在这看来有些近乎"合掌"的诗句中了。

"秋霖腹疾俱难遣，万里西风夜正长。"末联情景相生，在秋雨西风、漫漫长夜的背景下进一步抒写因悼念亡妻而触发的深长而复杂的内心痛苦。秋霖，指秋天连绵不断的苦雨。腹疾，语本《左传·昭公元年》"雨淫腹疾"，原指因淫雨而引起的腹泻，这里借指内心的隐痛。李商隐一生的悲剧遭遇和他的婚姻密切相关。由于他娶了王茂元的女儿，遭到朋党势力的忌恨，从此在仕途上一再受到排抑。这种遭遇使得诗人的婚姻家庭关系长久地笼罩着一层悲剧的阴影，造成他心灵上深刻的创伤和无法解脱的痛苦。如今王氏虽已去世，早已种下的悲剧仍在继续。绵绵秋雨，万里西风，茫茫长夜，包围着他的是无边无际、无穷无尽的凄冷和黑暗，内心的痛苦也和这绵延不绝的秋雨一样无法排遣，和这茫茫长夜一样未有穷期。"西风"而说"万里"，"夜"而说"正长"，都写出了在黑暗的夜晚，外界环境作用于诗人的听觉、感觉所引起的感受。由于在悼亡中织入了对时代环境和畸零身世的感受，这首悼亡诗的内涵就比一般的同类作品要丰富复杂，而它那种意余言外的特点也就显得分外突出了。钱良择评这首诗说："平平写去，凄断欲绝。"颇能道出其平易而富感情含蕴的特点。

无 题

　　相见时难别亦难^①，东风无力百花残。春蚕到死丝方尽^②，蜡炬成灰泪始干^③。晓镜但愁云鬓改^④，夜吟应觉月光寒。蓬山此去无多路^⑤，青鸟殷勤为探看^⑥。

[校注]

①曹丕《燕歌行》：“别日何易会日难。”曹植《当来日大难》：“今日同堂，出门异乡。别易会难，各尽杯觞。”此化用其语而别出己意。②南朝乐府《西曲歌·作蚕丝》：“春蚕不应老，昼夜常怀丝。何惜微躯尽，缠绵自有时。”丝，谐“思”。③蜡炬，指蜡烛的烛芯。成灰，指烛芯烧尽成灰烬。泪，指蜡烛燃烧时流溢如泪的油脂。庾信《对烛赋》：“腊花长递泪。”杜牧《赠别》：“蜡烛有心还惜别，替人垂泪到天明。”④晓镜，晨起对镜。“镜”字作动词用，与下句“吟”字对文。云鬓，形容年轻女子如云般浓密乌黑的鬓发。⑤蓬山，传说中海中的神山，此借指所思女子居处。⑥青鸟，神话传说中为神仙西王母传递消息的仙鸟，此借指信使。探看（平声），试看。

[笺评]

葛立方曰：仲长统云：“垂露成帏，张霄成幄，沆瀣当餐，九阳代烛。”盖取无情之物作有情用也。自后窃取其意者甚多……李义山《无题》云：“春蚕到死丝方尽，蜡烛成灰泪始干。”此又是一格。今效此体为俚语小词，传于世者甚多，不足道也。（《韵语阳秋》）

谢榛曰：李义山曰：“春蚕到死丝方尽，蜡炬成灰泪始干。”措辞流丽，酷似六朝。（《四溟诗话》）

冯舒曰：第二句毕世接不出。次联犹之“彩凤”“灵犀”之句，

入妙未入神。(《二冯评阅瀛奎律髓》)

冯班曰：妙在首连，三四亦杨、刘语耳。(同上)

吴乔曰："东风"比绚，百花自比……无多路、为探看，侯门如海，事不可知。亦屡启陈情事也。又曰："相见时难"……怨矣，而未绝望。(《西昆发微》)

陆次云曰：诗中比意从汉魏乐府中得来，遂为无题诸篇之冠。(《五朝诗善鸣集》)

查慎行曰：三四摹写"别亦难"，是何等风韵。(《初白庵诗评》)

何焯曰：(次句)言光阴难驻，我生行休也。(《义门读书记》)又曰：东风无力，上无明主也；百花残，己且老至也。落句其屈子远游之思乎？末路不作绝望语，愈悲。(《李义山诗集辑评》引)

胡以梅曰：此首玩通章亦圭角太露，则词藻反为皮肤，而神髓另在内意矣。若竟作艳情解，近于露张，非法之善也。细测其旨，盖有求于当路而不得耶？首言难得见，易得别，别后不得再见，所以别亦难耳。次句措辞媚极，百花残，花事已过也。丝，思也，三四谓心不能已。五恐失时，六见寂寥。结则欲托信再探之。青鸟王母之使，殆当路之用人欤？蓬山无多路，故知其非九重，而为当路。(《唐诗贯珠串释》)

赵臣瑷曰：泛读首句，疑是未别时语，及玩通首，皆是别后追思语。乃知此句是倒文，言往常别时每每不易分手者，只缘相见之实难也。接句尤奇，若曰当斯时也，风亦为我兴尽不敢复颠，花亦为我神伤不敢复艳，情之所钟至于如此。三四承之，言我其如春蚕耶，一日未死，一日之丝不能断也；我其如蜡烛耶，一刻未灰，一刻之泪不能制也。呜呼！言情至此，真可以惊天地而泣鬼神。《玉台》《香奁》其犹粪土哉！下半不过是补写其起之早，眠之迟，念兹释兹，不遑假寐。然人既不可得而近，信岂不可得而通耶？青鸟一结，自不可少。又曰：(春蚕二句)镂心刻骨之言。(《山满楼笺注唐诗七言律》)

徐德泓曰：此诗应是释褐后，外调弘农尉而作。纯乎比体。首句，喻登进之难而去亦难。"东风"句，承"别"字来。风为花之主，犹君为臣之主，今曰"无力"，已失所倚庇，而不得不离矣。然此情不死，故接以"春蚕"两句。五六，又愁去后君老而寂寥也。末言使人探问，见情总难忘也。弘农离京不远，故曰"无多路"。惓惓到底，风人绪音。（《李义山诗疏》）

陆鸣皋曰：宋仁宗见东坡《水调歌头》词云："我欲乘风归去，又恐琼楼玉宇，高处不胜寒。"叹曰："苏轼终是爱君。"解此，可以得是诗之妙矣。（同上）

陆昆曾曰：此作者以诗代竿牍也，八句中真是千回万转。"晓镜""镜"字，作活字看，方对"吟"字有情。（《李义山诗解》）

姚培谦曰：人情易合者必易离，唯相见难，则别亦难，情人之不同薄幸也。"东风"句，极摹消魂之意，然不但此际之消魂，春蚕蜡炬，到死成灰，此情终不可断。中联，镜中愁鬓，月下怜寒，又言但须善保容颜，不患相逢无日。虽蓬山万里，呼吸可通，但不知谁为青鸟，能为我一达殷勤耳。此等诗，似寄情男女，而世间君臣朋友之间，若无此意，便泛泛然与陌路相似，此非粗心人所知。（《李义山诗集笺注》）

屈复曰：三四进一步法。结用转笔有力。（《玉谿生诗意》）

程梦星曰：此诗似邂逅有力者，望其援引入朝，故不便明言而属之无题也。起句言缱绻多情。次句言流光易去。三四言心情难已于仕进。五六言颜状亦觉其可怜。七八望其为王母青禽，庶得入蓬山之路也。（《重订李义山诗集笺注》）

冯浩曰：首言相晤为难，光阴易过。次言己之愁思，毕生以之，终不忍绝。五言唯愁岁不我与，六谓长此孤冷之态。末句则谓未审其意旨究何如也。（《玉谿生诗笺注》）

纪昀曰：感遇之作易为激语，此云"蓬山此去无多路，青鸟殷勤为探看"，不为绝望之词，固诗人忠厚之旨也。但三四太纤近鄙，不足存耳。（《玉谿生诗说》）

姜炳璋曰：此亦寄绹之作，"东风"指绹，言绹不为主持，而王、郑之交好皆凋落殆尽也。然则予非他人之比也，一息尚存，功名之志不能少懈。所虑年华易老，不堪蹉跎，世态炎凉，甚难消受。蓬山在望，青鸟为予探之，其果有援手之时乎？通体大意如此。（《选玉谿生诗补说》）

黄叔灿曰：首句七字屈曲，唯其相见难，故别更难。（《唐诗笺注》）

孙洙曰：一息尚存，志不少懈。可以言情，可以喻道。（《唐诗三百首》）

张采田曰：此徐府初罢，寓意子直之作。"春蚕"二句，即谚所谓"不到黄河心不死"之意。结言此去京师，誓探其意旨之所向也。确系是时作，观起结自悟。（《玉谿生年谱会笺》）

黄侃曰：次句言无计相怜，任其憔悴；三四句自叙。五六句斥所怀者。七八则"无由见颜色，还自托微波"意。（《李义山诗偶评》）

汪辟疆曰：此当为大中五年徐府初罢寓意子直之诗也。欲绝而不忍遽绝，中怀悲苦，故以掩抑之词出之，然诗意固显然也。起句言相见既难，即决绝亦不易。此"别"字，非离别之别，乃决别之别。次句言绹既无意嘘植，而己则必就沦落。东风指绹，百花指己……三四极言己心不死……五句即诗人"维忧用老"之意。六句即极言孤独无偶。然犹对绹有几希之望，不能不藉青鸟之探看也……史所谓屡启陈情，此当其时所作。词苦而意婉。百诵不厌。（《玉谿诗笺举例》）

[鉴赏]

元好问用"精纯"二字赞义山诗，这首《无题》可以说是最能体现"精纯"特征的"刻意伤春复伤别"之作。就此诗而言，"精"即精练含蓄，"纯"即纯情化、纯诗化，纯粹抒情，不涉叙事。

起联点染暮春伤别。"别易会难"是古人常语，也是古人普泛的人生体验，诗人却别有会心，常语翻新，推进一层，说相爱的双方相见固然困难，离别也同样令人难以为怀。起句叠用两"难"字，义却有别。上"难"指困难、艰难，下"难"指难堪。"相见"既可指别后重会，也可指别前相见，不加说明，任人自领，也不妨理解为兼包别前、别后。无论是指哪一种情况，"相见"之"难"都使得"别"之"难"更加突出。本意在强调离别之难堪，却从"相见时难"着笔，这就延伸了时间内涵，暗示了眼前这场难堪的离别之前或之后的种种已经发生的或想象中的情事。它把双方历经种种磨难曲折的爱情悲剧经历全部隐入幕后，也把别后相见的渺茫无期寓于言外。劈头一句突如其来的"相见时难别亦难"，就像抒情主人公一声沉重的心灵叹息，什么具体的事也没有说，也可以说什么事（过去、现在、将来）都融化在里面了。只此一句，便鲜明地体现出对人生经历的深刻体验和高度概括所形成的精练含蓄，以及纯情化、纯诗化的特征。

次句紧承"别"字，展现出离别之际东风无力、百花凋残的暮春景象。如果说上句是"点"，则下句是以景语作"染"。但又和一般的渲染不同，具有融写实与象征为一体的特点，能引发读者多方面的联想。它既像是为这场难堪的离别提供一幅黯然销魂的背景，又像是双方难以禁受的心灵创痛的外化和触景伤怀、发自内心的长叹，更像是以春尽花阑象征着青春和爱情的消逝和一个更大范围的悲剧性环境。诗人未必有意运用象征手法，读者却可从这幅典型的图景中品味出丰富的象征意蕴。冯舒说"第二句毕世接不出"，正透露出他从第二句的似接非接中领悟到的丰富象外之意。或以为义山无题诸诗各句次序可解构重组，并不固定。在他诗或然如此，就此诗一、二句而言，如一倒过来，则情味全失。

次联从自己方面着笔，写别后悠长不已的思念和终身不已的痛苦。这一联将比喻与象征融为一体。吐丝的春蚕和流泪的蜡烛都是喻义显明的比喻——怀着相思和别恨的抒情主人公。但绵绵不绝、至死方尽的蚕丝，又是悠长不绝、至死不渝的相思之情的象征，在无望的情况下仍然执著追求的精神的象征；燃成灰烬才停止流溢的蜡泪，又是绵绵不绝的别恨与痛苦的象征、殉情精神的象征。由于象征与比喻融为一体，不但使象征含意毫不晦涩，而且使读者浑然不觉其为象征。特别是"到死丝方尽""成灰泪始干"的着意强调，更使全联的意蕴愈加丰富深刻。"到死"、"成灰"、丝尽、泪干，充满了悲剧情调，甚至带有悲观绝望的色彩，但正是在这种仿佛是绝望的悲哀痛苦中透露出感情的坚韧执著，既悲观又坚定，既痛苦又缠绵。明知思念之徒劳与追求之无望，却仍然要作无穷无尽的无望追求；明知思念与追求只能使自己终生与痛苦为伴，但却心甘情愿背负终生的痛苦去作无望的追求。将殉情主义精神表现得如此沉挚深至，富于悲剧美，在诗歌史上亦不多见。

腹联转从对方着笔，设想对方别后的处境和心情：晨起揽镜，唯忧青春容颜之消逝；凉夜吟诗，当感月光之凄寒。不说自己如何想念对方，而是设身处地想象对方的行为心境，情尤深至。"但愁""应觉"，于拟想中见细意体贴、关怀备至之情，"寒"字兼透对方处境之孤孑与心境之悲凉。上联沉挚深至，这一联转为委婉舒缓，感情、语调亦张弛有致。

尾联借青鸟传书的神话传说，故为宽解之词，说对方与自己虽如仙凡之相隔，但借青鸟传书，或可抵达对方所居之蓬山仙境，不妨试为探望致意，于无望中仍存一通消息的希望。何焯说："末路不作绝望语，愈悲。"纪昀说："七八不作绝望语，诗人忠厚之道。"语异而意实相通，可以合参。

全篇写别恨相思，虽纯粹抒情，不涉叙事，而感情的发展脉络清晰，转接自然，没有作者有的无题诗那种跳跃过大，比较晦涩的缺点。无论思想内容和艺术形式，都更为精纯。作为爱情诗，已经舍弃生活本身的大量杂质，提纯、升华为艺术的结晶。后代学者或据这种高度提纯了的无题诗去考索作者的恋爱事迹，试图将艺术还原为生活，不知作者早已舍粗而取精了。

唯其精纯深至，不涉具体情事，它也就有可能自然而然地渗透融合诗人的某种更广泛的人生体验感受，如政治上追求失意的苦闷和虽失意而不能自已的心理。姚培谦说："此等诗，似寄情男女，而世间君臣朋友之间，若无此意，便泛泛然与陌路相似，此非粗心人所知。"不说它必有寄托，而说意可相通，亦可作读此类诗一法。

端　居^①

远书归梦两悠悠^②，只有空床敌素秋^③。阶下青苔与红树，雨中寥落月中愁^④。

[校注]

①端居，平居。本篇是客中闲居思家之作，可能作于大中元年（847）秋居桂幕时。②悠悠，遥远、久长。③《初学记》卷三引梁元帝《纂要》："秋日白藏，亦曰……素秋、素商、高商。"据古代五行说，秋季色尚白，故称"素秋"。④寥落，冷落、冷清。

[笺评]

屈复曰：书、梦俱无，正唤"只有""空""敌"等字。对"青苔""红树"皆愁，正结上"空床敌素秋"耳。（《玉谿生诗意》）

杨守智曰："敌"字险而稳。（《玉谿生诗笺注》引）

冯浩曰：客中忆家，非悼亡也。（《玉谿生诗笺注》）

纪昀曰："敌"字自是险而稳。然单标此等以论诗，不知引出几许魔障矣。（《玉谿生诗说》）

[鉴赏]

这是作者滞留异乡，思念妻子之作。题目"端居"，即平常居处、闲居之意。

诗人远别家乡和亲人，时间已经很久。妻子从远方的来信，是客居异乡寂寞生活的慰藉，但已很久没有见到它的踪影了。在这寂寥的清秋之夜，得不到家人音书的空廓虚无之感变得如此强烈，为寂寞所咬啮的灵魂便自然而然地想从"归梦"中寻求慰藉。即使是短暂的梦中相聚，也总可稍慰相思。但"路遥归梦难成"（李煜《清平乐》），一觉醒来，竟是悠悠相别经年，魂魄未曾入梦。"远书归梦两悠悠"，正是诗人在盼远书而不至、觅归梦而不成的情况下，从心灵深处发出的一声长长的叹息。"悠悠"二字，既形象地显示出远书、归梦的杳邈难期，也传神地表现出希望两皆落空时怅然若失的意态。而双方山川阻隔，别后经年的时间、空间远隔，也隐见于言外。

次句写中宵醒后寂寥凄寒的感受。素秋，是秋天的代称。但它的暗示色彩却相当丰富。它使人联想起洁白清冷的秋霜、皎洁凄寒的秋月、明澈寒冽的秋水，联想起一切散发着萧瑟清寒气息的秋天景物。对于一个寂处异乡、"远书归梦两悠悠"的客子来说，这凄寒的"素秋"便不仅仅是引动愁绪的一种触媒，而且是对毫无慰藉的心灵一种不堪忍受的重压。然而，诗人可以用来和它对"敌"的却"只有空床"而已。清代冯浩《玉谿生诗笺注》引杨守智说："'敌'字险而稳。"这评语很精到。这里本可用一个比较平稳而浑成的"对"字。但"对"只表现"空床"与"素秋"默默相对的寂寥清冷之状，偏于客观描绘。而"敌"则除了含有"对"的意思之外，还兼传出空床独寝的人无法承受"素秋"的清寥凄寒意境，而又不得不承受的那种难以言状的心灵深处的凄怆，那种凄神寒骨的感受，更偏于主观精神状态的刻画。试比较李煜"罗衾不耐五更寒"（《浪淘沙》），便可发现这里的"敌"字虽然下得较硬较险，初读似感刻露，但细味则感到它在抒写客观环境所给予人的主观感受方面，比"不耐"要深细、隽永得多，而且它本身又是准确而妥帖的。这就和离开整体意境专以雕琢字句为能事者有别。

三、四两句从室内的"空床"移向室外的"青苔""红树"。但并不是客观地描绘，而是移情入景，使客观景物对象化，带上浓厚的主观色彩。寂居异乡，平日很少有人来往，阶前长满了青苔，更显出寓所的冷寂。红树，则正是暮秋特有的景象。青苔、红树，色调本来是比较明丽的，但由于是在夜间，在迷蒙雨色、朦胧夜月的笼罩下，色调便不免显得黯淡模糊。在满怀愁绪的诗人眼里，这"阶下青苔与红树"似乎也在默默相对中呈现出一种无言的愁绪和清冷寥落的意态。这两句中"青苔"与"红树"，"雨中"与"月中"，"寥落"与"愁"，都是互文错举。"雨中"与"月中"，似乎不大可能是同一夜间出现的景象。但当诗人面对其中的一幅图景时（假定是月夕），自不妨同时在心中浮现先前经历过的另一幅图景（雨夕）。这样把眼前的实景和记忆中的景色交织在一起，无形中将时间的内涵扩展延伸了，暗示出像这样地中宵不寐，思念远人已非一夕。同时，这三组词两两互文错举，后两组又句中自对，更使诗句具有一种回环流动的美。如果联系一开头的"远书""归梦"来体味，那么这"雨中寥落月中愁"的青苔、红树，似乎还可以让读者联想起相互远隔的双方"各在天一涯"默默相思的情景。风雨之夕，月明之夜，胸怀愁绪而寥落之情难以排遣者，又岂止是作客他乡的诗人一身呢？

齐宫词①

永寿兵来夜不扃②，金莲无复印中庭③。梁台歌管三更罢④，犹自风摇九子铃⑤。

[校注]

①诗咏南齐东昏侯萧宝卷荒淫亡国事及由此引发的感慨。张采田《玉谿生年谱会笺》系此诗于大中十一年（857）任盐铁推官游江东时。②永寿，南齐宫殿名。扃（jiōng），闭锁。据《南史》及《南齐书·东昏侯本纪》记载，齐东昏侯萧宝卷起芳乐、芳德、仙华、含德

等殿，又别为宠妃潘妃起神仙、永寿、玉寿三殿。四周用黄金、璧玉作饰。永元三年（501），雍州刺史萧衍（即后来的梁武帝）率兵攻入京城建康（今南京市）。齐叛臣王珍国、张稷作内应，夜开云龙门，引兵入宫。当晚东昏侯正在含德殿吹笙作乐，卧未熟，兵至，被直后张齐斩首，送萧衍。③《南史·齐废帝东昏侯本纪》载："又凿金为莲华以贴地，令潘妃行其上，曰：'此步步生莲华也。'"此句谓东昏侯身死国亡，宫殿的中庭再也见不到潘妃步步生莲的舞姿了。④梁台，即梁宫（亦即原先的齐宫，不过宫殿易主而已）。晋、宋以后，称朝廷禁省为台，称禁城为台城，见《容斋随笔》。⑤九子铃，一种用金、玉等材料制成的挂在宫殿、寺塔四角的檐铃。《南史·齐废帝东昏侯纪》载："庄严寺有九子铃，外国寺佛面有光相，禅灵寺塔诸宝珥，皆剥取以施潘妃殿饰。"

[笺评]

冯班曰：咏史俱妙在不议论。（《玉谿生诗笺注》引）

贺裳云：义山咏史，多好讥刺，如"梁台歌管三更罢，犹自风摇九子铃"，"晋阳已陷休回顾，更请君王猎一围"，"如何一梦高唐雨，从此无心入武关"。然论前代之事，则足以备讽戒，昭代则不可，不曰"定、哀之际多微词"乎？（《载酒园诗话》）

姚培谦曰：荆棘铜驼，妙在从热闹中写出。（《李义山诗集笺注》）

屈复曰：不见金莲之迹，犹闻玉铃之音；不闻于梁台歌管之时，而在既罢之后。荒淫亡国，安能一一写尽，只就微物点出，令人思而得之。（《玉谿生诗意》）

沈德潜曰：此篇不着议论，"可怜夜半虚前席"竟着议论，异体而各极其致。（《唐诗别裁》）

徐逢源曰：伤敬宗也。借古为言，四句中事皆备具。（《玉谿生诗

笺注》引）

冯浩曰：《南史》言东昏侯常以五更就卧，至晡乃起。元会之日，百僚陪坐，皆僵仆菜色。每出游还宫，常至三更，被害时年十九。与敬宗诸事相合，故借伤也。徐说似矣。然何以兵来永寿，不云含德？所用金莲、九子铃，皆专咏潘妃，岂致叹于敬宗宫嫔，如所云"新得佳人"者乎？此意一无可征，疑其别有寄慨矣。（《玉谿生诗笺注》）

纪昀曰：意只寻常，妙从小物寄慨，倍觉唱叹有情。（《李义山诗集辑评》引）

芥舟曰：胜《北齐二首》。（《玉谿生诗说》）

姜炳璋曰：三四，歌管已属梁宫，而九子铃犹在，潘妃得而有之乎？盖恶齐宫之词。按：前五代惟梁不闻荒淫。武帝贵妃以下，衣不曳地；简文、孝元，救死不暇。此云"三更歌管"，顺势成文，非实事矣。（《选玉谿生诗补说》）

张采田曰：游江东时咏古之作，别无寓意，深解者失之。（《玉谿生年谱会笺》）

俞陛云曰：人去台空，风铃自语，不着议论，洵哀思之音也。（《诗境浅说》续编）

刘永济曰：三句言兵入永寿殿而笙歌罢，此时庄严寺之九子铃犹自因风而摇。以铃声与笙歌对比，即从热闹中写其衰亡也。（《唐人绝句精华》）

[鉴赏]

一位大诗人，往往具有多副笔墨、多种风格。即使是同一体裁、同类性质的作品，也很少艺术上的雷同重复。这首《齐宫词》，和李商隐的其他一些七绝咏史之作一样，也具有立意深刻、构思精妙、含蓄蕴藉、富于情韵等特点，但它们又显然各有机杼，自具面目。这种同中有异，异中有同，在多样化中显示出统一性的情况，正是一个作家艺术上高度成熟的一种标志。

这首诗题为"齐宫词"，实际上所咏内容包括齐、梁两朝宫廷生活，题目与诗的内容这种似乎不一致的现象，不但不是诗人的疏忽，却正是诗人的一种有意安排和巧妙提示，是引导读者深入理解诗的立意和构思的一个线索。

前两句"永寿兵来夜不扃，金莲无复印中庭"咏唱的是南齐亡国史实。齐后主宠幸潘妃，荒淫亡国，在实际生活中是一个比较长的时间过程，这在篇幅短小、不宜叙事的绝句里是很难展开叙写，也没有必要展开叙写的。诗人截取横断面，从事件发展的高潮——兵来国破之夜着笔；而在这一夜中，又只集中笔墨写了一个细节，即所谓"兵来夜不扃"。扃，是关闭门户的意思。"夜不扃"，是说叛兵到来的时候，齐宫竟然宫门洞开，毫无戒备。这个细节，和原来的历史事实稍有出入，但却更突出地表现了这个亡国之君死到临头依旧浑然不觉，还像平常一样笙歌彻夜的那种醉生梦死的嘴脸和近乎麻木的精神状态。诗中笙歌作乐的地点，也由含德殿改为潘妃居住的永寿殿，这不但是为了与下句中提到的"金莲印中庭"相应，也是为了使人物、场景更加集中。这种不完全拘泥于历史事实的细微改动，正体现出作者对生活素材的加工、集中概括。集中笔墨的结果，并没有丢掉重要的内容；相反地，由于"永寿""金莲"等词语暗中概括了后主建造豪华宫殿、凿金为莲花一类奢侈景况，读者正可从横断面中约略窥见全过程。这种以点带面、以少概多的写法，恰恰避免了绝句篇幅短小的天然局限，发挥了它的艺术上的特点和长处，使得这个开头既单刀直入、简捷紧凑，又概括了丰富的生活内容。紧接着"永寿兵来夜不扃"，作者却又不再去费力地描写后主的被杀，而是轻轻宕开，用"金莲无复印中庭"一句托出一幅荒凉的图景，说宫殿里潘妃"步步莲花"的情事现在再也见不到了。这样就使读者从"兵来"前后的热闹与冷落的对照中，自然领悟到齐宫豪华奢侈生活的消逝和齐代腐朽政权覆亡所昭示的历史教训。笔意轻灵跳脱，毫不黏滞拖沓，感慨却颇深沉。"无复"二字，似慨叹，又似讽刺，讽刺寓于慨叹之中，更显得含蓄蕴藉，耐人寻味。

这两句已写尽齐代荒淫亡国的事实。按照题目的要求，后两句似乎应该就齐亡抒发感慨或进行议论。但诗人却别开生面，接着写在齐宫旧址上建立起来的新朝宫廷的情景："梁台歌管三更罢，犹自风摇九子铃。"梁台，就是梁宫。晋、宋以后，习惯上把皇宫和朝廷禁省称为台；台城，即宫城。今天的梁宫，也就是不久前齐后主和潘妃荒淫享乐的齐宫，不过宫殿已经易主而已。九子铃，是一种用金、玉等材料制成的挂在宫殿、寺塔四周的檐铃。据历史记载，齐后主曾经把庄严寺的玉制九子铃取下来，用以装饰潘妃的宫殿。这两句是说：梁宫新主如今又在这里寻欢作乐了。你听，那宫中传来的阵阵歌舞管弦之声，不正像当年的齐宫一样吗？甚至当深夜三更，歌管之声终于沉寂下去的时候，那静夜中传来的风摇九子铃的声音，也令人宛然想见齐宫当年的情景呢。

末句"犹自风摇九子铃"，是全篇的点睛之笔。作者立意构思的深刻精妙，表现手法的含蓄委婉和语言的富于暗示性，在这里都有生动的体现。"九子铃"是一个细小的事物，它在齐后主的全部荒淫生活中，不过是一个小小的插曲。抓住它来写，当然也能在一定程度上表现出齐后主的淫乐和荒唐，但这是一般的作者也可以做到的，而且它的典型意义也未必能超过"步步金莲"这种更加引人注目的事情。诗人的高妙之处，是把这个小小的九子铃安置在"梁台歌管"声中，使它成为贯串齐、梁两代宫廷荒淫生活的一个具有丰富象征暗示色彩的事物。这样，九子铃这个微小的物件，就在与其他事物的映照对比中被高度典型化了，充分显示出小中现大、一以当十的作用，给读者以丰富的联想和启示。

在"梁台歌管"声停之后传出的九子铃声，于喧闹和寂静的鲜明对照中，越发显出它的凄清寂寥。它不单单唤起人们对于齐宫已经消逝的豪奢荒淫生活的联想，更引发人们对于齐代亡国悲凉的感慨。昔日的齐宫歌管之声已不复能闻了，金莲步步之舞也不复能见了，只有九子铃这个齐宫遗物似乎还在诉说着繁华易尽、亡国凄凉，正像清代注家屈复所说的那样："不见金莲之迹，犹闻玉铃之音；不闻于梁台歌管之时，而在既罢之后。荒淫亡国，安能一一写尽，只就微物点出，令人思而得之。"

在"梁台歌管"声停之后传出的九子铃声，以静谧衬托喧闹。由于绝句篇幅有限，这里如果正面描绘梁宫狂欢极乐的状况，很不容易写得充分。诗人避开正面描写，对"梁台歌管"只虚提一笔，却实写歌管罢后方才听得到的铃声。这就从侧面进一步烘托出了梁宫狂欢时的喧闹，让人想象出不久前喧嚣充塞于耳的梁台歌管之声，正像狂流一样淹没了九子铃声的情景。而梁台歌管喧闹依旧，又正暗示出梁宫新主荒淫生活一如前代。

在"梁台歌管"声停之后传出的九子铃声，又仿佛是荒淫依旧的新朝覆亡的前奏和不祥预兆。"九子铃"这个齐宫旧物所奏出的凄凉亡国之音，本来应该使沉醉于歌管声色之中的新朝统治者有所鉴戒，从亡齐的覆辙中得到教训，从眼前的热闹中想到日后的凄凉。但他们麻木不仁，对此充耳不闻。"无复""犹自"，这前后的对照映衬，说明梁宫新主根本无视历史教训，正在重蹈亡齐覆辙。因此，这"九子铃"所奏出的齐代亡国余音，又正像电影上的叠印一样，融入梁宫歌管之中，成为新朝覆亡命运的一种象征。

以上几层意思，环环相扣，层层深入，而又都借"九子铃"暗暗点出。诗人不发任何议论，读者通过前后左右的映照对比，自可领悟其丰富的言外之意。一个小小的九子铃，串演了齐、梁两代统治者荒淫腐朽生活的丑剧，以及他们亡国殒身与必将覆灭的悲剧，而且表现得这样不露痕迹，不能不令人叹服诗人艺术手段的高妙。清代评家纪昀说："妙从小物寄慨，倍觉唱叹有情。"这确实是一语破的的精到评论。需要说明的是，这里尽管"不着议论"，却并非没有评论，只不过诗人的议论已经完全融化到极富含蕴的艺术形象和感慨无穷的唱叹之中，以至于我们初接触到它的时候，只觉得有神无迹、不见褒贬罢了。

作者的寓意似乎还不止于此。如果写这首诗的目的，仅仅是以古鉴今，向当时的封建统治者提供一个典型的荒淫亡国的历史教训的标本，那么，专写齐代亡国之事就可以达到目的，不必兼写齐、梁。这就自然要回到一开头所提出的问题上去：为什么题为"齐宫词"，诗中所咏的却是齐、梁两代的事情？当我们已经比较深切地感受与理解了"九子铃"这一微物中所寓的感慨之后，再回过头来探寻诗人更深刻、更内在的用意，就比较容易把握了。原来，这首诗虽然题为"齐宫词"，但诗人用笔的重点，却不在齐之亡国，而是落在梁宫新主淫乐相继，无视历史教训，重蹈亡齐覆辙这一方面。题目的真正含义应该是：在亡齐的旧宫中重复演出的一幕新的荒淫亡国的戏剧，表面上看，这出戏有前后两幕，平分秋色，舞台、布景、道具依旧，情节相似，只是演员不同；实际上，作者要观众凝神注目、认真记取的恰恰是老戏新演的后一幕。而作者立意、构思的深刻精妙，也正是通过这一点集中体现出来的。对于一个已经趋于腐朽的封建政权，真正的危险并不在于没有可资借鉴的历史教训，而是对于历史教训的无知与麻木。晚唐时代的封建统治者，早已把唐初统治者一再告诫的亡隋之鉴丢到九霄云外，正开足马力在亡隋的旧辙上奔驰。和李商隐同时代的杰出诗人杜牧，为了警告后世统治者，让他们从秦国灭亡中吸取教训，写过一篇《阿房宫赋》，在这篇赋的结尾，他沉痛而愤激地写道："秦人不暇自哀而后人哀之。后人哀之而不鉴之，亦使后人而复哀后人也。"说秦国的统治者对自己骄奢淫逸所酿成的悲惨后果顾不上哀叹，而后来的统治者哀叹它；但后来的统治者光是哀叹，而不把它当作镜子，引以为戒，就必然使更后的统治者又为后来的统治者哀叹了。李商隐暗寓在艺术形象中没有明白点破的旨意，杜牧似乎替它作了痛快淋漓的表达。《阿房宫赋》中的六国与秦，正像《齐宫词》中的齐和梁。只不过赋可以铺陈排比，淋漓尽致，而诗则主要借助于形象的暗示，以微物寄托感慨。可悲可恨的是，当时的封建统治者不仅不以前车之覆为鉴，而且已经到了连"哀"都不再哀的程度了。诗中着重写"梁台歌管"依旧，正是给当代沉迷不悟的封建统治者画像。昔日的梁宫新主已经重演了齐后主荒淫亡国的悲剧，今日的唐宫主人难道还想再重演一幕亡梁的悲剧吗？作为一个清醒的面对现实的诗人，当他在想象中重现"梁台歌管"的情景，倾听着"九子铃"亡国哀音的时候，心中正交织着对沉酣于醉梦中的眼前统治者的深沉的愤激和对于大唐帝国没落衰亡命运的无可奈何的悲哀。"商女不知亡国恨，隔江犹唱后庭花"；"梁台歌管三更罢，犹自风摇九子铃"。杜牧和李商隐，这两位关注国家命运的诗人，对现实的感受和慨叹是如此相似，而他们表达的方式却并不相同。从这个对照中，我们可以进一步看出《齐宫词》以微物寓慨的特点，也可以更清楚地看出诗人真正的创作意图。

马嵬二首 （其二）①

海外徒闻更九州②，他生未卜此生休③。空闻虎旅传宵柝④，无复鸡人报晓筹⑤。此日六军同驻马⑥，当时七夕笑牵牛⑦。如何四纪为天子⑧，不及卢家有莫愁⑨？

[校注]

①马嵬，即马嵬坡，在长安西百余里，今陕西兴平市西。唐玄宗天宝十五载（756）六月，安史叛军攻破潼关，玄宗与杨国忠、杨贵妃姊妹等仓皇奔蜀。行至马嵬驿，随行"禁军大将陈玄礼密请太子诛国忠父子，而四军不散。帝遣（高）力士宣问，对曰：'贼本尚在。'盖指贵妃也。力士复奏，帝不获已，与妃诏，遂缢死于佛堂，时年三十八，瘗于驿西道侧"。李商隐咏马嵬事变的诗共二首，第一首是七

绝，云："冀马燕犀动地来，自埋红粉自成灰。君王若道能倾国，玉
辇何由过马嵬。"按：商隐《为举人献韩郎中琮启》："一日三秋，空
闻《马嵬》之清什。"冯浩曰："义山有《马嵬》诗二首，或琮亦赋
之。意是诸人唱和之作也。"据商隐《为濮阳公陈许奏韩琮等四人充
判官状》，王茂元镇泾原时，韩琮已在幕，马嵬为长安、泾原往来所
经，故此二首有可能是开成三年（838）李商隐居泾原茂元幕时与韩
琮唱和之作。韩琮《马嵬》诗今佚。②海外更九州，古代将中国分为
九个州（《书·禹贡》作冀、兖、青、徐、扬、荆、豫、梁、雍）。
《史记·孟子荀卿列传》："邹衍……以为儒者所谓中国于天下乃八十
一分居其一分耳。中国名曰赤县神州。赤县神州内自有九州……中国
外如赤县神州者九，乃所谓九州也。于是有裨海环之，人民禽兽莫能
相通者，如一区中者，乃为一州。如此者九，乃有大瀛海环其外，天
地之际焉。"此以"海外九州"借指传说中的海外仙境。陈鸿《长恨
歌传》说，玄宗命方士召杨妃魂魄，方士报称在海外蓬莱仙山上找到
了杨妃，并带回金钗钿盒作为信物。③他生，犹来世。卜，《全唐诗》
校："一作决。""他生未卜"系针对唐玄宗与杨贵妃"愿世世为夫妇"
的誓愿而发。参注⑦。④虎旅，此指护卫皇帝的禁军。《文选·张衡
〈西京赋〉》："陈虎旅于飞廉。"李善注："《周礼》：'虎贲，下大夫；
旅贲，中士也。'"虎贲氏与旅贲氏均掌王之警卫。传，《全唐诗》
校："一作鸣。"宵柝（tuò），夜间巡逻时用以报警的木梆。⑤鸡人，
古时宫廷中不养鸡，设有代替公鸡司晨的人。《周礼·春官·鸡人》：
"鸡人……夜嘑旦，以嘂百官。"鸡人敲击更筹（竹签）报晓，称"晓
筹"。⑥此日，指夜宿马嵬这一天（天宝十五载六月十四日）。六军，
唐之禁军。《新唐书·百官志》："左右龙武、左右神武、左右神策，
号六军。"古代亦称天子所统领的军队为六军。同驻马，不再前进，
即"六军不发"。⑦当时七夕，指天宝十载七月七日。《长恨歌传》：
"方士将行……请当时一事不闻于他人者验于太上皇（玄宗）……玉
妃（杨妃）惘然退立，若有所思，徐而言曰：'昔天宝十载，侍辇避

暑于骊山宫。秋七月，牵牛织女相见之夕，上凭肩而望，因仰天感牛女事，密相誓心，愿世世为夫妇。言毕执手各呜咽。此独君王知之耳。'"笑牵牛，牵牛织女每年只能在七夕相会，自己则能永世相守，故云。或云"笑"为欣羡之义，见张相《诗词曲语辞汇释》。按：商隐《韩同年新居饯韩西迎家室戏赠》有"云路招邀回彩凤，天河迢递笑牵牛"之句，此"笑牵牛"当亦因韩瞻夫妇团聚而笑牵牛与织女之常年离别，非"欣羡"之义。⑧古以十二年为一纪（以木星绕日一周相当于地球上的十二年计算），玄宗自先天元年（712）即位，至天宝十五载（756）退位，一共当了四十五年皇帝，"四纪为天子"系约而言之。《旧唐书·玄宗本纪》载其天宝十五载八月"御成都府衙，宣诏曰：'朕以薄德，嗣守神器……聿来四纪，人亦小康。'"⑨梁武帝萧衍《河中之水歌》："河中之水向东流，洛阳女儿名莫愁。十五嫁为卢家妇，十六生儿字阿侯。卢家兰室桂为梁，中有郁金苏合香。头上金钗十二行，足下丝履五文章……"此以卢家莫愁借指普通的民间女子。

[笺评]

范温曰："海外徒闻更九州，他生未卜此生休"，语既亲切高雅，故不用愁怨堕泪等字，而闻者为之深悲。"空闻虎旅鸣宵柝，无复鸡人报晓筹"，如亲扈明皇，写出当时物色意味也。"此日六军同驻马，他时七夕笑牵牛"，益奇。义山诗后人但称其巧丽，至与温庭筠齐名。盖俗学只见其皮肤，其高远情意皆不识也。"海外徒闻更九州"，其意则用杨妃在蓬莱山，其语则用邹子云："九州之外，更有九州。"如此然后深稳健丽。（《潜溪诗眼》）

方回曰：六军、七夕、驻马、牵牛，巧甚。善能斗凑，昆体也。（《瀛奎律髓》）

唐汝询曰：海外九州，事属虚诞，帝乃求妃之神于方外乎？他生未必可期，此生已不可作，帝复废寝思之耶？虎旅鸡人，几于虚设矣。吾想六军皆驻，徒然七夕私盟。五十年天子求保一妇人而不可得，堪为色荒之戒矣。（《唐诗解》）

吴乔曰：起联如……义山之"海外徒闻更九州，他生未卜此生休"，则势如危峰矗天，当面崛起，唐诗中所少者。叙天下大事，而六、七、马、牛为对，恰似儿戏，扛鼎之笔也，义山《马嵬》诗一代绝作，惜于结处说破。（《围炉诗话》）

贺裳曰：中晚唐人好以虚对实，如……李义山"此日六军同驻马，当时七夕笑牵牛"，皆援他事对目前之景。然持戟徘徊，凭肩私语，皆明皇实事，不为全虚，虽借用牵牛，可谓巧心潜发。（《载酒园诗话》）

方世举曰：有似浅薄而胜刻至者，如《马嵬》，李义山刻至矣，温飞卿浅浅结构，而从容闲雅过之。比之试帖，温是元，李是魁。用力过猛，毕竟面红耳赤，倘遇赵州和上，必儌醒歇歇去。（《兰丛诗话》）

何焯曰：纵横宽展，亦复讽叹有味。对仗变化生动。起联才如江海。老杜云："前辈飞腾入，馀波绮丽为。"义山足窥此秘。五六倒叙奇特。看温飞卿作，便只是《长恨歌》节要，不见些子手眼。落句专责明皇，识见最高，此推本言之也（《义门读书记》）定翁（谓）此首以工巧为能，此玉谿妙处，吾以为本未尝专示工巧。起联变化之至，超忽。（《李义山诗集辑评》引）

胡以梅曰：起句就方士复命之语发端……"闻"，乃闻方士之言也。"他生"即方士所述贵妃七夕之盟誓。"未卜"乃诗人断词，盖言徒闻其说得玄远，他生之说，亦不确也。此推翻《长恨歌》中之事，因他生引出此生，言他生不可卜，则此生早休矣。三四承明"此生休"。而他生之盟誓在七夕，所以三四专写暮夜，暗中有线。其意有深浅两层：一言当年骊山七夕与今次马嵬之夜，同是夜间，当年必穿针乞巧，多少幽事，即有宵柝，亦非虎贲禁旅，还有鸡人唱筹，皆悠扬情景。今则传柝乃虎旅，鸡人亦苍茫不至矣。更深一层，言贵妃一死，遂成大暮，彼徒心惊于虎旅之柝，永不知鸡人之晓，总有鸡筹，亦不能醒夜台。此申明"休"字之精神，可以飞舞。用"虎旅"亦带贵妃馀畏意。"此日"指有虎旅无鸡人之日。六军驻马所以逼杀妃子，却用歇后语止言六军驻马……"四纪"二字即用玄宗幸蜀赦诏之辞。（《唐诗贯珠串释》）

赵臣瑗曰：上皇思慕贵妃，溺于方士蓬壶之说，以为此生虽则休矣，犹可望之他生，愚之至也，故此诗特用以发端，言方士之说妄也。他生若犹可卜，此生何故早休。此等议论不知提醒世人多少。三四紧承今生休，写出道路流离、长夜耿耿之苦。回思美妇煽席，真是宴安鸩毒，能不为之寒心哉！五六再提，言在当年亦何尝计有此日耳。而"六军""七夕""驻马""牵牛"，信手拈来，颠倒成文，有头头是道之妙。七八感慨作收，以五十年共主不能保一妇人之非命，不可解也。"如何"二字中有无限含蓄，令为人上者自思之。（《山满楼笺注唐诗七言律》）

沈德潜曰：温、李擅长，固在属对精工，然或工而无意，譬之剪彩为花，全无生韵，弗尚也。义山"此日六军同驻马，当时七夕笑牵牛"，飞卿"回日楼台非甲帐，去时冠剑是丁年"，对句用逆挽法。诗中得此一联，便化板滞为跳脱。（《说诗晬语》）

陆昆曾曰：承上首，言不但从前不悟，即贵妃殁后，仍然未悟也。何也？夫妇之愿，他生未卜，而此生先休，已可哀矣。又命方士索之四虚上下，仿佛其神于海外，得不谓之大哀乎？三四言途中追念贵妃，每至废寝，然但闻虎旅戒严，不闻鸡人传唱，无复在朝之安富尊荣矣。六军驻马，应上"此生休"意；七夕牵牛，应上"他生未卜"意。结言身为天子，不能庇一妇人，专责明皇，极有识见。（《李义山诗解》）

姚培谦曰：此首则深叹其至贵妃既死之后，犹复沉迷不悟，故不觉言之反复而沉痛也。首联皆用《长恨传》中事：海外九州，即临邛道士之说；他生夫妇，即长生殿中语。二语已极痛针热喝。下二联，却将"此生休"三字荡漾一番。方其西出都门时，宵柝凄凉，六军不发，遂致陈玄礼等追原祸本，请歼贵妃。追思世世为夫妇之誓，曾几何时！谓宜如酒醒梦觉，悔恨从前，而徒写怨《淋铃》，伤心钿合，曾不思四纪君王，不及民间夫妇，却以何人致之？甚矣色荒之难悟也！（《李义山诗集笺注》）

屈复曰：谁从海外徒闻乎？徒仿佛其神于海外，如何讲得通？空闻、无复，熟套语。七八轻薄甚，前人论之极详。玉谿诸七律唯《筹笔驿》《马嵬》二首诗法背谬，体格舛错，句亦浅近，意更荒疏。诸家偏选此二首，且极口称之，甚矣，真知之难也。五与三四复，六与二意复。（《玉谿生诗意》）

程梦星曰：明皇以天子之尊而并不能庇一女子，则其故可知。观"如何"二句，唐史赞所谓"方其励精政事，开元之际，几致太平；及侈心一动，穷天下之欲不足为其乐，溺其所爱，忘其所可戒，至于窜身失国而不悔"，皆隐括于二句之中，而又不露其意，深得风人之旨。《渔隐丛话》乃以浅近讥之，不亦陋乎！（《重订李义山诗集笺注》）按：《苕溪渔隐丛话》谓义山诗"浅近者亦多"，并举此诗"如何"二句，曰："似此等语，庸非浅近者乎？"

毛奇龄曰：是诗五六对稍通脱，然首句不出题，不知何指？三四殊庸泛无意。若落句则以本朝列祖皇帝而调笑如此，以视杜诗之忠君恋国，其身分何等。虽轻薄，不至此矣。有心六义者，盍亦于此际商之？（《唐七律选》）

冯浩曰：起句破空而来，最是妙境，况承上首（按：指《马嵬》七绝"冀马燕犀动地来"），已点明矣，古人连章之法也。次联写事甚警。三联排宕。结句人多讥其浅近轻薄，不知却极沉痛。唐人习气，不嫌纤艳也……西河之评，殊未然。（《玉谿生诗笺注》）

纪昀曰：马嵬诗总不能佳，此二诗前一首后二句直率，次一首亦多病痛也。（《玉谿生诗说》）

姜炳璋曰：八句一气挽搏，魄力甚雄。(《选玉谿生诗补说》)

朱庭珍曰：玉谿生"此日六军同驻马，当时七夕笑牵牛"，飞卿"回日楼台非甲帐，去时冠剑是丁年"，此二联皆用逆挽句法，倍觉生动，故为名句。所谓逆挽者，倒扑本题，先入正位，叙现在事，写当下景，而后转溯从前，追述已往，以反衬相形。因不用平笔顺拖，而用逆笔倒挽，故名。且施于五六一联，此系律诗筋节关键处。中晚以后之诗，此联多随笔敷衍，平平顺下。二诗能于此一联，提笔振起，逆而不顺，遂倍精采有力，通篇为之添色。是以传诵人口，亦非以马、牛、丁、甲见长，故求工对仗也。然使二联出工部手，则必更神化无迹，并不屑以"此日""当时""回日""去时"字面明点，必更出以浑成，使人言外得之。盖工部以我运法，其用法入化；温、李就法用法，其驭法有痕。此大家所由出名家上也。(《筱园诗话》)

施补华曰：讽刺语须含蓄。如少陵"落日留王母，微风倚少儿"，太白"汉宫谁第一？飞燕在昭阳"……皆刺明皇、杨妃事，何等婉曲……义山"如何四纪为天子，不及卢家有莫愁"，尤为轻薄坏心术。(《岘佣说诗》)

黄侃曰：首句言神仙茫昧，次句言轮转荒唐，以此思哀，哀可知矣。中二联皆以马嵬与长安对举，六句笔力尤矫健，不仅属对工巧也。由此振出末二句，言当耽溺声色之时，自以宴安可久，岂悟波澜反复，变起宠胡，仓卒西行，又不能保其嬖爱，以视寻常伉俪，偕老山河者，良多愧恧，上校银潢灵妃，尤不可同年而语矣。讽意至深，用笔至细。胡仔以为浅近，纪昀以为多病痛，岂知言者乎？唯"空闻""徒闻"犯复，则夏后之璜，不能无瑕也。(《李义山诗偶评》)

张采田曰：虎鸡马牛四字用典并未并头，原不碍格，归愚之论未允。至末句借莫愁以寓慨，倍觉沉痛，不嫌拟其非伦也。(《李义山诗辨正》)

[鉴赏]

这首历代传诵的咏史名作，往往遭到一些诗评家的激烈批评，其中固然有传统的忠君卫道观念、温柔敦厚的诗学观念在起作用，也和评家对诗中流露的感情态度的片面理解有关。如果单纯从讽刺的尖锐这一角度着眼，很容易认为这首诗写得浅近轻薄，其实此诗所流露的感情态度相当复杂，既有挪揄嘲讽，又有同情悲悯，更有深沉的感慨与思考。

诗题为《马嵬》，一开头却不从马嵬事件落笔，而是采用倒叙手法，先从玄宗遣方士招杨妃之魂一事抒发议论感慨：空自听说海外更有所谓九州，但海上仙境，虚幻难凭，他生结为夫妇的盟誓能否实现，亦渺茫难期，而杨妃马嵬身死，两人今生的夫妇缘分肯定是完结了。"海外更九州"，仿佛扯得很远；"他生"重结良缘，更加令人向往，但一个"徒闻"、一个"未卜"，却把这美妙的期望击得粉碎。"此生休"三字，重重地落到血泪斑斑的马嵬坡的现实土地上。吴乔说起联"如危峰矗天，当面崛起"，冯浩说"起句破空而来，最是妙境"，道出了首联凌空而来、突兀而起的气势。但作者之所以要这样写，却自有其警示的深意。作为荒淫失政、宠信权奸、酿成安史之乱的主要责任人，玄宗于杨妃死后不是痛定思痛，反而沉溺于情，听信方士的谎言，作海外招魂的荒唐之举，真可谓沉迷不悟了。突兀的起势正是为警示的意蕴服务的。"徒闻""未卜""此生休"等词语，亦讽亦慨，耐人咀味。

"空闻虎旅传宵柝，无复鸡人报晓筹。"颔联折转，回叙夜宿马嵬情景：只听到禁卫的军士敲击巡夜的木梆的声响不断地传来，更增加了仓皇出奔途中紧张不安、疑惧怵惕的气氛，再也不能像平日宫中那样，酣然高卧，安闲自在地听鸡人击签报晓了。两句一今一昔，正构成乱离奔亡和承平安定两个迥然不同的时代图景。既像是作者满怀感慨的叙述，更像是设身处地，悬想当年玄宗夜宿马嵬所闻所感，其中"空闻""无复"，前呼后应，既有对玄宗居安而不思危，致有今日之播迁流离、惊恐惕惧之祸的微婉讽慨，又有对玄宗历此险困之境的些许同情。范温说此联"如亲扈明皇，写出当时物色意味也"，正道出诗人设身处地想象当年场景所流露出的同情与感怆。

"此日六军同驻马，当时七夕笑牵牛"，腹联分承三、四句。"此日"承"空闻"句，时间则由"夜"而再折转至"日"，"六军同驻马"五字，概括了整个马嵬事变的过程。白居易《长恨歌》中"翠华摇摇行复止，西出都门百馀里。六军不发无奈何，宛转蛾眉马前死。花钿委地无人收，翠翘金雀玉搔头。君王掩面救不得，回看血泪相和流"八句所描绘的场景统于此五字包括。作者用如此简括的笔法，固然与七律篇幅有限，不可能如歌行之展开铺写，但更主要的原因是与下句构成意味深长的对比。对这一联的逆挽写法，沈德潜、朱庭珍各有或精到或详细的分析评论，但这种逆挽中含对比的写法所要表达的深意则作者既含而未宣，评者亦未发明。恐怕起码有这几层含意：一是当时七夕盟誓，世世相守，笑牵牛织女之常年分离，根本就没有料想到会有今日的六军驻马、生离死别的惨痛结局；二是正缘当年之沉溺声色、荒政用邪，才导致今日之乱离播迁；三是昔时之信誓旦旦，在亲自酿成的祸乱面前尽成虚语。然则居安而不思危，种祸因而获祸果，徒发虚誓而临危只能牺牲对方的意思也尽包含其中了。

"如何四纪为天子，不及卢家有莫愁？"结联是就马嵬事变君妃永诀的悲剧结局引发出一个发人深省的问题：为什么做了四十多年皇帝的玄宗，到头来连自己的宠妃也保不住，反而不如民间的卢家人那样，可以拥有莫愁女而夫妇白头相守呢？这出人意想的一问，口吻中虽带几分揶揄嘲讽的味道，问题本身却是严肃而深刻的，包含着诗人对这一历史事件的深沉思考与感慨。作者只提出问题，不作出答案，并不单纯出于艺术表现上的需要，更主要的原因是，这问题本身是开放性的，不同读者固然可以有多种不同的答案，同一读者从多方面去思考也可以有多种答案。其中最具普遍性的答案自然是君主的溺于美色、荒淫失政，不仅祸国殃民，也酿成自身夫妇生离死别的长恨。但这远不是答案的全部。对于"四纪为天子"，开创过辉煌的开元之治的玄宗来说，"靡不有初，鲜克有终"的历史教训也许更值得深思和记取。这是从政治层面上来思考问题。从爱情层面上看，君主的恩宠在通常情况下固然可以决定被宠者的幸运和尊荣，但当这种恩宠超越了一定的程度和范围，导致裙带关系和政治腐朽，酿成变乱之后，被宠者不但要一起承担变乱的后果，甚至要首先成为牺牲品。在这种时候，"四纪为天子"的统治者即使想效仿"卢家有莫愁"亦不可得了。总而言之，诗中每一联均包含鲜明对照：杨妃已死与海外招魂之对照，承平年代鸡人报晓与奔亡途中虎旅宵柝之对照，长生殿七夕盟誓与马嵬坡六军驻马之对照，四纪为君反不如民间夫妇白头相守之对照。再辅之以"徒闻""空闻""无复""如何""不及"等一系列词语之抑扬照应，其讽玄宗之沉迷不悟、自取其祸之意固甚显明，然在对照中又寓含更深感慨。尤其耐人咀嚼思考者为尾联之发问，其中所蕴含之内涵自不单纯为对玄宗之揶揄嘲讽，而是可以引发一系列有关政治、爱情等方面问题之深入思考，且每一读者均会有不同或不尽相同之结论。作者对此，引而不发，正为读者之咀嚼体悟留下广阔空间。

代赠二首 (其一)①

楼上黄昏欲望休②，玉梯横绝月如钩③。芭蕉不展丁香结④，同向春风各自愁。

[校注]

①代赠，代别人拟的赠人之作。原作共二首，另一首说："东南

日出照高楼，楼上离人唱石州。总把春山扫眉黛，不知供得几多愁？"
②欲望休，欲远望而还休。③玉梯，形容楼梯的华美。横绝，横渡。
如，《全唐诗》原作"中"，校："一作如。"兹据改。④芭蕉不展，指
芭蕉的里层蕉心卷缩未展。丁香结，指丁香花的花蕾缄结未开。

[笺评]

杨万里曰：五七字绝句，最少而最难工，虽作者亦难得四句全好
者，晚唐人与介甫最工于此。如李义山……"芭蕉不展丁香结，同向
春风各自愁。"（《诚斋诗话》）

许学夷曰：商隐七言绝如《代赠》云："芭蕉不展丁香结，同向
春风各自愁。"《鸳鸯》云："不须长结风波愿，锁向金笼始两全。"
《春日》云："蝶衔花蕊蜂衔粉，共助青楼一日忙。"全篇较古、律艳
情尤丽，（《诗源辩体》）

屈复曰：（首章）望而不见，不如且休。两地含愁，安用望为！
（《玉谿生诗意》）

冯浩曰：（首章三四句）彼此含愁，不言自喻。（《玉谿生诗笺
注》）

纪昀曰：艳诗之有情致者，第二首更胜。（《玉谿生诗说》）艳体
之不伤雅者。（《李义山诗集辑评》引）

[鉴赏]

代赠，是代别人拟的赠人之作。李商隐诗集中，这类代赠、代答
的作品有十余篇，大都是以男女离别相思为题材，有的不一定真有代
拟的对象，只不过是一种类似无题的标题方式而已。《代赠二首》，分
别写伤离的女子在黄昏、清晨时分的愁绪。本篇是第一首。

首句从黄昏高楼远望发端。"欲望休"是欲望而还休的意思。所
思念的男子远在天涯，黄昏时分，又往往是触动孤子之感和暮愁的时

刻，为了排遣愁绪，寄托怀远之情，便自然有高楼望远的行动。但极目而望，唯见层层暮霭，遮断天涯路，所思念的人既无法望见，反而增添了空虚怅惘，因此只能欲望还休了。三个字写出由望而休的行动过程和这一过程中复杂的意念活动，用笔精练。

接下来一句承上"黄昏"，点染暮景。玉梯，指女子所居高楼的楼梯。"玉"言其华美。玉梯横绝，形容华美的楼梯斜度连接层楼的景象，见楼宇之空寂。新月如钩，是楼上人望中所见，也是黄昏特有的景色。这句渲染出黄昏时寂寞凄清的气氛，进一步烘托女子的孤子处境和凄清情怀。

"芭蕉不展丁香结，同向春风各自愁。"三、四两句写出楼上人俯视所见庭院中景物的情态。芭蕉叶片未展时，卷成圆筒形状，"芭蕉不展"指此；丁香花未开时，花蕾缄结不解，"丁香结"指此（或说丁香结指丁香枝条的柔弱纠结）。这不展的芭蕉和缄结的丁香，在春天的晚风中彼此默默相对，正像含愁不解的人面对春风暗自伤神一样，所以说"芭蕉不展丁香结，同向春风各自愁"。这两句是李商隐诗中融比兴与象征为一体的名句。"芭蕉不展丁香结"，是对客观景物的真实描写，是赋实，但"同向春风各自愁"却是人的主观感受，是怀有固结不解的愁绪的女主人公"以我观物"，移情于景的结果，其中包含了由此及彼的联想——兴和比喻。由于诗人用特具情态（不展与结）的物象来比喻抽象的愁绪，不但使固结不解的愁绪得到形象的表现，而且使这种比喻本身兼有象征的意味。那不展的芭蕉和缄结的丁香，作为客观物象来说，是诗中女主人公愁绪的一种触媒；作为诗歌意象，却又是女主人公愁绪的一种象征。两句意致流走，音情摇曳，更增加诗的风调之美。上句句中自对，而字数不等，显得整齐而错落；下句"同向春风"与"各自愁"又适成鲜明对照，加重了伤春复伤别的情味。自从李商隐这一联富于艺术创造性的名句一出，后世诗词中化用其意者不乏成功之例。像钱珝的《未展芭蕉》中"芳心犹卷怯春寒"就和本篇"芭蕉不展"有着某种渊源关系；而李璟《山花子》词

"丁香空结雨中愁"更显然从"丁香结"翻出。直到现代诗人戴望舒的名作《雨巷》中，我们仍然可以看到它的影响。

春　雨①

怅卧新春白祫衣②，白门寥落意多违③。红楼隔雨相望冷，珠箔飘灯独自归④。远路应悲春晼晚⑤，残宵犹得梦依稀⑥。玉珰缄札何由达⑦，万里云罗一雁飞⑧。

［校注］

①诗写因春雨而怀情人，非咏春雨。②白祫（jiá）衣，白色的夹衣，白衫是当时人闲居的便服。祫，衣无絮，即夹衣。③白门，南朝民歌《杨叛儿》："暂出白门前，杨柳可藏乌。欢作沉水香，侬作博山炉。"这里可能是用"白门"借指过去和所爱女子欢会之地，不一定实指建康（《南史》谓建康正南门宣阳门为白门，亦用作建康的代称。今江苏南京市）。意多违，意绪不佳。④珠箔（bó），珠帘，这里借指雨帘。作者《细雨》："帷飘白玉堂，簟卷碧牙床。"也以"帷飘"形况飘荡的细雨。⑤晼（wǎn）晚，日暮黄昏的情景，宋玉《九辩》："白日晼晚其将入兮。"⑥依稀，仿佛，不清晰。⑦玉珰，玉做的耳坠。古时常以耳珰作为男女间定情致意的信物，并将耳珰与书信一齐寄给女方，称为"侑缄"。此处"玉珰缄札"即指此。缄札，封好的书信。作者《夜思》："寄恨一尺素（写在素帛上的书信），含情双玉珰。"《燕台·秋》："双珰丁丁联尺素。"均可互证。⑧云罗，阴云弥漫如张网罗。雁，古有雁足传书之说，此处"一雁飞"兼含传书之意。

［笺评］

何焯曰：腹连奥妙。（《李义山诗集辑评》引）

陆昆曾曰：此怀人之作也。上半言怅卧新春，不如意事，什常八九。况伊人既去，红楼珠箔之间，阒其无人，不且倍增寥落耶？"远路"句，言在途者之感别而伤春也。"残宵"句，言独居者之相思而托梦也。结言爱而不见，庶几音问时通，乃一雁孤飞，云罗万里，虽有明珰之赠，尺素之投，又何由得达也哉！（《李义山诗解》）

姚培谦曰：此借春雨怀人，而寓君门万里之感也。……春晼晚，则虑年岁不我与；梦依稀，则忧疏远不易通。玉珰缄札，喻言始犹冀一达君聪，今既无由，则云路苍茫，网罗密布，一雁孤飞，不但寥落堪悲，抑亦损伤可虑矣，哀哉！此等诗，字字有意，概以闺帷之语读之，负义山极矣。（《李义山诗集笺注》）

屈复曰：中四是白门怅卧时忆往多违事。末二句是怅卧时所思后事。（《玉谿生诗意》）

程梦星曰：此亦应辟无聊、望人汲引之作，盖将入藩幕未出长安之时也。前四句言在长安之景，后四句言就辟聘之情。（《重订李义山诗集笺注》）

冯浩曰：末联记私札传情之事。（《玉谿生诗笺注》）

纪昀曰：宛转有味。平山笺以为此有寓意，亦属有见；然如此诗，即无寓意，亦自佳。景州李露园尝曰："诗令人解得寓意见其佳，即不解所寓意亦见其佳，乃为好诗。盖必如是乃蕴藉浑厚耳。"（《玉谿生诗说》）此因春雨而感怀，非咏春雨也。亦宛转有致，但格未高耳。（《李义山诗集辑评》引）"白门"句：下六句从此生出。"红楼"句：四句所谓寥落。"玉珰"句：此所谓意多违。（《删正二冯评阅才调集》）

张文荪曰：以丽语写惨怀，一字一泪。用比作结，不知是泪是墨。义山真有心人。（《唐贤清雅集》）

张采田曰：此与《燕台》二章相合。首二句想其流转金陵寥落之态。三四句经过旧室，室迩人远，唯笼灯独归耳。五句道远难亲，六句梦中相见。结即"欲寄相思花寄远"之意。（《李义山诗辨正》）

[鉴赏]

李商隐仿长吉体的爱情诗以感情的炽烈、辞采的华艳、象征色彩的浓郁和跳跃性的章法结构为突出特征，而他用七律写的爱情诗则以情韵的深长、语言的清丽、音律的圆融、表情的婉转为显著特色。《春雨》便是这类作品中的杰出代表。

诗写一个春天的雨夜，诗人重访所爱女子居住的旧地，不见后归来，独自和衣怅卧时寂寥、怅惘、迷茫的情思。首联总起。"新春"点时，"白门"点地，"白袷衣"点人，而"怅卧""意多违"则点明人的行为和感情状态。两句写所爱者远去的寂寞惆怅。往日欢聚之处，寂寥冷落，不见对方踪影，意绪非常萧索。"白门"不必实指建康，作为诗歌意象，它和青年男女欢会的炽烈情景相联系，很容易引发读者对往昔欢情的想象。这与眼前所见的寥落景象正构成鲜明的对比，"白门寥落"四字显示了重聚愿望的落空，这也正是"意多违"的原因。以下三联，便都围绕着"白门寥落"来抒写"怅卧"时的种种情思。

"红楼隔雨相望冷，珠箔飘灯独自归。"颔联承"怅卧"，回想独自重访所爱女子旧居的情景：隔着迷蒙的细雨，望着对方住过的红楼，因为人去楼空，只感到一片凄冷的气氛；独自归来的路上，细雨飘荡洒落在手提的灯笼前面，丝丝雨帘，随风摇曳，犹如珠帘飘荡。这一联，不用典故，纯用白描，却借助春雨创造出含蕴丰富、情景浑融的艺术境界。"红楼"之"红"，本来属于热烈欢快的色彩，作为所爱者曾经居住过的地方，也本应唤起许多温馨美好、热烈欢快的记忆，而此刻却因人去楼空，隔雨相望，只觉得它仿佛透出一股寂寥冷落的气氛。这是雨浸冷了抒情主人公的心，还是抒情主人公的心浸冷了雨中的红楼？是雨"隔"断了近在咫尺的红楼，还是心灵中的阻隔感使眼前的红楼变得遥远了？色彩与感觉的反常对应（"红"而曰"冷"），景象与心理感受之间这种微妙的关系正透露了抒情主人公心境的孤寂凄冷和心灵深处的阻隔感（这种阻隔感正是"意多违"的一个重要方面）。下句形容雨丝在风中灯前摇曳有如珠帘飘荡，这雨帘——珠帘的联想本身就透露了一种潜在的意念活动，即由眼前的雨帘映灯联想到昔日红楼高阁之中，珠帘灯影之间的温馨旖旎生活场景，而于"珠箔飘灯"之下着"独自归"三字，则往昔的一切美好情景都已随着伊人的远去而成为一片幻影，眼前跟自己相伴的，只有凄冷的雨丝了。意象和境界极美，含蕴的情思则非常丰富，既有温馨的追忆，也有失落的怅惘和独归的凄清。

"远路应悲春晼晚，残宵犹得梦依稀。"腹联分承三、四句。出句承"红楼"，因伊人远去，而悬想她在道路上也应和自己一样，产生日暮黄昏、青春难驻的悲感，意蕴、手法都和《无题》"晓镜但愁云鬓改"近似，见对所爱者的深情体贴。对句承"独自"，转写自己，说彼此远隔天涯，这个春天的雨夜自己恐怕只能在残宵的迷梦中才能依稀见到对方的容颜身影了。说"残宵犹得"则终夕相思、辗转难寐之意自见于言外，"犹得"二字，似庆幸而实深悲，措辞婉转而情意深挚。

"玉珰缄札何由达，万里云罗一雁飞。"尾联承"远路"和"梦依稀"而引发寄"玉珰缄札"给对方的想法，但万里云天、阴云弥漫，如张网罗，即使托孤飞的鸿雁传书，又如何能到达对方手中呢？"万里云罗一雁飞"仍描春雨之夜的眼前景，故末句似赋似比似兴，饶有情致韵味，路途的遥远、希望的渺茫都蕴含其中。

全诗弥漫着梦一样的氛围，弥漫着一种寂寥、怅惘、失落、迷茫之感。这种氛围和感受，跟迷蒙的春雨有密切的关系。全篇虽只有第三句正面写到雨，但却通篇笼罩着雨意。它在凄冷寂寞中带有一点温馨，在怅惘失落中又寓含有对往昔的甜美追忆。用"春雨"作题目，正可以说是取题之神了。将感伤的情绪、凄艳的情事写得如此富于美感，《春雨》可以算作典型的诗例。通篇浑融完整，无一败笔，在七律中尤属难得的佳制。

晚　晴①

深居俯夹城②，春去夏犹清③。天意怜幽草，人间重晚晴。并添高阁迥④，微注小窗明⑤。越鸟巢干后⑥，归飞体更轻⑦。

[校注]

①晚晴，指雨后晚晴。作于大中元年（847）六月九日抵桂林后不久。时商隐在桂管观察使郑亚幕为观察支使，担任表状启牒等公文的草拟工作。②深居，幽居。夹城，两边筑有高墙的通道。《旧唐书·玄宗纪上》：开元二十年（732）六月，"遣范安及于长安广万花楼，筑夹城至芙蓉园"。莫休符《桂林风土记》："夹城，从子城二百步北上，抵伏波山，沿江南下，抵子城逍遥楼，周回六七里。光启年中，前政陈太保可环轫造。"莫道才《李商隐寓桂居所遗址考》疑光启前已有夹城，光启间系重建。或解："夹城"即大城门外的曲城，即瓮城。③商隐抵达桂林时虽已六月上旬，但将抵时逢连日阴雨（《为中丞荥阳公桂州祭城隍神文》："始维画鹢，将下伏熊，属楚雨蔽空，湘云塞望，晦我中军之鼓，湿予下濑之师。"），故季候虽已盛夏，气候仍尚清和。④并，且，含强调、进一步之意。高阁迥，指凭高阁览眺，视界更远。⑤微注，形容西斜的阳光微微流注之状。⑥越鸟，南方的鸟。《古诗十九首》之一："胡马依北风，越鸟巢南枝。"⑦归，指归巢。

[笺评]

钟惺曰：（"人间"句下评）妙在大样。（《唐诗归》）

谭元春曰：（"并添"句下评）此句说晚晴，其妙难知。（《唐诗归》）

吴乔曰：次联澹妙。（《围炉诗话》）

黄周星曰：（"天意"二句下评）不必然，不必不然，说来却便似确然不易，故妙。（《唐诗快》）

顾安曰：三四妙在将"天意"突说一句，然后对出晚晴。"并添""微注"，"晴"字说得深细。结句有意无意，亦是少陵遗法。（《唐律消夏录》）

贺裳曰：义山之诗，妙于纤细。如《全溪作》："战蒲知雁唼，皱月觉鱼来。"《晚晴》："并添高阁迥，微注小窗明。"《细雨》："气凉先动竹，点细未开萍。"（《载酒园诗话又编》）

何焯曰：淫雨不止，幽隐无以滋蔓，正不晓天意何爱此草，忽焉云开日漏，虽晚犹及，有人欲天从之快，盖寓言也。但露微明，已觉心开目舒，五六是倒装语，酷写望晴之极也。越鸟，越燕也。（《李义山诗集辑评》引）

姚培谦曰：言外有身世之感。（《李义山诗集笺注》）

屈复曰：当良时而深居索寞之况。三四自解自慰意。五六晚晴景，七八亦自喻。（《玉谿生诗意》）又曰：一地二时。三四出题。五六承三四。七八开笔。三四写题深厚。五六得题神。七八自喻，盖归欤之叹也。（《唐诗成法》）

纪昀曰：轻秀，是钱、郎一格。五六再振起，则大历以上矣。末句结"晚晴"，可谓细意熨贴，即无寓意亦自佳也。（《玉谿生诗说》）

宋宗元曰：玉谿咏物，妙能体贴。时有佳句，在可解不可解之间。（天意二句）风人比兴之意，纯自意匠经营中得来。（《网师园唐诗笺》）

周咏棠曰："天意怜幽草，人间重晚晴。"大家数语。结近滞。（《唐贤小三昧集续集》）

许印芳曰：前半深厚，后半细致，老杜有此格律。（《律髓辑要》）

[鉴赏]

这首诗写于唐宣宗大中元年（847）。这年春天，李商隐跟随桂管观察使郑亚远赴桂林，在郑亚幕府担任幕僚。到桂林后不久，夏日的一个傍晚，久雨新晴，空气清澄，夕晖映照，自然界的一切都显得分外清新明朗，富于生机。面对美好的晚晴景物，在人生道路上久历坎坷的诗人，心境也一时变得明朗起来，写下这首洋溢着乐观气息的诗篇。

细腻生动地描绘晚晴景物，或许不算太难。但要通过景物描绘渲染出一种心境，甚至要不露痕迹地寓托某种积极的人生态度，使读者从中不仅领略到晚景之美，而且在思想感情上受到启迪和鼓舞，这就需要诗人在思想境界和艺术功力上都"更上一层楼"。李商隐这首《晚晴》，将美好的晚晴图景和欣慰喜悦的诗情、珍重晚晴的人生哲理融合在一起，在生动地再现自然美的同时，表现了诗人的精神美，确实可以说是达到了后一种更高的境界。

晚晴景物，是望中所见，须有一个观赏的立足点。首句"深居俯夹城"便从这里落笔。"深居"，指自己在桂林的寓所。着一"深"字，可以想见其处地之幽僻，环境之清静。寓所地势较高，俯临夹城，故说"深居俯夹城"。这样一个幽静而高敞的地方，正是可以从容览眺晚晴景物的理想立足点。不同的季节，有不同情调和不同色彩的晚晴图景。因此第二句又进一步点明时令特点——"春去夏犹清"。春天虽然已经过去，燠热炎蒸的盛夏却还没有到来，眼下正值气候清和宜人的时节。这样的节令，正是万物生机勃发而又不失清新明朗色调的美好时光。句末的"清"字，是一个句眼，概括地显示了环境的特点。整个这一联，实际上是从地点和时间两个方面进一步把诗题具体化了。

次联正面点出"晚晴"。但却不像通常的写景诗那样，首先去用力刻画具体景物，而是着重抒写对晚晴的主观感受。从这里可以约略窥见诗人立意的重点。久雨新晴，傍晚云开日现，万物沐浴着金色的夕阳光照，顿时增彩生辉，人的精神也为之一爽。这种景象与感受，本为一般人所习见、所共有。诗的高妙之处在于作者并不停留在这种一般的观察与感受上，而是深处挖掘，大处落墨，把它自然地升华到人生命运和人生哲理的高度。生长在幽僻处的小草，是不大引人注意的，诗人却在众多的景物中特加关注，发现连这细小平凡的生命也因沾沐晚晴的余晖而平添无限生意，并且进一步想象这似乎是天公有意同情它的命运而特为之放晴。这就赋予"幽草"这一平凡的自然物以人格的色彩，并且使"天意怜幽草"这个诗句无形中带有人生命运的象征意味。从诗人的深情关注和细心体贴中，又暗透出他和"幽草"之间，有一种同命相怜之感。诗人出身比较寒微，"内无强近，外乏因依"，在人生道路上曾经多次遭受过凄风苦雨的摧残，留下许多痛苦的记忆。看到夕晖映照下生意盎然的幽草，自然很容易联想起自己的命运和处境。这里，有对目前境遇的欣慰喜悦，也有对过去困顿遭遇的苦涩回味，而过去的困顿又反过来更使自己感到目前境遇的可慰可珍，这就很自然地引出了下一句。

"人间重晚晴"，这是全篇的核心句子。表面上看，这似乎纯粹是抽象的议论。实际上，诗人在写这个诗句时，眼前是跃动着一系列生动的图景与形象的。读者从中不但可以想象出千家万户喜迎晚晴的种种行动，而且仿佛可以见到人们脸上浮现的欣慰喜悦的表情。它是一幅浓缩了的晚晴风情画。如果说上句是以个别见一般，通过"幽草"的平添生意反映出晚晴给整个自然界带来的一片生机，那么下句便不妨说是一般之中含个别，抽象之中有形象。人间既普遍珍重晚晴，那么诗人自己的态度与心情也就不言自喻了。诗人之所以不去直接描绘人们喜迎晚晴的图景，而采取这种比较抽象概括的表述方式，正是为了使它具有一种耐人寻味、引人深思的哲理意蕴。

"晚晴"为什么值得珍重呢？它使为霖雨所苦的万物得以滋荣繁茂，获得温暖与阳光，这一点在"天意怜幽草"的诗句中已经透露出来了。但还有一层意蕴并没有点破，而是隐含在"晚晴"的"晚"字当中。晚晴是美好的，但却短暂。人们常常在赞赏流连的同时，对它的匆匆即逝感到惋惜和怅惘。李商隐在五绝《乐游原》中就曾这样写道："夕阳无限好，只是近黄昏。"这里所流露的是对即将消逝的美好晚景的感伤。尽管也有热情的赞叹，但唯其"无限好"而"近黄昏"，便格外加深了感伤怅惘的情绪。而"人间重晚晴"却不同。明知晚晴的短暂，却不因此而伤感嗟叹，徒唤奈何，而是恰恰相反，感到唯其美好而短暂，便更值得珍视。这个"重"字，正是在清醒地意识到晚晴的短暂的前提下，对它的价值的一种更深刻的认识。出语平易，含意却很深长。这个诗句，既蕴含着一个在人生道路上历经坎坷、终遇"晚晴"的人欣慰喜悦的感情，也包含着对人生执著热情而又深沉严肃的哲理性思考。它没有去演绎哲理，却蕴含有给人以启迪的人生哲理。如果说"夕阳无限好，只是近黄昏"是由于感叹美的即将消逝而不免使消逝以前的美好人生也笼罩上一层浓重的黄昏阴影，那么，"天意怜幽草，人间重晚晴"便更多的是从过去的不幸和将来的短暂中激发出对现实人生的分外珍重。很明显，后者是一种现实、积极、乐观的人生态度。

次联写得浑融概括，深有托寓，第三联却转而对晚晴作工笔的描绘刻画。这样虚实疏密相间，诗便显得弛张有致，不平板、不单调。雨后晚晴，云收雾散，天地澄清，烟尘俱净。凭高览眺，视界更为广远，所以说"并添高阁迥"。这"高阁"就是诗人所居寓所的楼阁，是凭高远眺的立足点。"并"含"更"的意思，从中可以体味到诗人纵目极望之际兴会淋漓之状。"迥"是"远"的意思，这个字似乎比较虚，但却令人想见造成视界广远的许多因素（如前面所说的云消雾散，天地澄清等），而这些因素又都因晚晴而生，所以写高阁望远，正是对"晚晴"的传神描写。下句写景路线与上句由内向外相反，是由外向内。"微注小窗明"，是说夕阳的余晖淡淡地流注在小窗上，给整个室内带来了一片光明。因为是晚景斜晖，光线显得比较柔和轻淡，所以说"微注"。这一抹斜晖虽然不像中天丽日那样强烈璀璨，却自有一种使人身心都得到抚慰的安恬温柔的美。"微注"二字，刻画晚晴斜晖的悄然流动意态精细入微，以至仿佛可以触摸到柔和的光波，感受到它在流注时发出的轻微声响。这一联并没有什么托寓，但写景中自然流露出一片明朗的心境。诗人的视野、心胸变得更加阔远，诗人的心灵窗户也似乎被晚晴的余晖照亮了。

"越鸟巢干后，归飞体更轻。"诗人所在的桂林，古为百越之地；《古诗十九首》中又有"越鸟巢南枝"的诗句，故用"越鸟"来泛指当地的鸟儿。这一联由静物转向动物，通过飞鸟归巢情景的描写来表现晚晴。上句"巢干"表明天晴，下句"归飞"表明傍晚，"体更轻"则既暗示因天气转晴，飞鸟的羽毛由重湿变为干燥，飞翔起来显得体态轻捷，又生动地描摹出鸟儿因遇晚晴而分外轻松喜悦的意态。这是对晚晴的进一步刻画，但又带有比兴象征意味。正如晴晖映照下的幽草会触动诗人对自身遭遇处境的联想一样，这归飞栖巢、体态轻捷的越鸟也很容易使他联想到当前托身有所的处境。因此，当他描绘越鸟归飞的图景时，便自然地将自己的喜晴心理融化进去了。在这里，诗人的振奋轻松的精神状态，借飞鸟的轻捷体态表现出来了，无形中得到了外化，而越鸟和诗人也似乎合而为一，浑融一体了。

这里需要略为追述一下诗人走过的人生道路。李商隐早年依附于牛党官僚令狐楚门下，令狐楚死后，转依泾原节度使王茂元，并做了他的女婿，被令狐绹认为"忘家恩"。王茂元当时被有些人视为李党。从此李商隐就被卷入了党争的旋涡，一再遭到牛党的忌恨和排挤。开成四年（839），他初任秘书省校书郎，不久就外调为弘农尉，由清职降为俗吏。会昌二年（842），重入秘省任正字，后又因母丧离职闲居，蹉跎岁月。服丧期满回到原任，武宗去世，宣宗继位，牛党完全把持朝政。在这种情况下，他只得离开长安，应李党郑亚的聘请到桂林当幕僚。远赴边地，抛妻别子，虽不免感到孤孑，但郑亚对他颇为厚待，因而有托身得所之感；加之远离长安这个党争的旋涡，精神上也是一种解放。因此，诗人在面对晚晴景物时，才会有幽草幸遇新晴、越鸟喜归栖巢的欣慰之情。对李商隐一生的坎坷历程来说，桂林幕僚生活只不过是一小段相对平静的插曲，是长路风波中一个暂时的港湾，但诗人已经如此珍视，发出"人间重晚晴"的心声，这正表明他对生活具有多么巨大的热情。

整个来说，这首诗所描绘的晚晴景物，是清新明朗而富于生机的；所表现的心境，是欣慰喜悦而带有乐观气息的，因而风格偏于轻秀明朗。但由于其中融入了身世之感和人生哲理，便在清新秀朗中含有深沉凝重的成分，在一定程度上表现为清新与老成、轻秀与浑厚的统一。

在寄兴的深微与自然这一点上，这首诗更有自己的创造。"天意怜幽草，人间重晚晴"这一联，历来被视为巧于寄托的名句，关键在于作者不是为了寄托而去刻意设喻，使人感到那只是用来图解概念的一种工具，而是在观赏览眺晚晴景物时情与景合、思与境偕，自然引发出对人生遭遇和人生哲理的联想。这种联想，又并不是直接表述出来，而是只隐寓在字里行间，这就显得特别浑融无迹。王夫之说："兴在有意无意之间。""天意怜幽草"一联正是这种介乎有意无意之间的"兴"。它只暗示"幽草"的命运和诗人的命运之间、"人间重晚晴"的现象和诗人的心理活动之间存在着某种联系，但却避免直接用幽草来比喻什么，用晚晴来象征什么。这种写法，往往是使诗歌寄意深微、含蕴丰富的重要手段。清人刘熙载说："诗中……微妙语……须是一路坦易中，忽然触著，乃足令人神远。"所谓"忽然触著"，就是创作过程中眼中所见与心中所想的悠然神会。这样的寄托，才是寄托中的上乘。

安定城楼①

迢递高城百尺楼②，绿杨枝外尽汀洲③。贾生年少虚垂泪④，王粲春来更远游⑤。永忆江湖归白发⑥，欲回天地入扁舟⑦。不知腐鼠成滋味，猜意鹓雏竟未休⑧！

[校注]

①安定，《全唐诗》原作"定安"，据汲古阁唐人八家诗《李义山集》、影宋抄等乙转。《元和郡县图志·关内道·泾州》："汉分北地郡

置安定郡……武德元年……改安定郡为泾州。"治所保定县在今甘肃泾川县北。唐泾原节度使府所在地。开成三年（838）春，作者参加吏部博学宏辞科考试中第，到注拟官职上报中书省时，却因某"中书长者"认为"此人不堪"而被抹去了名字。落选后，他应泾原节度使王茂元之邀，到泾原幕府充当幕僚。本篇是他初到泾原不久登安定城楼览眺抒怀之作。②迢递，有高、远二义，此用"高"义。百尺楼，指城墙上的百尺高楼。③汀（tīng），水边的平地。《元和郡县图志·关内道·泾州》：保定县（即安定县），"泾水在县东一里"。《汉书·郊祀志》："湫渊，祠朝郡。"苏林注："湫渊在安定朝那县，方四十里，停水不流。"④贾生，指贾谊。西汉初期著名政论家。年少即颇通诸子百家之书。汉文帝六年，在所上《陈政事疏》中，曾针对当时诸侯王割据势力膨胀，匈奴屡次侵扰等内忧外患，指出时势有"可为痛哭者一，可为流涕者二，可为长太息者六"。文帝本想任贾谊为公卿，后因一些大臣沮毁贾谊"年少初学，专欲擅权，纷乱诸事"而作罢。故云"年少虚垂泪"。泪，《全唐诗》校："一作涕。"⑤王粲，东汉末年人，《三国志·魏书·王粲传》载："献帝西迁，粲徙长安……年十七，司徒辟，诏除黄门侍郎，以西京扰乱，皆不就，乃之荆州依刘表。"曾作《登楼赋》，据盛弘之《荆州记》，赋系王粲登当阳县城楼所作。"远游"即指荆州依刘表事。⑥永忆，长想，一贯向往。江湖，与朝廷相对，指归隐的处所。⑦回天地，回天转地，旋转乾坤，指在政治上做一番大事业。入扁（piān）舟，暗用春秋末期越国大夫范蠡辅佐越王勾践灭吴功成后，弃官乘舟游五湖而归隐的典故，与上句"永忆江湖"相应。《史记·货殖列传》："范蠡既雪会稽之耻……乃乘扁舟浮于江湖。"商隐《为濮阳公贺郑相公状》："范蠡扁舟之志，梦想江湖。"即兼"入扁舟"与"永忆江湖"之意。⑧《庄子·秋水》："惠子相梁（魏），庄子往见之。或谓惠子曰：'庄子来，欲代子相。'于是惠子恐，搜于国中三日三夜。庄子行见之，曰：'南方有鸟，其名曰鹓（yuān）雏（凤凰一类的鸟），子知之乎？夫鹓雏，发于南海而飞于北海，非梧桐不止，非练实不食，非醴泉不饮。于是鸱得腐鼠，鹓雏过之，仰而视之，曰：吓（怒叫声）！今子欲以子之梁国而吓我耶！'"成滋味，当成美味。猜意，胡乱猜疑。

[笺评]

蔡居厚曰：王荆公晚年亦喜称义山诗，以为唐人知学老杜而得其藩篱者，唯义山一人而已。每诵其"雪岭未归天外使，松州犹驻殿前军"，"永忆江湖归白发，欲回天地入扁舟"，与"池光不受月，暮气欲沉山""江海三年客，乾坤百战扬"之类，虽老杜无以过也。（《蔡宽夫诗话》）

冯班曰：杜体。如此诗岂妃红媲绿者所及，今之学温、李者，得不自羞！（《二冯评阅瀛奎律髓》）

朱彝尊曰：通首皆失意语，而结句尤显然。第六句尤奇，后人岂但不能作，且不能解。（《李义山诗集辑评》引）

何焯曰：（五六）二句亦是荆公一生心事，故酷爱之。（《义门读书记》）

陆昆曾曰：上半言登高望远之馀，俯视身世，何异贾生之迁长沙、王粲之依刘表耶？下半言所以垂泪、远游者，岂为此腐鼠而不能舍然哉？吾永忆江湖，欲归而优游白发，但必俟回旋天地功成，却入扁舟耳。何猜意鹓雏者之卒未有已也！（《李义山诗解》）

姚培谦曰：此义山在茂元泾原幕中所作。百尺城楼，绿杨洲渚，边地有此，亦佳境也。其奈遇如贾生，游同王粲。且贾生曾陈痛哭之书，吾则泪犹虚泪；王粲曾作《登楼》之赋，吾更客中作客。悲在一虚字，一更字。人生至此，百念顿灰。自念江湖之上，纵得归时，已成白发；天地之内，欲成退步，唯有扁舟。乃世有不我谅者，欲以腐鼠之味猜意鹓雏，不亦重可怪乎？义山之随茂元，令狐绹等深恶之，故其言如此。（《李义山诗集笺评》）

屈复曰：一登楼，二时。中四情。七八时事。一上高楼而睹杨柳汀洲，忽生感慨。故下紧接贾生王粲之远游垂泪，以贾生有《治安策》，王粲有《登楼赋》。五六欲泛扁舟归隐江湖，己之本怀如此，而谗者犹有腐鼠之吓。盖忧谗之作。（《玉谿生诗意》）

程梦星曰：义山博极群书，负经国之志，特以身处卑贱，自噤不言。兹因人妄相猜忌，全不知己，故发愤一倾吐之。然而立言深隐，略无夸大，真得《三百》诗人风旨，非他手可摹也。首二句借城楼自喻，有立身千仞，俯视一切之意。三四叹有贾生之才而不得一摅，只如王粲之游而穷于所往。五六言本欲功成名立，归老江湖，旋转乾坤，乃始勇退。七八言己之意量如此，而彼庸妄者方据腐鼠以吓鹓雏也。岂不可哀矣哉！（《重订李义山诗笺注》）

冯浩曰：应鸿（按：当作"宏"）博不中选而至泾原时作也，玩三四显然矣。其应鸿（宏）博不中，已因往依茂元之故。下半言我志愿深远，岂恋此区区者，而俗情相猜忌哉！（《玉谿生诗笺注》）

纪昀曰：刺同侪猜忌之作。（《李义山诗集辑评》引）四家评以为逼真老杜，信然。然使老杜为之，末二句必另有道理也。（《玉谿生诗说》）"欲回"句言归老扁舟，舟中自为世界，如缩天地于一舟然。即仙人敛日月于壶中，佛家缩山川于粟颖之意。注家谓欲待挽回世运，然后退休，非是。又云：江湖扁舟之兴，俱自汀洲生出，故次句非趁韵凑景。五六千锤百炼而出于自然，杜亦不过如此。世但喜其浮艳琱镂之作，而义山之真面隐矣。结太露。（《瀛奎律髓刊误》）

姜炳璋曰：盖义山至泾原，茂元倾倒之甚，而泾原幕僚有忌其才，恐夺己之位者，故用惠子恐庄子夺梁相之事以示意也。时令狐楚卒，绹已扶丧归里，而朱以为犯绹之怒，非是。（《选玉谿生诗补说》）

方东树曰：此诗脉理清，句格似杜。玩末句，似幕中有忌间之者。然用事秽杂，与前不相称。（《昭昧詹言》）

施补华曰：（杜甫）"路经滟滪双蓬鬓，天入沧浪一钓舟"，李义山"永忆江湖归白发，欲回天地入扁舟"全学此种，而用意各别。

（《岘佣说诗》）

许印芳曰：句中层折暗转暗递，出语浑沦，不露筋骨，此真少陵嫡派。（《律髓辑要》）

张采田曰：贾生对策，比鸿（宏）博不中选；王粲依刘，比己为茂元幕官。欲回天地、永忆江湖，言我之所志甚大，岂恋此区区科第，而俗情相猜忌鼓！义山一生躁于功名，盖偶经失志，姑作不屑语以自慰也。（《玉谿生年谱会笺》）

[鉴赏]

这是李商隐一首著名的登览抒怀七律。首联写登楼览眺，起势耸拔阔远：高峻的城墙上耸立着百尺高楼。登楼远望，越过近处披拂的绿杨枝柯，可以一直看到泾水岸边的一片沙洲。上句"迢递"与"高"叠用，以层递手法，突出城楼之高峻，给读者以"上尽高城更上楼"的强烈印象；下句随视线的由近而远，展现出视野的阔远。"绿杨"点春时，启下"春来"。矗立高峻的城墙和摇曳披拂的绿杨枝条相互映衬，使画面于高峻坚挺中显出流动的意致，而杨柳汀洲的景色也给这座北方的边城带来几分江南的春意。"外"字"尽"字，暗示绿杨枝外、汀洲尽处是一片空阔，引发读者更加悠远的想象。

"贾生年少虚垂泪，王粲春来更远游。"颔联接写登临所感，分别以贾生、王粲自况。上句说自己正像当年的贾谊那样，青年才俊，富于忧国之情和匡国之才，却不被当权者所理解和任用。在写这首诗之前三个月，他根据长期观察思考写成的《行次西郊作一百韵》，全面揭示了唐王朝的政治、经济、军事危机和民生凋敝、穷民被逼为盗的情况，不妨看作他自己的《陈政事疏》，而长诗篇末所说的"九重黯已隔，涕泗空沾唇"，正是这里所说的"虚垂泪"。"虚"字沉痛愤郁，既有对国事的忧愤，也包含宏博试最终落选的愤郁不平。博学宏辞考试科目中包括论议，商隐曾自称"夫博学宏辞者岂容易哉？天地之灾变尽解矣，人事之

李商隐 | 173

兴废尽究矣，皇王之道尽识矣，圣贤之文尽知矣"（《与陶进士书》）。在这次考试的论议中，可能也会将《行次西郊作一百韵》中的一些内容包括进去，则"贾生年少虚垂泪"的诗句和宏博落选一事的联系便更加明显。下句以王粲离开长安，远赴荆州依刘表，喻自己离京赴泾，远幕依人，用事贴切。而且由于王粲作《登楼赋》，与作者登楼览眺抒怀的境况正合，便进一步扩大了典故的内涵，丰富了读者的联想，将诗人当时那种去国怀乡、忧时伤世、郁郁不得志的感情也透露出来了。"春来"应上"绿杨"点时，而诗人此时"虽信美而非吾土兮"的心情自蕴其中。"更"字承上句"虚"字，见政治失意之余再加上远幕事人，情绪更觉难堪。

"永忆江湖归白发，欲回天地入扁舟。"腹联因登高望远触发自己宏远的政治抱负和胸襟，其中"江湖""扁舟"都暗用了范蠡功成身退、归隐江湖的典故。两句一意贯串，说自己长期向往着白发苍苍的暮年归隐江湖，过着悠闲自在的生活，但必待做出一番扭转乾坤的大事业之后才身入扁舟，悠然离去。上句承"虚垂泪""更远游"，先尽量放开，下句却用力收转，强调必待"欲回天地"之志既遂，然后方"入扁舟"。纵收开合的对照，突出了诗人不慕个人荣华富贵的品格和"欲回天地"宏愿的坚定性。诗语也因此显得拗峭峻拔、顿挫生姿。而"江湖""天地""扁舟"之想，仍由登楼远望之景触发。

"不知腐鼠成滋味，猜意鹓雏竟未休！"尾联用庄子见惠子，以鹓雏、腐鼠设喻之典，抒发对猜忌自己的人们的愤慨。这里以"鹓雏"比喻具有远大志向和高洁品格的人物，借以自喻；以"鸱鸟"比喻醉心利禄、猜忌志士的小人；以"腐鼠"比喻庸俗的权位利禄，说真料想不到，权位利禄这只"腐鼠"，竟然成了"鸱鸟"酷嗜的美味，它们自己嗜腐成癖，却对志存高远的"鹓雏"猜忌不休！这对那些啄腐吞腥已成习性者的腐朽本质和变态心理是深刻的揭露和辛辣的讽嘲。"不知"与"竟"，语含轻蔑与愤慨，感情激烈，却并不流于一泻无余的怒骂，其中仍含耐人寻味的幽默。

这首登临之作，以抒写宏大高远的志趣抱负为中心，将忧念国事、感慨身世、抨击腐朽、蔑弃庸俗等内容融为一体，展示了青年诗人阔远的胸襟和在逆境中所显示出来的峻拔坚挺的精神风貌。"虚垂泪"、"更远游"、受"猜意"的处境遭遇，在诗中正成为回天转地的宏大胸襟抱负的有力铺垫与反衬，在理想与现实、个人与时代环境的矛盾对立中，更有力地激射出进步人生理想和积极人生态度的光辉。王安石特别称赏"永忆"一联，认为"虽老杜无以过"，可能就首先着眼于它所显示的理想美和人格美，以及那种既坚定执著又潇洒出尘的风神。

诗题为"安定城楼"，但除首联以高楼骋望发端以外，以下三联都不再写景，而是反复抒怀寄慨。这在登临的律体中可谓创格。但贯注全诗的高情远意和登临望远的规定情境在整体上仍是神合的。而且腹联抒情，情由景生，情中含景；尾联在俯视一切、蔑弃庸俗的气概中，也能感受到登高望远的情境。这种构思，正体现出义山诗"有神无迹"的特点。

流　莺①

流莺漂荡复参差②，度陌临流不自持③。巧啭岂能无本意④？良辰未必有佳期⑤。风朝露夜阴晴里，万户千门开闭时⑥。曾苦伤春不忍听⑦，凤城何处有花枝⑧。

[校注]

①流莺，即莺鸟。流，谓其鸣声婉转圆润。据"漂荡"及"凤城"等语，诗当作于长期辗转作幕后居京城长安时，可能作于大中三年（849）春。②漂荡，流转迁徙。参差，本系形容鸟飞翔时翅膀张敛振落之状，这里用如动词，犹张翅飞翔。③陌，道路。流，江河。不自持，不能自主。④本意，内心的真实愿望。⑤良辰，指春天。佳期，美好的期遇。⑥《史记·孝武本纪》："作建章宫，度为千门万

户。"⑦忍,《全唐诗》校:"一作思。"⑧凤城,即凤凰城、丹凤城,借指京城长安。尾联从李义府《咏乌》诗"上林多少树,不借一枝栖"化出。

[笺评]

陆昆曾曰:此作者自伤漂荡无所依归,特托流莺以发叹耳。……结句从"上林多少树,不借一枝栖"翻出。(《李义山诗解》)

姚培谦曰:此伤己之飘荡无所托而以流莺自寓也。渡陌临流,全非自主,然听其巧啭之声,岂无迫欲自达之意,所恨者佳期之未可卜耳。试看风朝露夜,阴晴不定,万户千门,开闭随时,无日不望佳期,无日得遇佳期。凤城一枝,不知何时得借,伤春之音,宜我之不忍听也,(《李义山诗集笺注》)

屈复曰:流莺之飞鸣来去,风露阴晴,无处不到。我亦伤春者,不忍听此,恐凤城中无处有花枝耳。(《玉谿生诗意》)

程梦星曰:起句"漂荡"字,结句"伤春"字是正义。(《重订李义山诗集笺注》)

冯浩曰:颔联入神,通体凄惋,点点杜鹃血泪矣。亦客中所赋。(《玉谿生诗笺注》)

纪昀曰:前六句将流莺说做有情。七句打合到自己身上,若合若离,是一是二,绝妙运掉,与《蝉》诗同一关捩,但格力不高,声响觉靡耳。(《玉谿生诗说》)

张采田曰:含思宛转,独绝古今。亦寓客中无聊,陈情不省之慨。味其词似在京所作,岂大中三年春间耶?此等诗当领其神味,不得呆看,若泥定为何人事而发,反失诗中妙趣矣。读《玉谿集》者当于此消息之。(《李义山诗辨正》)

[鉴赏]

这是李商隐托物寓怀、抒写身世之感的诗篇,写作年份不易确定。

从诗中写到"漂荡""巧啭"和"凤城"来看，可能是"远从桂海，来返玉京"以后所作。宣宗大中三年（849）春，作者在长安暂充京兆府掾属，"天官补吏府中趋，玉骨瘦来无一把"（《偶成转韵》），应是他当时生活和心情的写照。

流莺，指漂荡流转、无所栖托的黄莺。诗的开头两句，正面重笔写"流"字。参差，本是形容鸟儿飞翔时翅膀张敛振落的样子，这里用如动词，犹张翅飞翔。漂荡复参差，是说漂荡流转之后又紧接着再飞翔转徙。"度陌""临流"，则是在不停地漂荡流转中所经所憩，应上句"复"字。流莺这样不停地漂泊、飞翔，究竟是为什么呢？又究竟要漂荡到何时何地呢？诗人对此不作正面交代，只轻轻接上"不自持"三字。这是全联点眼，暗示出流莺根本无法掌握自己的命运，仿佛是被某种无形的力量主宰着。用流莺的漂荡比喻诗人自己辗转幕府的生活，是比较平常的比兴寓托，独有这"不自持"三字，融和着诗人的独特感受。诗人在桂林北返途中就发出过怅然的叹息："昔去真无奈，今还岂自知。"（《陆发荆南始至商洛》）"去真无奈""还岂自知"，正像是"不自持"的注脚。它把读者的思绪引向"漂荡复参差"的悲剧身世后面的社会原因，从而使诗的意境深化了。

漂荡流转，毕竟是流莺的外在行动特点，接下来三、四两句，便进一步通过对流莺另一特点——巧啭的描写，来展示它的内心苦闷。"巧啭岂能无本意？良辰未必有佳期。"流莺那圆转流美的歌吟中分明隐藏着一种殷切的愿望——希望在美好的三春良辰中有美好的期遇。然而，它那"巧啭"中所含的"本意"却根本不被理解，因而虽然适逢春日芳辰也未必能盼来"佳期"，实现自己的愿望。如果说流莺的漂泊是诗人飘零身世的象征，那么流莺的巧啭便是诗人美妙歌吟的生动比喻。它的独特之处，就在于强调巧啭中寓有不为人所理解的"本意"，这"本意"可以是诗人的理想抱负，也可以是诗人所抱的某种政治遇合的期望。这一联和《蝉》的颔联颇相似。但"五更疏欲断，一树碧无情"所强调的是虽凄楚欲绝而不被同情，是所处环境的冷酷；而"巧啭"一联所强调的却是巧啭本意的不被理解，是世无知音的感叹。"岂能""未必"，一纵一收，一张一弛，将诗人不为人所理解的满腹委屈和良辰不遇的深刻伤感曲曲传出，在流美圆转中有回肠荡气之致。可以说这两句诗本身就是深与婉的统一。

颈联承上"巧啭"，仍写莺啼。"风朝露夜阴晴里，万户千门开闭时。"这是"本意"不被理解、"佳期"不遇的流莺永无休止的啼鸣：无论是刮风的早晨还是降露的夜晚，是晴明的天气还是阴霾的日子，无论是京城中万户千门开启或关闭的时分，流莺总是时时处处在啼啭歌吟。它仿佛执著地要将"本意"告诉人们，而且在等待着渺茫无日的佳期。这一联是由两个略去主、谓语的状语对句构成的，两句中"风朝"与"露夜"、"阴"与"晴"、"万户"与"千门"、"开"与"闭"又各自成对，读来别有一种既整饬又优美，既明畅又含蓄的风调。

尾联联系到诗人自身，点明"伤春"正意。"凤城"借指长安，"花枝"指流莺栖息之所。两句是说，自己曾为伤春之情所苦，实在不忍再听流莺永无休止的伤春的哀鸣，然而在这广大的长安城内，又哪里能找到可以栖居的花枝呢？初唐诗人李义府《咏乌》云："上林多少树，不借一枝栖。"末句从此化出。伤春，就是伤佳期之不遇；佳期越渺茫，伤春的情绪就越浓重。三春芳辰就要在伤春的哀啼中消逝了，流莺不但无计留春，而且连暂时栖息的一枝也无从寻找。这已经是杜鹃啼血般的凄怨欲绝的情境了。诗人借"不忍听"流莺的哀啼，强烈地抒发了自己的"伤春"之情——抱负成空、年华虚度的精神苦闷。末句明写流莺，实寓自身，读来既像是诗人对无枝可栖的流莺处境的关心，又像是诗人从流莺哀啼声中听出的寓意，更像是诗人自己的心声，语意措辞之精妙，可谓臻于化境。

此《蝉》之姊妹篇，寓感相类。唯《蝉》诗于抒写梗泛漂泊境遇时突出"高"与"饱"之矛盾与环境之冷漠无情，此则突出其"巧啭"之本意不被理解之苦闷与良辰难遇、无所依托之境遇。《蝉》诗所塑造之形象更多清高寒士气质，此则更侧重于表现其苦闷伤感之诗人特征。流莺之巧啭，正可视为其美妙歌吟之象喻。所谓"巧啭岂能无本意"，不妨看作诗人"寄托深而措辞婉"诗风之形象化说明。

常　娥①

云母屏风烛影深②，长河渐落晓星沉③。常娥应悔偷灵药④，碧海青天夜夜心⑤。

[校注]

①常娥，或作嫦娥、姮娥。《淮南子·览冥》："譬若羿请不死之药于西王母，姮娥窃以奔月。"高诱注："姮娥，羿妻，请不死之药于西王母。未及服之，姮娥盗食之，得仙，奔入月中为月精。"②云母，一种柔韧富于弹性的矿物，晶体透明，有珍珠光泽，其薄片可用作屏风、窗户、车等装饰。深，暗淡。③长河，指银河。晓星，指稀疏的晨星。沉，隐没。④偷灵药，即窃不死之药。参注①。⑤碧海，青碧的大海。古人认为明月晚间从碧海升起，历青天而复入碧海，故云"碧海青天夜夜心"。

[笺评]

吕本中曰：杨道孚深爱义山"嫦娥应悔偷灵药，碧海青天夜夜心"，以为作诗当如此学。（《紫薇诗话》）

谢枋得曰：嫦娥有长生之福，无夫妻之乐，岂不自悔？前人未道破。（《叠山诗话》）

敖英曰：此诗翻空断意，从杜诗"斟酌嫦娥寡，天寒奈九秋"变化出来。（《唐诗绝句类选》）

钟惺曰：（夜夜心下评）语、想俱刻，此三字却下得深浑。（《唐诗归》）

胡次焱曰：羿妻窃药奔月中，自视梦出尘世之表，而入海升天，夜夜奔驰，曾无片暇时，然而何取乎身居月宫哉？此所以悔也。按商隐擢进士第，久中拔萃科，亦既得灵药入宫矣。既而以忤旨罢，以牛李党斥，令狐绹以忘恩谢不通，偃蹇蹭蹬，河落星沉，夜夜此心，宁无悔耶？此诗盖自道也。上二句纪发思之时，下二句志凝想之意。（《唐诗选脉会通评林》引）

唐汝询曰：此疑有桑中之思，借嫦娥以指其人，与《锦瑟》同意。盖义山此类作甚多，如《月夕》……等什，俱与《嫦娥》篇情思相左右，但不若此沉含更妙耳。（同上引）

周容曰：李义山云："嫦娥应悔偷灵药，碧海青天夜夜心"，伤风雅极矣，何以人尽诵之？至又云："兔寒蟾冷桂花白，此夜嫦娥应断肠。"差觉蕴藉，似亦悔其初作而为此。（《春酒堂诗话》）

贺裳曰：义山"云母屏风烛影深，长河渐落晓星沉"。已为灵妙。陆（龟蒙）更云："古往天高事渺茫，争知灵媛不凄凉。月娥如有相思泪，只待方诸寄两行。"此可谓吹波助澜。（《载酒园诗话又编》）

黄生曰：义山诗中多属意妇人，观《月夕》一首云："草下阴虫叶上霜，朱栏迢递压湖光。兔寒蟾冷桂花白，此夜嫦娥应断肠。"玩次句语景，嫦娥字似有所指。此作亦然。朱栏迢递，烛影屏风，皆所思之地之景耳。（《唐诗摘抄》）

何焯曰：自比有才调，翻致流落不遇也。（《李义山诗集辑评》引）

沈德潜曰：孤寂之况，以"夜夜心"三字尽之。士有争先得路而自悔者，亦作如是观。（《唐诗别裁》）

姚培谦曰：此非咏嫦娥也。从来美人名士，最难持者末路，末二语警醒不少。（《李义山诗集笺注》）

屈复曰：嫦娥指所思之人也。作真指嫦娥，痴人说梦。（《玉谿生诗意》）

程梦星曰：此亦刺女道士。首句言其洞房曲室之景，次句言其夜会晓离之情。下二句言其不为女冠，尽堪求偶，无端入道，何日上升也。盖孤处既所不能，而放诞又恐获谤，然则心如悬旌，未免悔恨于天长海阔矣。（《重订李义山诗集笺注》）

冯浩曰：或为入道而不耐孤子者致消也。（《玉谿生诗笺注》）

纪昀曰：意思藏在上二句，却从嫦娥对面写来，十分蕴藉。非咏嫦娥也。（《玉谿生诗说》）此悼亡之诗。（《李义山诗集辑评》引）

姜炳璋曰：此伤己之不遇也。一二喻韶光易逝。三四喻不如无此才华，免费夜夜心耳。（《选玉谿生诗补说》）

宋顾乐曰：借嫦娥抒孤高不遇之感，笔舌之妙，自不可及。（《唐人万首绝句选》评）

张采田曰：义山依违党局，放利偷合，此自忏之词，作他解者非。（《玉谿生年谱会笺》）写永夜不眠，怅望无聊之景况，亦托意遇合之作。嫦娥偷药比一婚王氏，结怨于人，空使我一生悬望，好合无期耳，所谓"悔"也。（《李义山诗辨正》）

[鉴赏]

这首诗题为"常娥"，实际上抒写的是处境孤寂的主人公对于环境的感受和心灵独白。

前两句描绘主人公的环境和永夜不寐的情景。室内，烛光越来越黯淡，云母屏风上笼罩着一层深深的暗影，越发显出居室的空寂清冷，透露出主人公在长夜独坐中黯然的心境。室外，银河逐渐西移垂地，牛郎、织女隔河遥望，本来也许可以给独处孤室的不寐者带来一些遐想，而现在这一派银河即将消失。那点缀着空旷天宇的寥落晨星，仿佛默默无言地陪伴着一轮孤月，也陪伴着永夜不寐者，现在连最后的伴侣也行将隐没。"沉"字正逼真地描绘出晨星低垂、欲落未落的动态，主人公的心也似乎正在逐渐沉下去。"烛影深""长河落""晓星沉"，表明时间已到将晓未晓之际，着一"渐"字，暗示了时间的推移流逝。索寞中的主人公，面对冷屏残烛、青天孤月，又度过了一个不眠之夜。尽管这里没有对主人公的心理作任何直接的抒写刻画，但借助于环境氛围的渲染，主人公的孤清凄冷情怀和不堪忍受寂寞包围的意绪却几乎可以触摸到。

在寂寥的长夜，天空中最引人注目、引人遐想的自然是一轮明月。看到明月，也自然会联想起神话传说中的月宫仙子——嫦娥。据说她原是后羿的妻子，因为偷吃了西王母送给后羿的不死药，飞奔到月宫，成了仙子。"嫦娥孤栖与谁邻？"在孤寂的主人公眼里，这孤居广寒宫殿、寂寞无伴的嫦娥，其处境和心情不正和自己相似吗？于是，不禁从心底涌出这样的意念：嫦娥想必也懊悔当初偷吃了不死药，以致年年夜夜，幽居月宫，历青天而入碧海，循环往复，寂寥清冷之情难以排遣吧。"应悔"是揣度之词，这揣度正表现出一种同病相怜、同心相应的感情。由于有前两句的描绘渲染，这"应"字就显得水到渠成，自然合理。因此，后两句与其说是对嫦娥处境心情的深情体贴，不如说是主人公寂寞的心灵独白。

这位寂处幽居、永夜不寐的主人公究竟是谁？诗中并无明确交代。诗人在《送宫人入道》诗中，曾把女冠比作"月娥孀独"，在《月夜重寄宋华阳姊妹》诗中，又以"窃药"喻指女子学道求仙。因此，说这首诗是代困守宫观的女冠抒写凄清寂寞之情，也许不是无稽之谈。唐代道教盛行，女子入道成为风气，入道后方体验到宗教清规对正常爱情生活的束缚而产生的精神苦闷，三、四两句，正是对她们处境与心情的真实写照。

但是，诗中所抒写的孤寂感以及由此引起的"悔偷灵药"式的情绪，却融入了诗人独特的现实人生感受，而含有更丰富深刻的意蕴。在黑暗污浊的现实包围中，诗人精神上力图摆脱尘俗，追求高洁的境界，而追求的结果往往使自己陷于更孤独的境地。清高与孤独的孪生，以及由此引起的既自赏又自伤，既不甘变心从俗，又难以忍受孤子寂寞的煎熬这种微妙复杂的心理，在这里被诗人用精微而富于含蕴的语言成功地表现出来了。这是一种含有浓重伤感的美，一片高天寂寞心，在旧时代的清高文士中容易引起广泛的共鸣。诗的典型意义也正在这里。

孤栖无伴的嫦娥，寂处道观的女冠，清高而孤独的诗人，尽管仙凡悬隔，同在人间者又境遇差殊，但在高洁而寂寞这一点上却灵犀暗通。诗人把握住了这一点，塑造了三位一体的艺术形象。这种艺术概括的技巧，是李商隐的特长。

贾　生①

宣室求贤访逐臣②，贾生才调更无伦③。可怜夜半虚前席④，不问苍生问鬼神⑤。

[校注]

①贾生，贾谊，西汉初著名政论家，曾多次上书，主张削弱诸侯王势力，巩固中央集权；抗击匈奴侵扰，加强国防；重农抑商，广积粮食。②宣室，汉未央宫前殿的正室。访，征询、咨询。逐臣，被贬谪的臣子，这里指贾谊。文帝曾越级提拔贾谊为太中大夫，后为大臣周勃、灌婴等排挤，贬为长沙王太傅。数年后，文帝又将他召回长安，在宣室接见他，"宣室求贤访逐臣"指此。③才调，才气，才情。无伦，无比。《史记·屈原贾生列传》："是时贾生年二十余，最为少。每诏令议下，诸老先生不能言，贾生尽为之对，人人各如其意所欲出。诸生于是乃以为能不及也。""孝文帝初即位……诸律令所更定，及列侯悉就国，其说皆自贾生发之。于是天子议以为贾生任公卿之位。"余参注④。④可怜，可惜。前席，古人席地跪坐，"前席"指移坐向前（在席上移膝向前）以靠近对方，表示恭敬和倾听。虚，空自。《史记·屈原贾生列传》："贾生征见。孝文帝方受釐（xī）（刚举行过祭神仪式，接受神的福佑），坐宣室。上因感鬼神事，而问鬼神之本。

贾生因具道所以然之状。至夜半，文帝前席（因为谈得投机，不自觉地在坐席上移膝靠近贾谊）。既罢，曰：'吾久不见贾生，自以为过之，今不及也。'"⑤苍生，老百姓。

[笺评]

严有翼曰：文人用故事有直用其事者，有反其意而用之者。（王）元之《谪守黄冈谢表》云："宣室鬼神之问，岂望生还？茂陵封禅之书，唯期死后。"此一联每为人所称道，然皆直用贾谊、相如之事耳。李义山诗："可怜夜半虚前席，不问苍生问鬼神。"虽说贾谊，然反其意而用之矣。林和靖诗："茂陵他日求遗稿，犹喜曾无《封禅书》。"虽说相如，亦反其意而用之矣。直用其事，人皆能之；反其意而用之者，非识学素高，超越寻常拘挛之见，不规规然蹈袭前人陈迹者，何以臻此？（《艺苑雌黄》）

胡应麟曰：晚唐绝，"东风不与周郎便，铜雀春深锁二乔"，"可怜夜半虚前席，不问苍生问鬼神"，皆宋人议论之祖。间有极工者，亦气韵衰飒，天壤开、宝。然书情则怆恻而易动人，用事则巧切而工悦俗。世希大雅，或以为过盛唐。具眼观之，不待其词毕矣。（《诗薮》）

周珽曰：以贾生而遇文帝，可谓获主矣。然所问不如其所策，信乎才难，而用才尤难。此后二句诗而史断也。（《唐诗选脉会通评林》）

许学夷曰：晚唐绝句，二子（按：指杜牧、李商隐）乃深得之。但二诗（按：指《赤壁》《贾生》）虽为议论之祖，然"东风"二句，犹有晚唐音调，"可怜"二句，则全入议论矣。（《诗源辩体》）

陆次云曰：诗忌议论，憎其一发无馀耳。此诗议论之外，正多馀味。（《五朝诗善鸣集》）

沈德潜曰：钱牧斋"绛灌但知谗贾谊，可思流汗愧陈平"全学此

种。(《唐诗别裁》)

何焯曰：末二句即诗人"召彼故老，讯之占梦"意。(《义门读书记》)徒问鬼神，贾生所以吊屈也。彤庭私至，才调莫知，伤如之何，又后死之吊贾矣。(《李义山诗集辑评》引)

姚培谦曰：老杜"前席竟为荣"，一"竟"字已含此一首意。(《李义山诗集笺注》)

屈复曰：前席之虚，今古盛典。文帝之贤，所问如此，亦有贾生遇而不遇之意欤！(《玉谿生诗意》)

程梦星曰：此谓李德裕谏武宗好仙也。德裕自为牛僧孺、李宗闵党人所阻，出入十年，三在浙西，武宗即位，始得为相，此首句之意也。史称德裕当国，方用兵时决策制胜，他相无与，此次句之意也。及德裕谏帝信赵归真，学养生术，帝乃不听，此下二句之意也。(《重订李义山诗集笺注》)

冯浩云：义山退居数年，起而应辟，故每以逐客逐臣自喻，唐人习气也。上章（按：指《异俗二首》）亦云"贾生事鬼"，盖因岭南瘴疠之乡，故以借慨，不解者乃以为议论。(《玉谿生诗笺注》)

纪昀曰：纯用议论矣，却以唱叹出之，不见议论之迹。(《玉谿生诗说》)不善学之，便成伧语。第二句率笔。(《李义山诗集辑评》引)

姜炳璋曰：绝大议论，得未曾有，言外为求神仙者讽。(《选玉谿生诗补说》)

[鉴赏]

晚唐诗坛上，咏史诗的写作成为风气。比李商隐时代稍晚的汪遵、胡曾等诗人甚至写过几十首到上百首的咏史七绝。不过多数作品取材陈旧，立意不高，而且往往单纯议论，发露无余，缺乏丰富的含蕴和深长的情韵。李商隐的咏史诗却很少有这些弊病。这首《贾生》，取材、立意和表现手法尤其新颖独特，很能代表他的咏史诗的艺术风貌。

贾谊贬长沙，早已成为诗人们寄寓怀才不遇之感的熟滥题材。李商隐尽管也有一肚子生不逢时的牢骚，却能力避熟滥，首先在题材上出新。他特意选取《史记·屈原贾生列传》里这样一段情节：贾生征见。孝文帝方受釐，坐宣室。上因感鬼神事，而问鬼神之本。贾生因具道所以然之状。至夜半，文帝前席。既罢，曰："吾久不见贾生，自以为过之，今不及也。"

在一般封建文人心目中，"宣室夜对"大概是值得大加渲染的君臣遇合的盛事。但诗人却独具只眼，抓住不为人们所注意的"问鬼神"这件事，借题发挥，翻出了一段新警透辟、发人深省的诗的议论。

"宣室求贤访逐臣，贾生才调更无伦。"头一句连用"求"和"访"两个字，仿佛是特意表明文帝求贤意愿的殷切、待贤态度的谦诚，在读者面前树立起一位求贤若渴、虚怀若谷的明君形象。为寻求贤才，把贬逐在远方的臣子都特意召回来，并且向他虚心垂询，可见"求贤"是多么广泛，多么彻底，也许可以称得上做到"野无遗贤"了。

第二句"贾生才调更无伦"，掉笔正面描写贾谊，突出强调他的才情过人，没有人能和他相比。据史传记载，贾谊开始在朝廷任职时，只不过是二十刚出头的年轻人，却已表现出卓越的政治识见和才能。每逢文帝下令交议朝廷大事，同列的年长的博士们都说不出中肯的意见，独有他能一一对答。博士们无不佩服，认为自己才能都不如贾谊。文帝特别欣赏他，一年之内就将他越级提拔为太中大夫。当时许多重要法令的修改和某些重大的政治决策，也都出自贾谊的建议。可见，"才调更无伦"并非虚泛的赞辞，而是恰当的评价，虽然下笔的分量很重。但这句诗又不单纯是对贾谊过去的政治才能的评价和赞扬，其中还暗含着文帝在宣室接见之后对贾谊的热情称叹，读来既像是作者，又像是文帝对贾生的由衷赞赏，用笔也相当巧妙。这一句有叙、有议，而叙述与议论又都融化在抒情色彩很浓的赞叹中。"才调"一词，兼包才能风调，它与"更无伦"这样的尽情称赞相配合，让人宛然可见贾生少年才俊、议论风发、华采照人的精神风貌，诗的形象感和咏叹的情调也就自然地显示出来。

前两句完全从正面着笔，丝毫不露贬意、讽意。文帝对贤臣，是由"求"而"访"而衷心叹赏；贾谊呢，又确实才能出众，不负厚望。如不看下文，几乎会误认为这是一篇圣主重贤颂或者君臣遇合颂。其实，这正是作者特意布下的机关和迷阵。

第三句"可怜夜半虚前席"，有承接、有转折，承中寓转，是全诗枢纽。承，即所谓"夜半前席"，如果把"宣室夜对"比作一出独幕剧，那么"夜半前席"就是它的高潮。"夜半前席"这类细节，后来的许多史家往往视为无足轻重，弃而不取。但它对文艺作品，却往往是传神写照的重要凭借。诗人似乎只是将《史记》中的文字信手拈来，嵌入自己的诗篇之中，却起了神妙的作用，大为作品增色。因为"夜半前席"这四个字，把文帝当时那种虚心垂询、凝神倾听，以至于"不自知膝之前于席"的情状描绘得惟妙惟肖，使历史陈迹一下子变成了充满生活气息、历历在目的活动画面。这种善于选取典型细节，善于"从小物寄慨"的艺术手段，正是李商隐在咏史诗里经常采用的绝招。诗人正是通过这个生动的细节，才把那架由"求"而"访"、由"访"而赞的节节上升的"重贤"的云梯升到了最高处，而"转"，也就在这顶峰与高潮中同时开始。不过，并不硬转陡折，显得突兀费力，而是用咏叹之笔轻轻拨转，转得令人浑然不觉，这就是在"半夜"和"前席"的前面分别安上一个"可怜"，一个"虚"。"可怜"，这里是"可惜"的意思。不用感情色彩强烈的"可悲""可叹"一类词语，只说"可怜"，一方面是为末句那全篇之警策预留地步；另一方面也是因为在这里貌似轻描淡写的"可怜"，比剑拔弩张的"可悲""可叹"更为蕴藉，更耐人寻味。仿佛给文帝留有余地，其实却含着冷峻的嘲讽，让人感到作者对他的讽刺对象有一种居高临下的精神上的优势，一种意味深长的轻蔑。这种写法，可以说是似轻而实重。"虚前席"的"虚"，是空自、徒然之意思。虽然同样只是轻轻一点，却使读者对文帝"夜半前席"的重贤姿态从根本上产生了怀疑，这也许可以称得上是举重而若轻吧。如此推重贤者，何以竟然成"虚"？诗人引而不发，给读者留下了悬念，诗也就显出跌宕波折的情致，而不是一泻无余。这一句承转交错的艺术处理，精练、自然、和谐、浑然无迹，给人以流美圆转、毫不着力的感觉。而且由于在因承接而上升的最高点上同时出现转折，这转便更有分量，由转而引起的疑团也就更浓重，这样，就引诱读者把全部注意力集中到最后一句上来，急切地要求弄清"虚"前席的原因。

末句紧紧承接"可怜"与"虚"，引满而发，射出直中目标的极其尖锐的一箭——"不问苍生问鬼神"。原来郑重求贤，虚心问贤，衷心赞贤，乃至"夜半前席"，这一切根本不是为了询问治国安民之道，却是为了"问鬼神"！这究竟是什么样的求贤、重贤，这种求贤与重贤，对贤者又究竟意味着什么啊！但诗人仍只点破而不说尽，他只把客观事实摆出来，让读者自己通过"问"与"不问"的对照，得出应有的结论。词锋极犀利，讽刺极辛辣，感慨极深沉，却又极抑扬吞吐之妙。由于前几句围绕"重贤"逐步升级，节节上扬，第三句又盘马弯弓，故意蓄势，末句由强烈对照和出人意料的转折而形成的贬抑便显得特别有力，给了讽刺对象以致命的一击。这正是通常所说的"抬得高，摔得重"。整首诗在正与反、扬与抑、轻与重、承与转等方面的艺术处理上，都蕴含着艺术的辩证法，而它那种新警含蕴、唱叹有情的艺术风格也就通过这一系列成功的艺术处理，逐步显示出来。

这里，作者点破而不说尽，有案而无断，并非由于内容贫弱而故弄玄虚，而是由于含蕴丰富，片言不足以尽意。诗里有讽刺有慨叹，寓感慨于讽刺之中，旨意并不单纯。而且无论是讽刺还是感慨，都须透过表面的历史帷幕才能看清它的真实用意。就讽刺的方面看，表面上似乎是针对汉文帝，实际上诗人的用意并不在此。历史学家是称颂文景之治的。汉文帝也确实称得上是一位励精图治的君主。宣室召见贾谊而"问鬼神之本"，原来并不一定是政治上昏愦的表现，即使有可议可讽之处，也和"不问苍生"没有必然的联系。诗人因汉文帝"问鬼神"而推出他"不问苍生"，既不符合情理，也于史实无征。这种与历史事实的若即若离，恰恰是这篇作品托古讽时、借端寄慨性质的一种标志，或者说是作者故意露出的蛛丝马迹。晚唐许多皇帝，都崇佛信道，服药求仙，不顾民生，不任贤才，所以诗人表面上是讽刺历史上的汉文帝，实际上矛头所指，正是当时的君主，是当时现实中那些"不问苍生问鬼神"的封建统治者。与此同时，诗中又寓有诗人自己怀才不遇的深沉感慨。李商隐从青年时代起，就有"欲回天地"的远大抱负，深切关注国家的命运，但才高而命薄，偏遭衰世，沉沦下僚，志不能伸，长期寄迹幕府，以文墨事人，诗中感慨常有流露。因此，这首诗中的贾谊，正有诗人自己的影子；慨叹贾生的不遇明主，实际上是感喟自己的生不逢时。

透过讽刺和感慨，我们可以进一步看出作者观察问题的立足点。在诗人看来，贤者之所以为贤，就在于他具有安"苍生"的杰出才能。皇帝是否重贤，主要不在表面的姿态，而在于是否重视贤者治国安民的主张。徒然有"夜半前席"的姿态，却"不问苍生"而"问鬼神"，正好暴露了不能识别贤者、任用贤者的昏愦面目。而对贤者来说，"夜半前席"而"问鬼神"，与其说是什么优礼、厚遇，倒不如说是一种羞辱与讽刺。因为这意味着自己在皇帝眼里，不过是一个高级的巫师而已。诗人的这种感受和认识，无疑是很深刻的。在封建社会，许多杰出的人才被沉埋，被压抑，老死家门、不被任用的情况也是很常见的，也容易引起人们的注意；而那些在表面上得到厚遇、垂青，实际上用非其才的情况则往往为人所忽视，而这，同样也是才智之士深刻的悲剧。作者所揭示的这后一种悲剧，是具有很大普遍性和典型性的，可以说概括了封建社会中许多被统治者当作倡优的才士的共同遭遇。诗人在揭示这种悲剧时，胸中不但蕴积着怨愤和沉痛，也包含着难以名状的苦涩和悲哀。这里分明体现着诗人进步的政治遇合观。在作者看来，政治上的遇与不遇，不应当单纯从个人的得失荣辱着眼，而应首先从整个国家的利益出发，把安苍生的政治主张是否得到采纳与实施作为衡量的标准。正因为作者从这样一个立足点来观察问题，他才能跳出一般封建文人借贾谊长沙之贬抒写个人穷愁不遇的陈套，选取了新颖的题材，表达出深刻的思想；才能透过宣室夜召、优礼有加的表象，借题发挥，揭示出君主昏愦、贤才不遇的实质；才能从一般人只看到矛盾和对立的题材和主题之间，看到它们的内在联系。讽刺君主的昏愦弃贤，感慨贤士的怀才不遇，可以说是屡见不鲜的，但用"问鬼"于贤来兼包这两个方面，其构思之深刻，感慨之深沉，对照之鲜明，批判之尖锐，却为同类诗歌中所少见。从这些地方，我们可以领悟到作家的胸襟识度与作品的取材、立意以及艺术表现之间的密切关联。

然而，光有卓绝的见解与高超的立意，并不能保证作品具有感人的艺术力量。对比一下王安石的同题七绝，很能说明问题。王安石的诗说：

> 一时谋议略施行，谁道君王薄贾生？
>
> 爵位自高言尽废，古来何啻万公卿！

贾生的政治主张，有些在他生前就已被文帝采纳实行，另一些在他身后也逐步付诸实施。因此王安石认为贾谊虽然没有位至公卿，并不能算不遇。相反，古往今来有许多身居高位的公卿，他们的主张却不被采纳，这才是真正的不遇。

从对比中可以发现一个很有趣的现象。从思想内容看，王安石和李商隐的这两首诗貌似相反，实则相通——都不以个人名位显达与否来衡量遇或不遇，而以进步的政治主张是否得到采纳作为标准，都表现了他们脱出庸人之见的胸襟识度，可以说是貌异而神合。但从艺术表现角度看，王、李二作却是貌似而神异。表面上，两首诗都发议论，但一则几乎纯粹是议论，发露无余，简直就像一篇逻辑严密的有韵的短论，一则把唱叹有致、抑扬顿挫的抒情与新警透辟的议论和谐地结合起来，使人读来只觉得它充满抒情的气氛，而不觉得有论断的痕迹。不妨说，一个是散文的议论，一个是诗的议论；一个是以理服人，一个是以情动人。一般地说，诗歌并不一定都排斥议论，特别是咏史诗，不管直接间接，明显隐蔽，总寓有作者对历史人物、事件的见解和评价。但诗歌的本质特点是抒情的，顾名思义，咏史诗应该是"咏"史，而不是单纯"论"史。咏史诗中的议论，应该有助于加强而不是削弱或取消它的抒情性。忽略了诗歌的抒情性这一基本要素，就必然导致诗歌形象性的削弱和情韵的缺乏。这正是以论代咏的王安石的诗作在艺术上的明显缺陷。而李商隐的咏史诗在这方面确实胜人一筹。

曲 江①

望断平时翠辇过②，空闻子夜鬼悲歌③。金舆不返倾城色④，玉殿犹分下苑波⑤。死忆华亭闻唳鹤⑥，老忧王室泣铜驼⑦。天荒地变心虽折⑧，若比伤春意未多⑨。

[校注]

①曲江，又名曲江池，唐代长安最大的风景区，在城东南隅（旧址在今西安市东南郊）。康骈《剧谈录》卷下："曲江池，本秦世隑洲，开元中疏凿，遂为胜境。其西有紫云楼、芙蓉苑，其南有杏园、慈恩寺。花卉环周，烟水明媚。都人游玩，盛于中和、上巳之节。"安史乱后荒废。大和九年（835）春，郑注上言秦中有灾，需要兴工役以消除灾祸，文宗读杜甫《哀江头》，知天宝乱前曲江四岸皆有行宫台殿，颇想恢复"升平故事"，遂采郑注建言，派神策军淘曲江，仍许公卿家于江头立亭馆。十月，宴群臣于曲江亭。十一月，甘露之变发生。十二月，下令罢修曲江亭馆。此诗作于开成元年（836）春，系有感于甘露之变导致国家危机深化而作。②望断，极望而不见。平

时，承平时代。翠辇，皇帝的车驾，车盖上以翠羽装饰。过，读 guō。③子夜，半夜。鬼悲歌，暗透甘露之变中朝臣惨遭宦官统领的禁军大批杀戮之事。即《有感二首》"鬼箓分朝部""谁瞑衔冤目"，《重有感》"昼号夜哭兼幽显"之意。④金舆，华美的车驾，指从游的嫔妃所乘的车。倾城色，即泛指从游嫔妃。⑤下苑，即曲江。曲江与御沟相通而地势较高，故其水可"分波"于"玉殿"。⑥华亭唳鹤，晋陆机因被宦官孟玖所谮而受诛，临死前悲叹道："华亭鹤唳，岂可复闻乎！"华亭，陆机故宅旁谷名，在今上海市松江区西。唳，鸟鸣（一般用作鹤鸣）。此句亦借慨甘露之变中宦官杀戮士人，其中包括像卢仝这样的文人。⑦泣铜驼，西晋灭亡前，索靖预感到天下将乱，指着洛阳宫门前的铜驼叹息道："会见汝在荆棘中耳！"以上二句用典，分见《晋书·陆机传》及《索靖传》。⑧天荒地变，本指自然界的巨变或浩劫，这里借指甘露之变这场政治浩劫。折，摧。⑨伤，《全唐诗》原作"阳"，据《唐音戊签》及《全唐诗》校语改。伤春，本指人在春天因节物变化、时光流逝、芳华衰歇引起的伤感。亦可借指感时伤乱、忧虑国家命运的情怀。杜甫有《伤春五首》，即忧时感乱之作。

[笺评]

朱鹤龄曰：《旧唐书》：大和九年十月……壬午，赐群臣宴于曲江亭。十一月，有甘露之变，流血涂地，京师大骇。十二月甲申，敕罢修曲江亭馆。此诗前四句追感玄宗与贵妃临幸时事，后四句则言王涯等被祸，忧在王室而不胜天荒地变之悲也。（《李义山诗集笺注》）

何焯曰：此亦感愤文宗之祸而作。（朱）注所引甚当，特未尽作者之意。盖此篇句句与少陵《哀江头》相对而言也。（《义门读书记》）

程梦星曰：朱氏之论，划然分作两截，律诗无此章法。即如所云，前半亦蒙混，未见翠辇、金舆等字便切天宝时事；后半亦鹘突，何以铜驼、鹤唳二言忽入大和诸臣……且"天荒地变"总结一篇，"若比伤春"之言，则别有事外之感，只以"忧在王室而不胜天荒地变之悲"一语了之，于本句之"心虽折"，下句之"伤春""多"一语皆若不可解者。以愚求之，此诗专言文宗。盖文宗时曲江之兴罢，与甘露之事相终始也。曲江之修，因郑注厌灾一言始之；曲江之罢，因李训甘露一事终之。故但题曲江，而大和间时事足以概见矣。(《重订李义山诗集笺注》)

冯浩曰：凡诗须玩其用意用笔、正陪轻重，乃可引事证之。今次联正面重笔，即所谓伤春，五六乃陪笔耳。此盖伤文宗崩后，杨贤妃赐死而作也。……诗首句谓文宗，次句谓贤妃，三四承上，五六则以甘露之变作衬，而谓伤春之痛较甚于此。盖文宗受制阉奴，南司涂炭，已不胜天荒地变之恨，孰知宫车晚出，并不保深宫一爱姬哉！语极沉郁顿挫。……余深味此章与下章（按：指《景阳井》），杨贤妃之死也，必弃骨水中，故以王涯等弃骨渭水为衬，实可补史之阙文，非臆度也。四句似亦以弃骨水中，故云"分波"。(《玉谿生诗笺注》)

纪昀曰：五六宕开，七八收转。言当日陆机虽有天荒地变之悲，亦不过如此而已矣。大提大落，极有笔意，不得将五六看作借比，使末二句文理不顺也。(《玉谿生诗说》)

方东树曰：收句欲深反晦。(《昭昧詹言》)

张采田曰：此诗专咏明皇、贵妃事。首二句总起，言曲江久废巡幸，只有夜鬼悲歌，亟写荒凉满目之景。"金舆"一联，言苑波犹分玉殿，而倾城已不返金舆矣，所谓伤春也。后二联则言由今日回想天宝乱离，华亭唳鹤，王室铜驼，天荒地变之惨，虽足痛心，然岂若伤春之感，愈足使人悲诧耶？旧注皆兼甘露之变言，诗意遂不可解，冯氏又臆造杨贤妃弃骨水中以附会之，益纰缪矣。(《玉谿生年谱会笺》)

[鉴赏]

曲江的兴废，和唐王朝的盛衰密切相关。杜甫在《哀江头》中曾借曲江今昔抒写国家残破的伤痛。面对经历了另一场"天荒地变"——甘露之变后荒凉满目的曲江,李商隐心中自不免产生和杜甫类似的感慨。杜甫的《哀江头》,可能对他这首诗的构思有过启发,只是他的感慨已经寓有特定的现实内容,带上了更浓重的悲凉的时代色彩。

一开始就着意渲染曲江的荒凉景象:放眼极望,平时皇帝车驾临幸的盛况再也看不到了,只能在夜半时听到冤鬼的悲歌声。这里所蕴含的并不是吊古伤今的历史感慨,而是深沉的现实政治感喟。"平时翠辇过",指的是事变前文宗车驾出游曲江的情景;"子夜鬼悲歌",则是事变后曲江的景象,这景象,荒凉中显出凄厉,正暗示出刚过去不久的那场"流血千门,僵尸万计"的残酷事变。在诗人的感受中,这场大事变仿佛划分了两个时代:"平时翠辇过"的景象已经成为极望而不可再见的遥远的过去,眼前面对的就是这样一幅黑暗、萧森而带有恐怖气氛的现实图景。"望断""空闻",从正反两个方面暗寓了一场"天荒地变"。

三、四承"望断"句,说先前乘金舆陪同皇帝游赏的美丽宫妃已不再来,只有曲江流水依然在寂静中流向玉殿旁的御沟(曲江与御沟相通)。"不返""犹分"的鲜明对照中,显现出一幅荒凉冷寂的曲江图景,蕴含着无限今昔沧桑之感。文宗修缮曲江亭馆,游赏下苑胜景,本想恢复升平故事。甘露事变一起,受制家奴,形同幽囚,翠辇金舆,遂绝迹于曲江。这里,正寓有升平不返的深沉感慨。下两联的"荆棘铜驼"之悲和"伤春"之感都从此生出。

第五句承"空闻"句。西晋陆机因被宦官孟玖所谮而受诛,临死前悲叹道:"华亭(陆机故宅旁谷名)鹤唳,岂可复闻乎!"这里用以暗示甘露事变期间大批朝臣惨遭宦官杀戮的情事,回应次句"鬼悲歌"。第六句承"望断"句与颔联。西晋灭亡前,索靖预见到天下将乱,指着洛阳宫门前的铜驼叹息道:"会见汝在荆棘中耳!"这里借以抒写对唐王朝国运将倾的忧虑。这两个典故都用得非常精切,不仅使不便明言的情事得到既微而显的表达,而且加强了全诗的悲剧气氛。

两句似断实连，隐含着因果联系。

末联是全篇结穴。在诗人看来，"流血千门，僵尸万计"的这场天荒地变——甘露之变尽管令人心摧，但更令人伤痛的却是国家所面临的衰颓没落的命运。（"伤春"一词，在李商隐的诗歌语汇中占有特别重要的地位，曾被他用来概括自己诗歌创作的基本主题，这里特指伤时感乱，为国家的衰颓命运而忧伤。）痛定思痛之际，诗人没有把目光局限在甘露之变这一事件本身，而是更深入地去思索事件的前因后果，敏锐地觉察到这一历史的链条所显示的历史趋势。这正是本篇思想内容比一般的单纯抒写时事的诗深刻的地方，也是它的风格特别深沉凝重的原因。

这首诗在构思方面有一个显著的特点：既借曲江今昔暗寓时事，又通过对时事的感受抒写"伤春"之情。就全篇来说，"天荒地变"之悲并非主体，"伤春"才是真正的中心。尽管诗中正面写"伤春"的只有两句（六、八两句），但实际上前面的所有描写都直接间接地围绕着这个中心，都透露出一种浓重的"伤春"气氛，所以末句点明题旨，仍显得水到渠成。

以丽句写荒凉，以绮语寓感慨，是杜甫一些律诗的显著特点。李商隐学杜，在这方面也是深得杜诗诀窍的。读《曲江》，可能会使我们联想起杜甫的《秋兴》，尽管它们在艺术功力上还存在显著的差别。

燕台四首①

春

风光冉冉东西陌②，几日娇魂寻不得③。蜜房羽客类芳心④，冶叶倡条遍相识⑤。暖蔼辉迟桃树西⑥，高鬟立共桃鬟齐⑦。雄龙雌凤杳何许⑧？絮乱丝繁天亦迷⑨。醉起微阳若初曙⑩，映帘梦断闻残语⑪。愁将铁网罥珊瑚⑫，海阔天翻迷处所⑬。衣带无情有宽窄⑭，春烟自碧秋霜白⑮。研丹擘石天不知⑯，愿得天牢锁冤魄⑰。夹罗委箧单绡起⑱，香肌冷衬琤琤佩⑲。今日东风自不胜⑳，化作幽光入西海㉑。

夏

前阁雨帘愁不卷，后堂芳树阴阴见。石城景物类黄泉㉒，夜半行郎空柘弹㉓。绫扇唤风阊阖天㉔，轻帏翠幕波渊旋㉕。蜀魂寂寞有伴未㉖？几夜瘴花开木棉㉗。桂宫流影光难取㉘，嫣薰兰破轻轻语㉙。直教银汉堕怀中，未遣星妃镇来去㉚。浊水清波何异源，济河水清黄河浑㉛。安得薄雾起细裙㉜，手接云軿呼太君㉝。

秋

月浪衡天天宇湿㉞，凉蟾落尽疏星入㉟。云屏不动掩孤嚬㊱，西楼一夜风筝急㊲。欲织相思花寄远，终日相思却相怨㊳。但闻北斗声回环㊴，不见长河水清浅㊵。金鱼锁断红桂春㊶，古时尘满鸳鸯茵㊷。堪悲小苑作长道㊸，玉树未怜亡国人㊹。瑶琴愔愔藏楚弄㊺，越罗冷薄金泥重㊻。帘钩鹦鹉夜惊霜，唤起南云绕云梦㊼。双珰丁丁联尺素㊽，内记湘川相识处㊾。歌唇一世衔雨看㊿，可惜馨香手中故㊿。

冬

天东日出天西下㊿，雌凤孤飞女龙寡㊿。青溪白石不相望㊿，堂上远甚苍梧野㊿。冻壁霜华交隐起㊿，芳根中断香心死㊿。浪乘画舸忆蟾蜍㊿，月娥未必婵娟子㊿。楚管蛮弦愁一概⑩，空城罢舞腰支在⑪。当时欢向掌中销⑫，桃叶桃根双姊妹⑬。破鬟倭堕凌朝寒⑭，白玉燕钗黄金蝉⑮。风车雨马不持去⑯，蜡烛啼红怨天曙⑰。

[校注]

①燕台，他本或作"燕台诗"。原本《春》《夏》《秋》《冬》四题分置于诗后，作"右春""右夏""右秋""右冬"。今分别移置每首之前，去"右"字。作者《柳枝五首序》云："他日春曾阴，让山下马柳枝南柳下，咏余《燕台》诗，柳枝惊问：'谁人有此？谁人为是？'"《柳枝五首》约作于大和末开成初义山未登第时，则《燕台四首》当作于此前不久。所咏对象不能确考。冯浩谓："燕台，唐人惯以言使府，必使府后房人也。"可参。详后笺评及鉴赏。②风光，此指春天的景象物色。冉冉，渐进貌。东西陌，田间小路，泛指郊野。③娇魂，指所思念的女子。④蜜房，蜂房。羽客，指蜜蜂。⑤冶叶倡条，形容杨柳枝条的婀娜多姿。⑥暖蔼，春天和煦的烟霭。蔼，通"霭"。辉迟，温暖充足的阳光。《诗·豳风·七月》："春日迟迟。"⑦桃鬟，形容繁盛如云鬟的桃花。⑧雄龙雌凤，喻指自己和所思女子。杳，远。⑨絮乱丝繁，柳絮纷乱、柳丝纷繁。象征思绪纷乱。⑩微阳，指西斜的夕阳。初曙，清晨曙日的光。⑪映帘，指斜阳照帘。残语，指梦将醒时对方的最后几句零零星星的话语。⑫将铁网罥珊瑚，用铁丝网挂取珊瑚。《新唐书·拂菻国传》："海中有珊瑚树，海人乘大舶堕铁网水底。珊瑚初生盘石上，白如菌，一岁而黄，三岁赤，枝格交错，高三四尺，铁发其根，系网舶上，绞而出之。"⑬海阔天翻，沧海浩阔，波涛汹涌，天亦为之翻倾。翻，各本均同，唯席本作"宽"。⑭《古诗十九首》之一："相去日以远，衣带日以缓。"有宽窄，谓因苦苦思念而瘦损，衣带变得宽了。⑮言春烟自碧、秋霜自白，自然界的景物并不顾人间相思之苦。⑯研丹擘（bò）石，《吕氏春秋·诚

廉》：“石可破也，而不可夺坚；丹可磨也，而不可夺赤。”此化用其意，喻爱情的赤诚坚贞。擘，劈开。⑰天牢，星名。《晋书·天文志》：“天牢六星在北斗魁下。”此处仅用其字面，应上“天不知”。⑱夹罗委箧，将夹的罗衫委放在箱箧里。单绡起，穿上了单薄轻绡衣衫。绡，薄丝织品。⑲句意谓芳香的肌肤紧贴着琤琤作响的玉佩，感到一丝凉意。以上二句暗示季候已由暮春入夏。⑳不胜，不能禁受。亦即“东风无力”意。㉑谓东风化作幽光入于西海，暗示春天的消逝。㉒石城，女主人公所居之地，或谓即指金陵（石城即石头城之省）。景物类黄泉，形容雨天昏暗的景象。㉓行郎，少年行人。柘弹（zhè dàn），用柘木作弹弓以弹鸟雀。《西京杂记》：“长安五陵人，以柘木为弹，真珠为丸，以弹鸟雀。”《晋书·潘岳传》：“岳美姿仪……少时常挟弹出洛阳道，妇人遇之，皆连手萦绕，投之以果。”“空柘弹”或暗用此事。㉔阊阖（hé）天，犹西方之天。《史记·律书》：“凉风居西南维，阊阖风居西方。”㉕渊旋，回旋。《说文·水部》：“渊，回水也。”渊，旧本均同，唯戊签作“洄”。㉖蜀魂，指杜鹃鸟，相传为蜀王杜宇魂所化。㉗瘴花，指南方蛮烟瘴雨之地开的花，即下所云“木棉”。木棉花多产岭南，落叶乔木，先叶开花，大而红。《太平御览》卷九百六十引晋郭义恭《广志》：“木棉树赤华，为房甚繁，逼则相比，为棉甚软，出交州永昌。”㉘桂宫，月宫，传月中有桂树。流影，犹流光。㉙嫣薰兰破，形容女子启齿时嫣香如幽兰破苞，幽香四溢。曹植《洛神赋》：“含辞未吐，气若幽兰。”㉚银汉，指银河。星妃，指织女。镇，长，久。㉛《战国策·燕策》：“齐有清济浊河。”㉜缃裙，浅黄色的裙子。㉝云軿（píng），神仙乘的云车。太君，泛称神仙，指所思女子。㉞月浪，月亮的光波。衡，《全唐诗》原作“衝”（冲），校：“一作衡。”兹据改。衡天，即“横天”，布满整个天空。㉟凉蟾，犹秋月，传月中有蟾蜍，故称秋月为凉蟾。入，指疏星入户。㊱嚬，同“颦”，皱眉。孤嚬，指孤寂含愁的女主人公。㊲风筝，悬挂在屋檐下的金属片，风起作响，故名，即铁马。㊳却，还。㊴回环，反复不绝。北斗声回环，指斗转星移，时间流逝。㊵长河，指银河。《古诗十九首》："河汉清且浅，相去复几许？"此化用其语。句意为天上的银河已隐没不见。㊶金鱼，指鱼钥，鱼形的铜锁。红桂，即丹桂。《南方草木状·木类》："桂有三种。叶如柏叶，皮赤者为丹桂。"李时珍《本草纲目》谓花红者为丹桂。此处代指深锁重门中的女主人公。作者《和友人戏赠》（其二）云："殷勤莫使清香透，牢合金鱼锁桂丛。"桂丛亦借指深锁重门之女子。春，指青春芳华。㊷古时，旧时。鸳鸯茵，绣有鸳鸯图案的茵褥。㊸小苑作长道，昔日的小苑已经荒废，成为一条人行的长路。㊹玉树，即《玉树后庭花》，参《隋宫》（紫泉宫殿锁烟霞）"岂宜重问后庭花"句注。亡国人，指陈后主的宠妃张丽华，她曾舞《玉树后庭花》。此暗示女主人公原来的身份可能是贵家姬妾或歌舞妓人。后贵人去世，故云"玉树亡国人"。㊺琴，一作瑟。愔（yīn），安静和悦貌。楚弄，指琴曲。《新唐书·礼乐志》："琴工犹传楚、汉旧声及《清调》，蔡邕五弄、楚调四弄，谓之九弄。"㊻越罗，越地产的薄绸。金泥，即"泥金"、金屑，指罗衣上的泥金花饰。越罗冷薄示秋深。㊼南云，陆机《思亲赋》："指南云以寄钦。"陆云《九愍》："眷南云以兴悲。"这里借指怀想思念之情。㊽双珰，一对耳珠。丁丁（zhēng zhēng），这里形容玉珰碰击之声。尺素，指书信。古代写信用帛，通常长一尺。古代常以耳珠作为男女间定情致意的信物，如繁钦《定情诗》："何以致区区？耳中双明珠。"将耳珠连同书信一起寄给对方，称"侑缄"。㊾湘川，湘江一带地方。作者《河阳诗》有"湘中寄到梦不到"之语，《夜思》有"寄恨一尺素，含情双玉珰"之语，《春雨》有"玉珰缄札何由达"之语，可能与本篇所咏情事有关。㊿雨，指泪雨。51馨香，指书信上留下的馨香气息。故，形容馨香气息逐渐淡薄以至消失。52形容冬天日短，似刚从东出即西下。53雌凤、女龙，均借指女主人公。"孤""寡"状其处境。54青溪、白石，南朝乐府《神弦歌》有《白石郎》《清溪小姑》曲。《白石郎》词云："白石郎，临江居，前导江伯后从鱼。""积石如玉，列松如翠。郎艳独绝，世无其二。"《清溪小姑》词云："开门白水，侧近桥梁。小姑所居，独处无郎。"这里以青溪、白石分指相隔的女方和男方。㊝苍梧野，舜南巡不返，死葬苍梧。此以借指男女双方虽处堂上，却相隔之远过于苍梧，如同死别。㊞霜华，霜花。交隐起，交错隐现。㊟芳根中断，谓庭中丹桂，芳根已断。香心死，不再散发芳香。喻爱情幻灭。㊠浪，空。蟾蜍，指嫦娥。张衡《灵宪》："姮娥托身于月，是为蟾蜍。"㊡月娥，亦指嫦娥，与上文避复。婵娟子，容态美好的女子。㊢楚管蛮弦，泛指南方的乐器和音乐。愁一概，同样发出悲愁之音，使人触绪生愁。㊣腰支在，只剩下瘦损的腰肢。㊤欢，欢乐。掌中，相传赵飞燕体轻，能作掌上舞。㊥桃叶，东晋王献之的妾。桃根，传为桃叶之妹。㊦破鬟，蓬乱的发鬟。倭堕，即倭堕髻，发鬟偏向一边，似堕非堕。凌朝寒，为清晨的寒气所侵。㊧燕钗，别在发髻上的燕形钗饰。黄金蝉，一种蝉形的黄金头饰。㊨不持去，谓夜来风雨未化作车马将她带走。㊩蜡烛啼红，蜡烛流淌红色的烛泪，有似悲啼。亦象喻女主人公对烛空流红泪。

[笺评]

周珽曰：寄意深远，情意怆然。"金鱼锁断"四句，更饶悲感。（《唐诗选脉会通评林》）

周启琦曰：气脉调畅。（同上引）

何焯曰：四首实绝奇之作，何减昌谷？唯《夏》一首思致太幽，寻味不出。（《义门读书记》）又云：寄托深远，耐人咀味。（《李义山诗集辑评》引）

朱彝尊曰：语艳意深，人所晓也。以句求之，十得八九；以篇求之，终难了然。定远（冯班）谓此语不解亦佳，如见西施，不必识姓名而后知其美，亦不得已之论也。（《李义山诗集辑评》引）按：此条又作钱良择评，见冯浩《玉谿生诗笺注》引，文字小有异。

杜庭珠曰：寄托深远，与《离骚》之赋美人、恨蹇修者同一寄兴。（《中晚唐诗叩弹集》）

徐德泓曰：诗与燕台两字，毫无关涉，即四时亦不尽贴合。李之命题，往往多寓意者，亦如诗之不能一时通解也。按其《柳枝诗序》，谓能为幽忆怨断之音，爱慕《燕台》之作，将无此四首，亦分幽忆怨断乎？春之困近于幽，夏之泄近于忆，秋之悲邻于怨，冬之闭邻于断，题意或于此而分也。玩其词义，亦颇近似，虽其间字样亦有彼此参杂者，而大旨不离乎是矣。至其音纯属悲咽，所谓北声也，是则燕台之义，又北声之寓言欤？惟此庶几可合，而奥窅荒忽，的是鬼才。《春》：此写幽也。分五段，每段四句。首段，言幽欢之无觅也。风光暗度，无处寻春，反不若游蜂之遍识花丛矣。第二段，言幽情之未遂也。气暖桃夭，正婚姻时候，而人立其间，惟两鬟相对，佳偶杳如，即问天而亦朦胧不明也。高鬟，属人；桃鬟，仍属桃言。第三段，言幽梦之难续也。睡起模糊，夕阳映帘，认为初曙，而梦语亦不能全记，欲再寻之，已如沉珊瑚于海，茫茫不知处矣。第四段，言幽恨之莫诉也。夫衣带无情之物，尚有宽有窄，烟霞似有情者，而竟自碧自白，不识人意乎？则此坚结不可磨灭之恨，已无可控告矣。只好诉于之天，而天亦不知，其惟收系天牢，天始知也。第五段写到魂消魄灭，则幽之至者。谓天气峭寒，衣单珮冷，风力难禁，情不自克，亦当化作冷光，随风而入海耳。四首中段落，其起止语气，各不相蒙，与《小雅·鹤鸣》章、杜甫《饮中八仙歌》，义例相类。然亦有次序，如此篇寻春不得，则情难遂，由是积而为梦，积而为恨，至于形消质化而后已焉。《夏》：此写忆也。分四段，每段四句。首段，忆人物之荒残也。前帘不卷，则见后堂，而后堂应多芳丽，因忆南朝佳冶之地。无如景物已荒暗如夜，想此时挟弹游郎，又何所遇乎？次段，忆旅魂之孤寂也。风吹帷幕，尚尔回旋，因而忆不得旋归之客魂，何其寂寞，所伴者不过烟瘴之花耳，能有几夜开乎？上二段，乃怜生惜死之情也。第三四段，则上穷碧落下黄泉之意，忆之极矣。言月光难取，因口吐幽香，暗言私语，计惟取银汉而藏之，当以阻牛女之会焉。"浊水"二句，比也，言同一水耳，何故清浊各异。安得驾雾起空，呼天而问之耶？上二段，一不甘独悴之情，一荣枯不自晓之情也。由人至鬼，又穷极上天而下泽焉，其序如此。《秋》：此写怨也。分五段，每段四句。首段，时景之怨也。言星月沉西，孤嘹独掩，而又加以凄风之苦焉。次段，别离怨也，言欲织缣寄远，思而成怨，但觉斗转时移，而不见银河之水，无从渡而相会矣。第三段，故宫怨也，言门锁尘积，昔日芳园，化为行路，人则生悲耳。至所遗玉树，当年以之制曲者，亦又何知，而岂解怜亡国乎？第四段，怨声也，言凄清楚调，指冷身寒，禽亦闻声惊起，怜其独而欲其欢会焉。第五段，怨词也，言寄来缄札，内记初情，今其人不得见，惟时执其词而含泪歌之阅之已耳。但使芳香之物，不觉漫灭手中，为可惜。因时而伤别，又因今而伤古，情无寄而以声写之，声犹虚而以词实之。一世衔雨，则怨无穷尽矣。其序如此。《冬》：此写断也。分五段，前三段各四句，后两段各二句。首段，言途路之断也。东日西沉，孤而无偶，所云青溪白石，一郎一姑也，而杳不相见，其远甚于二女之望苍梧矣。次段，言芳情之断也。时气凝寒，众芳枯槁，而此心亦同寂灭。即或夜泛空明，而以月娥之容质，亦疑其未必美耳，盖甚言心灰也。第三段，言旧欢之断也。管弦惟觉其愁，貌态空留其质，回想当日之妙舞清歌，尽消归无有矣。第四段，言晓妆之断也。破鬟撩乱，虽有燕蝉，亦不成饰。况晓寒已经难受，又岂胜此金玉之寒姿也。第五段，言夜梦之断也。雨必有具，今不持去，岂能为暮雨之行，而天又曙，则好梦断难成矣。后二段若合而为一，则首句点明"朝"字，次句与第三句又不属，俱难承接，且非转韵体也，故从韵而以晓夜分之。路绝而心死，旧情不堪回想，又何有于此日之朝欢暮乐乎，其序如此。（《李义山诗疏》）

陆鸣皋曰：《春》：冶叶倡条，蜂能遍识；絮乱丝繁，天亦能迷。字语皆属奇创。至微阳初曙、梦断残语等句，尤耐人十日思。《夏》：后堂芳树，似阴用"后庭玉树"意。石城，应指金陵。蜀魂，南方之鸟；木棉，南土之花，故相属也。《秋》：南云、云梦，从楚弄生出，而中忽以鹦鹉联之，灵心奥折乃尔。末句"故"字，从"一世"生出，持看一世，不得不故矣。《冬》：二妃犹望苍梧，而此则不相望，故云"远甚"。岂阻绝更甚于死乎？李别有句曰："远别长于死。"往往好作此尽头语耳。浪乘画舸，似暗用谢尚牛渚事，只泛月意耳。空城，即"惑阳城"意，"掌中"谓舞；欢销，兼歌言，即装并下句，此倒法也。玉燕金蝉，顿缴上句，其法亦倒。不曰云车，而曰风车，避"朝"字耳。（《李义山诗疏》）

姚培谦曰：《春》：首四句，言意中之人不见。"暖蔼"四句，言幸得见之。"醉起"四句，言见后相思。"衣带"四句，言无可告诉。"夹罗"四句，言春光暗去，魂为之消也。《夏》：起手八句，言相思之深。前四句，属自己；后四句，属所思。"桂宫"四句，言相逢之际。"浊水"四句，则相别之况也。《秋》：首四句，秋宵景色。"欲织"四句，托织女以寄兴。"金鱼"四句，悲往日之风流易散，恐后之视今，亦犹今之视昔也。"瑶琴"四句，恨现前之欢娱有限，用巫山事，所谓"犹恐相逢是梦中"也。"双珰"四句，言别后之相思无极，所谓"置书怀袖中，三岁字不灭"也。"馨香"指尺素，"衔雨看"应是泪雨，言尺素为泪雨浸渍耳。《冬》：首四句，言冬日苦短，其室则迩，其人甚远也。"冻壁"四句，隐语：霜华映壁，影虽存而心已断；月娥临夜，寒既苦而色应凋。"楚管"四句，言此时虽楚女蛮姬腰支尚在，恐不堪作掌中舞也。末四句，又作无聊想象之词，白玉燕钗，风车雨马，纵彼情思不断，又岂能相持俱去耶？此皆所谓幽忆怨乱者。（《李义山诗集笺注》）

屈复曰：冤魄锁天牢，"幽光入西海"，皆所谓幽忆怨断之音也。《春》：一段无处不寻到。二段可望不可即。三段夕阳在地，酒醒梦断而终迷处所。四段相思之诚无可告语。五段幽魂飘荡，不胜东风，而相随直入西海，无已时也。《夏》：一段无聊景况。二段风光迅速。三段想其来而留之。四段冀其忽然从云中降也。水源之清浊既异，流亦不同，比其终不相合也。安得驾云而来，著薄雾之细裙，得手接而呼，方遂此愿。《秋》：一段长夜不寐。二段相思不相见。三段空房寂寞。四段梦寐无聊。五段唯展玩书札而已。南云绕云梦，谓方在高唐梦中，乃鹦鹉惊霜而动帘钩，遂惊醒也。《冬》：一段咫尺千里。二段天上所无之色。三段况是双美。四段物是人非。是四首词太盛，意太浅，味太薄。四句一解，格不变化，全无盛唐诸公之起伏顿挫，读者望其云雾，人人为绝不可解，可叹！可叹！（《玉谿生诗意》）

程梦星曰：四诗乃《子夜四时歌》之义而变其格调者。诗无深意，但艳曲耳。其格调与《河内诗》皆取法于长吉。（《重订李义山诗集笺注》）

冯浩曰：余初阅其（按：指徐德泓）逐句疏解，穿凿牵强，力斥其非。今细玩四章，若统以幽、忆、怨、断味之，颇饶趣味。其分属四字者，以《春》《秋》《冬》三首各有"幽"字、"怨"字、"断"字在句中，《夏》虽无"忆"字，而忆之情态自呈。然拘且凿矣。柳枝为东诸侯取去，故以"燕台"之习拟使府者标题，其亦可妄揣欤？《锦瑟》一篇分适、怨、清、和，已为诗家公案，乌可益以《燕台》之幽、忆、怨、断哉！（《玉谿生诗笺注补》）又云：解者各有所见，未能合一，愚则妄定之若是：首篇细状其春情怨思；次篇追叙旧时夜会；三篇彼又远去之叹；四篇我尚羁留之恨。每章各有线索。否则时序虽殊，机杼则一，岂名笔哉！总因不肯吐一平直之语，幽咽迷离，或彼或此，忽断忽续，所谓善于埋没意绪者。唐季有此一派，于诗教中固非正轨，然而神味原本楚《骚》，文心藉以疏瀹，譬之金石灵品，得诀者炼服以升仙，愚懵者乃中毒而戕命矣。又曰：燕台，唐人惯言使府，必使府后房人也。参之《柳枝序》，则此在前，其为"学仙玉阳东"时有所恋于女冠欤？其人先被达官取去京师，又流转湘中矣。以篇中多引仙女事，故知女冠。"铁网珊瑚"，他人取去也。玉阳在京，京师在西，故曰"东风""西海"也。玉阳在济源县，京师带以洪河，故曰"浊水清波"也。曰"石城"，曰"瘴花"，曰"南云"，曰"楚弄"，曰"湘川"，曰"苍梧"，皆楚地之境，故知又流传湘中也。与《河内》《河阳》诸篇事属同情，语皆互映。《柳枝》而外，似别有一种风怀也。内惟"石城"二字，与《石城》《莫愁》之作又相类，何欤？又曰：读此种诗，着一毫粗躁不得。（《玉谿生诗笺注》）

纪昀曰：以"燕台"为题，知为幕府托意之作，非艳词也。纯用长吉体，亦自有一种佳处，但究非中声耳。（《李义山诗集辑评》引）

姜炳璋曰：此托为妇人哀其君子之词，盖哭李赞皇（德裕）之作也。第一章，言卫公为党人排挤而含冤入地，可伤也（略）。（《夏》）此一章言其贬谪时虽讼冤无益，而无由以君子小人之党告之君也。此言赞皇逐后，其门寂寞无人也。（略）（《秋》）此一章言赞皇死，而已将无进用之望也。（略）（《冬》）此一章言可危者不独义山，而义山更切也。（略）又曰：此义山哀死之诗，而所哀之人。《春》则曰"海阔天翻无处所""愿得天牢锁冤魂""越罗冷薄金泥重"；《冬》则曰"堂中远甚苍梧野""楚管蛮弦愁一概"，则分明自下注脚矣，其贬潮、崖二州之李文饶乎？……及三复集中《李卫公》题诗，乃恍然曰：信矣，其为哭赞皇也。其云"绛纱弟子音尘绝，鸾镜佳人旧会稀"，即诗中取喻怨女思妇之说也；其云"今日致身歌舞地"，即小苑玉树、舞罢腰支之喻也；其云"木棉花暖鹧鸪飞"，即南云瘴花、越罗蛮管之词也。而义山（《柳枝五首序》）自谓少年所作艳诗，则自乱其词也。盖德裕既卒之后，正绹秉政之年，而"诡薄无行"之谤既腾，义山又乐自炫其才，一诗既出，人必传诵，而前后干绹之作，俱托之男女相思，而此四首，词则哀死，地则崖州，非哭赞皇而何？绹窥见意旨，必益其怒，故以《柳枝》五诗列于《燕台》之前，紧相联属，使观者以艳体目之。不然义山集中共五百六十七题，从无作长序一篇者，且柳枝一面相识，一语未通，而义山生平未尝驰心艳冶，胡为而作此长序乎？盖与《李卫公》题诗同为一岁内之作，皆有所畏忌而不敢昌言其意。（《选玉谿生诗补说》）

秦朝钎曰：义山诗如《无题》《碧城》《燕台》等诗，且放空著，即以为如《离骚》之美人香草，犹有味也。要其人风情，固自不浅。（《消寒诗话》）

张采田曰：《春》：首二句总冒，为四篇主意。"蜜房"二句，言平日寻春，冶叶倡条无不相识，未曾见有此人。"暖蔼"二句，记初见时态。"雄龙"二句，既见依然分阻，"絮乱丝繁"，所谓"有情痴"也。"醉起"四句，托之梦中欢会，梦醒而云迷处所，能不使人怅恨哉！"衣带"四句，言自春徂秋，惟有相思刻骨，心同石坚，不可磨灭，安得锁之天牢，不令分散也。"夹罗"二句点景，"今日"二句，言相思不胜，直欲随之而去矣。亦暗起后篇意也。通篇皆状苦思痴想，惆怅恍忽，真深于言情者，宜柳枝闻而惊叹与？《夏》：此首承前篇，代其人写怨。其人为人取去，必先流转金陵，故以石城点题。首二句闭置后房，人不得窥。"石城"二句，预想金陵景物，生离死别，有类黄泉，空使我弹柝而歌奈何也。"绫扇"四句，皆状其人冷落之态，寂寞中亦有欢伴乎？问之也。"桂宫"二句，为人取去之恨。"直教"二句，言取之者直据为己有矣。"浊水"二句，比其人落涸，昔为清流，今为浊污，何能使人不妒也？结二句言安得亲近其人，手接云轿，呼而询其近状哉！此篇皆是想象之词，冯氏谓实赋欢会，谬矣。据《河阳诗》，义山与燕台相见在人家饮席，其人已先为人后房矣。故诗中只叙为人后房情态，言其据为独有，更无出来之日也。无一语涉及为人取去，自与柳枝先遇后取者不同。冯氏泥"瘴花""木棉"字，疑为岭南风景，谓指杨嗣复贬潮事，最为无稽。不知瘴花木棉，泛言南方天暖耳。《河阳诗》亦有"蛱蝶飞回木棉薄"句，金陵亦南方地，况篇中固明言"石城景物"耶？《秋》：此篇言其人自金陵至湘暗约相见之事。首二句点秋景。"云屏"二句，言其又将远去。"欲织"二句，言我欲寄书问询，而无如终日思怨，两情不能遥达，惟回望北斗，叹河清之难俟耳。"金鱼"四句，言其人已离金陵，如鲤鱼失钩。但有鸳茵尘满，旧时小苑，任人往来，真有室迩人遐之恨。"《玉树》亡国",岂天意不怜美人如是乎?《玉树》亦借用金陵故事。"瑶琴"四句,言其人至湘中正值初秋之时也。"双珰"二句,记其人私书约我湘川相见,"内记"即书中所言也。结言其人又去,手香已故,只有私书缄封,可想象其歌唇衔雨而已。盖封书多用口缄也。此二句暗逗下篇,四首章法相生。学者细阅之,可以悟作诗之法矣。《冬》:此篇义山赴约至湘而其人又远去之恨也。"天东"二句,彼此参商。"青溪"二句,室迩人远。"冻壁"句点景,"芳根"句相思无益,芳心已灰。"浪乘"二句,对月怀人,言纵使再遇月娥,亦未必如彼美之婵娟矣。"楚管"二句,言彼此含愁一概,其人当亦为我消瘦,只有腰肢尚在耳。"当时"二句,言回想旧欢,桃叶桃根之乐,安可复得耶?"破鬟"二句,忆其人之容饰。结言风车雨马,匆匆持去,竟不能稍缓须臾,亲近芳泽,空使我对烛流涕而已。"蜡烛"句即杜牧之"替人垂泪到天明"意也。盖其人春天与义山相见,即为人取去,夏间流转金陵,至秋又赴湘川,曾约义山赴湘江及冬间赴约,而其人又不知转至何处矣。诗所以分四时写之。义山开成五年冬作江乡之游,当专为此事,与柳枝不可混合也。又曰:长吉诗派之佳处,首在哀感顽艳动人,其次练字调句,奇诡波峭,故能独有千古。若无其用意用笔,而强采撮其字面,以欺俗目,则优孟衣冠矣。如长吉诗中喜用"死"字"泣"字。此等险字,却要用之得当。至于典故,已经长吉运化,亦不宜生剥。玉谿此种数篇,凡长吉已用之典,一概不用,而独取未经人道者探寻用之。且语语运以沉思,出之奇笔,读之如异书古刻,光怪五色,不可逼视,如此方能与长吉代兴。(《李义山诗辨正》)又云:四诗为杨嗣复作也。首章起二句一篇之骨。"风光冉冉",喻嗣复相业方隆,"几日娇魂",喻无端贬窜……结则以"东风不胜"比中官倾轧,而嗣复之冤,将从此沉沦海底矣。次章专纪杨贤妃、安王溶事……三章嗣复之湘约己赴幕之事……四章义山赴湘,嗣复已去之事……哀感顽艳,语僻情深,使人不易寻其脉络,真善于埋没意绪者。集中凡关于家国身世,隐词诡寄,无不类此。若判作艳情,则大谬矣。

（《玉谿生年谱会笺》）

[鉴赏]

　　《燕台四首》的本事和具体的写作时间，难以确考。有的学者认为这四首诗只是写一种长怀憾恨的心灵境界，不必指实。但这组诗有好几处提到与这场悲剧性的爱情有关的地点与情事，如"蜀魂寂寞有伴未？几夜瘴花开木棉""双珰丁丁联尺素，内记湘川相识处""当时欢向掌中销，桃叶桃根双姊妹"等等。一定要说这些诗句都不反映具体的生活情事，是和读者的实际感受不相符的。作为对诗歌的艺术欣赏，自不妨更多地着眼它所表现的情感和心灵境界，但不必认为这组诗不包含具体的情事，纯粹是写主观的幻想。不能确考、详考，自不必硬求其确、其详，但根据诗中已经写到的情事断片作一些大致的推断，还是必要和可能的。约而言之，有以下数端：

　　其一，男女双方曾在湘川一带相识，其后男方曾以尺素双珰寄赠女方。

　　其二，写诗时女方现居之地，可能在岭南，视诗中"几夜瘴花开木棉""楚管蛮弦愁一概"等句可知。至于《夏》诗中提到的"石城景物类黄泉"，无论是指《石城乐》中的石城，或是指金陵，当是男方《夏》诗中所在之地。

　　其三，此女子有姊妹二人（所谓"桃叶桃根双姊妹"），男方所恋者为其中一人。

　　其四，此女子的身份可能是歌舞伎人。这从"玉树未怜亡国人""歌唇一世衔雨看""空城罢舞腰支在"等句可以推知。

　　商隐《河阳》《春雨》《夜思》诸诗所写情事，与《燕台四首》颇可相互参证。《河阳》有"南浦老鱼腥古涎，真珠密字芙蓉篇。湘中寄到梦不到，衰容自去抛凉天"等句，《春雨》有"远路应悲春晼晚，残宵犹得梦依稀。玉珰缄札何由达，万里云罗一雁飞"等句，

《夜思》有"寄恨一尺素，含情双玉珰"等句，与《燕台四首·秋》之"双珰丁丁联尺素，内记湘川相识处"当为同一情事。而《河阳》有"巴陵夜市红守宫，后房点臂斑斑红"之语，似其人为使府后房，而《燕台四首》之"燕台"又似取义于使府，则这组诗的题目可能暗示所写的内容是对现为使府后房的一位往日恋人的怀想，这与前面所说的其人身份为歌舞伎人亦相一致。至于四首诗分别以春、夏、秋、冬标题，可能与以下几个方面相关：

其一，取四季相思之意。

其二，与四首诗表现的情调有关。徐德泓在其与陆鸣皋合解的《李义山诗疏》中曾以《柳枝五首序》中的"幽忆怨断"四字分释春夏秋冬，谓"春之困近于幽，夏之泄近于忆，秋之悲邻于怨，冬之闭邻于断"，冯浩进一步指出《春》《秋》《冬》三首各有"幽"字、"怨"字、"断"字在句中，《夏》虽无"忆"字，而忆之情态自呈。虽或稍拘，但可以参考。

其三，与四首诗所表现的具体情事可能有关。从四首诗所写的情况看，双方相遇相识可能在春天，《春》诗"暖霭辉迟桃树西，高鬟立共桃鬟齐"可证。其后女方远去，不复见面。夏天男方曾去"石城"寻访其人未见，她已到了"几夜瘴花开木棉"的南方。秋天男方曾寄尺素书与双耳珰给对方，书中言有当初湘川相识之事。冬季时其人仍在南方而似已新寡，故有"雌凤孤飞女龙寡""空城罢舞腰支在""蜡烛啼红怨天曙"等句。

《燕台四首》的写作年代，当在商隐登进士第之前。《柳枝五首》中提到商隐的堂兄李让山在柳枝面前吟诵商隐的《燕台》诗，说明《燕台》诗当作于《柳枝五首》之前。又据《柳枝五首序》说到柳枝年十七，而让山称商隐为"吾里中少年叔"，说明其时商隐年龄尚轻，一般说不会超过二十五岁。而诗中所抒写的对爱情的深切体验和深微复杂的意绪，又非年龄过小者所具有。因此认为这组诗是诗人二十余岁未登第时的作品，应该大体不差。至于诗中所写的悲剧性爱情发生的时间，则应比诗的创作时间稍早。

由于这组诗所咏的当下时间跨越春、夏、秋、冬四季，每首诗中的时空又常有很大跳跃性，所咏情事或是对过去所历的回忆，或是对对方现时境况的想象，或是抒情主人公眼前面对的景物，或是抒情主人公的心灵独白，非常错综复杂。要想大体读懂它，必须首先明确一个基点，这就是四首诗究竟是男子思念女子还是女子的自我抒情？我曾在《李商隐诗歌集解》（增订重排本）和《李商隐诗选》（增订本）中就这一问题作过一次试验，前者处理成男思女，后者处理成女子自我抒情，结果似乎都可以解释得通。这种人称不明晰的特点和商隐某些无题诗非常相似。不过，通过反复比较，我认为还是以解为男思女比较妥当。下面便以此为基点对这四首诗作初步的解析。

首章开头四句写男主人公在春光遍布陌头时像采蜜寻芳的蜜蜂那样，到处寻觅对方的芳踪而不可得。"娇魂"及下面的"冤魂"均指所思念的女子精魂。所谓"几日娇魂寻不得"，实际上是精神上一种寻觅不已的反复追寻，不必拘实以为对方即居其地。寻觅不得，乃转而追忆初见伊人时的情景：在春天的迟晖暖霭中，对方梳着高高的发髻，伫立在桃树的西边，桃鬟云髻，两相辉映，颇似"去年今日此门中，人面桃花相映红"的情境，却写得迷离恍恍，疑幻疑真。而今"人面祇今何处去"，故接下来又回到当前独处的现境，发出雄龙雌凤杳远相隔的呼喊。面对暮春时节柳絮漫天飘荡、柳丝历乱纷繁的景象，内心一片迷茫，感到整个天宇也是一片迷蒙。"醉起"二句，写男主人公在这种迷茫失落的心境中，午间酒醉初醒，斜日映帘，迷迷糊糊中将"一场愁梦酒醒时，斜阳却照深深院"的情景错当成了清晨阳光初熹时的情景。酒醒梦断之际，耳畔似乎还依稀听到对方最后几句细语（暗示酒醉后入梦，梦见对方，双方细语切切，故梦醒时似乎还听得到对方的残语）。这种亦真亦幻、似真似幻的感觉，正传神地表现了男主人公痴迷恍惚的情态。梦醒后的恍然若失又导致了新的一轮追寻。"愁将"二句，是说自己满怀愁绪，想用铁网挂取珊瑚那样寻觅到对方的踪影，但海阔浪高天翻，终迷处所。"衣带"四句，谓自己因刻骨思念而瘦损，春烟自碧，秋霜自白，大自然的景象如此韶丽，自己的内心却只是悲凉与无奈。自己虽如研丹擘石，一片赤诚，但天公似乎并不了解，唯愿有一座天牢以紧锁住对方那迷失的冤魂。最后四句，想象值此暮春时节，对方当已委夹罗而着单绡。香肌上衬贴着仍带有一点寒意的玉佩。伊人远去，春光亦逝。自己的一片幽情苦思也随着逝去的春光入于西海。

第二章开头四句写夏天雨暮之景。雨帘不卷，芳树阴阴，石城景物，幽暗阴霾，有类黄泉或夜半时分。少年郎君虽然像潘岳那样丰姿秀逸，挟弹行游，却无人欣赏。"石城"当是男主人公现居之地。处此凄黯孤寂之境，自然又想到远去的伊人。"绫扇"四句，是想象所思女子现时的情况，谓值此夏夜，对方想亦寂寥独处，绫扇轻摇，呼唤西南风至，轻帷翠幕，如漩波荡漾回旋。而今流落异乡，如同泣血啼红的蜀魂，寂寞之中有无女伴相慰相怜？南中荒远之地，近日来木棉花想又夜开数树吧？"瘴花木棉"，点明时令及所思女子现居之地，且以木棉花之红艳反衬女子处境之孤寂。下四句由双方现时处境之孤寂转忆昔日双方的欢会：月华流转，清光四射，如此良夜，双方窃窃私语，对方的气息如香薰兰绽，沁人心脾。当时真想让银河堕我怀中，免得这天孙织女常苦于来来去去。"浊水"二句是用浊河清济之异源比喻两人之清浊异途，不能相偕。最后二句，又转而企盼对方像天降仙女那样乘着云车、穿着缃裙倏然降临。

第三章起四句想象对方在清寥明净的秋夜独坐含愁的情景：月华满天，似乎整个天宇都被月光的凉波所浸湿。伊人夜深不寐，凉月既落，疏星入户，云屏不动，颦眉独坐。只听到檐前铁马，一夜叮当作响。"欲织"四句，说对方想殷勤寄信以达相思之意，但终日相思却反而化作满腔的怨思（因思极而不得见故生怨怀）。只仿佛听到北斗酌浆之声回环不绝，而清浅的银河已隐没不见。"不见长河水清浅"即"长河渐落"之意。暗示斗转河隐、时间流逝，而会合无期。这八句的意境颇类《常娥》诗："云母屏风烛影深，长河渐落晓星沉。常娥应悔偷灵药，碧海青天夜夜心。""金鱼"四句，是写所怀女子旧居荒凉冷寂的景象：鱼钥深锁重门，院中芬芳的丹桂已经不再含蕊流香，旧时华美的茵褥上已经布满了灰尘。小苑荒废，已经变成了人行的道路，当年玉树歌舞之人，又有谁怜惜她的不幸命运呢？"金鱼锁断红桂春"，兼寓金屋贮娇、断送其人青春芳华之意，"玉树"点明其人身份。"瑶琴"四句，转而想象所思女子秋夜弹瑟寄情的情景，谓瑶瑟愔愔，深含悲怨的楚声；越罗衣薄，难禁秋夜之清寒，似乎连罗衣上的泥金之饰的一分沉重都感觉到了（用"金泥重"反衬"越罗衣薄"）。帘钩金笼中的鹦鹉，因为惊霜而夜啼，惊醒了伊人萦绕的绮梦（"南云"用陆机《思亲赋》"指南云以寄钦"、陆云《九愍》"眷南云以兴悲"，用作怀想思念之情的代称）。"双珰"四句，谓昔日双珰尺素，寄情殷殷，内记湘川相识时的情景。料想对方将终生含泪，珍藏珰札。可惜双方杳远隔绝，会合无期，珰札上被对方反复摩挲把玩而留下的馨香也将随着时间的流逝而逐渐消失。末句正象征着这一段充满温馨记忆的情缘已成过去。

第四章首四句写双方永隔之恨。首句点冬令，"雌凤""女龙"喻所思女子；"孤飞""寡"似谓其人现已寡居。青溪小姑与白石郎分喻对方与自己，谓双方远隔，对方所居之画堂比苍梧之野还要遥远，盖用舜葬苍梧之典，极言生离甚于死别。"冻壁"二句，谓冬日严寒。壁间霜华隐结，遥想其人，恐亦正如芳树根断，其芳心亦枯死矣。自己空乘画舸，追忆当年如同莫愁之伊人，想历此磨难，其时美如嫦娥的对方如今也未必再是美婵娟了。"楚管"四句，想象其人在南方的生活及姊妹欢销之恨，谓当日歌舞堂前，楚管蛮弦，纷然杂奏，而今此管弦均成供愁添恨之具。寂寞空城，欢销舞罢，唯剩瘦损的腰肢。昔日曾作掌上舞的桃叶、桃根姊妹，均已舞歇香销，无复当年的欢情了。最后四句，想象对方孤冷憔悴之态与伤离怨断之情。谓其人如今破鬟蓬鬓，倭堕髻斜，燕钗金蝉，独自瑟缩于冬晨寒气的侵凌中，夜来风雨亦未能化作风车雨马持之而去，唯独对啼红的蜡烛，彻夜不寐，和泪直至天明。

根据上面的疏解，可以看出这组诗有以下几个鲜明特征：

其一，强烈的主观抒情性。《燕台四首》显然包含着一个悲剧性的爱情故事。这样一种生活素材，如果让元稹、白居易等善于叙事的诗人来处理，肯定会敷演成一篇《长恨歌》式的爱情悲剧故事诗。但在李商隐手里，却把生活素材中事的成分几乎全部抽掉，完全只写抒情主人公对这场悲剧性爱情的心灵感受和对所爱女子刻骨铭心的思念。诗的绝大部分都是通过回忆或想象，来抒写与对方过去相遇、相识、欢会时的情景，或对方在不同季节、时地的处境和心情。而且这种抒写，主要不是交代事件的发生、发展与结局，而是化事为情、借事写情。像《春》诗中的"暖蔼辉迟桃树西，高鬟立共桃鬟齐"，《夏》诗中的"桂宫流影光难取，嫣薰兰破轻轻语"，《秋》诗中的"双珰丁丁联尺素，内记湘川相识处"，《冬》诗中的"当时欢向掌中销，桃叶桃根双姊妹"这些片断情景的叙写，其目的并不在交代事件，而是为了表现抒情主人公对这些情景难以消磨的鲜明印象和深刻记忆。至于对女子现时处境、心境的想象，更明显是为了表现刻骨铭心的思念和同情体贴对方的感情。

其二，跳跃性的章法结构。这一点和强烈的主观抒情性密切相关。由于诗不是以事件的发生、发展和结局来组织，即按时间顺序作线性叙述，而是以诗人强烈而时刻流动变化的感情为线索，因此诗的章法结构就必然是随着诗人的感情流程，忽而回忆，忽而想象；忽而昔境，忽而现境；忽而此地，忽而彼地；忽而闪现某一场景片断，忽而直抒心灵感受这样一种断续无端、来去无迹的章法结构。如《春》诗从一开头的"几日娇魂寻不得"的茫然自失，到转忆初见时"暖蔼辉迟桃树西，高鬟立共桃鬟齐"的融怡明媚情景，再折回当前"雄龙雌凤杳何许？絮乱丝繁天亦迷"的一片迷茫，从叙事角度看，似极为错综变幻，从感情变化发展的流程看，却又极为自然。这说明这种章法结构对抒写强烈多变的感情流程来说，是非常适合的，可以说这是一种心灵诗、意识流诗的章法结构。

其三，着意表现一种悲剧美。这可能是这组诗具有强烈艺术感染力的重要原因。约而言之，有以下两个方面：一是诗中描绘的女主人公形象具有悲剧美。像《秋》诗的结尾："双珰丁丁联尺素，内记湘川相识处。歌唇一世衔雨看，可惜馨香手中故。"寄寓着美好爱情的尺素双珰，被女主人公在永无休止的思念中反复摩挲、把玩、阅读，那上面不仅渗透了她的点点泪痕，也留下了手泽的芳香，但这一切都将随着时间的流逝而逐渐消失。这个想象中浓缩了长久时间的情景，将一段美好情缘的消逝和女主人公一世含悲回忆往事的形象表现得极具悲剧美。《冬》诗结尾出现的那个"破鬟倭堕凌朝寒，白玉燕钗黄金蝉"的伊人，尽管风鬟雨鬓，难以禁受冬晨的朝寒，但那室外风雨凄寒、室内蜡烛流红的境界，却将这位独自伴着蜡烛默默流泪的女子衬托得极具悲剧性美感。不妨说这"蜡烛啼红怨天曙"的形象既是女主人公悲剧形象的传神描写，也是整组诗悲剧意境的象征性表现。二是诗中所表现的情境往往在丽景哀情的映衬中显示出动人的悲剧美。如"衣带无情有宽窄，春烟自碧秋霜白"所显示的韶丽春光秋色和背负着沉重哀情的男主人公之间的映衬对照，"蜀魂寂寞有伴未？几夜瘴花开木棉"所展现的南中鲜丽景物和女主人公寂寞哀伤情境之间的映衬对照，都是显例。

诗分春、夏、秋、冬四题，分别抒写抒情主人公的四季相思。程梦星认为系取《子夜四时歌》之义而变其格调者，可参。随着时间的流逝和四季景物的变化，抒情主人公的感情也由一开始的反复寻觅、怀想、企盼重会，到悲慨相思无望、情缘已逝，最后到"芳根中断香心死"，爱情终归幻灭。《冬》诗中出现在凄风苦雨和朝寒侵袭下破鬟蓬鬓、对烛悲泣的女主人公形象，从外形到内心，都与《春》诗、《夏》诗乃至《秋》诗中大不相同。徐德泓借《柳枝诗序》"幽忆怨断"四字概括四首大意，谓"春之困近于幽，夏之泄近于忆，秋之悲邻于怨，冬之闭邻于断"（《李义山诗疏》），虽未必尽切各首之意，但却启示我们，各首所表现的情感不但各有特点，而且整组诗的悲剧气氛是在不断加强、深化的，感情和人物的心理都是有变化发展的。

在这组诗中，通过回忆、想象所展现的昔境与现境的交错，实境与虚境、幻境的交融，几乎随处可见，加上结构章法的跳跃性，遂使全诗呈现出一种朦胧迷幻的色调。它在学习李贺诗的想象新奇、造语华艳方面，可谓深得其神髓，但它又具自己的独特面目。它不像长吉诗那样奇而入怪，艳中显冷，而是将奇幻的想象用于创造迷离朦胧的境界，用华艳的辞采来表达炽热痴迷、执著缠绵的感情。使人读后，既深为诗中所抒写的生离甚于死别的悲剧性爱情而悲叹，但同时又感到其中荡漾着一种悲剧性的诗情，一种执著追求的深情，一种令人心田滋润的诗意。哀感缠绵中流露的正是对生活中美好情事的无限留恋，故虽极悲惋，却不颓废。

这组诗对后世的词影响很深远（特别是对宋代周邦彦、吴文英等人），这也说明了它在文学史上的地位。

崔 橹

崔橹，大中（一说广明）时登进士第，曾官棣州司马。《新唐书·艺文志》著录其《无讥集》四卷。《全唐诗》录存其诗三十八首。

华清宫三首 (其三)①

门横金锁悄无人，落日秋声渭水滨②。红叶下山寒寂寂，湿云如梦雨如尘。

[校注]

①华清宫，见杜牧《过华清宫三绝句》（其一）注。②华清宫在骊山北麓，在京兆府新丰县，北临渭水。

[笺评]

谢枋得曰：形容离宫荒废寂寞之状尽矣，可与杜子美《玉华宫》参看。此诗只四句，尤简而切。（《注解选唐诗》卷二）

敖英曰：离宫凄寂之景，写得入神，奚啻诗中有画。（《删补唐诗选脉笺释会通评林·晚七绝》）

范大士曰：叙离宫荒废之状，如按图指点。（《历代诗发》）

宋顾乐曰：此二作（指第一、三首）只写题神，言外自有无限感慨，直欲夺李、杜之席而自树一帜者也。（《唐人万首绝句选》评）

俞陛云曰：崔橹诗言华清宫之兴废。第一首言宫内，"明月自来"二句，玄宗归来咸阳之意，自寓其中。与（张祜《雨霖铃》）"月明南内更无人"句，同一凄绝。第二首（按：即第三首）言宫外，四无人声，宫门深锁。回首天半笙歌，殊有鹤归之感。宋人故宫词："漆

车夜出宫门静，凉雨萧萧德寿宫。"与此诗意境相似。（《诗境浅说》续编）

刘永济曰：此题唐人作者甚多，崔氏但从眼前所见景象描写，而今昔盛衰、荒唐召乱之故，皆可从言外得之。（《唐人绝句精华》）

沈祖棻曰：两诗都极写天宝之乱以后华清宫的荒凉景色。而其作意则在于缅怀唐帝国先前的隆盛，感叹现在的衰败，有很浓重的感伤情绪……后一首起句点明空山宫殿，门户闭锁，悄然无人。以下三句，都就此生发，写离宫荒凉寥落的景色。宫在渭水之滨，由于宫中悄然无人，故诗人经过，所见唯有落日，所闻惟有秋声（指被秋风吹动的一切东西所发生的音响）。而山头红叶，也由于气候的寒冷，飘落到了山下，带来了寂静的寒意。"红"与"落日"配色，"叶"与"秋声"和声。而夕阳西沉之后，却又下起雨来。含雨的云浮游天际，像梦一样迷离；而云端飘落的雨丝，却又像灰尘一样四处随风飘落。绘声绘色，极为逼真。《文心雕龙·隐秀篇》云："情在词外曰隐，状溢目前曰秀。"崔橹这两首诗，纯属描写，而能"状溢目前"，不着议论，自然"情在词外"，可以算得上隐秀之作。

[鉴赏]

华清宫是晚唐诗人经常吟咏的对象。它既是唐玄宗由前期的励精图治向后期的荒淫失政转变的标志，也是唐王朝由繁荣昌盛走向动乱衰败的标志。崔橹的《华清宫三首》，第一首、第三首都写得非常出色。第一首说："草遮回磴绝鸣銮，云树深深碧殿寒。明月自来还自去，更无人倚玉栏干。"黄生评曰："后二语真如十四颗明珠，惜起句欠浏亮。"从气氛的渲染和意境的创造来看，也以第三首更为含蓄传神。

"门横金锁悄无人"，首句是对华清宫门的一个近景特写。油漆斑驳的宫门上，横挂着锈迹斑斑的铁锁，宫门内外，悄寂无人。华清宫在安史之乱时曾遭到战火的破坏，其后的历朝皇帝，罕有到此巡幸者，到崔橹写这首诗时，久已荒废。这从大中六年杜牧、张祜、温庭筠等人的咏华清宫的长篇排律中可以清楚看出。绝句篇幅短小，不可能对华清宫荒废颓败景象作具体铺写，故把笔墨集中在"门横金锁"这一点上，借此透露华清宫荒凉冷寂的面貌，使读者想象得之。

"落日秋声渭水滨"，第二句撇开华清宫，将目光投向宫外的环境氛围。时已深秋，又值傍晚，一轮落日，正渐渐隐没于西南方。渭水之滨，秋风萧瑟，万物都在发出秋声。"渭水滨"点明华清宫北滨渭水的地理位置，而"落日""秋声"的渲染，则给整个环境染上了一层浓重的黯淡凄凉气氛。

"红叶下山寒寂寂"，第三句承上"秋声"，写骊山上经霜的红叶，在秋风的劲吹下，纷纷飘落山下，堆积道旁，给人以凄寒寂寥的感受。红叶在树上时，色彩鲜艳耀眼，而当它凋落之际，则颜色已变为暗红，加上整个环境气氛的影响，故诗人目接"红叶下山"时，只感到深秋的凄寒寂寥了。

"湿云如梦雨如尘"，结句写笼罩在华清宫上空的雨云。日落之后，天气转为阴霾。饱含水分、带着湿意的云层在上空徘徊流动，给人以如梦似幻的感觉；而从云层轻洒下来的细雨则像极细的尘土一样，只是在它给人带来一丝凄其的寒意时，才感受到它的存在。这一句描绘"云""雨"两种物象，用了两个前人很少用过的比喻，极传神地传达出了诗人对它们的细微感受。而且由于它用作全篇的结句，又使全诗极富含蓄的韵味。

从整首诗看，诗人对华清宫正面着笔的仅首句"门横金锁悄无人"七字，其余几句，均从侧面烘托渲染，通过落日、秋声、红叶、湿云、细雨等物象，着意营造一种没落、黯淡、凄清、寂寥、如梦似幻的氛围和意境，曲折透露诗人面对荒废的华清宫时那种凄凉黯淡的心声和盛世繁华如梦的心理。全篇几乎没有一句叙述、议论语，全为景物的描绘渲染，但它给人的凄寒黯淡感受却非常深刻。

高　骈

高骈（821—887），字千里，幽州（今北京）人，世为禁军将领。系高崇文之孙。少习武，亦好文学。大中时为灵武都督府左司马。历神策军都虞候、秦州刺史。咸通五年（864），为安南都护。僖宗立，加同中书门下平章事，迁剑南西川节度使。乾符五年（878），徙荆南节度使。六年冬移镇淮南，统率诸军讨伐黄巢起义，然拥兵自重，欲割据一方。朝廷削其兵权，骈上书诋毁朝廷，后为部将毕师铎所杀。《新唐书·艺文志》著录高骈诗一卷。《全唐诗》编其诗为一卷。

山亭夏日

绿树阴浓夏日长，楼台倒影入池塘。水精帘动微风起，满架蔷薇一院香。

[笺评]

谢枋得曰：此诗形容夏日之光景，极其妙丽如画然。想山亭人物，无一点尘埃味也。"水精帘"乃微风吹池水，其波纹如水精帘也。（《注解章泉涧泉二先生选唐诗》卷四）

宋宗元曰：盛唐格调。（《网师园唐诗笺》）

[鉴赏]

诗题中的"山亭"，是指贵显之家华美庭院花园中的一座建在小山上的亭台，可以俯览观赏园中景物。诗中所写的，就是诗人在山亭上所见所感到的夏日正午时分的幽静境界。

首句"绿树阴浓夏日长"，写夏日正午时分，耀眼炽热的阳光垂

直照射在一片枝叶茂密的树林上，使碧绿的树叶显得更加夺目，也使浓密的树阴显得更浓。妙在"绿树阴浓"下接"夏日长"三字，一方面说明"绿树阴浓"的景象标志着"夏日长"的季候景物特征，另一方面更重要的是写出了山亭中观赏景物的诗人面对夏日正午绿树浓阴遮地景象时的那一份静谧的感受。夏日正午时分，人们都在憩息，整个庭院花园都沉浸在静寂之中，那满树碧绿的浓阴正传出了夏日正午静谧的神韵，也显示出了夏天白昼悠长的神韵。

次句"楼台倒影入池塘"，写池边楼台的倒影映入池塘之中，这既显示出池水之清澈，也暗透池水的平静和微风不起的景象。风之定、池之清、影之不动，归根到底仍是写夏日正午的寂静。

一、二两句，写夏日中午园中绿树浓阴覆地，一片静寂；写楼台倒影映入池塘，波纹不兴，写的都是无风时的景象，显示的是无风情况下的静谧境界。三、四两句，转而写微风起时的庭院景象，而表现的则同样是一种静谧的境界。

"水精帘动微风起"，第三句仍从视觉感受角度写。过了一会儿，只见楼阁上挂的水晶帘在微微摇漾晃动，这才意识到有轻微的风吹过，身在山亭的诗人脸上、身上也感受到微风带来的一丝凉意，这说明先是从视觉上感受到有微风，继而从触觉上感受到它的吹过。这一句虽写到"帘"之"动"，"风"之"起"，但由于是"微风"，故整个境界氛围仍是静悄悄的。"帘动""风起"不但没有破坏整个环境的静寂，相反地，还进一步渲染出静寂的氛围。

"满架蔷薇一院香"，末句既从视觉感受写，又从嗅觉角度写。蔷薇通常在初夏季节开花，花期约半月，盛开时香气特别馥郁，因此"满架"盛开的蔷薇使馥郁的香气充溢"一院"自是实情。但这里的"一院香"实际上也暗写了"微风"的传送。夏日中午，阳光正炽，盛开的蔷薇在阳光照射下香气自然变得更浓，而"微风"的传送则使整个庭院都充满了它的芳香。这里写出了诗人一种沁人心脾的陶醉感。而满院蔷薇芳香背后所透露的同样是一种夏日中午整个庭院的静谧氛围。

全诗四句，纯为写景，没有一笔正面写到人。但它所要表现的主要不是绿树浓阴、池塘倒影、珠帘微动、蔷薇花香等具体景物，而是由这一系列景物及诗人的视、触、嗅觉感受所构成的一种静谧幽美的意境，以及诗人对这种意境的陶醉流连。评者或赞其有"盛唐格调"，其实就意境及写法而言，它则更接近于词。诗所写的虽是富贵人家的华美庭院景象，但却并没有流俗的富贵气，而是使人感到诗人欣赏品味的不俗。这一点对于高骈这样一个武人来说，也值得赞许。

陆龟蒙

陆龟蒙（？—882），字鲁望，自号"江湖散人""天随子""甫里先生"，苏州吴县人。咸通中隐于松江甫里。咸通十年（869）秋在苏州应举试取解，因朝廷停试，不复应试。皮日休为苏州刺史崔璞从事，与之交游酬唱，龟蒙编为《松陵集》。乾符四年（877），往依湖州刺史郑仁规。六年春卧病松江笠泽，自编其诗文为《笠泽丛书》。李蔚、卢携为相，召拜左拾遗，诏方下而病卒。南宋叶茵将《笠泽丛书》《松陵集》合编为《甫里先生文集》二十卷。《全唐诗》编其诗为十四卷。今人王锡九有《松陵集校注》。

和袭美春夕酒醒①

几年无事傍江湖②，醉倒黄公旧酒垆③。觉后不知明月上，满身花影倩人扶④。

[校注]

①袭美，陆龟蒙诗友皮日休的字。诗当作于咸通十年（869）至十一年皮日休为苏州从事、与陆龟蒙结识以后，二人相互酬唱期间。皮日休的原唱为："四弦才罢醉蛮奴，酴醿馀香在翠炉。夜半醒来红蜡短，一枝寒泪作珊瑚。"②傍江湖，指其隐居于松江甫里，过着放浪江湖，不拘形迹的生活。③黄公旧酒垆，《世说新语·伤逝》："王浚冲为尚书令，著公服，乘轺车，经黄公酒垆下过。顾谓后车客：'吾昔与嵇叔夜、阮嗣宗共酣饮于此垆。竹林之游，亦预其末。自嵇生夭、阮公亡以来，便为时所羁绁。今日视此虽近，邈若山河。'"此处只取与诗友共饮酒垆，仿竹林之游之意。④倩，请。

周珽曰：珽读绝句，至晚唐多臻妙境。龟蒙别寻奇调；《自遣》之外，如《春夕》（按：即《和袭美春夕酒醒》）、《初冬》（《初冬偶作》）、《寒夜》等作，俱有出群寡和之音。若《白莲》《浮萍》，又当求之骊黄牝牡之外者也。（《删补唐诗选脉笺释会通评林·晚七绝》）

朱宝莹曰：题系酒醒，从"醉"字入，系题前起法，首句第曰"无事"，徐徐引起"醉"字。次句正面入"醉"字。三句转到"醒"字。四句承三句吟咏，尤切"春夕"。［品］细丽。（《诗式》）

刘拜山曰："满身花影倩人扶"，自是晚唐佳句，然不免纤琐。东坡《西江月》诗云："解鞍倚枕绿杨桥，杜宇一声春晓。"气象何等开朗！（《千首唐人绝句》）

［鉴赏］

陆龟蒙是唐代著名的隐逸诗人。他曾作《江湖散人歌并传》，自称"散人者，散诞之人也。心散、意散，形散、神散"。这首《和袭美春夕酒醒》，不妨说是一幅江湖散人的自画像。

皮日休的原唱紧贴题目，写春夜酒醒时见席上红烛蜡泪流溢，犹如一枝红色的珊瑚，在想象的新奇与设喻的新颖中透出醉眼蒙眬的情态，也称得上是佳作。陆龟蒙的和诗，虽也写酒醒后的情态，却不拘于题目和原唱，而是通过对自己几年来生活状态的艺术概括和春夕酒醒情态的描写，画出"江湖散人"任情散诞、潇洒风流的精神风貌，较之皮日休的原唱，显然进入了更高的精神境界。

"几年无事傍江湖"，诗虽写"春夕酒醒"情事，却撇开当晚，从远处着笔取势，诗人隐于江湖，过着放浪形骸、散漫不拘的隐逸生活。所谓"无事"，也就是"十载江南尽是闲"（皮日休《奉和秋赋有期次韵》）的"闲"，其中既有对潇洒清闲生活的自赏自足，也蕴含着遭逢浊世末世，既无所用于世，也不求用于世的心态。这样一种大的生活环境和心境，正是此次"春夕"酒醉和酒醒的背景。

次句"醉倒黄公旧酒垆"，紧承"无事"，写与诗友酒垆买醉。"黄公酒垆"之典，此处仅取如王戎之与嵇、阮，共为竹林之游，相与宴饮之意。与原典中怀念已逝旧友之意无涉。句中"旧"字，透露诗人与皮日休早就在这家酒店宴饮，已经和酒家是老相识了。正因为如此，这次春宵宴饮，便更不拘形迹，尽兴而饮，故彼此都"醉倒"垆侧，浑然不觉。"醉倒"正起下两句的"觉"与"扶"。

"觉后不知明月上，满身花影倩人扶。"醉倒酣卧，时间在醉酒的诗人浑然不觉的情况下流逝推移，转眼之间，明月已经升上天空，月光映照在春天盛开的花枝上，斑斑驳驳的花影，投射在醉卧的诗人身上，使诗人满身都布满了花影。这时，酣睡的诗人方才醒来，见到这种"满身花影"的情景，正想起身，却又感到乏力，遂只能请人扶起身子了。这两句写醉后明月映射，满身花影的情景固然非常新颖而富于美感，但尤妙在"觉后不知"四字所传出的那份情趣。照一般人的想法和写法，此处说"觉后方知"似乎比较合乎常情，而且这样写也不失诗趣。但诗人却说连刚醒来时也不知道明月已上，只看到满身花影扶疏的情景，欲起而乏力，须请人扶起。这就把酣醉乍醒时意识尚未完全清醒状态下的美好新奇感受极为生动传神地表现了出来，而诗人的那种潇洒脱俗、豪纵不羁的风神意态也得到了充分的表现。将醉酒的情态写得这样美，又这样生动传神，这首诗算得上是难得的佳作。

白　莲①

素蘤多蒙别艳欺②，此花真合在瑶池③。还应有恨无人觉④，月晓风清欲堕时。

①此系《和袭美木兰后池三咏》之三。木兰，即木兰院，在苏州郡治后。按皮日休原唱云："但恐醒醐难并洁，只应薝卜可齐香。半垂金粉知何似？静婉临溪照额黄。"②素蘤，白色的花，此指白莲。蒙，受。别艳，异类之艳，这里指红莲。欺，压倒。③真，《全唐诗》校："一作端。"瑶池，古代传说中昆仑山上池名，西王母所居。④还应，《全唐诗》校："一作无情。"无，《全唐诗》校："一作何。"

[笺评]

石曼卿曰：如皮日休（当作陆龟蒙）咏白莲诗云："无情有恨何人觉，月冷风清欲堕时。"若移作咏白牡丹诗，有何不可？弥更亲切耳。（《苕溪渔隐丛话·前集》引）

苏轼曰：诗人有写物之功。桑之"沃若"（《诗·卫风·氓》："桑之未落，其叶沃若。"）他木殆不可以当此。林逋《梅花》诗："疏影横斜水清浅，暗香浮动月黄昏。"决非桃李诗。皮日休（当作陆龟蒙）白莲诗："无情有恨何人觉，月晓风清欲堕时。"决非红莲诗。此乃写物之功。若石曼卿《红梅》诗："认桃无绿叶，辨杏有青枝。"此至陋语，盖村学中体也。（《东坡志林》）

刘绩曰：唐人咏物诗，于景意事情外，别有一种思致，必心领神会始得，此后人所以不及唐也，如陆鲁望《白莲》诗云："素蘤多蒙别艳欺，此花端合在瑶池。无情有恨何人觉，月晓风清欲堕时。"……妙处不在言句上，宋人都不晓得。（《霏雪录》）

焦竑曰：花鸟之诗，最嫌太着。余喜陆鲁望《白莲》诗……花之神韵，宛然可掬，谓之写生手可也。（《焦氏笔乘》卷三）又曰：此诗为白莲写神。李长吉《昌谷笋》诗佳，然终不如鲁望此诗之妙。长吉在前，鲁望在后。"情""恨"诗句，非相蹈袭，着题不得避耳。胜棋

所用，败棋之着也。良庖所宰，族庖之刀也，而工拙却悬矣。（《删补唐诗选脉笺释会通评林·晚七绝》引）

杨慎曰：观东坡与子帖，则此诗之妙可见。然陆此诗祖李长吉。长吉咏竹诗云："斫取青光写楚辞，腻香春粉黑离离。无情有恨何人见，露压烟笼千万枝。"或疑"无情有恨"不可咏竹，非也。竹亦自妩媚。（《升庵诗话·白莲诗》）

周珽曰：此亦自比素洁，不当溷居浊世，致以清修见欺，无人怜悯其冷落，又恨其不可名言者也。又曰：落想下笔，直从悟得，咏物之入神者。（《删补唐诗选脉笺释会通评林·晚七绝》）

陆时雍曰：风味绝色。（同上引）

黄生曰：比喻贞素之士宜立朝廷，反为谗邪所蔽，不见知于世也。杜牧（《齐安郡中偶题》）"多少绿荷相倚恨，一时回首背西风"，与此末二语皆极体物之妙。若长吉"无情有恨何人见，露压烟迷千万枝"，乃咏竹也，天趣稍减矣。（《唐诗摘抄》卷四）

王士禛曰：余谓陆鲁望"无情有恨何人见，月晓风清欲堕时"二语恰是咏白莲诗，移用不得。而俗人议之，以为咏白牡丹、白芍药亦可，此真盲人道黑白。（余）在广陵，有《题露筋祠》绝句云："翠羽明珰尚俨然，湖云祠树碧于烟。行人系缆月初堕，门外野风开白莲。"正拟其意。（《渔洋诗话》卷上）

朱之荆曰：末语的是白莲，动不得。（《增订唐诗摘抄》）

吴景旭曰：鲁望《白莲》二句，无论体物之工，即"月冷风清"，是何气韵！断不属三春物候。东坡解人，且道决非红莲诗也……余观范石湖《岭梅》诗："花不能言客无语，日暮清愁相对生。"又似脱胎鲁望，而韵格并绝。（《历代诗话·唐诗·白莲牡丹》）

沈德潜曰：取神之作。（《重订唐诗别裁集》卷二十）

宋宗元曰：诗殆借以自况。（《网师园唐诗笺》）

俞陛云曰："月晓风清"七字，得白莲之神韵，与昔人咏梅花"清极不知寒"，咏牡丹诗"香疑日炙消"，皆未尝切此花，而他处移

易不得，可意会不可言传也。(《诗境浅说》续编)

刘永济曰：此亦借白莲咏怀也。结句得白莲之神韵，故古今传诵以为佳句。(《唐人绝句精华》)

刘拜山曰：隐逸非出于本心，飘零自伤于迟暮，咏白莲正所以自况也。诸家仅取其体物之工，未免失之于浅。(《千首唐人绝句》)

钱仲联曰：它以神韵独绝见长，所谓神韵，就是有远神，有清韵，不着痕迹，言外含不尽之意，耐人寻味。语句尤贵雅素自然，有淡扫蛾眉之美，不要穷尽力气，句雕字琢，甚至落得笨相。这首诗做到了这点。通首不用"白"字"莲"字，而百花中只有白莲才配得上身份。它从月晓风清的境界中，显示了"欲堕"时的"无情有恨何人觉"情致，这就是遗貌取神的艺术手段。(《百家唐宋新诗话》第457页)

[鉴赏]

这首咏物诗，写出了白莲的境遇、感情和精神气韵，是这类诗中遗貌取神、独具标格的佳作。

首句直叙白莲的境遇。"素蘤"的"蘤"，是古代"花"字的别写。"素蘤"在这里即指白莲，"别艳"指红莲。莲花中红莲居多，由于它开得比较艳丽，因而也就容易受到一般人的喜爱。而白莲颜色素淡，常不为人所欣赏。但在作者看来，那为世俗所重的红莲不过是俗艳、别艳（指其非莲花的正宗颜色，而是旁门异类），只有那素净淡雅的白莲才是莲花的正色，才和它那出污泥而不染的高洁品格相称。"素蘤""别艳"两个词语，褒贬分明，暗透出作者写作此诗是有意托物寓感。不说一般人不欣赏白莲而欣赏红莲，却说"素蘤多蒙别艳欺"，这就更明显地将它们作为两种对立品格的象征。而白莲既寂寞无赏，又时受同类的别艳排挤欺压的境遇，也于此可现。

"此花真合在瑶池"，第二句撇开"别艳"，专咏"素蘤"，但却不加具体描摹形容，只从虚处唱叹传神。不但暗示白莲是超凡脱俗的仙品，而且暗示她正如瑶池的仙姝，自有明丽天然的高标逸韵。"真合"二字，强调的意味很重，言外自含人间世俗难以容纳、也无人赏识这白莲仙品之意。这句虽写得很虚，但通过富于想象的虚拟，却传出了白莲的仙标逸韵。

当然，一首咏物诗，如果单靠"真合在瑶池"一类的虚泛赞叹，是不可能给人留下深刻印象的。因此三、四两句便进而通过环境景物的烘托传其神韵。

"还应有恨无人觉，月晓风清欲堕时。"第三句苏轼引作"无情有恨何人觉"，这原是李贺《昌谷北园新笋》（其三）中的诗句，苏轼在称引时误作皮日休诗，可见是全凭记忆。在引用时因对李贺的那句诗印象颇深，故有可能误将李诗成句误成皮（陆）诗，后人因苏轼的名气很大，也就依苏轼所引，将这一句改成了"无情有恨何人觉"。其实，将陆诗的上下文联系起来体味，诗中并无而且也没有必要去强调白莲的"无情"。三、四两句的语气是连贯的，意思是说，当晓月尚在、晨风轻拂的时候，盛开而不被人注意的白莲就要悄悄凋谢了，它想必怀有满腔的幽怨而不为人所知吧。诗人不去具体描绘白莲洁净素雅的身姿、清淡幽隐的馨香，也不去形容它的含苞欲放或纷纷盛开之时，而是特意渲染其悄然"欲堕"之时；而写"欲堕时"，也不去描绘其白色的花瓣离披纷落之状，而是用"月晓风清"这样一个幽静寂寞而又洁净晶莹的环境氛围来烘托它的幽怨和寂寞、高洁和清雅。可以说，一直到最后，作者始终没有对白莲进行任何外形的刻画描绘，而是致力于写它的精神情态。诗人通过第三句"还应有恨"的微挑，和第四句"月晓风清欲堕时"的出色烘染，一方面写了它的幽恨，它的不被欣赏和同情的悲剧境遇；另一方面，又显示了它的精神品格，气韵风采。在白莲身上，诗人不仅寄托了自己的情操、品格和境遇，也概括了封建社会中一部分清高正直、孤芳自赏、怀才不遇的士人的共同特点。

一般的咏物诗，要求不即不离，不粘不脱，形神兼备。这首咏白莲的诗却遗貌取神，纯从虚处着笔。这在咏物诗中是匠心独运之作。

新　沙①

渤澥声中涨小堤②，官家知后海鸥知。蓬莱有路教人到③，应亦年年税紫芝④。

[校注]

①新沙，指海边新淤涨的沙洲。②渤澥，《文选·司马相如〈子虚赋〉》："浮渤澥，游孟诸。"李善注引应劭曰："渤澥，海别支也。"或云即指渤海。但陆龟蒙生平足迹似未及渤海一带，此处意或即指小海。小堤，指沙堤。堤内是一片沙荒地。③蓬莱，传说中的海上三神山之一。④紫芝，木芝，似灵芝。古人以为瑞草，道教以为仙草，此取后义。《十洲记》："方丈洲在东海中心，群仙不欲升天者，皆往来此洲，仙家数十万，耕田种芝草。"

[鉴赏]

唐代末期，政治腐败，赋敛苛重，封建统治危机深重。一些不满现实政治、同情人民疾苦的文人，写了不少犀利泼辣的政治讽刺小品和讽刺诗。陆龟蒙和罗隐，便是兼擅讽刺小品和讽刺诗的能手。

这首《新沙》所反映的是当时尖锐的社会政治问题——封建官府对农民敲骨吸髓的赋税剥削（唐末农民大起义的直接导火线之一就是苛税)，但取材和表现手法都不落窠臼。诗人不去写官府对通都大邑、良田膏沃之地的重赋苛敛，也不去写官府对普通贫苦农民的残酷压榨，而是选取了海边上新淤积起来的一片沙荒地作为描写对象。诗的开头一句"渤澥声中涨小堤"展示的是这样一幅图景：海潮不断冲向海岸，又不断退回大海，在循环往复、经年累月的涨潮落潮声中，海边逐渐淤垒起一线沙堤，堤内形成了一片沙荒地。这短短七个字，反映的是一个长期、缓慢而不易察觉的大自然的变化过程。这里的慢，与下句的快，这里的难以察觉，与下句的纤毫必悉，形成了鲜明的对照，使诗的讽刺意味特别强烈。

"官家知后海鸥知。"海鸥一直在大海上飞翔盘旋，对海边的情况是最熟悉的；这片新沙的最早发现者照理说必定是海鸥。然而海鸥的眼睛却敌不过贪婪地注视着一切剥削机会的"官家"，他们竟抢在海鸥前面盯住了这片新沙。这当然是极度的夸张，在实际生活中，不要说"官家知后海鸥知"的情况不会有，就是"海鸥知后官家知"的情况也不大可能出现。那么，这夸张是否失实呢？不，讽刺的生命是真实，衡量艺术作品中的夸张是否成功，关键就在于它是否反映了对象的本质。在深刻揭露官家敲骨吸髓、无孔不入、随时随地都在盘算着增加剥削收入的贪婪本性这一点上，这种近乎荒诞的夸张正是高度的艺术真实。"海客无心随白鸥"，海鸥虽然一直在海上飞翔盘旋，看惯了潮起潮落，但它是没有心机的，对新沙之类的自然变化虽见而"无心"。而"官家"呢，却做梦时也睁着贪婪的眼睛，是有意的，正因为这样，贪婪的本性所产生的对剥削机会的敏感，自然使海鸥望尘莫及了。这夸张既匪夷所思，却又那样合乎情理。它的幽默之处还在于：当官府第一个发现新沙，并打算宣布对它的所有权，以便榨取赋税时，这片新沙还是人迹未到的不毛的斥卤之地呢。连剥削对象都还不存在，就打起榨取赋税的如意算盘，这仿佛很可笑，但对官家本质的揭露，又何等深刻！

一个歌唱家一开始就"高唱入云"，是很危险的。因为再扶摇直上，就会撕裂声带。这首诗的第二句，夸张已达极致，如下面仍用此法揭露官家剥削本性，是难以为继的。诗人没有回避艺术上的困难，也不采取撕裂声带的笨法，而是把夸张与假设推想之辞结合起来，翻空出奇，更上一层。

"蓬莱有路教人到，应亦年年税紫芝。"蓬莱仙境，传说有紫色的灵芝，服之可以长生。神仙们在那里耕田种芝，过着自在逍遥的生活。在常人眼里，蓬莱是神仙乐园，不受尘世一切约束，包括赋税的苛扰，就像桃花源中"秋熟靡王税"一样。那里盛产的紫芝，自然也可任凭仙家享用，无须纳赋和进贡。但在诗人看来，这些都不过是天真的幻想。蓬莱仙境之所以还没有税吏的足迹，仅仅是由于烟涛微茫，仙凡路隔；如果有路让人可到，那么官家想必也要年年去收那里的紫芝税吧。

这种假设推想，别说"税紫芝""蓬莱有路"，连蓬莱本身就属子虚乌有，但这更近荒诞的推想却反映了本质的真实：官家搜刮的触须无处不到。这仿佛是对善良人们"乐土"幻想的一种善意嘲讽。《诗·魏风·硕鼠》的作者向往过没有"硕鼠"的"乐土"，陶渊明也虚构了"秋熟靡王税"的人间仙境——桃花源。诗人毫不留情地撕破了这种幻想。"溥天之下，莫非王土；率土之滨，莫非王臣"，蓬莱仙境，也不是化外之境，只要有路可到，就得年年征税。只要办得到，他们会把天上地下、四海之内的一切地方都列入赋税范围。杜荀鹤的《山中寡妇》说："任是深山更深处，也应无计避征徭！"所表现的实际生活内容和陆诗"蓬莱"二句大体相似，仅就艺术效果而论，陆诗显然更为强烈。原因之一，就在于杜荀鹤的那两句诗仅止于事实的叙述和一般的议论，而陆诗则以高度的夸张更深刻地揭示了官府无孔不入的贪婪剥削本质。

这里还有一个讽刺艺术问题。高度的夸张，尖刻的讽刺，在这里是用近乎开玩笑的幽默口吻表达的。话说得轻松、平淡，仿佛事情本就如此，毫不足怪。这丝毫也不减弱它的艺术力量。相反地，人们倒是从这里感受到一种看透了讽刺对象丑恶本质而无限鄙视的精神力量。把仙家的"紫芝"和人间的"税"联系起来，是荒诞滑稽的。但人们在笑的同时却意识到了一个严酷的事实：人间天上，都没有任何乐土。在阶级斗争白热化的时代，对现实持清醒态度的人，才能说出这种打通后壁的话。不管作者主观意图如何，它是有利于被剥削者丢掉幻想的。

怀宛陵旧游①

陵阳佳地昔年游②，谢朓青山李白楼③。唯有日斜溪上思④，酒旗风影落春流。

[校注]

①宛陵，汉旧县名，唐宣州宣城县。《元和郡县图志·江南道四·宣州》："宣城县，本汉宛陵县，属丹阳郡，后汉顺帝置。至晋置宣州郡，隋自宛陵移于今理。"今安徽宣州市。②陵阳，山名，在宣城。据《方舆胜览》，一峰为叠嶂楼，一峰为谯楼，一峰为景德寺。非指在泾县东南传为陵阳子明得仙处之陵阳山。此以"陵阳"借指宣城。③谢朓，南朝齐代著名诗人，曾任宣城太守。曾建自名为"高斋"之楼，后代又名谢公楼、北楼。唐咸通年间，宣州刺史独孤霖改建，称叠嶂楼。李白游宣城时，曾登楼赋诗，此句"谢朓青山"当即指谢朓建高斋的陵阳山，而"李白楼"则指李白所登之北楼（谢公楼）。或谓"谢朓青山"指当涂县东南之青山，谢朓曾筑室及池于山南，故称谢公山；"李白楼"则指李白晚年寓居当涂时所居之楼，恐非。因下二句提及"溪"及"春流"，均指谢朓楼下之溪水。④溪，指宛溪及句溪二水。参见李白《秋登宣城谢朓北楼》诗"两水夹明镜"句注。

[笺评]

敖英曰：三、四佳。情景融会，句复俊逸。（《唐诗绝句类选》）

沈德潜曰：（三、四句）佳句，诗中画本。（《重订唐诗别裁集》卷二十）

李锳曰：通首以"佳地"二字贯下，第三句点入"怀"字。末句写景，可作画本。（《诗法易简录》）

范大士曰：掷地有金石声。（《历代诗发》）

朱宝莹曰：题有"怀"字，处处须从"怀"字着想。首句"昔年游"三字，便从"怀"字含咀而起。次句但写宛陵名胜，而"怀"字之神自在。以下言有一种风景最系人思，如溪上日斜之际酒旗风动，影照春流。三句变换，四句发之，十四字作一句读，神韵最胜。（品）神韵。（《诗式》）

俞陛云曰：宛陵为濒江胜地，诗吟澄练，楼倚谪仙，更得"风影""酒旗"佳句，客过陵阳，益彰名迹。犹之"桃花流水"，遂传西塞之名；"杨柳晓风"，争唱井华之句也。（《诗境浅说》续编）

[鉴赏]

这是一首怀念旧游之地的作品。题中的"宛陵"，本为汉代设置的县名，即今安徽宣州市，这是一座风景秀丽、富于历史文化传统气息和名胜古迹的江南名城，也是一座充满诗情画意的城市，诗人的怀念，便围绕着这些特点展开。

"陵阳佳地昔年游"，首句平平叙起，点明"旧游"。"佳地"总起以下三句，"昔年"应题内"怀"字，也暗透以下三句所写，均为怀念想象中的昔游景象。"昔年"的时间间隔，对于记忆中的情事景物，起着淘洗与发酵的双重作用。那些平常或缺乏特点的景象，往往因时间的淘洗而逐渐在记忆中淡出而至遗忘，而那些最具特色和美感的景象则因时间的发酵而在记忆中愈加清晰而鲜明。因此第二句"谢朓青山李白楼"，就从"陵阳佳地"的众多"旧游"之胜中自然涌现出留存在记忆中最鲜明突出、也最能代表宣州悠久历史文化传统的名胜古迹。南齐大诗人谢朓在任宣城太守时，曾游览过这里的许多风景佳胜之地，留下了一系列名篇佳制，像《游敬亭山》《之宣城郡出新林浦向板桥》《郡内登望》《冬日晚郡事隙》《高斋视事》《落日怅望》《送江兵曹檀主簿朱孝廉还上国》等都是在宣城任内所作。可以说，在谢朓之前，还没有任何一位著名的诗人如此生动地描绘歌咏过宣城的人事景物、山川秀色。这里所说的谢朓青山，实际上就是指他在任宣城太守期间曾在其上建有高斋的陵阳山。这座高斋后来改建成谢公楼（又称北楼、叠嶂楼）。唐代大诗人李白游宣城时，曾数登此楼，写下《秋登宣城谢朓北楼》《宣州谢朓楼饯别校书叔云》等著名诗篇，前诗中有"谁念北楼上，临风怀谢公""今古一相接，长歌怀旧游"等句，可见，山和楼都与今古相接的两位大诗人有过不解之缘。这里将"青山"属之谢朓，将"楼"属之李白，只是为了造成一种俊爽流利的风调，实际上在文义上是互见的（"青山"与"楼"既属于谢朓，也属于李白）。这"青山"和"楼"是宛陵著名的风景胜地、文化古迹，是当地文化传统的象征，也是当地的骄傲，城市的名片，因此特为标举。这一句虽然只是标举了人名和胜景，没有任何具体描写，但由于人们对谢朓、李白的熟悉，它们仍然可以唤起一系列优美的想象，并在想象中寓含着对这两位诗人的仰慕和缅怀。

三、四两句，进一步描绘往昔游历宛陵佳胜——"谢朓青山李白楼"时所留下的最为鲜明深刻、最富诗情画意的印象和感受——"唯有日斜溪上思，酒旗风影落春流"。"溪"和"流"，指环绕宣城而流的宛溪、句溪二水。李白《秋登宣城谢朓北楼》有"两水夹明镜，双桥落彩虹"之句。三、四两句，描绘出这样一幅充满诗情的图景：春天的傍晚，西斜的夕阳映着楼下的溪水和溪边的楼阁，酒楼上的青帘被晚风轻轻斜拂着，它的倒影映入了清澈的充满春天气息的溪流。那情景，该是何等地牵人思绪！这画图在景物的选择和配搭，色调的和谐统一等方面确实是意匠经营。晚风、斜日，色调略显黯淡，容易引起惆怅、伤感的思绪，而配上迎风招展的酒旗、清澈的溪流和溪流中风旗摇曳的倒影，又使整个画面变得活泼灵动、明朗舒展起来。特别是"落春流"的"春"字，更使整个画面带上了春天的色调与气息。这种在清新明丽的基调中略带黯淡色调的构图，最适宜于表达诗人那种既深情赞美流连又稍感惆怅的怀旧情绪。因此，读了这幅画，不但宛陵佳景如在目前，而且诗人的怀旧之情也自见言外。

诗人与酒，向来有不解之缘。诗中怀念的李白，更是一位酒仙式的人物。《宣州谢朓楼饯别校书叔云》中便有"长风万里送秋雁，对此可以酣高楼"的名句。此诗末句点出"酒旗"，并非不经意的闲笔。在诗人心目中，那随风飘拂的酒旗，以及它在水中的倒影就像是前辈诗人流风余韵的一种标志和象征。"今古一相接，长歌怀旧游。"李白在面对前代诗人遗迹时所产生的这种感慨缅怀，此刻恐怕也在陆龟蒙心中浮动。作为后辈诗人，他自己能不能为这陵阳佳地留下一份供后人歆慕感怀的流风余韵呢？这层意蕴，诗中没有明言，只是含蓄在充满诗情画意的图画中。"唯有"二字，稍稍逗引了这方面的消息。

这首诗的整个格调非常轻爽流利，但遣词造句，却相当考究，特别是后两句，更是在华美工致中显出潇洒风流的韵致，经得起反复讽咏、寻味。

司空图

司空图（837—908），字表圣，自号知非子。泗州临淮人。有先人所置别业在河中虞乡（今山西永济）中条山王官谷，故避地栖隐其间。咸通十年（869）登进士第。曾为宣歙观察使王凝幕僚。乾符五年（878），召拜殿中侍御史，寻贬光禄寺主簿、分司东都。后迁礼部员外郎、礼部郎中。光启元年（885），拜知制诰，迁中书舍人。三年，归隐于中条山王官谷。昭宗时累以谏议大夫，户部、兵部侍郎召，皆不赴。后梁开平二年（908），闻唐哀帝为朱温所杀，不食而卒。图为著名诗论家，论诗主"韵外之致""味外之旨"，对后世严羽、王士禛的诗论有深远影响。曾自编其诗文为《一鸣集》三十卷，已佚。后人辑有《司空表圣文集》十卷、《司空表圣诗集》五卷。《全唐诗》编其诗为三卷。

华上二首 (其一)①

故国春归未有涯②，小栏高槛别人家③。五更惆怅回孤枕④，犹自残灯照落花。

[校注]

①华上，指华州（今陕西华县）。乾宁三年（896）七月，李茂贞攻陷长安，唐昭宗出奔华州。此为诗人避乱旅居华州时所作。作于乾宁四年春。②故国，指沦陷的长安城。春归，春天归来。未有涯，谓春色无边无际。③小栏高槛，指诗人旅居华州所住的房舍楼上有细小的栏杆围绕。栏、槛均指栏杆。④回孤枕，梦醒于孤枕之上。

[笺评]

贺贻孙曰：（司空图）绝句如"故国春归未有涯，小栏高槛别人

家。五更惆怅回孤枕，犹自残灯照落花"，亦自有致，然绝非盛唐气象也。（《诗筏》）

叶矫然曰：司空表圣多佳句，如"绿树连村暗，黄花入麦稀""川明虹照雨，树密鸟冲人""马色经寒惨，雕声带晚饥""孤屿池痕春涨满，小栏花韵午晴初""五更惆怅回孤枕，犹自残灯照落花"，皆足称也。（《龙性堂诗话续集》）

俞陛云曰：表圣为唐末完人，此诗殊有君国之感。首句言收京之无望，次句言河山之易主。三、四句，明知颓运难回，犹冀一旅一成，倘能兴复，不敢昌言，以"残灯""落花"为喻，顾周原之禾黍，徘徊而不忍去也。（《诗境浅说》续编）

沈祖棻曰：乾宁三年到光化元年（896~898），昭宗被军阀李茂贞逼迫，曾离开长安，在华州暂住……这首诗是他在华州的怀归之作。首句写梦中之境。故国，即故乡。梦中回到故乡，看到春天已经回来，春光洒遍大地，无际无边。出"未有涯"三字，则姹紫嫣红，莺啼燕语，皆在其内。次句写梦后之境。一梦醒来，眼前所见，是小栏高槛，环境幽美，也很不差，可惜不是自己家里。出"别人家"三字，即王粲《登楼赋》"虽信美而非吾土兮，曾何足以少留"之意。后两句续写客况。五更已到，天色将晓，乡梦醒时，仍是孤零零地一个人睡着，房内是残灯，屋外是落花，一个美好的春天又算过去了，怎么能不使人惆怅呢！此诗大部分写景，前两句对比，后两句顺承次句，而用"惆怅"两字点出情怀，显示题旨。（《唐人七绝诗浅释》）

刘拜山曰：首二句写客中春尽，抒惓怀故国之思；下二句状时局飘摇，有不尽忧危之意。缠绵蕴藉，晚唐佳境。（《千首唐人绝句》）

[鉴赏]

"故国"一词，在不同的时空背景和具体语境中，有不同的含义。可以是指故乡（如张祜《宫词》之"故国三千里"），也可以是指故都、旧国（如刘禹锡之"山围故国周遭在"、李煜之"故国不堪回首月明中"）。对这首诗的不同阐释，实际上源于对"故国"的不同理解。从写这首诗的时间（乾宁四年春，897）看，唐室虽已岌岌可危，但离亡国尚有十来年，因而"故国"不可能指已亡之旧国。那么会不会是指京城长安呢？联系作者《漫题三首》之一"乱后他乡节，烧残故国春"之句，此"故国"当指长安无疑。

"故国春归未有涯"，首句写遥想中故国春归的情景。春天又回到了人间，但自己却因战乱避居华州，流滞未归故国长安。遥想长安此时，该是烂漫春色，无边无际，一片姹紫嫣红、绿芜碧树的景象了。"未有涯"三字，既状春色之弥漫遍布大地，也透露出诗人遥想长安时思绪的绵延无尽，向往思慕中又隐含有欲归而未能的无奈。

"小栏高槛别人家"，次句点明诗人现在华州的居处。栏、槛均指栏杆，诗人当是在所居的楼上凭栏西望，遥想故国春归的景象，故这句用"小栏高槛"来指代在华州的居处。如果是在承平年代，凭栏遥想京华，虽亦不免引起思念之情，但情绪不至于如此低沉。而值此战乱年代，咫尺天涯，欲归不得，那种身处异乡之慨就特别强烈，在"小栏高槛"之下接以"别人家"三字，就将这种强烈的身处异乡的孤子感表现出来了。

一、二两句与三、四两句之间，似乎有时间上的推移。一、二两句所写，系白昼凭栏所见所思，三、四两句，则转写"五更"梦回时所见所思。日有所思，则夜有所梦，梦境的内容自然也离不开故国长安。五更梦醒，残灯荧荧，映照着栏杆外的残花，犹疑身在故国，面对着风雨中的缤纷落花呢。转念一想，此身原在异乡的华州，不禁倍感惆怅失落，伤感凄清。"犹自"二字，正透出梦回之际，恍惚迷离，疑梦为真的情状。

诗的内容不过写客居异乡时对故国春色的想象思念。但由于身处唐代末世，又因战乱避居异乡，情怀便特别伤感惆怅，缠绵哀惋。特别是诗中"故国""五更""惆怅""孤枕""残灯""落花"等一系列带有浓重感伤色彩的词语的反复渲染，遂使全诗虽无一语正面道及战乱及末世，却分明能感受到一种乱世的凄清孤寂意绪，缠绵宕往，令人低回不尽。

聂夷中

聂夷中，字坦之，河南中都（今河南沁阳东北）人。咸通十二年（871）登进士第，曾任华阴县尉。《新唐书·艺文志》著录《聂夷中诗》二卷，《全唐诗》编其诗为一卷。

咏田家①

二月卖新丝，五月粜新谷②。医得眼前疮，剜却心头肉。我愿君王心，化作光明烛。不照绮罗筵③，只照逃亡屋。

[校注]

①《全唐诗》校："一作伤田家。"②粜（tiào），出卖谷物。③绮罗，本指华贵的丝织品或丝绸衣服，此借以形容富贵人家筵席的华美丰盛。

[笺评]

冯道曰：农家岁凶则死于流殍，岁丰则伤于谷贱，丰凶皆病者，唯农家为然。臣记进士聂夷中有诗云："二月卖新丝，五月粜新谷。医得眼前疮，剜却心头肉。"语虽鄙俚，曲尽田家之情状。农于四人（民）之中，最为勤苦，人主不可不知也。（《资治通鉴》卷二百七十六载冯道对后唐明宗问）

孙光宪曰：聂夷中少贫苦，精于古体，有《公子家》诗……又《咏田家》诗……所谓言近意远，合《三百篇》之旨也。（《北梦琐言》卷二）

蔡居厚曰：（聂夷中）有诗曰"二月卖新丝……"，孙光宪谓有

《三百篇》之旨。此亦诗史也。(《诗史》)

胡三省曰：谓新谷未熟，农家艰食，先称贷以自给，至于卖丝籴谷，仅足以偿债耳。(《通鉴注》)

《留青日札·诗谈新编》：聂夷中"卖丝""籴谷"之篇，《全唐诗话》以为言近意远，合《三百篇》之旨；或又谓：可为诗史。皆非也。试观《三百篇》中如谭大夫"南箕""北斗"之讽，何其温厚和平，初不必显然如"医疮""剜肉"之怨讪也。

何孟春曰：聂夷中《咏田家》诗"二月卖新丝"……"籴新谷"者，乃贫民其时预指丝、谷去借债耳。到丝、谷出时，俱是他人之物，是所谓"医得眼前疮，剜却心头肉"也。(《馀冬诗话》卷上)

陆时雍曰：唐人入古，便少雅趣，所以为难。唯韩昌黎"青青水中蒲"最绝。(《唐诗镜》)

陆次云曰：烂熟不可删去。(《五朝诗善鸣集》)

宋长白曰：聂夷中诗："二月卖新丝，五月籴新谷。"或曰："二月蚕尚未生，新丝乌有?"何燕泉曰："盖谓贫民预指丝、谷作借贷之资耳。至丝、谷出时，俱是他人之物，故谓'医得眼前疮，剜却心头肉'也……陆宣公奏议曰：'蚕事方兴，已输缣税，农功未艾，遽敛谷租。有者急卖而耗其半直，无者求假而费其倍酬。'"夷中盖用其意。(《柳亭诗话》)

钱大昕曰：唐末诗人，多以绮丽纤巧为工，所谓桑间濮上，亡国之音也，而昧者转以为唐人正声，谬矣。若……聂夷中之"二月卖新丝，五月籴新谷。医得眼前疮，剜却心头肉。"……语近情深，有《三百篇》之馀意。(《十驾斋养新录·晚唐诗》)

沈德潜曰：唐时尚有采诗之役，故诗家每陈下民苦情，如柳州《捕蛇者说》亦其一也。此诗言简意足，可匹柳文。(《重订唐诗别裁集》卷四)

宋宗元曰：《国风》乎?《小雅》乎?悱恻乃尔。(《网师园唐诗笺》)

[鉴赏]

在唐代的悯农诗中，李绅的《古风二首》和聂夷中的这首《咏田家》是历代传诵，流传最为广远的作品。它们的共同特点之一，就是选取最能反映农民之苦的典型细节或事例，用直率尖锐的语言集中表现出来，从而造成强烈的艺术震撼力。

"二月卖新丝，五月粜新谷。医得眼前疮，剜却心头肉。"没有任何交代、铺垫和酝酿，一开头就单刀直入，尖锐地揭示出看似极其反常，却最能反映农民无以为生的苦况的两种现象：二月尚未开始养蚕，农民却已开始卖丝；五月新谷刚刚播种不久，农民却已开始卖谷。对这极反常的"卖"和"粜"的原因，诗人不作任何说明。但熟悉旧社会农民困苦状况的都知道，二月和五月，正是贫苦农民春荒、夏荒已经开始严重，吃了上顿就没有下顿的季节。这种时候，为了活命，就只能将未来的"新丝""新谷"预作抵押，廉价地卖给放高利贷的地主富商，以求暂时度过春荒和夏荒。但这样地预"卖"预"粜"，却无异于将今年一年的蚕丝收入和粮食收成全部或绝大部分预先支付给了地主富商，等待着他们的只能是更大的饥荒，更加严重的恶性循环。最终必然是秋谷刚刚登场，家中已无斗储，陷入借贷无门，无衣无食的绝境。对这种"卖"和"粜"的后果，农民自然深知，但为了求得眼前的活命，只能无奈地作出此举。"医得眼前疮，剜却心头肉"这个极富创造性和震撼力的比喻，就是对农民"二月卖新丝，五月粜新谷"的沉痛而无奈的心理的深刻描写，也是对其严重后果的形象展示。剜肉补疮，本近荒唐，何况是"剜却心头肉"来"医得眼前疮"！极荒唐而不近理的事却被迫着不能不去做，明知这样做会断绝生活后路，也只能无可奈何忍痛去做。一个对农民困绝处境和卖青经历没有亲身体验的人，一个对农民这种难以言传的痛苦没有切肤感受的人，写不出这样痛切肺腑、惊心动魄的诗句。孙光宪说聂夷中"少贫苦"，辛文房更谓其"奋身草泽，备尝辛楚，卒多伤俗闵时之举，哀稼穑之艰难"，正是这种"贫苦"而"备尝辛楚"的生活经历，成就了像《咏田家》这样的诗。这也正是聂夷中和白居易的区别。

"我愿君王心，化作光明烛。不照绮罗筵，只照逃亡屋。"前四句将田家之苦痛表现得如此深刻尖锐，淋漓尽致，后四句却突然刹住，不再对这种现象更添一语，而是掉转笔锋，表达对君主的希望祈愿。乍看似乎前后幅之间缺乏连接过渡，转接有些突兀，对君主的祈望更不免纯属幻想。实则第五句开头的那个"我"字，正是连接前后幅的枢纽关键。诗的前幅，是春荒、夏荒相接，卖青度日，陷于绝境的农民痛苦心情的自白；诗的后幅，则是处于绝境中的农民在万般无奈中发出的善良而天真的希望，希望君主的心，化作光耀的明烛，不照富贵人家华美丰盛的筵席，只照贫苦困穷、逃亡流离百姓的茅屋。这个"我"固然可以理解为诗人以贫苦农民代言人的身份出现在诗中，但理解为困穷无奈的农民的直接抒情似乎更符合实际，更具悲剧性。中国的农民，即使处境再艰困，甚至到了"二月卖新丝，五月粜新谷"这种剜肉补疮的程度，绝大多数仍然不会去铤而走险、走向造反的一途，而是寄虚幻的希望于封建统治者。诗的后幅，如果从表现农民的善良愿望和悲剧性心态这个角度去理解，也许更会感到它的真实性。

曹 唐

曹唐，字尧宾，桂州（今广西桂林）人，或云郴州（今属湖南）人。初为道士，后还俗。大中年间举进士不第。咸通中为州郡从事，后暴病卒。《新唐书·艺文志》著录《曹唐诗》三卷，《全唐诗》编其诗二卷。集中多游仙之作。

仙子洞中有怀刘阮①

不将清瑟理霓裳②，尘梦那知鹤梦长③。洞里有天春寂寂，人间无路月茫茫④。玉沙瑶草连溪碧⑤，流水桃花满涧香⑥。晓露风灯零落尽，此生无处访刘郎。

[校注]

①《法苑珠林》卷四十一引刘义庆《幽明录》谓：东汉永平五年（62），剡县（今浙江嵊州）人刘晨、阮肇共入天台山（在今浙江天台县北）采药，迷不得返。经十三日，粮乏尽，饥馁殆死，遥望山上有一桃树，大有子实，上，各啖数枚，而饥止体充。复下山饮水，见芜青叶从山腹间流出，复有一杯流出，便共汲水。逆流行二三里，复度山。出一大溪边，溪边有二女子，姿质妙绝，见二人持杯出，便笑曰："刘、阮二郎，捉向所流失杯来。"乃相见，而悉问来何晚，因邀还家。遂停半年，求归。既出，亲旧零落，邑屋改异，无相识。问讯，得七世孙。《太平御览》引《幽明录》谓二人重入天台访二女，踪迹杳然。曹唐根据这一传说，写了七言律体组诗《刘晨阮肇游天台》《刘阮洞中遇仙子》《仙子送刘阮出洞》《仙子洞中有怀刘阮》《刘阮再到天台不复见仙子》共五首。系曹唐所作《大游仙诗》五十篇中的

一组诗。②将，持。理，治理、温习。《霓裳》，《霓裳羽衣曲》的简称，参白居易《长恨歌》"惊破霓裳羽衣曲"句注。此指仙家的乐曲。③尘梦，尘世之梦。鹤梦，仙家之梦。传说中仙人多以鹤为坐骑，故常以"鹤"作为仙家的代称。④月茫茫，形容月光朦胧。⑤瑶草，即莔草，传说中的香草。瑶，通"莔"，东方朔《与友人书》："相期拾瑶草，吞日月之光华，共轻举耳。"李贺《天上谣》："王子吹笙鹅管长，呼龙耕种拾瑶草。"此泛指仙草。⑥流水桃花，参注①引《幽明录》，因溪边山上有桃树，故溪水中有桃花流出。洞，即溪。

[笺评]

《太平广记》引《灵怪录》：（曹唐）久举不第，尝寓居江陵佛寺中，亭沼境甚幽胜，每日临玩赋诗，得两句曰："水底有天春漠漠，人间无路月茫茫。"吟之未久，自以为常制皆不及此作。一日，还坐亭沼上，方用怡咏，忽见二妇人，衣素衣，貌甚闲冶，徐步而吟，则唐前所作之二句也。唐自以制以翌日，人固未有知者，何遽而得之？因近而讯之，不应而去，未十步间，不见矣……数日后，唐卒于佛舍中。

阮阅曰：曹唐、罗隐同时，才情不异。罗曰："唐有鬼诗。"或曰："何也？"曰："水底有天春漠漠，人间无路月茫茫。"

方回曰：曹唐专借古仙会聚离别之事，以寓写情之妙，有如鬼语者，有太粗者。选此二首（《仙子送刘阮出洞》《刘阮再到天台不复见仙子》），极其精婉。（《瀛奎律髓》卷四十八）

辛文房曰：唐尝会（罗）隐，各论近作。隐曰："闻见游仙之制甚佳，但中联云：'洞里有天春寂寂，人间无路月茫茫'，乃是鬼耳。"唐笑曰："足下牡丹诗一联乃咏女子障：'若教解语应倾国，任是无情也动人。'"（《唐才子传》卷八）

陆时雍曰：是为平调。（《唐诗镜》卷五十三）

胡震亨曰：曹唐寓江陵寺亭沼间，得句"水底有天春漠漠，人间无路月茫茫"。明日还坐沼上，见素裳女子步咏前句，追讯之，遽没，数日唐殂。考此乃唐刘阮游仙诗"洞里有天"云云，元不说"水底"，人改之以就所云"池沼"者。诗谶故有之，然率然自出胸臆，故验。何须人点窜代为之欤？（《唐音癸签·谈丛五》）

《唐诗鼓吹评注》：首言自别刘阮之后，懒将瑶瑟而理霓裳之曲。想刘、阮已归尘世，其梦当不及仙梦之长也。综彼此而言之，我居洞里，别有一天，而春光寂寂；君在人间，相寻无路，而月色茫茫。尘梦鹤梦，其相去为何如哉！五、六句言仙家景物常在，而不得与刘、阮相赏。今刘、阮一去，俨若晓露风灯易于零落，悠悠仙梦乃与尘寰相隔，正未知此生何处可问刘郎耳。（卷四。按：《唐诗鼓吹》将曹之游仙诗置宋邕名下）

黄子云曰：曹唐游仙诗有"水底有天春漠漠，人间无路月茫茫"，玉谿《无题》诗，千妖百媚，不如此二语缥缈销魂。（《野鸿诗的》）

何焯曰："月茫茫"，用奔月事。（同上引）

潘德舆曰：曹唐"水底有天春漠漠，人间无路月茫茫"，罗隐"云中鸡犬刘安过，月下笙歌炀帝归"，同属鬼诗。然未若黄滔之"冢上题诗苏小见，江头酹酒伍员来"为尤足笑也。盖晚唐丑态，无所不备。（《养一斋诗话》卷四）

冯继聪曰：洞中仙子别刘郎，尘梦那知鹤梦长。流水桃花香满洞，而今好句忆曹唐。（《论唐诗绝句·曹唐》）

[鉴赏]

前人对曹唐诗，颇多恶评。实则他的大、小游仙诗，不但颇多丽句佳联，且有极富想象的诗境。这首《仙子洞中有怀刘阮》便是一例。

刘晨、阮肇入天台山遇仙事，是一个富于浪漫色彩的仙凡爱情传奇故事，它不但内容情节美丽动人，而且具有诗的元素。但曹唐之前的诗人，只将这一故事化为典故运用于诗中（如刘禹锡咏玄都观桃花二绝句之"刘郎"与"前度刘郎"），却未能发掘其中诗的元素，将它敷演成以游仙诗的形式出现的爱情传奇故事诗。曹唐的五首咏刘阮入天台遇仙女的组诗，实现了将传奇故事化为融叙事、抒情为一体的诗歌的创造。不但在游仙诗的写作上是一种突破，在爱情诗的领域也是一个新品种。

原来的刘、阮遇仙故事中，并没有两位仙女在刘、阮归去后于仙洞中思念对方的情节，因此这首诗的全部内容情事，纯属诗人虚拟幻设，这就需要发挥丰富的想象，创造出优美的诗境。这正是此诗创作上的难点，通过诗人的想象和妙笔，将它化为诗的突出优点。

"不将清瑟理霓裳，尘梦那知鹤梦长。"首句写刘、阮去后，两位仙女由于思念情人，情怀黯然，失去了往日欢聚时的兴致，再也不持清美动听的瑟来温习重奏《霓裳羽衣曲》了。次句进一步写仙女内心的怨怅。尘梦，指尘世之梦；鹤梦，指仙家之梦。在仙女的想象中，此刻处于尘世的刘、阮自然也思念着自己，在梦中见到了自己；但他们哪里知道，自己想念他们的感情更为深长，梦境也比他们更长呢？传说中山中方半载，尘世已历七代，仙家的日月比尘世要长得多。古人这一极富想象力和创造性的奇想在这里变成了"尘梦那知鹤梦长"的奇语，而表达的意思则是仙女思念情人的感情之深长远胜于凡俗尘世，可以称得上是奇思妙想，意新语警。

"洞里有天春寂寂，人间无路月茫茫。"颔联续写仙女孤居洞中的寂寞和对人间思念向往的渺茫。神仙洞府，别有天地，异于尘世，故说"洞里有天"；但洞府中的春天，由于刘、阮两位情郎的归去，却显得分外寂寥。"春"色原应鲜艳灿烂，给人以热闹的感受，这里说"春寂寂"，正透露出仙女内心的孤独寂寞和苦闷无聊。思念人间的情郎，想去寻访，却无路可往，只见眼前是一片朦胧的月色，弥漫仙山，人间不知者在何处。"月茫茫"同样透露出仙女内心的渺茫失落。这一联不用华丽的辞藻，不施用力的刻画，却创造出神仙洞府孤清凄寂的意境，表现出仙女寂寞无聊、渺茫失落的意绪，对仗工整，出语自然，仿佛随口道出，浑然天成，确实是唐诗中少见的佳联警句。黄子云极赞此联，以为"玉谿《无题》诗千妖百媚，不如此二语缥缈销魂"，可称具眼。盖此二语之艳在骨，非寻常绮语之艳在字面。

"玉沙瑶草连溪碧，流水桃花满涧香。"腹联承"春寂寂"，进一步渲染刘、阮去后，虽春色依然，而人去春空，仙山寂然。如玉的白沙缘溪而布，馥郁的瑶草连溪而碧，溪水中桃花片片，香气四溢，这一切明艳的春色依然如故，但情人的踪迹却已杳然。两句看似纯粹写景，但景外有人，景中含情，从这幅画图中可以想象出仙女面对溪边沙草、溪中桃花时景是人非、景在人杳的空虚怅惘。景丽而情悲，表情特别含蓄，写"怀"旧的意绪不露痕迹。

"晓露风灯零落尽，此生无处访刘郎。"尾联写仙女长夜不寐，思念情人，直至天明，感叹自己就像清晓的露水，风中的残灯，眼看就要零落殆尽，此生再也无处寻觅自己的情郎了。此联承"人间无路"句，以仙女"无处访刘郎"的长叹结，而"晓露风灯零落尽"的即景描写中寓含的比兴象征意味，又加强了这种长叹的悲剧色彩。唐人诗中多以仙真喻女冠，这首诗如果把它理解为女冠对一去不复返的情人的怀念，也很真切耐味。

来 鹏

来鹏（一作鹄，非），豫章（今江西南昌）人。咸通中举进士不第。广明元年（880）黄巢克洛阳、破潼关，入长安称帝，僖宗奔成都，鹏避游荆、襄，南返。中和年间（881—885）客死维扬。唐末另有来鹄，工文。《全唐诗》编其诗为一卷，其中除《圣政纪颂并序》外，均为来鹏所作。

云

千形万象竟还空①，映水藏山片复重②。无限旱苗枯欲尽，悠悠闲处作奇峰③。

[校注]

①竞，终竞。②重，重重叠叠。③顾恺之《神情诗》："春水满四泽，夏云多奇峰。"

[笺评]

蔡居厚曰：（来鹏）喜以诗说讪当路，为人所恶，卒不第。《金钱花》云："青帝若教花里用，牡丹应是得钱人。"《夏云》云："无限旱苗枯欲尽，悠悠闲处作奇峰。"《偶题》云："可惜青天好雷电，只能驱趁懒蛟龙。"（《诗史》）

刘永济曰：此借云以讽不恤民劳者之词。（《唐人绝句精华》）

刘拜山曰：此讥执政者徒托空言，不能为苍生霖雨也。（《千首唐人绝句》）

富寿荪曰：宋惠洪《冷斋夜话》载：北宋章惇罢相南贬，僧奉忠于其前诵《夏云》诗云："如风如火复如绵，飞过微阴落槛前。大地

生灵枯欲死，不成霖雨漫遮天。"与此诗托讽相似，可参看。(同上)

[鉴赏]

夏天的云彩，变化多端，形状奇特，古代诗人早有"夏云多奇峰"的名句。但这首诗的作者却对千形万象的夏云颇有微词。这是因为在"无限旱苗枯欲尽"的情况下，对悠闲作态的夏云怀着别一种感情的缘故。

一开头对夏云并不作具体描写。夏云千姿百态，千变万化，仅以"千形万象"一笔带过，紧接着下了"竟还空"这几个转折意味很强、感情分量很重的字眼。原来，诗人并非怀着悠闲的心情观赏夏云的奇幻多姿，而是怀着久旱盼甘霖的心情注意着风云变幻。这一句概括地写出了一个过程：云彩不断地幻化出千形万象，诗人也焦急地经历着盼望、失望、再盼望、再失望的反复，到后来，那变幻的云彩竟连一点雨意也没有了，诗人终于绝望。"竟还空"三字中正蕴含着始料未及的强烈失望、希望落空的焦急和受欺骗后的愤慨，感情内涵颇复杂。

次句补足首句，"映水"，是说云彩倒映入水；"藏山"，是说云彩隐蔽山峦，"片复重"则指云彩忽而成片，忽而重叠。这正是"千形万象"中的几种具体形象和姿态。如果有闲情逸致，这悠闲自得、怡然自乐的云彩的确可以愉情悦目；但在久旱盼雨的人们看来，它仿佛故意跟你捉迷藏、玩戏法，在故意作弄怀着善良希望的人们。孤立地看，这一句像是对云的各种形象作客观描写，但联系上句的"竟还空"就不难体味出，这里同样渗透了对怡然作态的夏云的厌恶情绪。

"无限旱苗枯欲尽，悠悠闲处作奇峰。"苗枯欲尽，是看云的背景。不放在开头而在这里才点明，一方面是为了避免平直，另一方面也是为了与末句形成鲜明的对照：一边是大片旱苗干枯焦渴，人们心如火燎，亟盼夏云作雨，降下甘霖；一边却是夏云悠闲容与，怡然自得，毫不理会，幻化出最生动的形象——奇峰，既供人欣赏，也自我欣赏。第三句提得极重、极急，第四句却落得极轻、极缓。正是通过这跌宕起伏、对比鲜明的描写，将全诗推向高潮。诗人对夏云作了最后一笔画龙点睛的描绘，这一笔一经完成，全诗的主题，诗人的思想感情就得到了集中的表达，对夏云的愤激、憎恶之情就寓于貌似不动声色的客观描写之中。这种写法，比起那种剑拔弩张、大声疾呼的表达方式要更有艺术力量。

一首好诗，总是能以它生动而具有典型性的形象启人深思。这首诗中"云"的形象，既带有自然界中夏云的特点，又概括了社会上某一类人的特征。那高高在上，变幻出奇的夏云，似乎给人们以酝酿作雨的无限希望，其实根本无心解救无限干枯的旱苗，当你焦急地盼望它降下甘霖时，它却正悠闲自得，化作奇峰，在自我欣赏呢。不言而喻，这正是旧时代那些自命解民倒悬，实际上不问苍生的高高在上的统治者的尊容。它的艺术概括力是很强的，直到今天，我们还会感到这首诗里所描绘的人格化了的"云"是似曾相识的。

古代诗歌中咏云的名句不胜枚举，但大都用以表现文人悠闲的生活情趣、孤高的思想感情。用直接从事生产劳动的农民的眼睛来观察云，用他们的思想感情来描绘云的，几乎没有。来鹏的这首《云》，也许算得上是少数用农民的眼光和感情来咏云的作品。我们读一读他的《蚕妇》《题庐山双剑峰》等诗，可以明白他写出《云》这样的作品并非偶然。

罗　邺

罗邺，余杭（今浙江杭州）人，父则，为盐铁小吏。累举进士不第。咸通末入江西观察使崔安潜幕。乾符三年（876）安潜迁镇许州，邺随赴忠武节度使幕。晚年从军塞北，赴单于都护府幕，悒郁而卒。《新唐书·艺文志》著录《罗邺诗》一卷。《全唐诗》编其诗为一卷。与族人罗隐、罗虬俱以声格著称，号"三罗"。

雁二首^①（其一）

暮天新雁起汀洲^②，红蓼花开水国愁^③。想得故园今夜月，几人相忆在江楼。

[校注]

①此首又作杜荀鹤诗，题作"题新雁"。《文苑英华》卷三二八作杜，《万首唐人绝句》卷七十二作罗。从二诗同韵看，当为罗作。②汀洲，水中沙洲。③红蓼，蓼的一种，多生于水边，花呈淡红色。又名泽蓼、水蓼、水荭花。高一尺五六寸。枝蔓红褐色，叶为披针形。秋初始花，花蓓蕾相连，成穗状，枝枝下垂，参差披拂。

[笺评]

唐汝询曰：己闻雁而思故园，安知故园之人不对月而思我？以景唤情，更是一法，终不离《陟岵》诗意。（《删补唐诗选脉笺释会通评林·晚七绝》引）按：《唐诗解》仅有前两句评。

刘永济曰：不言己思乡，却写人思己，与《陟岵》诗不写己思父母兄弟，而写父母兄弟思己，同一机杼。（《唐人绝句精华》）

沈祖棻曰：这首诗是触景生情，托物起兴，以抒发故乡之思的。前两句写眼前景物，雁是候鸟，春北去，秋南来。栖息于汀洲之上，而汀洲上又正开着稀疏的红蓼花。诗人在傍晚时分，看到新来的雁子从汀洲的红蓼花中飞起，感到一片水国秋光，于是联想到雁子还能一年一度，去而复返，而人却长在异乡，因此更加想念起故国来了。后两句写思乡之情，也是从对面着笔。由他乡之水国，想到故园之江楼，想到在今夜月光之中，必定有几人在江楼之上，对月怀远吧。不写己之触景生情而忆在故国之人，偏写其人之对景登楼而念在异乡之己，不但见己之思乡情切，而且展示了一幅江楼望月图，情致也更丰满。此诗后半也是用从对面设想和着笔的方法以深化主题。但前半不写自己的情况，而专写景物，托物起兴，引起想象，因景及人，故和上面三篇（按：指王维《九月九日忆山东兄弟》、韦应物《寒食寄京师诸弟》、白居易《邯郸冬至夜思家》）又有同中之异。（《唐人七绝诗浅释》）

富寿荪曰：白诗因冬至而思家，此诗因闻雁而思家，而皆反言家人之思己，拓开一层，意更深挚。比较而言，白诗亲切动人，此诗隽妙可喜。（《千首唐人绝句》）

[鉴赏]

罗邺的《雁》诗共二首，其二云："早背胡霜过戍楼，又随寒日下汀洲。江南江北多离别，忍报年年两地愁。"因见雁飞而起两地之离愁。据第三句当是诗人身在江北，怀念江南故乡（余杭）之亲人。诗中亦有"汀洲"字、"愁"字、"楼"字，韵脚全同，可见二首当同属罗邺之作，写作时、地当亦相同。不过第二首通篇托雁寓怀，"早背""又随""忍报"的主体均为南飞之雁，而第一首中的雁只是引起乡愁离思的一种触媒。

"暮天新雁起汀洲，红蓼花开水国愁。"诗的前两句，是身在江北的诗人见北雁南飞而触发诗人对江南故乡景物的悠远想象：时值秋天，家乡的江中沙洲上，暮色苍茫中该有新雁飞翔回旋了，江南的水乡泽国，此时正是红蓼花盛开的季节。雁起汀洲，红蓼花开江畔，本是水国秋天的明丽秋景，如今身在江北，不能随南飞的大雁一起回到故乡，则这想象中明丽的水国秋景反而成了触发乡愁离情的媒介了。第二句句末的"愁"字，正点明诗人见南飞雁而忆故乡水国秋日丽景而生愁的情景。如这两句系写眼前景，则诗人已身处水乡泽国之江南故乡，又何用忆念故园之亲人呢？与第二首联系起来理解，就明白诗人是身处江北而忆故园了。这两句以丽景反衬乡愁，风调悠扬，韵味悠长。

"想得故园今夜月，几人相忆在江楼。""想得"二字，绾结诗的前幅与后幅，点明前后幅均系诗人想象中的情景，从而将全诗贯通为一个整体。前面提到"暮天"，透露诗人是在暮色苍茫中见秋雁南飞而触动对故乡水国秋景的思忆而生愁的，这两句进一步想象到"今夜"的情景：今天夜里，在秋月映照的故乡江楼上，又该有几人在忆念远在北方异乡的自己呢？罗邺是余杭人，家傍钱塘江畔，故说"江楼"。不说自己如何思念故园的亲人，而转说故乡的亲人如何思念在北方的自己，这种从对方着笔的写法似乎并不新鲜，但诗人写来，仍显得情景相浃，情致缠绵，原因就在情中有景。这里有"月"，有"江楼"。"隔千里兮共明月"，"月"是相隔千里的亲人今夜共对的景物，也是触发和寄托思念之情的媒介与载体，而"江楼"则是昔日同登共赏美好秋夜月色的地方，如今却只能成为分隔两地的亲人凭栏相忆之处了。其中既包含时空的远隔，又包含了今昔的对比，故弥觉情味之绵长。王定保《唐摭言》卷十谓："时宗人隐，亦以律韵著称。然隐才雄粗疏，邺才清而绵致。"本篇正可视为"才清而绵致"的典型诗例。

罗　隐

罗隐（833—910），本名横，字昭谏，新城（今浙江富阳）人。十举进士不第，遂改名隐。咸通十一年（870），投湖南观察使于瑰，授衡阳县主簿。旋辞官。历游淮、润诸镇，均不得意。广明间（880—881）避乱寓居池州。自号江东生。光启三年（887），东归投杭州刺史钱镠，表为钱塘县令，拜秘书省著作郎。景福二年（893）九月，钱镠任镇海军节度使，隐为掌书记。天祐三年（906），转司勋郎中，镇海节度判官、盐铁发运副使。后梁开平二年（908），吴越国王钱镠表授为给事中。世称罗给事。三年迁盐铁发运使，十二月十三日病卒。隐工诗善文，多讽刺愤世之语。著有《逸书》五卷、《甲乙集》十卷等多种。清人辑有《罗昭谏集》八卷。《全唐诗》编其诗为十一卷。今人潘慧惠有《罗隐集校注》。

登夏州城楼①

寒城猎猎戍旗风②，独倚危楼怅望中③。万里山河唐土地④，千年魂魄晋英雄⑤。离心不忍听边马⑥，往事应须问塞鸿⑦。好脱儒冠从校尉⑧，一枝长戟六钧弓⑨。

[校注]

①夏州，唐关内道州名，治所在今陕西横山县西白城子。②猎猎，象声词，此状风声。鲍照《上浔阳还都道中》："鳞鳞夕云起，猎猎晚风遒。"亦可形容物体随风飘拂之状，陈陶《海昌望月》："猎猎谷底兰，摇摇波上鸥。"此处似兼含二义。③危楼，高楼。④河，《全唐诗》校："一作川。"⑤晋英雄，据《晋书·载记·赫连勃勃》：东晋安帝义熙十三年（417）九月，太尉刘裕灭后秦姚泓，入长安。大夏

王赫连勃勃率大军与东晋军战，晋军败绩，赫连勃勃将"买德获晋宁朔将军傅弘之、辅国将军蒯恩、义真司马毛修之于青泥，积人头以为京观"。此句"晋英雄"疑指战死之东晋将士，但亦可能指唐初太原起义诸功臣。或谓此"晋英雄"系颂称五代时之晋王李克用（克用卒于开平二年，公元 908 年）。⑥离心，离别家乡的愁绪。《文选·李陵〈答苏武书〉》："凉秋九月，塞外草衰，夜不能寐，侧耳远听，胡笳互动，牧马悲鸣，吟啸成群，边声四起，晨坐听之，不觉泪下。""不忍听边马"盖用此。⑦往事，指"千年"以来的事情。塞鸿，边地的大雁。⑧校尉，军职名。隋、唐时为武散官之名号。句意谓己当弃文习武。⑨六钧弓，一种强弓。一钧为三十斤。六钧指拉弓之力。《左传·定公八年》："颜高之弓六钧。"

[笺评]

冯舒曰：（首句）城。（次句）登楼。（"万里"句）从"怅望"落下。（《二冯先生评阅才调集》）

冯班曰：并不椎琢，慷慨可爱。（同上）

《唐诗鼓吹评注》：此言寒城风起，戍旗猎猎。此时凭栏怅望，见万里山川皆唐王地，千年魂魄尽汉英雄。而我于此闻边马而动离心，对塞鸿而思往事，盖不胜其吊古悲今已。然边塞乃用武立功之地，投笔从戎当以弓戟为事，其能不上寒城而动念哉！言外见悲感意。（卷八）

何焯曰：祖宗以一旅定天下，西北二边拓地皆过万里，望中莫非唐家有也。子孙无令政，将为节镇所据，且复如勃勃之侵扰关中，有志报国主者又无阶进，此其所以深怅者也。三、四言目中孰非唐土地，恐旋见分裂，复出晋英雄耳。"英雄"指刘勃勃，"城"当作"声"，"汉"当作"晋"。（《唐诗鼓吹评注》批）

朱三锡曰：一写夏州城楼，二写登夏州城楼。下六句皆凭栏怅望也。三、四是由今而吊古，五、六又吊古而悲今，无非自叹自伤之意。

投笔从戎，固有满腔忧愤，于言外见之者矣。(《东岩草堂评订唐诗鼓吹》)

杨逢春曰：声情慷慨，笔力雄健，不以椎琢为工，固是晚唐之杰。(《唐诗绎》)

沈德潜曰：唐末昭谏诗，犹棱棱有骨。(《重订唐诗别裁集》卷十六)

周咏棠曰：高唱。(《唐贤小三昧集续集》)

胡本渊曰：("万里"句)健笔。("离心"二句)感怀。(《唐诗近体》)

梅成栋曰：此老满眼涕泪，满腹骚愁，溢于言外。(《精选七律耐吟集》)

[鉴赏]

罗隐诗以七律、七绝见长，但常失之粗俗浅直，不耐讽咏。这首《登夏州城楼》，境界开阔，笔力雄健，调高韵响，是他七律中优秀之作。诗的作年不详，据"好脱儒冠从校尉"之句看，可能是其屡次应进士试不第期间北游夏州时所作。

"寒城猎猎戍旗风，独倚危楼怅望中。"唐末的夏州，已属塞外之地。凉秋九月，登上高高的夏州城楼，但觉寒风扑面而来，猎猎风声，劲吹着城头矗立的征旗，发出哗哗的声响。独倚危楼，凭栏远眺，触绪兴怀，怅恨无端。起联写登城楼的初始感受。高楼多悲风，起句即从写风势入手，"寒城"既点明北边塞外之地，又透露寒秋季节；"戍旗"则表明夏州边防要地的特征和军旅气氛；"猎猎"二字，虽状风声，兼写风势。全句一开始就渲染出一种寒秋边城要塞凛冽整肃、阔大悲壮的氛围，先声夺人。次句方补足上句，点明"独倚危楼"。"独"字"危"字，都透出一种作客异乡的孤子感和登高远望时的高危感，显示出心绪的不平静。"怅望"二字，统领全篇，"望"中有思绪的起伏萦绕。整个一联，虽叠用"寒""风""独""危""怅"等带有明显悲凉色彩的词语，但整个境界却阔大悲壮，气势雄健，可谓工于发端。

"万里山河唐土地，千年魂魄晋英雄。"颔联承"怅望"，分别从空间、时间着眼。夏州一带，地近毛乌素沙漠，登高四望，万里山河，尽收眼底。唐代极盛时期，东极大海，西逾葱岭，北抵小海（今贝加尔湖），南达骧州，东西南北，均逾万里，说"万里山河"，信非虚语，下接"唐土地"三字，力重千钧，豪情四溢。下句由眼前景触发对前代英雄的遥想，思绪由今及古。东晋末刘裕北伐，攻取长安，但却为大夏赫连勃勃所败，牺牲了大量将士。千年之后，这些英雄将士的英魂毅魄犹令人景仰追缅，感慨歔歔。空间的广阔与时间的悠远，组成了极为开阔广远的境界；上句豪迈遒壮，下句激越悲壮，更形成一种激昂慷慨的风格。但联系次句的"怅望"二字，便不难体味出在这种赞美追缅之中暗寓着对唐末军阀割据、战乱不已、生灵涂炭、士卒死伤的残破局面的感慨，昔日广袤的"唐土地"，现在已局狭逼仄于关中一隅，而昔日的英雄将士如今也再难觅其踪影。只不过这种感慨隐藏得比较深，不联系上下文细细体味，不容易发现罢了。

"离心不忍听边马，往事应须问塞鸿。"腹联写"怅望"中的视、听感受。"离心"句承"万里"句，昔日全盛时代，夏州属关内道，系腹里之地，今日却已成了穷边之地。寒秋九月，听到边马的悲嘶之声，使怀有离乡去国之愁的自己更加思绪悲凉，不忍卒听。"往事"句承"千年"句，昔日的英雄魂魄已无可寻觅，包括全盛时代的英雄将帅也不能再遇，这一切英雄往事都只能问边塞的鸿雁了。两句正面写全盛时代的消逝，明点"怅"字。

"好脱儒冠从校尉，一枝长戟六钧弓。"值此末世衰乱之秋，奉儒习文既不能挽救国家的危局，又不能登仕进之途，看来只有弃文习武，脱下儒冠，跟随校尉，奋长戟挽强弓以图进取报国了。晚唐士人仕途狭窄，多次应举不第是常事，罗隐十上不第不过是当时的一个比较典型的事例。但对自视甚高的罗隐来说，却因此而感到特别愤激不平。他在《谒文宣王庙》中说："晚来乘兴谒先师，松柏凄凄人不知。九仞萧墙堆瓦砾，三间茅殿走狐狸。雨淋状似悲麟泣，露滴还同叹凤悲。倘使小儒名稍立，岂教吾道受栖迟。"大圣孔子的遭遇尚且如此，何况区区小儒。尾联于"怅望"之中，悲慨衰世之余重新振起，声情遒壮浏亮。但在"脱儒冠从校尉"的匡国之志中又寓含有不遇于时的感慨与牢骚。

从全篇看，仍是罗隐一贯的粗豪雄放的风格，但由于发端的阔大悲壮，颔联的境界广远，腹联的意绪悲凉，尾联的遒壮浏亮，使得这首诗整体上显得气势雄放，韵调悠扬，在晚唐七律中不失为上乘之作。

雪①

尽道丰年瑞，丰年事若何②？长安有贫者，为瑞不宜多。

［校注］
①诗写因下雪而触发的感慨，非通常的咏物之作。②事，情事，情况。

［笺评］
褚人获曰：今人谚语多古人诗。"瓜田不纳履，李下不正冠。"曹子建诗。……"长安有贫者，为瑞不宜多。"罗隐诗。"但知行好事，莫要问前程。"冯道诗。"在家贫亦好。"戎昱诗。（《坚瓠集》）

刘永济曰：此仁者别有用心，与平常但描写雪色、寒气者不同。（《唐人绝句精华》）

［鉴赏］
有一类诗，刚接触时感到质木无文，平淡无奇，反复涵泳，却发

现它自有一种发人深省的艺术力量。罗隐的《雪》就是这样的作品。

题目是"雪"，诗却非咏雪，而是发了一通雪是否瑞兆的议论。绝句长于抒情而拙于议论，五绝篇幅极狭，尤忌议论。作者偏用其短，看来是有意造成一种特殊的风格。

瑞雪兆丰年，是劳动人民在长期生产实践中总结出来的含有科学道理的经验。盼望自己的劳动能有一个好收成的农民，看到飘飘瑞雪而产生丰年的联想与期盼，是很自然的。但眼下是在繁华的帝都长安，这一片"尽道丰年瑞"的声音就颇值得深思。"尽道"二字，语含讥讽。联系下文，可以揣知"尽道丰年瑞"者是和"贫者"不同的另一世界的人们。这些安居深院华屋、身袭蒙茸皮裘的达官显宦，在酒酣饭饱、围炉取暖、观赏一天风雪的时候，正异口同声地大发瑞雪兆丰年的议论，他们也许会自命是悲天悯人、关心民生疾苦的仁者呢！

正因为是此辈"尽道丰年瑞"，所以接下去的是冷冷的一问："丰年事若何？"即使真的丰年，情况又怎样呢？这是反问，没有作答，也无须作答。"尽道丰年瑞"者自己心里清楚。唐代末叶，苛重的赋税和高额的地租剥削，使农民无论丰歉都处于同样悲惨的境地。"二月卖新丝，五月粜新谷""六月禾未秀，官家已修仓""山前有熟稻，紫穗袭人香。细获又精舂，粒粒如玉珰。持之纳于官，私室无仓箱"。这些诗句对"事若何"作出了明确的回答。但在这首诗里，不道破比道破更有艺术力量。它好像当头一闷棍，打得那些"尽道丰年瑞"者哑口无言。

三、四两句不是顺着"丰年事若何"进一步抒感慨、发议论，而是回到开头提出的雪是否为瑞的问题上来。因为作者写这首诗的主要目的，并不是抒写对贫者的同情，而是向那些高谈丰年瑞者出其不意地投一匕首。"长安有贫者，为瑞不宜多。"好像在一旁冷冷地提醒这些人：当你们享受着山珍海味、在高楼大厦中高谈瑞雪兆丰年时，恐怕早就忘记了这帝都长安有许许多多食不果腹、衣不蔽体、露宿街头的"贫者"。他们盼不到明年丰收结出的果实，却会被你们所津津乐道的"丰年瑞"所冻死。一夜风雪，明日长安街头会出现多少"冻死骨"啊！"为瑞不宜多"，仿佛轻描淡写，留有余地，但内里蕴含的愤怒却能深深刺痛那些大谈特谈丰年瑞的人们。冷隽的讽刺和深沉的愤怒在这里被和谐地结合在一起了。

雪究竟是瑞兆，还是灾难，离开一定的前提条件，是很难辩论清楚的，何况这根本不是诗的题材。诗人无意进行这样一场辩论。他感到愤慨的是，那些饱暖无忧的达官贵人们，本与贫者没有任何共同感受、共同语言，却偏偏要装出一副对丰年最关心、对贫者最关切的样子。因而他抓住"丰年瑞"这个话题，剑走偏锋，巧妙地作了一点反面文章，扯下了那些"仁者"的假面具，让他们的尊容暴露在光天化日之下。

诗里没有直接出现画面，也没有任何形象的描绘。但读完全诗，诗人自己的形象却鲜明可触。这是因为，诗中那些看来缺乏形象性的议论，不但饱含着诗人的憎恶、愤激、蔑视之情，而且处处显示出诗人的幽默、诙谐、愤世嫉俗的个性。从这里可以看出，对诗歌的形象性是不宜作过分偏狭的理解的。

绵谷回寄蔡氏昆仲①

一年两度锦城游②，前值东风后值秋③。芳草有情皆碍马，好云无处不遮楼。山将别恨和心断④，水带离声入梦流⑤。今日不堪回首望⑥，淡烟高木隔绵州⑦。

[校注]

①绵谷，唐山南西道利州县名，今四川广元市。蔡氏昆仲，蔡姓兄弟二人，系作者游成都时结识的友人。罗隐曾游蜀。诗题《全唐诗》原作《魏城逢故人》。魏城，唐剑南道绵州（治所在今四川绵阳市）县名，在绵州东北。按：此诗最早见于《才调集》，题作《绵谷

回寄蔡氏昆仲》，是，兹据改。②锦城，指成都。详参杜甫《蜀相》"锦官城外柏森森"句注。城，《全唐诗》原作"江"，据《才调集》改。③东风，借指春天。④将，携带。⑤水，指嘉陵江，绵谷西滨嘉陵江。⑥此句《全唐诗》原作"今日因君试回首"，当是因题作"魏城逢故人"而改，以"君"就题内之"故人"。兹据《才调集》改。⑦高，《全唐诗》作"乔"，此从《才调集》。利州绵谷县与成都之间，有剑州、绵州、汉州相隔，故云。

[笺评]

程元初曰：诗人赋及国家与君子、小人处，嫌于伤时，不敢明言，皆托意讽喻，如……"芳草有情皆碍马，好云无处不遮楼"，"芳草"比小人，"马"喻势利之辈，"好云"喻谗佞，"楼"比钧衡之地。若此之类，可谓言近而意深。（《删补唐诗选脉笺释会通评林·晚七律》引）

周珽曰：隐以讽刺久困场屋。友人刘赞赠诗云："人皆言子屈，我独以为非。明主皆难谒，青山何不归？"隐见之，遂起归欤之思。此诗"芳草""好云"一联，正刺时事，不胜愤恨也。后四句言己自归后，与蔡氏昆仲不免烟树隔去，回忆锦城两度相游，竟成往事，别离之念，不深也乎！（同上）

赵臣瑗曰：前半追叙旧游，后半感伤远别。大开大合，真七字中之正体也。（《山满楼笺注唐诗七言律》）

《唐诗鼓吹评注》：首言前春后秋，一年之间两度游于锦城。草皆碍马，云尽遮楼，游时之景如此已。自与君别以来，山色与别愁而俱断，水声入离梦而长流。所以思君不堪回首而望者，烟树茫茫，阻隔绵州而不见，当益重相思之感耳。（卷八）

朱三锡曰：前四句写锦城之游，后四句写寄怀之意。人生当不得意境界，总看好花，饮好酒，出入侯门，纵情山水，其胸中眼底，自有一段对景伤怀，郁郁不快之处，只可自喻，难以喻人。即如罗公此篇，春秋两度游于锦城，江山明媚，错杂如锦，可谓乐矣。三、四"芳草""好云"，皆写锦城景色也。然"芳草"下接"有情皆碍马"五字，"好云"下接"无处不遮楼"五字，偏于极得意中，有不适意处，殊属不解也。五、六是因远游之况，入寄怀之情，山色和愁断，水声入梦流，即七之"不堪回首望"也。烟树茫茫，益动怀人之感矣。(《东岩草堂评订唐诗鼓吹》)

屈复曰：锦江佳景，春秋为最。一年两度，正值二时。(《唐诗成法》)

宋宗元曰：("芳草"二句)分承春、秋，兴会绝佳。(《网师园唐诗笺》)

黄叔灿曰：上四句言自己在蜀乐事。"山将"一联，言去蜀以后常不能忘。末句因故人去彼（按：黄选题作《魏城逢故人》)，犹回想依依也。(《唐诗笺注》)

高步瀛曰：三、四写景极佳，而意极浓郁，是谓神行，若但以佳句取之，则皮相矣。(《唐宋诗举要》卷五)

[鉴赏]

罗隐在光启三年（887）东归依钱镠之前，曾十上不第，宦游寄幕各地。这首著名的七律，作于同年春、秋两次蜀游的后一次归途中经利州绵谷县（今四川广元市）时。诗是寄给在蜀游中结识的友人成都蔡氏兄弟的，抒写了浓郁的回忆旧游、怀念友人的感情。在一贯粗豪雄放的罗隐诗中，这首诗是写得比较细腻婉转，富于情韵的别具一格的佳作。在绵谷县时，他还写过一首《筹笔驿》七律，其中"时来天地皆同力，运去英雄不自由"的名联，在咏怀古迹中寄寓强烈的不遇于时的感慨。可见他当时的处境与心境。

"一年两度锦城游，前值东风后值秋。"首联用概括的笔法叙事，说自己在今年一年之中，曾两度作锦城之游，前一次正值东风送暖的芳春季节，后一次则正值金风送爽的清秋季候。唐代的成都，是除两京之外可与扬州并称的富庶繁华都市，也是士人普遍向往的游历之地。一年之中，能有"两度"锦城之游，自是人生经历中的幸事。而春、秋二季，正是一年之中景色最美的季节，次句的两个"值"字，正透露出两次锦城之游均遇佳节的喜悦庆幸之情。这一联格调清新明快，摇曳有致，上句"一年""两度"句中自对，下句"前值""后值"叠用，加之首句入韵，故读来倍觉清新流畅，圆转流美。

"芳草有情皆碍马，好云无处不遮楼。"颔联承上春秋两度之游，抒写对"锦城游"的美好回忆。上句写春日之游。暮春三月，锦城郊外，芳草萋萋，与友人骑马同游，茂盛的绿草似乎特别多情，经常妨碍马的奔驰，好让游人从容地欣赏锦城春色。明明是游人流连春景，故意按辔徐行，却说"芳草有情"，使马蹄深埋其中，阻碍其疾驰，用意婉曲而情意深挚。白居易《钱唐湖春行》说"浅草才能没马蹄"，写初春草浅，马行其上的快意舒适，与此句可谓同工异曲。下句写秋日之游。缥缈轻柔的秋云，缭绕浮动在锦城的华美楼台之间，更显出一种飘逸流动、缥缈朦胧的美感。说"好云"，说"无处不遮楼"，正着意渲染一种对烟云缭绕、楼台隐映景观的美好感受。这句的"遮"字与上句的"碍"字，都是将通常用来表现否定情绪的词语反过来表达肯定、赞美的感情，用意曲而用法奇。杜牧《江南春绝句》说："南朝四百八十寺，多少楼台烟雨中。"也是将烟雨笼罩中的佛寺楼台作为江南春天的美好景色的特征，与罗隐此句以"好云遮楼"为美，审美感受相同，而语言风格则有流丽与奇矫之别。

以上两联，一气贯注，略无停顿，充分表现出一年两度锦城之游的快意感受，确有一片神行之妙。以下两联，从回忆旧游转到怀念友人，应题目"寄蔡氏昆仲"。

"山将别恨和心断，水带离声入梦流。"腹联借绵谷山水抒写与蔡氏兄弟离别的愁绪。回望来路，但见群山重叠，逶迤西去，似乎携带着自己的别恨也一起前往锦城。然因云遮雾障，虽极望而不见，视线与愁肠终不免共断。近听嘉陵江声，声声搅动离愁，只能带着离愁悄然入梦。说云山重叠阻断望远的视线，江水流淌触动悠长的离绪，本属常语，但将望断云山与愁肠之断，耳听江声流淌与离愁入梦联系起来，却是未经人道的奇思妙想。特别是对句"水带离声入梦流"，更给人以这样的印象，似乎那嘉陵江水也感染了自己的离愁而发出凄清的离声，在悄然流逝，而自己也在静听江声，离愁萦回不断中悄然入梦。情虽凄伤，而意境却很优美动人。从这句看，诗人抵达绵谷后已在当地住宿停留过一夜，故有此语。

"今日不堪回首望，淡烟高木隔绵州。"尾联上句点出"今日"，正透露出昨夜在绵谷住宿。当是诗人"今日"从绵谷启程再登归途，故承第五句再写远望时情景：回想一年两度锦城之游，与蔡氏兄弟交游之乐，情谊之厚，如今终将归去，为离情所苦，不堪回首瞻望，但见来路淡烟轻雾，笼罩着高树，从绵谷西望，锦城渺远难即，中间还隔着绵州呢。上句直抒离情，感情浓烈，下句却淡淡着笔，以景语作收，从对照中更见境之渺远，情之绵长。

晚唐七律，多专力于一联之对仗工切，罕见全篇意境完整浑融者，罗隐此作，在当时实属难得的佳作。

蜂

不论平地与山尖，无限风光尽被占①**。采得百花成蜜后，为谁辛苦为谁甜**②**？**

[校注]

①无限风光，此处特指百花盛开的灿烂春光。②为谁辛苦，《全唐诗》校："一作不知辛苦。"

《搜采异闻录》：士人于棋酒间好称引戏语以助谈笑，大抵皆唐人诗。后生多不知所从出，漫识所记忆者于此……"今朝有酒今朝醉，明日愁来明日当""劝君不用分明语，语得分明出转难""自怜飞絮犹无定，争解垂丝绊路人""明年更有新条在，搅乱春风卒未休""采得百花成蜜后，不知辛苦为谁甜"，罗隐诗也。

刘永济曰：诗意似有所指，实乃叹世人之劳心于利禄者。（《唐人绝句精华》）

刘拜山曰：此讥横行乡里，聚敛无厌，而终不能自保者。唐末社会动乱，兴灭无常（如大小军阀之兼并），故诗人有所感讽也。或谓为农民鸣不平者，实误。（《千首唐人绝句》）

［鉴赏］

晚唐后期诗多具有通俗化、口语化倾向，罗隐的七绝尤多此类作品，有的不免浅俗乃至粗俗。但这首流传人口的咏物七绝《蜂》，语言虽浅显明白，意蕴却非一览无余。思致韵味，颇耐讽咏。

"不论平地与山尖，无限风光尽被占。"蜜蜂到处辛勤采蜜，不论是平地原野还是山尖峰巅，只要是有蜜源——花的地方，它都不辞劳苦，飞往采蜜。第二句的"无限风光"要和第三句"采得百花"联系起来理解，既指开遍平地山尖的各种姹紫嫣红的花卉，也指漫山遍野的迷人春光。用"无限风光尽被占"来形容蜜蜂到处采蜜，既是讴歌其辛勤劳苦，也是欣美其尽享无限春光之美好。到处采蜜的辛劳和尽享春光的美好，在这里用"尽被占"三字自然地绾结在一起了。

"采得百花成蜜后，为谁辛苦为谁甜？"三、四两句，突作转折，揭出正意。蜜蜂如此辛勤，到处采蜜，但等到将百花的精华酿成甘甜的蜂蜜以后，却不能享受自己创造的劳动果实，而为他人所有，试问这究竟是为谁辛勤，为谁酿造甜蜜呢？两句中"采得百花"与"辛苦"、"成蜜"与"甜"相互对应，使全联成为一个密合的整体，更加突出了辛勤劳动的果实终归他人，自己不能享受的不平。末句用反问的语气，也正是为了表达这种情绪之强烈与愤激。

　　其实，这就是一则蜂的寓言体诗。前幅的辛勤采蜜，正成为后幅劳动成果属他人的有力反衬。蜜蜂采蜜酿蜜，而蜜属他人，是自然界的事实，也是这首诗所吟咏的基本事实。不管不同的读者从这个基本事实联想到社会上的何种现象，但都不能改变或违背辛苦劳动的成果为他人所有这个基本事实。就作者所处的时代和诗坛上常见的悯农主题来看，说这首诗为广大农民辛勤劳动的成果为他人所占有而鸣不平，恐怕不是牵强附会。或引张碧《农父》诗"运锄耕劚侵星起，垄亩丰盈满家喜。到头禾黍属他人，不知何处抛妻子"来印证诗的后两句，应该说是切合实际的。如果说"不论平地与山尖，无限风光尽被占"让我们联想起"四海无闲田"的诗句，那么"采得百花成蜜后，为谁辛苦为谁甜"的结果，自然是"农夫犹饿死"了。至于《红楼梦》中《好了歌》所勘破的"终朝聚敛苦无多，及到多时眼闭了"，则虽"眼闭"而可传之子孙而非落入他人之手，情况毕竟有别，感情的倾向也不相符。

高 蟾

高蟾，河朔（今河北、山西一带）间人。累举不第，至僖宗乾符三年（876）始登第（此据陈振孙《直斋书录解题》及辛文房《唐才子传》，另有说咸通十四年登第者），昭宗乾宁间（894—898）为御史中丞。《新唐书·艺文志》著录高蟾诗一卷。《全唐诗》编其诗为一卷。

下第后上永崇高侍郎①

天上碧桃和露种②，日边红杏倚云栽③。芙蓉生在秋江上，不向东风怨未开④。

[校注]

①永崇，长安里坊名，在朱雀门大街东第三街自北向南第五坊。高侍郎，高湜。《旧唐书·懿宗纪》："咸通十一年十月，以中书舍人高湜权知礼部贡举。"《旧唐书·高钺传》："子湜，咸通十二年为礼部侍郎。"当是十二年知贡举后正拜礼部侍郎。此诗系咸通十二年（871）春高蟾应礼部进士试下第后上高湜之作。②碧桃，桃树的一种。花重瓣，不结实，供观赏和药用。一名千叶桃，此云"天上碧桃"，系指天界神仙的碧桃树，古代诗文中多指西王母给汉武帝的仙桃。《博物志·史补》："汉武帝好仙道……王母乘紫云车而至……王母索七桃，大如弹丸，以五枚与帝，母食二枚。帝曰：'此桃甘美，欲种之。'母笑曰：'此桃三千年一生实。'……时东方朔窃从殿南厢来鸟牖中窥母，母顾之谓帝曰：'此窥牖小儿尝三来盗吾此桃。'"《尹喜内传》："喜从老子西游，省太真王母，共食碧桃、紫梨。"此句"天上碧桃"与下句"日边红杏"皆喻权贵势要、皇亲国戚家子弟。

露，指天上的雨露。③日边，喻皇帝身边。④东风，春风，比喻知贡举的高湜侍郎。

[笺评]

孙光宪曰：进士高蟾，诗思虽清，务为奇险，意疏理寡，实风雅之罪人……然而落第诗曰："天上碧桃和露种，日边红杏倚云栽。芙蓉生在秋江上，不向东风怨未开。"盖守寒素之分，无躁竞之心，公卿间许之。先是胡曾有诗曰："翰苑何时休嫁女，文章早晚罢生儿。上林新桂年年发，不许平人折一枝。"罗隐亦多怨刺，当路子弟忌之，由是渤海策名也。（《北梦琐言》卷七）

王得臣曰：高蟾累举不第，有诗云："月桂数条楷白日，天门几扇锁明时。阳春发处无根蒂，凭仗东风次第吹。"怨而切。又《下第上主司马（当作高）侍郎》诗云："天上碧桃和露种，日边红杏倚云栽。芙蓉生在秋江上，不向东风怨未开。"人颇怜之。明年，李昭知举，遂擢第。（《诗史》。见《诗话总龟·怨嗟门》引）

谢枋得曰：唐进士得人为盛，每年所取，不过二十馀人，禁防未严，无糊名易书。若取人望才实，名贤在朝，可以贡举，观韩文公《上陆傪员外书》可见。高蟾下第，其年必有权要大臣之子弟中选者。"天上碧桃""日边红杏"喻权要大臣之子弟门阀高也。"和露种""倚云栽"，喻知贡举者与权要大臣，亲密如云露与天日相依，易于行私也。"芙蓉生在秋江上"，自喻孤寒之士，势孤援寡，如芙蓉种于江上，与天相远，生不逢时，如芙蓉开于秋日，不遇春阳，与碧桃红杏生而得地、开而逢春者，大不同矣。"不向东风怨未开"，不敢怨知贡举者不能吹嘘也。（《注解章泉涧泉二先生选唐诗》卷二）

周珽曰：凡士值数奇，率多怨辞，未免得罪于人。如高蟾《下第》诗，不尤知贡举者不与吹嘘，但托意"芙蓉"自不开向"东风"，则其中含蓄何深远也！章碣亦有闻知贡举者以私意取其门客，不欲显

言，而借"望幸"为题以写其心。(《删补唐诗选脉笺释会通评林·晚七绝》)

胡济鼎曰：此所谓"主文而谲谏"者也。(同上引)

熊勿轩曰：孟东野《下第》诗不如高蟾一绝，为知时守分，无所怨慕，斯可贵也。(同上引)

黄生曰：语含比兴。前二句喻得第者沐知遇之恩；后二句喻己下第，皆时命使然，不敢归怨于主者，犹有诗人温柔敦厚之意。若孟郊之"恶诗皆得官，好诗抱空山"，几于怒骂矣，岂复可以为诗乎？(《唐诗摘抄》卷四)

沈德潜曰：存得此心，化悲愤为和平矣。(《重订唐诗别裁集》卷二十)

李锳曰：时命自安，绝无怨尤，唐人下第诗以此为最。(《诗法易简录》)

富寿荪曰：诗意殊怨，惟以比兴出之，措词较为含蓄而已。沈说未谛。(《千首唐人绝句》)

[鉴赏]

朱庆馀的《近试上张水部》是进士试前献给名人希求延誉荐举之作，高蟾的这首《下第后上永崇高侍郎》则是进士试下第后投献给主考官表达自己的境遇希求哀怜之作。两首诗都通篇运用比兴手法，艺术上也都取得了成功。比较起来，高蟾所投献的对象是直接黜落自己的主考官，说不定明年仍然知贡举（这种情况唐代常见），因此措辞尤为困难，诗的含蓄委婉、怨而不怒的风格也与此紧密相关。

"天上碧桃和露种，日边红杏倚云栽。"诗的前两句，用了两个华美工巧的比喻，表达一个下第者对今年进士登第者的赞美和欣美。说天上神仙洞府的碧桃树因上天雨露的滋润而得以种植，太阳边上的红杏也因高倚青云而得以树立。用天上神仙洞府喻人间富贵人家，是常用的比喻，这里的"天上碧桃"和"日边红杏"正是暗喻这些登第者出身门第之高贵，"天上""日边"更透露出其家世门第与宫廷乃至皇帝的亲密关系。而"露"与"天上"相连，自有暗示皇帝雨露之恩的滋润之意，"倚云"则喻其地位之高。两句句末的"种"和"栽"则均有栽培之义。两句前六字均暗喻登第者出身门第之高贵，得到皇帝的恩宠，与皇帝关系之亲近，末一字方说到他们因此得到主试者的栽培。这样的措辞既显示了晚唐科举考试的"潜规则"，又多少带有一点对主司的回护意味，使这两句诗读来只像是表达诗人对"天上碧桃""日边红杏"的欣美，而不是对其获得栽培的怨望；既显示了科场不公的事实，也在客观上表明了主司的无奈。有两则记载很能说明问题。《新唐书·高钺传》："子湜……咸通末，为礼部侍郎。时士多縣权要干请，湜不能裁，既而抵帽于地曰：'吾决以至公取之，得谴固吾分！'乃取公乘亿、许棠、聂夷中等。"大有与"权要干请"的"潜规则"决一死战的悲壮意味。而《玉泉子》则载："高湜雅与路岩相善，湜既知举，问岩所欲言。时岩以去年停举，已潜奏恐有遗滞，请加十人矣（由原来的录取三十人加为四十人），既托湜以五人。湜喜其数寡，形于颜色。不累日，十人制下，湜未之知也。岩执诏笑谓湜曰：'前者五人，侍郎所惠也；今之十人，某自致也。'湜竟依其数放焉。"同一高湜，当其掷帽于地时何等义正辞严，一旦遇到私交甚好的当权宰相路岩（岩咸通五年十一月拜相，咸通十二年四月罢相，在相位长达八年。岩托湜五人事在咸通十二年湜知贡举时）时竟主动问路岩有哪些人要相托，当路岩只提出五人时，竟"喜其数寡，形于颜色"，可见其言行之相悖到了何种程度。而宰相路岩一人"自致"和请托的加在一起，竟占了四十人中的十五人，科举考试的不公与腐败由此可见。不管高蟾写这首诗时是否得知这些内幕，但他所写的这两句诗所显示的考试不公完全是客观事实。

"芙蓉生在秋江上，不向东风怨未开。"三、四两句，方由"天上碧桃""日边红杏"说到"秋江芙蓉"，由出身门第高贵的登第者说到出身贫寒、生不逢时的自己。芙蓉即荷花，颜色鲜艳，出污泥而不染，与高蟾"本寒士……性偶傥离群，稍尚气节。人与千金，无故，即身死而不受"的出身人品倒颇为相符。这里强调它"生在秋江上"，既是与上文"天上""日边"的高贵形成鲜明的对照，又是为末句的"不怨东风"预留地步。两句意思是说，自己就像生长在秋江上的荷花，自然不能与"天上碧桃""日边红杏"相提并论，言外之意是自己既生的不是地方（秋江喻寒素之出身）又生的不是时候（开不逢春时），自然不会向"春风"（喻煦育万物，吹开春花的主考官，进士试例在每年春天）诉说自己的怨意。累岁参加进士试均被黜落，自不能无怨无恨，但怨恨的是自己出身寒苦，地位低微，自不能享受到"和露种""倚云栽"的待遇，自己之不能在桃李争艳的春天逢时开放也就怨不得主司的"春风"没有煦育催开自己了。两句完全是一种自怨自艾、自叹自怜的口吻，确实是够含蓄蕴藉、委婉不露、温厚和平、怨而不怨的了。但对照"天上碧桃""日边红杏"与"秋江芙蓉"完全不同的境遇，那种对命运不公的怨意仍旧不能自制地流露出来。说是"不怨"，内心深处的怨反而因此刻意地掩饰抑制更加强烈地流露出来了。

秦韬玉

秦韬玉，字中明，湘中（今湖南）人。父为左军军将。咸通中依附权相路岩，为士大夫所恶，累举不第。后谄事权宦田令孜，为"芳林十哲"之一。广明元年（880），黄巢入长安，随僖宗奔蜀，田令孜引为神策军判官。中和二年（882），特敕赐进士及第。四年，任工部侍郎、判度支，兼充十军司马。《新唐书·艺文志》著录其《投知小录》三卷，《直斋书录解题》著录《秦韬玉集》一卷。《全唐诗》编其诗为一卷。

贫　女①

蓬门未识绮罗香②，拟托良媒益自伤③。谁爱风流高格调，共怜时世俭梳妆④。敢将十指夸偏巧⑤，不把双眉斗画长⑥。苦恨年年压金线⑦，为他人作嫁衣裳。

[校注]

①此诗系假托贫女以自伤之作，当作于早年未依附权贵时。②蓬门，用蓬茅编成的门，借指贫寒人家。绮罗，华美的丝绸衣服。③托良媒，托好媒人说亲事。益，更。④风流，风雅潇洒。时世妆，时髦的梳妆。俭，通"险"，怪异。白居易《时世妆》："腮不施朱面无粉。乌膏注唇唇似泥，双眉画作八字低。妍媸黑白失本态，妆成尽似含悲啼。圆鬟无鬓椎髻样，斜红不晕赭面状。"即指此类时髦的怪异梳妆。⑤偏巧，特别灵巧。⑥句意为不愿画长眉与别人斗妍竞美。⑦苦恨，长恨。压，按抑。一种针线手法。压金线，用金线绣花。

[笺评]

何光远曰：李山甫有《咏贫女》，天下称奇，秦侍郎韬玉继之，

意转殊绝。（《鉴戒录·作者同》）

方回曰：此诗世人盛传诵之。（《瀛奎律髓》卷三十一）

廖文炳曰：此韬玉伤时未遇，托贫女以自况也。（《唐诗鼓吹注解大全》）

周珽曰：此伤时未遇，而托贫女以自况也。首联喻己素贫贱，不托荐以求进。次联喻有才德者，见弃于世。二句一气读下，若谓世俱好修容者，谁人能怜取俭饰之士也。第五句见不以才夸人，六句见不以德自骄。末伤己少有著述措置徒供藉人作进阶耳。（《删补唐诗选脉笺释会通评林·晚七律》）

冯班曰：托兴可哀。（《瀛奎律髓汇评》引）

贺裳曰：秦韬玉诗无足言，独《贫女》篇遂为古今口舌。"苦恨年年压金线，为他人作嫁衣裳"，读之辄为短气，不减江州夜月，商妇琵琶也。（《载酒园诗话又编》）

黄周星曰：名为咏贫女，实即咏贫士耳。（《唐诗快》）

毛奇龄曰：（末句）只此遂成不蔑之句。（《唐七律选》）

胡以梅曰：言未遇而欲托媒自通，又觉可伤，恐辱其志也。（《唐诗贯珠串释》）

赵臣瑗曰：此盖自伤不遇而托言也。贫士贫女，古今一辙，仕路无媒，何由自拔，所从来久矣。（《山满楼笺注唐诗七言律》）

屈复曰：格调既高，所以不遇良媒；梳妆之俭，以其生长蓬门。（三、四）分承一、二。五、六自伤。七结五，八结六。六句皆平头，是一病。有托而言，通首灵动。结好，遂成故事。（《唐诗成法》）

何焯曰：（五、六）有人画眉，则已嫁之妇也，反醒"女"字，诗律精密。上句亦用纤纤女手也。此即所谓贫女难嫁也，却不便自说要嫁人，结句借他人说，极巧。（《唐律偶评》）又曰：高髻险妆，见《唐书·车服志》，此句就他人一面说（按：何氏即释"俭"为"险"）。（《瀛奎律髓汇评》引）

纪昀曰：格调太卑。（同上引）

沈德潜曰：语语为贫士写照。（《重订唐诗别裁集》卷十六）

朱三锡曰：未识绮罗，托人引荐，何用自伤？及读三、四，始知"自伤"二字真正写得至确，从来格调高者不肯假饰于外，不肯枉己以求，曰"谁爱"、曰"共怜"，始信世道人情，专务虚名，不循实学，此所以"自伤"也。然而为贫女者，始终自爱自重，不以工巧夸人，不以描画炫俗。独是年年针线，终为他人作嫁衣裳，所以可恨耳。（《东岩草堂评订唐诗鼓吹》）

王文濡曰：此诗全是比体，以贫女比贫士。言虽有才具，难邀知遇，而性复高傲，不肯求媚于世，所以年年寄人篱下，徒藉笔耕以糊口耳。词意明显。（《唐诗评注读本》卷六）

夏荃曰：韬玉晚唐作手，其咏《贫女》《春雪》二律，脍炙人口。（《宋石斋笔谈》）

俞陛云曰：此篇语语皆贫女自伤，而实为贫士不遇者，写牢愁抑塞之怀。首二言生长蓬门，青裙椎髻，从不知罗绮之妍华，以待字之年，将托良媒以通辞，料无嘉耦，只益伤心。三、四谓自抱高世之格，甘弃铅华，不知者翻怜我梳妆之俭陋也。五、六谓以艺而论，则十指神针，未输薛女；以色而论，则双眉远翠，不让文君。而藐姑独处，从不向采芳女伴夸绝艺而竞新妆。末句言季女斯饥，固自安命薄，所恨者年年辛苦，徒为新嫁娘费金线之功。人孰无情，谁能遣此耶？孟郊诗"坐甘冰抱晚，永谢酒杯春"，"冰抱"为难堪之境，而栖迟至晚，枯坐自甘；"酒杯"喻声利之场，乃春色虽多，孤踪永谢，与《贫女》诗意境相似，而以五言隽永出之，弥觉有味，老友章霜根翁最喜诵之。（《诗境浅说》）

[鉴赏]

托贫女难嫁以寓贫士不遇，是传统的比兴寄托手法。秦韬玉的这首《贫女》在运用这一传统手法时，不但设喻更加具体贴切，表现更为自然灵动，而且在内容意蕴上突出了不为世俗所容的品格操守，以及才能只为他人所用的悲哀。称得上是在继承传统的基础上有所创新，故历来为人传诵。

"蓬门未识绮罗香，拟托良媒益自伤。"起联出句点明"贫女"身份，说自己生长于蓬门荜户之家，从来就不识华美的绸缎衣裳和富贵人家的香风薰气；对句立即切入题旨，说想托良媒出嫁却更加自伤自怜。"益自伤"三字，直贯以下三联。"拟托"的"拟"字，是欲托而尚未托，而未托的原因则是贫女深知世态人情，明白自己不为世俗所接纳的缘故。这一联是全篇的总冒。托贫女难嫁以寓贫士不遇于时的意旨已露端倪，但"益自伤"三字则留下悬念。

"谁爱风流高格调，共怜时世俭梳妆。"颔联紧承"益自伤"，从世态人情的角度揭示出自己之所以不被世俗所爱重的原因：自己生性高雅潇洒，具有高洁的品格操守，可是在这个浊世上，又有谁会爱重呢？世俗所共同欣赏的只是那些怪异的时髦梳妆打扮罢了。两句一正一反，既显示风流高格之不为人所赏，又揭示了趋时邪巧者之为俗所爱。"高格调"而曰"风流"，"俭（险）梳妆"而曰"时世"，均贴贫女、贫士而言。"高格调"令人自然联想到贫士的高标逸韵，脱弃凡俗，而"俭梳妆"之入时，受到世俗之"共怜"，正反过来显示"风流高格调"不被欣赏的原因。两句之间存在着互为因果的联系，而读来却一气流走，略无窒碍。前人因误解"俭梳妆"为俭朴的梳妆打扮，不但与"共怜"直接矛盾，而且与"时世"亦无法统一。俭朴的梳妆如能为时俗所"共怜"，贫女又何愁难嫁？

"敢将十指夸偏巧，不把双眉斗画长。"颔联从世态人情角度揭示自己难嫁心伤的原因，腹联转从自身的角度写，进一步揭示难嫁的缘由。上句说，我岂敢自夸十指之特别灵巧，擅长刺绣女红之事呢？这是巧妙地以十指之巧、刺绣之工比喻自己文章技艺之精，文学才能之高，句首冠以"敢将"，貌似谦逊，实为自负。下句说，自己决不像那些以色炫人的女子那样，只用心描画长眉，与同类竞美斗艳。这是用女子的不施浓妆艳抹、炫美斗妍显示贫士高洁自守、不取媚邀宠的品格。上句自负其才，下句自显其品。这一联与上一联在意蕴上存在着紧密联系。"双眉斗画长"即"时世俭梳妆"的一种具体表现，"不把双眉斗画长"则正是"风流高格调"的表征。而"风流高格调"显示的是品格，"十指夸偏巧"显示的是才能，也相互呼应补充。"十指夸偏巧"又进一步启下联"压金线""作嫁衣"，可见其构思之精密，前后承接呼应之工妙。

将领、腹两联综合起来，则我之所具者为"风流高格调""十指夸偏巧"，即品德与才能，而世之所重所赏者为"时世俭梳妆""双眉斗画长"，即怪异邪险的品格和巧媚邀宠的才能，则自己之无媒难嫁、不遇于时也就是必然的了。客观的社会风尚和主观的品格才能都导致了自己的悲剧境遇。

诗写到这里，仿佛话已说尽，"自伤"不遇之情已经得到充分的表达。但诗人却从"十指偏巧"中宕开一笔，转出新意，开拓出前人写贫女、贫士很少有过的新境界：最恨的是自己年年按压金线作刺绣，但绣出来的精美华丽衣裳统统是为他人作嫁衣！唐代士人擅长文章者，往往为了谋生为一些富贵人家写应酬文章和书启。秦韬玉就曾为显宦路岩作过文书，并因此受到考官的黜废（事见《唐语林·补遗》）。这里正是以贫女为富贵人家压金线作嫁衣，而自己无媒难嫁喻自己为谋生替贵官权要代写文章的悲苦境遇。文章之才，本应为世所用，发挥治国济时作用，如今却徒为他人代笔，借以糊口而已。这正是才士最大的悲哀。由于此联典型地表现了才士不遇于时的苦恨，开辟了柳暗花明的新境，遂成为全诗的警句，也成为历代流传的表达人生感慨的名联。

郑　谷

郑谷（约851—约910），字守愚，袁州宜春（今江西宜春）人。咸通、乾符间，屡举进士不第。广明元年（880）黄巢入长安，谷避乱入蜀。光启三年（887）登进士第。乾宁元年（894）春，授鄠县尉、兼授府曹，迁右拾遗。三年，迁右补阙，翌年迁都官郎中，世称"郑都官"。天复二年（902），曾随驾凤翔，约三年归隐宜春仰山东庄书堂。约卒于开平四年（910）。曾自编其诗三百首为《云台集》。咸通中，与许棠、张乔等唱酬交往，号"咸通十哲"。《全唐诗》编其诗为四卷。今人严寿澂等有《郑谷诗集笺注》、傅义有《郑谷诗集编年校注》。

席上贻歌者①

花月楼台近九衢②，清歌一曲倒金壶③。座中亦有江南客④，莫向春风唱鹧鸪⑤。

[校注]

①贻，赠。②九衢，纵横交叉的繁华街道。③金壶，对酒壶的美称。④江南客，作者自指。郑谷系袁州宜春人，唐属江南西道，故云。⑤鹧鸪，指《山鹧鸪》，曲调名。白居易《和梦游春诗一百韵》："酩酊歌《鹧鸪》，颠狂舞《鸲鹆》。"常用于酒宴上歌唱的著辞曲。原产于南方的民间曲调，声情哀怨。其曲效鹧鸪之声为之，有如"行不得也哥哥"。李商隐《偶成转韵七十二句赠四同舍》："鹧鸪声苦晓惊眠。"鹧鸪为南方留鸟，诗文中常用以表达对故乡的思念。

[笺评]

敫英曰：宋人有诗云："莫向沙边弄明月，夜深无数采珠人。"与

此诗俱以顾忌相戒。(《唐诗绝句类选》)

翁方纲曰：郑都官以《鹧鸪》诗得名，今即指"暖戏烟芜"云云之七律也。此诗殊非高作，何以得名于时？郑又有《贻歌者》云："坐中亦有江南客，莫向春风唱《鹧鸪》。"此虽浅，然较彼咏鹧鸪之七律却胜。(《石洲诗话》卷二)

潘德舆曰：(郑谷)"扬子江头"一绝，今古流诵。然"花月楼台近九衢，清歌一曲倒金壶。座中亦有江南客，莫向春风唱鹧鸪"，何不以此"鹧鸪"得名？(《养一斋诗话》)

俞陛云曰：李白《越中》诗："宫女如花满宫殿，至今唯有鹧鸪飞。"郑谷《贻歌者》诗："座中亦有江南客，莫向春风唱《鹧鸪》。"因其凄音动人，故怀古思乡，易生惆怅也。(《诗境浅说》) 又曰：声音之道，最易感人。昔人诗若"此夜曲中闻《折柳》，何人不起故园情""横笛偏吹《行路难》……一时回首月中看"等句，孤客异乡，每易生感。此诗亦然。听歌纵酒，本以排遣客愁；丁宁歌者，勿唱《鹧鸪》江南之曲，动我乡思，正见其乡心之深切也。(《诗境浅说》续编)

沈祖棻曰：首写繁华之地，次写欢乐之时。此情此景，自宜尽欢。谁复念及客中尚有不堪听鹧鸪词之江南客乎？于繁华中见寂寞，于欢乐中见凄苦，乃益感寂寞凄苦矣。然此心事，惟己自知。彼方于花月楼台听歌尽醉者，固漠然也。清歌已使人惆怅，而鹧鸪之词，又江南之曲，使江南之客闻之，必更断肠，故呼歌者而郑重告之以莫唱也。(《唐人七绝诗浅释》)

[鉴赏]

晚唐绝句自杜牧、李商隐之后，议论之风渐炽，抒情性、形象性、音乐性都大为减弱。只有郑谷的七绝还保持了长于抒情、富于风韵的特点。郑谷以七律《鹧鸪》诗著称于世，被称为"郑鹧鸪"。"雨昏青草湖边过，花落黄陵庙里啼"就是其中的名句。其实，他真正写得好的还是七绝。这首《席上贻歌者》就比七律《鹧鸪》更富于情韵。

诗人是袁州宜春人，咸通、乾符年间，曾长期羁旅长安，屡试不第，这首诗大约就是在此期间一次豪华宴会上的即兴抒感之作。

"花月楼台近九衢，清歌一曲倒金壶。"前两句写宴会所处的地点和宴席上的情景。这是一座处于京城通衢大道边上的豪华酒楼，华灯初上，月照高楼，楼外的园地上花团锦簇，姹紫嫣红，更映衬出酒楼的繁华热闹，富贵风流。宴席之上，珍馐美味，酒香四溢，窈窕的歌女，清歌一曲，更助酒兴，主客之间，觥筹交错，笑语喧哗。用"倒金壶"来形容饮酒的场景，既见宴席的豪奢，更见主客兴致之高涨，气氛之热烈，饮酒之酣畅。作为酒宴上的客人，诗人身临其中，自然感受到了这种浓烈的气氛。但他此时此地此情此景下的内心感情，却含而未宣，需要结合后两句，才能真正体味出来。

"座中亦有江南客，莫向春风唱鹧鸪。""江南客"，这里是诗人自指。家在江南西道的袁州宜春，长期羁旅京华，屡试不第，这种羁旅漂泊的况味自然与日俱增，因而这"江南客"三字中不但蕴含有长期羁客他乡者的乡愁旅思，而且寓含着不得志者的牢愁苦闷。在这种情况下来参与这样一场豪华热闹的宴会，那宴席上的热烈欢乐气氛自不免更强烈地触发自己的孤独凄凉、困顿失意之感。而《鹧鸪曲》，作为酒宴上最常用的著辞曲，又是离乡背井、坎壈失意的"江南客"最怕听到的。鹧鸪是南方的留鸟。《文选·左思〈吴都赋〉》说："鹧鸪南翥而中留。"刘逵注："或言此鸟常南飞不止，豫章已南诸郡处处有之。"古人因其鸣声近似"行不得也哥哥"，常用以表示思乡。可以说鹧鸪就是诗人的家乡之鸟。而作为歌曲的《鹧鸪曲》，其声又特别哀苦悲凄，曲辞更多抒离愁别恨。这一切，都使诗人这位江南客子、不遇才人对《鹧鸪曲》有一种特殊的敏感，以至于"游子乍闻征袖湿"，不堪卒听了。因此诗人才借赠诗给歌妓来抒发自己的感受，说今天的酒席上也有像我这样的"江南"羁客，飘蓬文士，还是请别对着春风唱那凄苦哀怨的《鹧鸪曲》吧。"春风"与首句"花月"、次句"清歌"相呼应，与首句"九衢"、次句"金壶"相映发。如此风月繁华之地、温柔富贵之乡、良辰美景之夕，正是主客尽兴醉饮、倾酒如泻之时，有谁会注意到"座中江南客"的孤独寂寞、困顿落拓呢。"亦"字轻点，似不经意道出，却透露出其他的席上人都陶醉在春风花月、清歌妙舞的华筵之上，根本没有人理解、同情自己这位羁旅飘零的江南客，从而显现出一种喧者自喧、寂者自寂、乐者自乐、伤者自伤的境界。它仿佛是提醒语，又仿佛是自怜语。"贻歌者"自然只是一种宣泄情感的方式，但却使这种情感的宣泄带上了几分轻松调谑的色彩，使整首诗的情调不显得那么沉重凄伤，而是别具一种雅趣，一种虽略带自伤意味却仍不失潇洒的格调。

淮上与友人别[①]

扬子江头杨柳春[②]，杨花愁杀渡江人。数声风笛离亭晚[③]，君向潇湘我向秦[④]。

[校注]

①据今人赵昌平考证，这首诗当作于唐昭宗大顺二年（891）或景福元年（892）晚春。时郑谷由江南返长安，由润州渡江后，在淮上（指淮南节度使治所扬州）与友人相别而作此诗。赵考见《唐才子传校笺》卷九"郑谷"。②扬子江，指长江下游今江苏仪征、扬州一段，因扬子津而得名。扬子津系古津渡。在今江苏邗江南有扬子桥，古时在长江北岸，由此南渡京口（今镇江市），为江滨要津。今距江已远，仅通运河。③风笛，风传送的笛声。离亭，古代于道路上每隔十里设长亭，五里设短亭，供行旅休息。近城镇者常作为送别之处，故称"离亭"。又有"长亭送别"之语。庾信《哀江南赋》："十里五里，长亭短亭。"④潇湘，指湘江流域一带。秦，指长安。

[笺评]

王鏊曰："君向潇湘我向秦"，不言怅别，而怅别之意溢于言外。（《震泽长语》卷下）

桂天祥曰：调逸，郑谷亦有此作，不多见。（《批点唐诗正声》）

周明辅曰：茫茫别意，只在两"向"字中写出。（《增定评注唐诗正声》）

谢榛曰：（绝句）凡起句当如爆竹，骤响易彻。结句当如撞钟，清音有馀。郑谷《淮上别友》诗"君向潇湘我向秦"，此结如爆竹而无馀音。予易为起句，足成一首曰："君向潇湘我向秦，杨花愁杀渡江人。数声长笛离亭外，落日空江不见春。"（《四溟诗话》卷一）唐引有"末句太直无味，以之发端则健"二语。

何新之曰：掉句体。（《删补唐诗选脉笺释会通评林·晚七绝》引）

杨慎曰：神品。（同上引）

吴山民曰：末以一句情语转上三句，便觉离思缠绵，佳。（同上引）

唐汝询曰：尔我皆客，偶集津亭而奏笛以相乐。笛罢，各向天涯，离愁已在言外，不必更加装点。谢茂秦以落句太直，颠倒其文，反成套语。（《唐诗解》卷三十）

陆次云曰：结句最佳。后人谓宜移作首句，强作解事，可嗤，可鄙！（《五朝诗善鸣集》）

贺贻孙曰：诗有极寻常语，作发句无味，倒用作结方妙者。如郑谷《淮上别友人》云（略）。盖题中正意只"君向潇湘我向秦"七字而已，若开头便说，则浅直无味。此却倒用作结，悠然情深，令读者低回流连，觉尚有数十句在后未竟者。唐人倒句之妙，往往如此。（《诗筏》）

吴昌祺曰：以第三句衬起末句，所以有馀响，有馀情。（《删订唐诗解》）

王尧衢曰：此诗偏以重犯生趣。（《古唐诗合解》）

黄生曰：后二语，真若听离亭笛声，凄其欲绝。又曰：（首句）叙别之地。（《唐诗摘抄》卷四）

朱之荆曰："风笛"从"离亭"生出，因古人折柳赠别，而笛曲又有《折杨柳》也。（《增订唐诗摘抄》）

沈德潜曰：落句不言离情，却从言外领此。与韦左司《闻雁》诗同一法也（按：韦应物《闻雁》诗云："故园渺何处？归思方悠哉。淮南秋雨夜，高斋闻雁来。"）谢茂秦尚不得其旨欲倒其文，安问悠悠流俗！（《重订唐诗别裁集》卷二十）又曰：李沧溟推王昌龄"秦时明月"为压卷……李益之"回乐烽前"、柳宗元之"破额山前"，刘禹锡之"山围故国"，杜牧之"烟笼寒水"，郑谷之"扬子江头"，气象稍殊，亦堪接武。（《说诗晬语》卷上）

管世铭曰：郑谷"扬子江头"不过稍有风调，尤非数诗（指李、柳、刘、杜之诗）之匹也。（《读雪山房唐诗序例·七绝凡例》）

宋宗元曰：笔意仿佛青莲，可谓晚唐中之空谷足音矣。（《网师园唐诗笺》）

黄叔灿曰：不用雕镂，自然意厚，此盛唐风格也。酷似龙标、右丞笔墨。（《唐诗笺注》）

宋顾乐曰：情致微婉，格调高响。（《唐人万首绝句选》评）

《精选五朝诗学津梁》：丰神骀荡，写别意迥不由人。

王济之曰：读《诗》至《燕燕》《绿衣》《硕人》《黍离》等篇，有言外无穷之感。唐人诗尚有此意，如"君向潇湘我向秦"，不言怅别，而怅别之意溢于言外。（《养一斋诗话》引）

郭兆麒曰：首二语情景一时俱到，所谓妙于发端。"渡江人"三字已含下"君"字"我"字在。三句用"风笛离亭"点缀，乃拖接法。末句"君"字"我"字互见，实指出"渡江人"来，且"潇湘"

字、"秦"字回映"扬子江",见一分手便有天涯之感。(《梅崖诗话》)

俞陛云曰:送别诗,唯"西出阳关",久推绝唱,此诗情文并美,可称嗣响。凡长亭送客,已情所难堪,况楚泽扬舲,秦关策马,飘零书剑,各走天涯,与客中送客,皆倍觉魂销黯黯也。(《诗境浅说》续编)

刘永济曰:明朝胡元瑞称此诗有一唱三叹之致。许学夷不以为然,谓"渭城朝雨"自是口语,而千载如新,并谓此诗"气韵萧飒"。按:气韵萧飒乃唐末诗人同有之病,盖唐末国势衰微,乱祸频繁,反映入诗,自然衰飒也。(《唐人绝句精华》)

刘拜山曰:扬子江分手之地,杨柳春分手之时。杨花紧承杨柳,既点出暮春,又暗寓行人飘泊。二"杨"字、二"江"字,有如贯珠,层累而下,音响浏亮。一结直叙南北分携,便缴足"愁杀"之意,情味弥永。(《千首唐人绝句》)

[鉴赏]

这首诗是诗人在扬州(即题中所称"淮上")的扬子江边和友人分手时所作。和通常的送行不同,这是一次客中送客、各赴前程的握别:友人渡江南往潇湘,自己则北向长安。

"扬子江头杨柳春,杨花愁杀渡江人。"一、二两句即景抒情,点醒别离的时地,写得潇洒爽利,毫不着力,读来别具一种天然的风韵。画面很疏朗:扬子江头的渡口,杨柳繁茂成荫,春意盎然。晚风中,柳丝轻拂,杨花飘荡。岸边停泊着待发的小船,友人即将渡江南去。淡淡几笔,像一幅清新秀雅的水墨画。它能引发读者很多联想。"烟花三月下扬州""春风十里扬州路",暮春三月,本来是繁华的扬州最吸引人的季节,但如今历经唐末长期的战乱,已经失去了往日的繁盛富庶,而且彼此都要向它告别。杨柳,本来是春天的象征,但在和友人告别的情况下，它却成了离情的点缀。"昔我往矣，杨柳依依"，那在春风中轻拂的柳枝，更增添了依依惜别之情；而随风飘荡的柳花，不但显示春天的消逝，而且勾起彼此天涯羁旅生活的愁绪。美好的江边春色，在这里恰恰成了离情别绪的触媒。"扬子江头""杨柳春""杨花"等词语中同音字的重复，构成了一种既轻爽流利，又回环往复，富于抒情气氛的格调，与依依惜别的愁绪完全适应。次句句末点出"渡江人"，兼包相互送别的双方，诗人已由润州渡江到扬子津渡，而友人正将渡江南去，彼此都是"渡江人"，也都是天涯漂泊者，"愁杀"的情绪正复相同。

"数声风笛离亭晚，君向潇湘我向秦。"三、四两句写离别的情景。驿亭饯别，酒酣情浓，天色已晚，离别在即。正在这时，春风传送来一阵悠扬婉转而又凄凉怨慕的笛声，这笛声正倾诉出彼此的离衷（古有折柳送别的习俗，而笛曲有《折杨柳》），使两位即将分手的友人心往神驰，默然相对，在笛声中，天色不知不觉地暗了下来，握别的时间到了。两位朋友在沉沉暮霭中互道珍重，各奔前程——君向潇湘我向秦。诗到这里，戛然而止。

结尾极有情韵，也极富蕴含。送别诗有以情语结的，如"劝君更尽一杯酒，西出阳关无故人"；有以景语结的，如"孤帆远影碧空尽，惟见长江天际流"。这首诗却以点明各自的行程，叙事作结。初读似感突兀直遽，意犹未尽，收煞不住。实则，诗的深长情韵就蕴含在这不结之结、似结非结当中。由于前三句通过"扬子江头""杨柳春""杨花""风笛""离亭"等一系列景物的烘托渲染，和"愁杀渡江人"的情感渲染，已经为末句作了充分的铺垫，因此末句虽只直叙其事，而临行握别时的黯然伤魂，各向天涯的无限愁绪，别后双方的深挚思念都在不言中得到了含蓄的表达。

明代诗评家谢榛却认为这样的结尾"太直无味"，"以之发端则健"，于是将它改为：

　　君向潇湘我向秦，杨花愁杀渡江人。数声长笛离亭外，落日空江不见春。

稍作比较，高下立见。原作前幅即景描写，兴起离情，极自然而有风致；改作以"君向潇湘我向秦"发端，已嫌突兀；次句忽入"杨花"，更与上句了不相涉。原作后幅以风笛暮霭渲染离亭别时气氛，衬起末句，不言离情且离情自寓其中。将"数声风笛离亭晚"改为"数声长笛离亭外"，已损原作神韵，结句更虚而不着边际，成为套语。这样改诗，可谓点金成铁。不过谢榛也做了一件好事，用拙劣的改作进一步显示出郑谷原作的隽永情味。

崔 涂

崔涂,字礼山,睦州桐庐(今属浙江)人。僖宗中和元年(881)至三年,入蜀赴举,不第。至光启四年(888)方登进士第。久客巴蜀、秦陇、湘鄂、皖豫等地。《新唐书·艺文志》著录《崔涂诗》一卷,《全唐诗》编其诗为一卷。

孤 雁①

几行归去尽②,片影独何之③。暮雨相呼失④,寒塘独下迟。渚云低暗度,关月冷遥随⑤。未必逢矰缴⑥,孤飞自可疑⑦。

[校注]

①此题共二首,这是第二首。其第一首云:"湘浦离应晚,边城去已孤。如何万里计,只在一枝芦。迴起波摇楚,寒栖月映蒲。不知天畔侣,何处下平芜?"似托寓己由湘楚赴边塞谋求依托之作。此首亦有"关月"字,又首句"去"一作"塞",则二首或同时所作。《唐才子传》谓崔涂"穷年羁旅,壮岁上巴蜀,老大游陇山",《唐才子传校笺》考其中秋离蜀经巫山出峡。或出峡后曾游湘楚之地,然后复游秦陇边塞谋幕职,即第一首所谓"如何万里计,只在一枝芦"。然则,二诗或当作于光启四年登进士第之前。详味二诗意致,似有朋辈先离湘楚赴边,而崔涂独自后往,故以离群之孤雁自喻。②几行,指先离此而去的雁群。去,《全唐诗》校:"一作塞。"③片影,孤单的身影,指孤雁。《全唐诗》校:"一作念尔。"何之,何往。④形容在暮雨笼罩的天空中,孤雁呼唤先去的雁群而得不到回应,凄然失群。

⑤遥，《全唐诗》校："一作相。"这一联写孤雁的度越洲渚、飞过关月的昼夜行程。⑥矰缴（zēng zhuó），系有丝绳的短箭，用以射鸟。⑦疑，惊疑，畏惧。

[笺评]

方回曰：老杜云："谁怜一片影，相失万重山。"此云："暮雨相呼失，寒塘欲下迟。"亦有味，而不及老杜之万钧力也。为江湖孤客者，当以此尾句观之。（《瀛奎律髓》卷二十七）

何新之曰：平淡体。（《删补唐诗选脉笺释会通评林·晚七绝》引）

李梦阳曰：起句即悲，通篇情景相称，优柔不迫，佳作也。（同上引）

徐充曰：此咏物体，周伯弼所谓于和易宽缓之中而粗切者。（同上引）

周珽曰：前二句已尽孤雁面目，便含怜悯深心。三、四写其失群徬徨之景。五、六写其孤飞索莫之态。结用宽语，致相悲相识之意，以应起联。何等委婉顿挫。夫一孤雁微物，行止犹撄人念如此。士君子涉世，落落寡合、流离无偶者，何异于是！此诗诚可以观。（同上）

陆次云曰：写猿缥缈（按：崔涂有《秋夜僧舍闻猿》诗），写雁悲凉。（《五朝诗善鸣集》）

查慎行曰：结意更深。（《初白庵诗评》）

何焯曰："念"字贯注到落句。（按：何氏所据本次句作"念尔欲何之"）（《瀛奎律髓汇评》引）

纪昀曰："相呼"则不孤矣，三句有病。"寒塘"句不言孤而是孤，不言雁而是雁，此为句外传神。"渚云"二句反衬出"孤"字。结处展过一步，曲折深至，语切境真，寓情无限。（同上引）

许印芳曰：孤雁乃失偶之雁，而未尝无群。"相呼"者，呼其群

也。晓岚訾之，非是。"相"字复。（同上引）

李怀民曰：何尝有心自况，然寄托处妙甚显然，唐诗所以高也。"几行归去尽，片影独何之"，起不作意，而能得其分，正是水部。"未必逢矰缴，孤飞自可疑"，一结真感深情，宛转无极。（《重订诗人主客图》卷上）

孙洙曰：（中四句）二十层。（末二句）十字切"孤"。（《唐诗三百首》）

俞陛云曰：通篇皆实赋孤雁。首二句曰雁行归尽，念此天空独雁，怅怅何之？以首句衬出次句，乃借宾定主之法。三、四言暮雨苍茫，相呼失侣，将欲寒塘投宿，而孤踪自怯，几度迟回。二句皆替雁着想，如庄周之以身化蝶，故入情入理。犹咏鸳鸯之"暂分烟岛犹回首，只渡寒塘亦并飞"，替鸳鸯着想，皆妙入毫颠也。五、六言相随者唯渚云关月，见只影之无依。末句谓未必逢弋者，而独往易生疑惧。客子畏人，咏雁亦以自喻，此诗乃赋而兼比者也。三、四句即以表面而论，三句言其失群之由，四句言失群仓皇之态，亦复佳绝。（《诗境浅说》续编）

[鉴赏]

晚唐李商隐是咏物诗的大家，唐末咏物之风仍盛，但像陆龟蒙的《白莲》那样遗貌取神，极富情韵之作却很少见。崔涂的这首《孤雁》也称得上是一首借物写心，通体完整的佳作。

诗人一生，辗转羁游于巴蜀、湖湘、京洛、秦陇各地，又逢唐末战乱的年代，羁旅孤危的经历和离群索居的处境，使这位末世的游子心境分外孤寂凄苦，诗中的孤雁无疑带有自况的意味。在题注中，联系第一首中的一些词语对诗人的行踪及诗的写作时间作了一些考证和推断，但诗的主要内容并非借孤雁写自己的具体行踪，而是抒写其心灵世界。

"几行归去尽，片影独何之。"起联以"几行"与"片影"对举，以雁群行列的"归去"反衬"片影"的"何之"，点明孤雁之离群。"归去"当指春来南雁之北归。用"片影"形容孤雁，既见其形单影只的孤子，又传出其质轻体虚的缥缈。"独何之"作设问语，似是诗人对失群孤雁的同情体贴，又像是孤雁茫然不知所之情态的生动写照。

　　"暮雨相呼失，寒塘独下迟。"颔联分承一、二句，写孤雁之失群孤飞与独下栖息时的情态。上句写孤雁在蒙蒙暮雨中独自飞翔，呼唤着"几行归去"的伴侣，却得不到任何回应，只能孑然前行。纪昀谓"'相呼'则不孤矣，三句有病"，其实"相呼失"即虽相呼而不应，正写"孤"字。池塘是雁晚上的栖息之所，平常雁阵群飞时，均有头雁预先观察，确定栖息地安全时方落下群栖，而孤雁单飞，虽欲栖息池塘，却因不知是否安全，而盘旋迟回，久久犹豫，不敢落下。纪昀说"'寒塘'句不言孤而是孤，不言雁而是雁，此为句外传神"，极有鉴赏眼光。此句之妙，正在于不仅写出孤雁欲下而迟迟不下的情态，而且传出其畏怯迟疑的心态。而上句的"暮"字，下句的"寒"字，又渲染出一片黯淡迷茫、凄寒幽冷的氛围，进一步强化了孤雁的凄冷之感。四句"独"字与二句重字，《律髓》《品汇》均作"欲"，义较长。

　　"渚云低暗度，关月冷遥随。"腹联续写孤雁昼夜孤飞的征程。白天，洲渚之上云霭低回迷茫，孤雁低飞，掠过它的上空；晚上，清冷的月光照临关塞，孤雁披着一身冷月飞过。上句以渚云低迷烘托出孤雁的黯淡迷茫，下句以唯有冷月相随反衬出孤雁之孤寂清冷。既见其日夜征行之辛苦，更显示出其内心的低迷幽冷。

　　"未必逢矰缴，孤飞自可疑。"尾联替孤雁着想，说此去虽不一定遇到射猎者的弓箭而有生命之虞，但独自孤飞，自是容易产生疑惧心理的。上句先放开一步，像是宽慰孤雁，下句立即收转，揭出孤飞之可惧这一正意。以上句衬托下句，以"未必"突出"自可"，正反相形，在曲折顿宕中更加强了感情的深度和强度。这个结尾，将诗人对孤雁的体贴同情写得极为深至动人，也使全诗显得更为摇漾有致，有不尽的余韵。

诗虽运用传统的比兴寄托手法，但却毫无这类诗常见的用类型化公式化的比喻表达某种固定的思想乃至概念的弊病，而是重在设身处地、感同身受地设想体贴孤雁的感觉、感情和心态，而且通篇运用景物渲染烘托，不作直接的说明，故读来倍觉情深而味永。

巴山道中除夜书怀①

迢递三巴路②，羁危万里身③。乱山残雪夜，孤烛异乡春④。渐与骨肉远⑤，转于僮仆亲⑥。那堪正飘泊，明日岁华新。

[校注]

①巴山，泛指东川一带的山。此诗一作孟浩然诗。按：宋蜀刻本孟浩然诗集不载此诗，而《文苑英华》卷二百九十五录此作崔涂诗。《古今岁时杂咏》卷四十一、《众妙集》亦作崔诗。崔涂曾于中和元年（881）至三年应举避乱入巴蜀，此诗当作于羁旅巴蜀期间。②迢递，遥远貌。三巴，古地名，巴郡、巴东、巴西的合称。相当于今嘉陵江和綦江流域以东的大部分地区。晋华璩《华阳国志·巴志》：“建安六年，鱼腹塞允白璋争巴名，璋乃改永宁为巴郡，以固陵为巴东，徙羲为巴西太守，是为三巴。”崔涂在巴蜀期间，到过成都、灌县、青城、渠州、长江等多处府县。③羁危，羁旅孤危。蜀道多险阻，故云。万里，指离家乡遥远。作者《春夕旅怀》亦云：“蝴蝶梦中家万里，子规枝上月三更。”④春，一作“人”。⑤骨肉，指家中亲人。⑥转，转而。于，对。

[笺评]

刘辰翁曰：平生客中除夕诵此，不复更作。（“渐与”二句）句句

亲切。(《唐诗品汇》卷六十九引)又曰：三、四，十字尤捏合，五、六，十字情痛能言。(《唐诗选脉》引)

顾璘曰：绝无字眼，自是工致。一字不可易。(《批点唐音》)

杨慎曰：崔涂旅中诗"渐与骨肉远，转于僮仆亲"，诗话亟称之。然王维《宿郑州》诗"他乡绝俦侣，孤客亲僮仆"，已先道之矣。但王语浑含胜崔。(《升庵诗话·崔涂王维诗》)

王世贞曰：昔人谓崔涂"渐与骨肉远，转于僮仆亲"，远不及王维"孤客亲僮仆"，固然。然王语虽极简切，入选尚未；崔语虽觉支离，近体差可，要在自得之。(《艺苑卮言》卷四)

谢榛曰：梁比部公实曰："崔涂《岁除》诗云：'乱山残雪夜，孤烛异乡人。'观此羁旅萧条，寄意言表，全章老健，乃晚唐之出类者。"(《四溟诗话》卷三)

唐汝询曰：此入蜀而值除夜，故言历三巴之险，持万里之身，于乱山残雪之夜而秉烛不寐者，乃异乡之人也。既远骨肉，所亲者僮仆耳。以此飘泊而逢岁华，所以难堪也。按《孟襄阳集》亦载此诗，今观语虽稍类襄阳，而祖幼公(指戴叔伦《除夜宿石头驿》)，其为礼山诗明甚。然幼公次联便是本意，此以落句破题，亦作诗一变法。(《唐诗解》卷三十八)又《增定评注唐诗正声》引唐云：戴、崔俱赋此题，首尾足敌。第三联，崔似胜戴，然切题，戴终胜耳。

桂天祥曰：("渐与"二句)苦语实情。(《增定评注唐诗正声》)

胡应麟曰：司空曙"乍逢翻疑梦，相悲各问年"，戴叔伦"一年将尽夜，万里未归人"。一则久别乍逢，一则客中除夜之绝唱也。李益"问姓惊初见，称名忆旧容"绝类司空；崔涂"乱山残雪夜，孤烛异乡人"绝类戴作，皆可亚之。(《诗薮》)

吴山民曰：次联惨淡，三联凄恻，结缴着"除夜"，觉前六句转有味。(《删补唐诗选脉笺释会通评林·晚七律》引)

周珽曰：崔以"渐与""转于"着意形出"远"与"亲"二字，则崔固晚唐中苦吟者也。"孤烛"句尤深厚。又曰：首联见入蜀孤行，

二联见除夜孤景，三联见逆旅孤情，结联见天涯孤感。（同上）

邢昉曰：比幼公作更尽、更悲。"僮仆"句，右丞有之，后出不妨同妙。此诗误入《襄阳集》中，岂声情稍稍有仿佛耳？（《唐风定》）

黄周星曰："乱山"二句，正与戴幼公"一年将尽夜，万里未归人"语气相类。此人此夜，其何以堪？（《唐诗快》）

陆次云曰：旅况之真如此，真是至文。（《五朝诗善鸣集》）

吴乔曰：崔涂《除夜有感》，说尽苦情苦境矣。（《围炉诗话》卷二）

贺裳曰：崔《除夜有感》……读之如凉雨凄风飒然而至，此所谓真诗，正不得以晚唐概薄之。按：崔此诗尚胜戴叔伦作，戴之"一年将尽夜，万里未归人，寥落悲前事，支离笑此身"，已自惨然，此尤觉刻肌砭骨。（《载酒园诗话又编》）

黄生曰：（"乱山"二句）流水对。（"渐与"句）拗句。尾联点缀。戴叔伦"一年将尽夜，万里未归人"，虽中唐，却逊此三、四二句。若韩翃"千峰孤烛夜，片雨一更中"，觉又胜此耳。五句全仄，名拗字句。五、六亦是必至之情。（《唐诗摘抄》卷一）

徐增曰："渐与骨肉远，转于僮仆亲"，二句写尽在外真境。今夕飘泊，幸得将完，明日又要飘泊起了，此所以有感也。转得好，合得好。（《而庵说唐诗》）

吴昌祺曰：（"乱山"二句）下句尚未极惨，加上句而困极矣。（《删订唐诗解》）

吴景旭曰：诗有涉履所至，吻喉筋节，以直以促，发人酸楚，著不得些子文辞。如苏子卿之"生当复来归，死当长相思"，傅休奕之"志士惜日短，愁人知夜长"，曹颜远之"富贵他人合，贫贱亲戚离"皆此类也。何处下浑含二字，亦谁能以体律之。昔人谓崔涂此联（按：指"渐与"一联），与郑谷"在处有芳草，满城无故人"一联，可谓委曲形容旅况，非富贵安逸不出户庭者口中所能道。此谓知言。

（《历代诗话·唐诗·王崔》）

屈复曰：语意虽本幼公，而幼公三、四便出题，此三、四写景，较幼公五、六却胜，又结亦出题，法变。昔人谓五、六不如"久客亲僮仆"简妙，良然。自一、二直贯至五、六，一气呵成。三、四景中有情。五、六"迢递""羁危"合写，七总收，八方出"除夜"，觉一篇无非除夜，与张睢阳《闻笛》同法。（《唐诗成法》）

沈德潜曰：颔联名俊。"孤客亲僮仆"，何许简贵，衍作十字，便不及前人。（《重订唐诗别裁集》卷十二）

范大士曰：是阅历后语，客中除夕不堪展读。（《历代诗发》）

周咏棠曰：情景凄飒，较胜"一年""万里"之句。（《唐贤小三昧集续集》）

孙洙曰：（"乱山"二句）十字十层。（《唐诗三百首》）

施补华曰：《宿卫州》诗"孤客亲僮仆"，语极沉至，后人"渐与骨肉远，转于僮仆亲"，衍作两句，便觉味浅。（《岘佣说诗》）

高步瀛曰：（"乱山"二句）可与马虞臣"落叶他乡树"二句媲美。（《唐宋诗举要》卷三）

[鉴赏]

羁旅行役题材的诗作，在唐诗中是一大宗，且自初唐至晚唐，迭有佳作，历久不衰。由于题材的相同和某些体验的相似，后出的诗中常会出现一些与前人之作相近的诗句，历代的评家经常会将它们作一些比较和品评。像崔涂这首诗中的颔联与戴叔伦《除夜宿石头驿》的颔联"一年将尽夜，万里未归人"，腹联与王维《宿郑州》"他乡绝俦侣，孤客亲僮仆"之间的优劣高下。前人的创新固然更加可贵，但也存在后出转精的情形。这是因为，同是羁旅行役，诗人所处的时代、自身的境遇及个性并不相同，对羁旅行役的感受也往往同中有异，因此尽管某些后人的诗句乍读似曾相识，但细加品味，却是同中有异，各有千秋。

崔涂生活在唐末的大动乱年代。僖宗广明元年（880）岁末，黄巢起义军攻入长安，称帝，国号大齐。僖宗仓皇出奔至凤翔。翌年（广明二年，七月改元为中和元年）正月至成都。自中和元年至三年（881—883），科举考试改在成都举行。崔涂有《入蜀应举秋夜与先生话别》五律，说明他是中和元年秋入蜀应举的，这首《巴山道中除夜书怀》就是这年冬天赴蜀道中所作。这次离家赴蜀，系走水路经夷陵入三峡、溯江而上，故须过三巴而赴成都。道路之辛苦艰险可以想见。

"迢递三巴路，羁危万里身。"起联明点巴山道中羁旅行役的情事。从诗人的家乡桐庐到成都应举，先要走五千多里的溯江而上的水路，然后改由陆路、穿越三巴地区的崇山峻岭而至成都，这在交通不方便的中古时代，真是够遥远漫长的了。"迢递"二字，不仅显示了空间距离的漫长，而且透露了心理上的遥远难及之感。与故乡遥隔万里，羁旅行役之身已经够孤单够辛苦的了。再加上三巴地区山峦重叠，道路崎岖，又逢乱世，盗贼出没，在辛苦之外更加上自然的社会的艰险，用"羁危"二字来形容，正表现出特定的时代色彩和地域特征。"羁危"一词，前人诗文中未见，诗人将"羁"与"危"组合在一起，是独创的词语，而这个词语本身正反映了时代的乱离，透露出诗人心中那种人生道路的艰危险阻感受。

"乱山残雪夜，孤烛异乡春。"颔联写夜宿山中驿馆的情景。上句写室外，乱山重叠缭绕，逶迤起伏，山峰上还留有未销的残雪，窗外一片沉沉的夜色；下句写室内，一支行将燃尽的孤烛，伴着身在异乡的诗人，在黯然迎候春天的到来。两句意象密集，十个字中用了六种意象：乱山、残雪、夜，孤烛、异乡、春，其中又用"乱""残""孤""异"等一系列形容性的词语加以强烈渲染，从而创造出带有浓郁黯淡、凄冷、孤寂情调的氛围意境，传达出身在万里之外的异乡漂泊者在除夜这个特定时刻的心境。比起戴叔伦的《除夜宿石头驿》"一年将尽夜，万里未归人"的浑含不露来，虽然明显多了刻画渲染的成分，但由于这些刻画渲染都紧紧围绕着除夜漂泊异乡这个中心，因此全联仍显得浑然一体，而且给人的印象也远比戴诗强烈而深刻。从"乱""残""孤""异"这些字眼中，不但透露出诗人心绪的纷乱不宁和孤寂凄冷，而且还隐隐约约地透露出唐末乱世的时代面影。对句句末的"春"字，后世选本如《唐诗品汇》多作"人"，但残宋本《文苑英华》及《古今岁时杂咏》均作"春"，从对仗的工稳来说，也以作"春"更切（上句"夜"与下句"春"都是表时间的概念）。但这里既已言"春"，似与末句"明日岁华新"及"除夜"矛盾。实际上这里的"春"已经是一个虚化泛化了的时间概念，犹很多诗以"春""秋"表时一样。因为除夕独伴残烛，夜深不寐，想到自己即将在这乱山丛中的孤驿迎来异乡的春天，故为了与上句构成工对，遂用"春"字为韵。"春"字本是带有温煦色彩的词语，但在前面九个字的衬染下，反倒使人感到凄然了。

"渐与骨肉远，转于僮仆亲。"腹联承首联"迢递""万里"，写巴山道中所感。从诗中所写情景，离诗人应举的目的地成都还有一段距离，故在抒写羁旅途中感受体验时，用了"渐与"这种带有时间行进动态意味的词语。但并非实写山行途中的感受，而是在除夕深夜回顾这几个月来羁旅行役的真切体验：与家乡的亲人骨肉越离越远，虽思念而无缘相见，在迢递而寂寞的旅途中，身边别无友朋相伴，平日熟悉的僮仆这时便成了唯一可以慰藉旅途孤寂的伴侣而变得相亲了。这种体验，长途羁旅者常有，但注意到这一点并将它真切表现出来的却不多。王维的五古《宿郑州》"他乡绝俦侣，孤客亲僮仆"，是首先成功表现这种充满人情味和诗意美的诗。崔涂此联，意蕴与王维近似，但内涵与情调却同中有异。王诗作于开元那样一个承平的年代，"九州道路无豺虎"，走的又是中原地区的坦途，旅途上虽有些寂寞，但并不凄苦，因此他对自己的这种旅途中的新鲜体验，只是从容而亲切地道出，读者从中所感受到的也是一种虽孤寂却平和的心境。而崔诗在这一联中，不但上句用了五字皆仄的拗句，使人在拗峭的声调中体味到诗人不平静的心境，而且用"渐与""转于"构成对仗，突出上下句之间的因果关系，从而使人在其中感受到一种无奈的凄凉的况味。从句法句式看，这种对仗本身也给人一种奇异突兀之感。诗的前两联全用工整的对仗，这一联改用近乎散文的句法，显得疏密相间，富于流动变化。

"那堪正飘泊，明日岁华新。"尾联出句承上六句，以"正漂泊"三字作一总的收束，而以"那堪"二字突出漂泊天涯之感的强烈与难堪，对句用"明日岁华新"一笔收转"除夜"境况，表明新的一年即将到来。新春远在万里之外的异乡，固然令人凄然生感，但"明日岁华新"的结尾毕竟又含有对新年的一种期盼和展望，从而使整首诗不致沦为竭蹶之音。

韩 偓

韩偓（842—约915），字致尧（一作致光），小名冬郎，晚年自号玉山樵人。京兆万年（今陕西西安市）人。父瞻，李商隐连襟。十岁能诗。昭宗龙纪元年（889）登进士第。初入河中幕，后召入为左拾遗。迁刑部员外郎。乾宁四年（897）为凤翔节度使掌书记。光化中入为司勋郎中兼侍御史知杂事。充翰林学士，迁中书舍人。曾参与宰相崔胤定策，诛宦官刘季述。天复元年（901）冬，从昭宗避乱凤翔，拜兵部侍郎、翰林学士承旨。三年春，以不附朱温，贬濮州司马，再贬荣懿尉，徙邓州司马。弃官南下。天祐三年（906），入闽依王审知。后寓居南安，卒。《新唐书·艺文志》著录其《金銮密记》五卷、《韩偓诗》一卷、《香奁集》一卷。诗多感时伤乱之旨，《香奁集》则多为艳情诗。《全唐诗》编其诗为四卷。今人陈继龙有《韩偓诗注》。

惜 花①

皱白离情高处切②，腻香愁态静中深③。眼随片片沿流去，恨满枝枝被雨淋④。总得苔遮犹慰意⑤，若教泥污更伤心。临轩一盏悲春酒⑥，明日池塘是绿阴⑦。

[校注]

①借咏花落春去以伤悼唐室的衰亡。②皱白，指枯萎的残花花瓣皱缩、颜色惨淡。高处，指枝头。切，深切。③腻香，浓香。香，《全唐诗》校："一作红。"④淋，《全唐诗》校："一作侵。"⑤总，纵然。⑥轩，堂前屋檐下的平台。《全唐诗》校："一作窗。"⑦池塘是绿阴，谓池塘边上的花树都已树叶成荫，连残花亦不复存。指春去夏来，时序更易。

[笺评]

范晞文曰：韩偓《落花》诗："总得苔遮犹慰意，若教泥污更伤心。"弱甚。老杜有"纵教醉里风吹尽，可待醒时雨打稀"，去偓辈远矣。王建亦有"且愿风留着，唯愁日炙销"，正堪与偓诗上下。（《对床夜语》卷三）

周弼曰：结句体。（《删补唐诗选脉笺释会通评林·晚七律》）

周珽曰：致尧诗清奥孤迥，此诗意调足玩。又曰：韩偓在唐末，志存王室。朱温恶之，贬濮州司马，天祐中，复召，不敢入，因挈家依王审知。悯时伤乱，往往寄之吟咏。此借惜花以喻意也。首喻君子恋国忧君之念常殷。次喻士类见逐殆尽，不免茂贞之凶。三喻己暂得所依，犹恐贻累所及。末喻朝廷今虽空有名号终为奸雄不日当变易其宗社矣。（同上）

《唐诗鼓吹评注》：此借惜花以寓意也。首言皱白之离情辞高树而自切，腻红之愁态依静地而尤深。况片片沿流，枝枝被雨，安得不令人伤悲哉！若幸而得苍芜以遮红艳，犹慰吾意；否则沾泥土以污容色，更伤我心矣。故临阶之酒为春去而送之，至明日则绿阴满树，无复红紫之可见矣，不亦重可惜乎！（卷二）

朱三锡曰：此篇句句是写惜花，句句是写自惜意，读之可为泪下。（《东岩草堂评订唐诗鼓吹》）

吴乔曰：明人以集中无体不备；汗牛充栋者为大家。愚则不然。观于其志，不唯子美为大家，韩偓《惜花》诗，即大家也。又曰：余读韩致尧《惜花》诗结联，知其为朱温将篡而作。乃以时事考之，无一不合。起语云："皱白离情高处切，腻红愁态静中深。"是题面。又曰："眼随片片沿流去"，言君民之东迁也；又曰："恨满枝枝被雨淋"，言诸王之见杀也。"总得苔遮犹慰意"，言李克用、王师范之勤王也；"若教泥污更伤心"，言韩建之为贼臣弱帝室也。"临轩一盏悲春酒，明日池塘是绿阴"，意显然矣。此诗使子美见之，亦当心服。诗可以初盛中晚为定界乎！（《围炉诗话》卷一）又曰："临轩一盏悲春酒，明日池塘是绿阴"，悲朱温之将篡弑也。明人云：不读大历以后一字，其所自作，未有命意如晚唐此诗之深远者也，可易言"初""盛"哉！（《答万季野诗问》）又曰：此诗（按：指杜甫《秋兴八首》）及义山之《无题》、飞卿之《过陈琳墓》、韩偓之《惜花》诸篇，皆是一生身心苦事在其中，作者不好明说，读者不能即解。（《围炉诗话》）

吴闿生曰：此伤唐亡之旨，韩公多有此意。（《韩翰林集》）

吴汝纶曰：亡国之恨也。（《唐宋诗举要》卷四）

[鉴赏]

韩偓的七言律诗中，有一部分反映唐末大动乱直至灭亡情势的政治抒情诗，感情悲愤沉痛，激楚苍凉，堪称唐亡的艺术实录。但由于涉及具体时事，又多用典，意蕴不免隐晦。倒是这首《惜花》，借花之凋落、春之消逝伤悼唐朝的灭亡，通篇运用比兴象征，而不涉具体政治人事，纯粹抒情。不但表现更加含蓄蕴藉，感情也更缠绵悱恻，称得上是一首唐王朝的挽歌。

"皱白离情高处切，腻香愁态静中深。"首联写将落未落的花。"皱白"指将要凋落的花，花瓣已经枯萎皱缩，呈现惨淡的白色，尽管仍挂在枝头高处，却像是充满了深切忧伤的离情，不忍离枝而去。"腻香"指花虽枯萎却仍散发出浓腻的芳香，它默默无言，在一片静寂的氛围中，呈现出无限深沉的愁态。"离情""愁态""切""深"均指花而言。由于诗人惜花之情的投射，将花也拟人化、感情化了。"愁态静中深"尤具不言而神伤的情韵，堪称传神之笔。

"眼随片片沿流去，恨满枝枝被雨淋。"颔联上句写已落之花，片片随水漂流而去，诗人的目光也一直追随着流水中落花的身影，直到它完全消失。"眼随"二字，正写出诗人惜花的心情。下句写尚残留枝头的花也枝枝遭受雨的无情摧淋，眼看即将凋落，随流而去，不禁恨满心头。这一联诗人正面出场，"眼随""恨满"，均贴诗人而言，主观感情较上一联更加强烈。在深沉强烈的痛惜之情中又透出无可挽回的无奈。

"总得苔遮犹慰意，若教泥污更伤心。"腹联写落花委地的情景。纵然落在地面上的花，被青苔所遮盖，不致马上沦为尘泥，稍稍感到宽慰，如果不幸被泥淖所污那就真令人伤心了。上句是眼见之景，先用"犹慰意"三字一放；下句是假设之景，却是落花将来必然遭遇的悲剧命运，故用"更伤心"来表达自己的伤感，用力收转。"慰意"是暂时的，"伤心"却是必然的。一放一收，一纵一跌，上句的暂时慰意正有力地衬托出下句的永恒伤痛。笔致顿挫曲折，情感沉痛缠绵。

"临轩一盏悲春酒，明日池塘是绿阴。"尾联总收，点明惜花悲春的主旨。对此"无可奈何花落去"，随水漂流、陷为尘泥的情景，临轩而望的诗人唯有用"一盏悲春酒"来表达自己的留恋惋惜、哀悼凭吊之情而已。想到明日池塘之上，连落花的踪影也无可寻觅，只见满树绿荫，春天是无可挽回地消失了。春去夏来，时序更易，本是自然界的规律，池塘绿树成荫，也是生机盎然、葱郁繁茂的景象。但在这里，时序更易却被赋予了时移世易、改朝换代的象征色彩和比兴含义，这正是由于"伤心人别有怀抱"的缘故。

这首诗的比兴象征色彩虽相当明显（用惜花伤春哀悼唐王朝的衰亡），但用的是一种总体性的象征，而不是逐字逐句的比附，更不是用某一句来影射某一件具体的史事。吴乔的评释虽然悟到了全诗的主旨，但把每一句都落实到当时发生的史事上，却不免穿凿附会。全诗写花之凋残依枝、片片委地、随水漂流、苔遮泥污，到设想明日之池塘绿阴，逐步推进，诗人也越来越哀伤悲痛。至末句而演为对朝代更易的沉悲，感情发展到高潮，而表情方式反倍加含蓄蕴藉，可以说是这首诗最精彩的一笔。晚唐律诗结句如此出色者罕见。

春 尽

惜春连日醉昏昏，醒后衣裳见酒痕。细水浮花归别涧[①]，断云含雨入孤村。人闲易有芳时恨[②]，地胜难招自古魂[③]。惭愧流莺相厚意[④]，清晨犹为到西园。

[校注]

①涧，《全唐诗》校："一作浦。"别涧，指比"细水"稍大的另外的涧水。②芳时恨，指伤春之恨。有，《全唐诗》校："一作得。"③胜，佳胜、美好。韩偓被贬后曾闲居湖南长沙岳麓山西，后又移居醴陵。有《小隐》及《早玩雪梅有怀亲属》诗，又有《家书后批三十八字》诗，自注云："在醴陵时闻家在邓州。"又有《湖南绝少含桃偶有人以新摘者见惠感事伤怀因成四韵》《赠湖南李思齐处士》等作。时在天复四年（904）。湖南系屈原放逐之地，王逸《楚辞章句》谓《招魂》系宋玉"怜哀屈原忠而斥弃……魂魄散佚"而作。"自古魂"当指屈原的忠魂。胜，《全唐诗》校："一作迥。"④惭愧，感幸之词，犹多谢、难得之意。

[笺评]

谢榛曰：武元衡曰："残云带雨过春城。"韩致光曰："断云含雨入孤村。"二句巧思，不及子美"澹云疏雨过高城"句法自然。（《四溟诗话》卷二）

许学夷曰：（韩偓）七言律，如"无奈离肠""长日居闲""惜春连日"三篇，气韵亦胜。（《诗源辩体》卷三十二）

金圣叹曰：（前解）"惜春"是春未尽前，"醒后"是春已尽后，见酒痕不复见花事矣，可为浩叹也。"水归别涧"下，再加"雨入孤村"，写春尽真如扫涂灭迹。庸手亦知用雨，却用在花句前；妙手偏用在花句后，此其相去无算，不可不知也。（后解）春尽又何足惜，两行泪实为"人闲"、"地迥"堕耳。"流莺"上用"相厚"字、"惭愧"字、"独为"字、"清晨"字，妙。怨甚而又不怒，其斯为诗人之言也。（"相厚"在"清晨"，"惭愧"在"独为"）。（金雍补注。）（《贯华堂选批唐才子诗》卷十）

《唐诗鼓吹评注》：首云春之将去，连日醉酒以遣意，醒后犹见衣裳之酒痕也。春尽时水浮花而归涧，云含雨而入村。此时，在闲中者，萧条寂寞，每易起芳时之恨；在他乡者，流离漂泊，谁为招自古之魂耶？古人流落他乡，失意憔悴，亲故设辞以慰其流落，亦得曰招魂。意此避地闽中依王审知时所作，故有是语。末云惭我与世相违，而流莺乃有相厚之意，于清晨犹到西园，以慰我憔悴之思也，然则不及流莺之厚意者，其可胜数哉！（卷二）

赵臣瑗曰："惜春"二字，虽为主脑，然其中实有不止于惜春者。（《山满楼笺注唐诗七言律》）

何焯曰：以春尽比国亡，王室鼎迁，天涯逃死，毕生所望，于此日已久。元遗山尝借次联而续以"惟馀韩偓伤心句，留与累臣一断魂"，盖以第三比叛臣事敌，第四比弱主之迁国也。（《瀛奎律髓汇评》卷十引）

纪昀曰：后半极沉着，不类致尧他作之佻。四句胜出句，六句言非唯今人无可语，并古人亦不可招，甚言其寥落耳。（同上引）

杨逢春曰：此亦应是避地之作。（《唐诗绎》）

朱三锡曰："连日醉昏昏"，极是人生乐境，及看上加"惜春"二字，下接"醒后"二字，乃知一片皆是苦境也。其意言连日醉酒，不知春暮，及至醒后，方见春归，殊不知先生因惜春而醉酒，其真醒而后始知耶？三、四皆写惜春也。"水归别涧""雨入孤村"，自是春尽神理，但庸手为之，必定将雨写花前。此独于"水归别涧"下，以"雨入孤村"作对，手法特妙。五、六又因惜春而自惜也。言春尽有何足惜，特此"人闲""地迥"二事为不堪耳。末托流莺作结，曰

"惭愧"、曰"相厚"、曰"犹为"，怨而不怒，其斯为诗人之旨欤！（《东岩草堂评订唐诗鼓吹》卷二。按：朱评下半首全袭金圣叹评）

黄叔灿曰：此诗因唐祚已尽，写春尽以发之。（《唐诗笺注》）

周咏棠曰："含"字、"人"字是诗眼。（《唐贤小三昧集续集》）

[鉴赏]

这首诗的写作时间和地点，前人、今人均有谓作于晚年入闽寓居南安时者。但据诗中"地胜难招自古魂"之句，所谓"自古魂"，当首先包括放逐沅湘的屈原忠魂，则诗人写作时间当在天复四年（904）春暮，其时诗人被贬后正在湖南闲居，离唐之亡只有两年。诗题"春尽"虽是实写春光消逝的"芳时恨"，但其中显然寓含伤悼唐王朝即将沦亡的感情。不过，比起《惜花》明显以花之凋落喻指唐亡，且每句都蕴含伤悼唐亡之情不同，这首《春尽》除了在整体上于伤春之中寓含时世之感以外，并非每一句都紧贴伤悼唐亡来写景抒情。明确这一点，便于我们从大的时代背景氛围下来感受、理解诗中的感情，把握诗的伤春意蕴，而不致每联每句都紧贴伤悼唐亡作解，将写景抒情中渗透的时世身世之感误解为直接的比喻。

"惜春连日醉昏昏，醒后衣裳见酒痕。"起联紧扣"春尽"，拈出"惜春"二字作为全篇的主意。因为痛惜春尽，故连日来心情苦闷悒郁，难以排遣，只能借痛饮来暂时麻醉痛苦郁闷的心灵，因此日复一日，都处在"醉昏昏"的状态中。曰"连日"、曰"昏昏"，从醉酒时间之长、程度之深两方面透露出内心痛苦愤郁之难以排遣。上句着意渲染"醉"字，下句则进而写"醒后"所见。衣裳上的斑斑酒痕，既进一步印证了连日醉酒的状态，又显示了内心苦闷的难以消解。因为"酒"在这里是苦闷的象征，则衣上的酒痕则正显示出前日的苦闷并未消除，见到这斑斑酒痕，仍然会勾起醉酒前的苦闷。这一句感情内涵虽抑郁苦闷，但出语却潇洒自如，富于诗情。陆游的名作《剑门道上遇微雨》"衣上征尘杂酒痕"正化用了此句的艺术构思。

"细水浮花归别涧，断云含雨入孤村。"颔联具体写"春尽"时所见自然景象，以写"惜春"心绪。俯视眼前，涓涓的细水上漂浮着暮春的落花，渐渐远去，最后归入远处的另一条涧水，而诗人的目光也一直跟随着浮花远去，直至消失。不言"春尽""惜春"，而"春"之消逝和诗人的惜春之情自见。仰视天空，片片断云，饱含着湿润的雨滴，正洒向孤寂的村庄。暮春时节，正是雨水转多的季节，南方尤然。这"断云含雨入孤村"正是典型的"春尽"景象。这一联未必有具体的比兴寄托寓意，但通过"细""浮""别""断""孤"等一系列词语的烘托渲染和对流水漂花、断云含雨等景象的描绘，却将诗人的惋惜、黯淡、迷茫、孤寂的意绪很富感染力地表现出来了。

"人闲易有芳时恨，地胜难招自古魂。"腹联由写景转向抒"春尽"之情。"芳时恨"即春恨，亦即伤春之恨、春尽之恨。上句点眼在"人闲"二字。表面上看，似乎是说，人由于空闲无事，光阴虚度，很容易引发芳时易逝的感慨，即所谓"闲愁"。联系诗人当时因不附朱温被贬后闲居湖南，目睹唐王朝的危局而毫无作为的处境，则诗中所蕴含的感慨便既沉痛又无奈了。国运危殆如此，自己却被迫"身闲"，只能眼睁睁地看着唐王朝的沦亡消逝，"闲"字中正有彻骨的悲凉。下句是说，湖南山水佳胜，是令人流连称赏之地，但却是自古以来便有屈原这样忠而遭贬逐的忠魂在这一带飘荡徘徊，难以招寻。说"自古魂"，则自己这位忠而遭谴、魂魄散佚者的魂魄自然也包括在内。因此，这一句实际上蕴含自古迄今一切处于衰世末世的忠臣义士离魂的长恨。

"惭愧流莺相厚意，清晨犹为到西园。"尾联从题目"春尽"推开一步，从反面着笔，说尽管春尽花谢，但那春天的流莺却仍情意殷厚，清晨仍然为我飞到居处的西园，发出清亮的鸣啭，令人深为感谢。这一联虽是即景描写，但却透露出诗人在春尽花谢、深怀国家沦亡之悲的情况下无可告语的寂寞和悲哀，只有那流莺成为无可慰藉之中的唯一慰藉了。说"惭愧""相厚""犹为"，于反复致意中正透出那后面的寂寞悲凉。

已　凉[①]

碧阑干外绣帘垂[②]，猩血屏风画折枝[③]。八尺龙须方锦褥[④]，已凉天气未寒时。

[校注]

①本篇选自作者《香奁集》。系其前期（被贬为濮州司马以前）所作。②阑干，即栏杆。绣，《全唐诗》校："一作翠。"③猩血，猩猩的血，借指鲜红色。血，《全唐诗》校："一作色。"折枝，花卉画法的一种。不画花的全株，只画连枝折下来的部分，故名。宋仲仁《华光梅谱·取象》："（六枝）其法有偃仰枝、覆枝、从枝、分枝、折枝。"④龙须，草名，多年生草本植物，呈狭线形。初夏开花。茎叶可以作蓑衣、绳索、草鞋，也可织席。或称蓑衣草。八尺龙须，指八尺长的龙须席。锦褥，锦绣的床褥。

[笺评]

陆时雍曰：末句香嫩，更想见意态盈盈。语却近词。（《唐诗镜》卷五十四）

周咏棠曰：中具多少情事，妙在不明说，令人思而得之。（《唐贤小三昧集续集》）

袁枚曰：人问诗要耐想，如何而耐人想？余应之曰："八尺龙须方锦褥，已凉天气未寒时""狎客沦亡丽华死，他年江令独来时"……皆耐想也。（《随园诗话》）

《精选评注五朝诗学津梁》：句法整齐。

孙洙曰：通首布景，并不露情思，而情愈深远。　（《唐诗三百

首》)

震钧曰：此追忆在翰林时恩遇而作。写景如画，寄托遥深。(《香奁集发微》)

王闿运曰：龙须席上加方锦褥，是"已凉"也，然不必咏。(《手批唐诗选》卷十三)

俞陛云曰：由阑干、绣帘而至锦褥，迤逦写来，纯是景物，而景中有人。丽不伤雅，《香奁集》中隽咏也。(《诗境浅说》续编)

刘永济曰：《已凉》一首如工笔仕女图，古今传诵以此。(《唐人绝句精华》)

刘拜山曰：设色浓丽，大似宋人院画。妙在此中无人，而其中又未尝不在。《深院》诗从帘外写，此诗从帘内写，用笔不同，而凄艳入骨则一也。(《千首唐人绝句》)

罗宗强曰：从深闺的陈设和时令的变化，渲染出一种热烈的期待与淡淡的寂寞的氛围，烘托出深闺的主人内心的爱情冲动而又无可聊奈的情绪。(《唐诗小史》)

[鉴赏]

这是韩偓《香奁集》中一首为历代传诵的名作。宋代沈括《梦溪笔谈》曾说《香奁集》是五代和凝所作，"凝后贵，故嫁名于韩偓"。南宋葛立方《韵语阳秋》据《香奁集》中《无题》诗序证实《香奁集》为韩偓所作。明代评家许学夷《诗源辩体》更举吴融和韩偓《无题》诗与《香奁集》中《无题》诗同韵，断定《香奁集》确为韩偓所作。《香奁集》中除少数篇章（如《拥鼻》《哭花》《思录旧诗于卷上凄然有感因成一章》《踪迹》等）似微露有所寓托的痕迹外，绝大多数是写男女情爱的篇章。比起《香奁集》中一些露骨地描写艳情乃至色情之作，这首《已凉》不但在写法上含蓄得多，格调也显得稍高一些。

诗的前三句写一间陈设华丽的卧室，写法是由外向内，末句收总，点出时令。这是全篇的大致构思布局。诗中的主人公，大约是一位贵家女子。

首句"碧阑干外绣帘垂"，从卧室的最外层写起。碧色的栏杆之外，绣帘低垂，显出卧室的宽敞、豪华、幽静，也暗透出天气已经转凉，帘幕已经垂放下来了。

次句"猩血屏风画折枝"，由帘幕栏杆转向床前的屏风。"猩血"一作"猩色"，都是指猩红色。这是一种浓烈的色调，贵家室内的陈设，常随季节的变化而更换。猩红色的屏风是热色，正暗示外界的气候已届秋凉；屏风上画的折枝，也是与气候相应的，使人联想起秋风萧瑟的情景。

第三句"八尺龙须方锦褥"，由床前屏风转到床上铺设。龙须，指用龙须草织成的席子，"八尺龙须"，说明这是一张宽敞华美的大床。龙须席，显示"未寒"，"方锦褥"，显示"已凉"。写到这里，时令季节的特点已经呼之欲出，所以末句一点即收："已凉天气未寒时。"

但是，如果这首诗层层描绘，目的仅仅在于说明"已凉天气未寒时"这样一个事实，那么它几乎称不上是诗。实际上，诗中关于室内外陈设的描绘以及末句点明时令，还有着更深层的暗示。

这暗示的内容便是女主人公的孤子处境和爱情方面的希望、渴求。

整个来说，这间卧室的环境、陈设显得非常宽敞、豪华，但女主人公活动的天地却显得局狭、沉闷。碧阑干外，绣帘低垂，遮断了望远的视线，看不到卧室外的广阔天地。整个色调极其浓烈。碧色的阑干、猩色的屏风，加上绣帘锦褥，颜色都是浓艳的，但卧室里却看不到人的活动，甚至看不到任何活动着的事物。因此这浓艳之色调却反托出一个幽寂灰暗的生活环境，暗示出女主人公心境的寂寞空虚。室内的陈设是华美精致的，但无论是屏风上画的折枝还是"八尺龙须方锦褥"，又都不免触动女主人公青春易逝的感慨和室空人杳的感伤。

前者固然可以唤起"花开堪折直须折,莫待无花空折枝"一类的联想,后者又何尝不暗示着"玉枕龙须席,郎眠何处床"一类的意蕴。正因为女主人公是独处华美而寂寞的空闺,过着单调、苦闷、空虚的生活,因此对爱情生活便抱着强烈的渴望,青春易逝的感慨也就特别深沉。在这种情况下,对时序的更易便格外敏感。如果把前三句看作女主人公眼中所见(其中也包含着心中所感,只是表现得非常隐微含蓄),那么末句正不妨视为女主人公内心深处的叹喟,一年容易又秋风,真是时光只能催人老啊!全篇没有一处正面写女主人公的情思,末句写时序变化,正微露端倪。

晚唐艳情诗,有许多在情思、风格、意境和表现手法上都已十分接近当时的闺情词。本篇写贵家女子处境的孤孑和爱情的苦闷,完全是词中常见的题材。而专写闺室陈设,不正面写女主人公的行动、心理的表现手法,也与温庭筠词风相近。从这里可以看出诗词交会代兴时期某种共同的文学趋势。

寒食夜①

恻恻轻寒翦翦风②,小梅飘雪杏花红③。夜深斜搭秋千索④,楼阁朦胧烟雨中⑤。

[校注]

①《全唐诗》题作《夜深》,校:"一作寒食夜。"此从一作及《香奁集》。寒食,古代节令名。《荆楚岁时记》:"去冬节一百五日,即有疾风甚雨,谓之寒食。禁火三日,造饧大麦粥。"通常在清明节前一日或二日。②恻恻,寒冷凄切貌。翦翦,形容风轻微而带有寒意。③小梅,《全唐诗》校:"一作杏花。"杏花,《全唐诗》校:"一作小桃。"④斜搭,斜挂(在秋千架上)。⑤烟,《全唐诗》校:"一作细。"

陈正敏曰：韩致尧诗，词致婉丽，如此绝是也。（《诗林广记前集》卷九引《遁斋闲览》）

田艺蘅曰：李贺"桃花乱落如红雨"，韩偓"杏花飘雪小桃红"。桃花红，而长吉以雨比之；杏花红，而致尧以雪比之，皆可为善用，不拘拘于故常者，所以为奇。不然，则柳雪李月、梨雪桃霞，谁不能道？（《留青日札·诗谈初编》）

俞陛云曰：春日多雨，唐人诗如"春在濛濛细雨中""多少楼台烟雨中"，昔人诗中屡见之。此则写庭院之景。楼阁宵寒，秋千罢戏，其中有多少剪灯听雨人在也。（《诗境浅说》续编）

[鉴赏]

这首诗的意境，正像末句所描绘的，依稀隐约，烟雨迷离，别具一种朦胧美。作者《香奁集》中另有一首同题七绝（一作《深夜》，一作《夜深》）说："清江碧草两悠悠，各自风流一种愁。正是落花寒食夜，夜深无伴倚南楼。"透露诗人在往岁的寒食节，曾与一位女子有过一段情缘，但后来彼此分开了。同集《寒食日重游李氏园亭有怀》说得更加明显："往年曾在鸳桥上，见倚朱栏咏柳绵。今日独来香径里，更无人迹有苔钱。伤心阔别三千里，屈指思量四五年。料得它乡遇佳节，亦应怀抱暗凄然。"看来两人初次相会就在李氏园亭，对方可能就是李家的一位女子。这首《寒食夜》很可能是因怀念那位阔别三千里的情人而作。如果要使诗题更醒豁一些，不妨叫作"寒食夜有怀"。

"恻恻轻寒翦翦风"，首句从寒食节的气候写起。"恻恻"是形容轻寒的气候给人以凄切之感；"翦翦"是形容风轻微而带有寒意。这句正点出寒食节"乍暖还寒"的特点。借轻寒的微风，渲染一种凄迷黯淡，但又并不十分沉重的气氛。"恻恻""翦翦"两个叠字，声音轻细，符合描写对象的特点。

"小梅飘雪杏花红"，次句仍点时令，但却转从花的开落角度写。梅花已经开过，正飘散着雪白的花瓣，杏花却正开得红艳。这句色彩对比鲜明，画出寒食节明丽的风光，与上句的色调形成对照。如果说上句多少透露出因怀人而产生的凄冷孤寂之感，那么这句则与记忆中的温馨亲切的往日情景不无关系。《寒食夜有寄》说："云薄月昏寒食夜，隔帘微雨杏花香。"《偶见》："秋千打困解罗裙，指点醍醐索一尊。见客人来和笑走，手搓梅子映中门。"可以看出梅、杏和昔日情缘的关系。夜间是看不见"小梅飘雪杏花红"的景象的，这正可以进一步说明这句所写的并非眼前实景，而是记忆中的景象。如果这种理解大体正确，则一、二两句似应这样联系起来理解：身上感受到恻恻轻寒和丝丝寒风，闻到梅花和杏花的香味，于是才意识到，一年一度的寒食节又来临了，又是"小梅飘雪杏花红"的时节了。

正因为前两句在写景中已经暗暗渗透怀人的情绪，因此第三句便直接联想起与这段情缘有关的情事。"夜深斜搭秋千索"，表面上看，似乎这只是写诗人夜间看到附近的园子里有一座秋千架，秋千索斜斜地搭在架上。实际上诗人这段情缘即与寒食节荡秋千的习俗有关。《荆楚岁时记》谓寒食节有打球、秋千、施钩之戏。《古今艺术图》亦谓北方寒食为秋千戏，以习轻趫。后乃以彩绳悬木立架，士女坐其上推引之。《开元天宝遗事》说，天宝年间，"宫中至寒食节，竞竖秋千，令宫嫔辈戏笑以为宴乐"。可见秋千之戏为寒食节特有的文娱体育活动，且以女子戏者为多。据《香奁集》中好几首提到秋千的诗（包括上引《偶见》及《想得》《秋千》等首），可以大体推断，诗人与他所恋的情人，或许就是在寒食节秋千架旁结下了一段情缘。因此，夜间瞥见秋千架的暗影，便情不自禁地想起当年的情事。

然而，往事如烟，如今对方"阔别三千里"，踪迹杳然，不可复寻。在怀旧的怅惘中，诗人透过朦胧的夜色向秋千架的方向望去，只见楼阁的暗影正隐现在一片烟雨迷蒙之中。这景色，将诗人思而不见的空虚怅惘和黯然伤魂，进一步烘托出来了。这楼阁大约就是所谓李氏园林的建筑，而那空荡荡的斜搭秋千索的秋千架上却再也见不到伊人的踪影了。

这首怀旧诗，通篇只点染景物，不涉具体情事，也没有一处直接抒写怀旧之情，全借景物暗示、烘托，境界之朦胧甚至超过李商隐的某些诗作。韩偓之学李商隐，在这方面也算得上青出于蓝而胜于蓝了。

王　驾

王驾,字大用,自号守素先生。河中（今山西永济）人。中和年间僖宗在成都,曾入蜀应进士试。昭宗大顺元年（890）登进士第,授校书郎,仕至礼部员外郎。后弃官归,与郑谷、司空图为诗友。《新唐书·艺文志》著录《王驾诗集》六卷。《全唐诗》录存其诗七首。

古　意①

夫戍萧关妾在吴②,西风吹妾妾忧夫。一行书信千行泪,寒到君边衣到无?

[校注]

①古意,犹拟古、仿古。《全唐诗》卷七九九作陈玉兰诗,题曰《寄夫》。谓是王驾之妻。然《才调集》卷七选录此诗作王驾,《万首唐人绝句》卷二十三、王安石《唐百家诗选》卷十九并同。佟培基《全唐诗重出误收考》谓"明末《名媛诗归》一二作陈玉兰,似误记。《统签》官闺不收"。②萧关,古关名,故址在今宁夏固原东南,为自关中通向塞北的交通要冲。唐神龙元年曾置萧关县,治所在今固原县北一百八十里。至德后地入吐蕃,大中间收复,置武州治于此,旋废。此当指古萧关之地。

[笺评]

谢枋得曰:此诗"西风吹妾妾忧夫"与"寒到君边衣到无"两句,见夫妇之至情。（《诗林广记》前集卷九引）

钟惺曰:此诗好处只"寒到君边"四字。（《唐诗归》卷三十六）

《雪涛小品》：凄恻之怀，盘于胸臆。二十八字，曲尽其苦，转读转难为情。

周敬曰：两地相隔而忧怀莫传，至情至苦。末句巧。（《删补唐诗选脉笺释会通评林·晚七绝》）

周珽曰：凝腕脱手，触象敷衽，意融吻滑，妙绝妙绝。（同上）《杂录》谓王驾戍于边，其妻陈玉兰作，并衣寄驾。按驾仕礼部员外郎，恐非。

唐汝询曰：浅而近情，宜为世赏。（同上引）

敖英曰：昔人有《寄衣》诗云："寄到玉关犹万里，征人犹在玉关西。"与此诗俱婉娈沉着。（同上引）

黄叔灿曰：情到真处，不假琱琢，自成至文。且无一字可易，几于天籁矣。最好在第二句，绝似盛唐人语。（《唐诗笺注·七言绝句》）

宋宗元曰：不落纤佻。（《网师园唐诗笺》）

《评注精选五朝诗学津梁》：二十八字，一气混成，情生文耶？文生情耶？

[鉴赏]

这首诗清编《全唐诗》卷七百九十九题为《寄夫》，署陈玉兰作，小传谓是吴人王驾之妻。然王驾明为河中人，此云吴人，显误。题为《古意》，当是王驾仿古代民歌格调的闺中寄寒衣于戍边丈夫之作，犹李白《子夜吴歌》之四"明朝驿使发，一夜絮征袍。素手抽针冷，那堪把剪刀。裁缝寄远道，几日到临洮"之谓，系代言体。后人因诗之声情口吻酷似闺中思妇，故据诗之首句虚构出一个"吴人王驾之妻陈玉兰"来。虽不可信，却从另一方面说明这首代闺妇寄远诗，在设身处地描摹闺妇心理、声口方面已经达到可以乱真的神情逼肖的程度。说它是天籁之作，一点也不过分。

"夫戍萧关妾在吴"，首句点明夫妻远隔，一在北临塞漠的萧关远戍，一在江南的吴地家居，一北一南，相隔数千里。句中自对的句式正形象地显示出双方南北遥隔的情景。全篇叙事，只此一句，却是双方相思相望的根由，也是妻子寄衣寄诗的原因，可以说是一篇的总根。

"西风吹妾妾忧夫"，次句以"西风"点明秋令，引出妻子对远戍丈夫的思念与担忧。秋天又到了江南，西风吹在身处吴地的自己身上，感到了阵阵凉意；此时远在朔漠之地萧关的丈夫，恐怕更是朔风凛冽，遍体生寒了。妙在对"西风吹妾"的直接感受不着一语，于四字之下直接"妾忧夫"，似乎"西风吹妾"的第一反应不是自身感受到的凉意，而是立即引发了对远戍丈夫衣衫单薄，难以抵御北方朔漠寒风侵袭的忧虑。这就不但显示出这位女子无时无刻不在思念、牵挂着丈夫的冷暖安危，而且习惯成自然地只要一遇到气候的变化，首先想到的就是丈夫。这种设身处地、细致入微的体贴，在她已经形成了一种无须经过由此及彼的联想的本能反应。这不是写法上的省略，而是用一种最朴素本真的方式写这位少妇的至情。情到深处，正是这样"忘我"的。"忧"字中自然也包含了"又该给远戍的丈夫寄寒衣了"这样一层内蕴，但这里并不点破，留待末句方才明白说出。

"一行书信千行泪"，第三句写到寄信给远方的丈夫。寒衣裁制好以后，托人捎给丈夫，自然要写封家书，叙写家中的情况，特别是自己对丈夫的深情思念。但由于时空远隔所带来的相思的痛苦，却使自己笔未着墨而泪已先流，句未成行而泪已成行，以致"一行书信千行泪"了。这似乎是高度夸张的笔墨，却显得那么真实自然，毫无夸饰之嫌。"一行"与"千行"的对比，更使人恍见少妇写信时那种泪与墨交并、泪洇纸而湿的情景。抒情中自有人和具体的画面在。

"寒到君边衣到无？"末句是少妇在寄出寒衣时心中的悬想和忧虑。古代交通不便，从江南吴地到塞北萧关，数千里的距离，即使托骑马的驿使捎带寒衣，路上也须经历相当长的一段时间。而塞北冬早，这寒衣寄到的时候不知道能不能赶上冬天到来之前给丈夫穿上，以及时抵御塞北的严寒。这一系列曲折复杂的思想活动，被高度浓缩在一句七个字当中，而且以一种别出心裁的方式——"寒到君边衣到无"表达出来，似乎让人感到塞北的凛冽寒气正在和路上的寒衣在赛跑，而少妇所担忧的正是"寒"已"到君边"而"衣"尚未到萧关。这个结尾，为少妇对丈夫的体贴、关爱、担忧，添上了最有亮色、也最富创意的一笔。而这种创意，又同样不是来自诗人的奇思妙想，而是来自少妇的真实感情，来自生活本身。作为一首代言体诗，自然也表现出诗人对这类女子心灵世界的深刻体验。

这当然不是说诗人只是记录原始的自然状态的生活而无所施其巧。这首诗在施巧方面，最显然的表现无疑是当句对与叠字的有意运用。四句诗全都有意运用上四下三的当句对，即"夫戍萧关"与"妾在吴"，"西风吹妾"与"妾忧夫"，"一行书信"与"千行泪"，"寒到君边"与"衣到无"，这四组当句对除第一组是平行叙述夫妻双方遥隔南北两地之外，其他三组虽形式上并列相对，而重点却在后三字，而又均围绕一个"忧"字来写，即用"西风吹妾""一行书信""寒到君边"来突出衬染女子对丈夫的关爱、体贴和忧念。这样一种句式，就使得全诗既整齐又错落有致，既双方夹写又重点突出，在层层推进中将女子的体贴入微的感情表现得极为真挚动人。每句的声情口吻亦各不相同，或在平直的叙述中见相隔之遥远，或于朴素的即景抒情中见忘我的深情，或于夸张的描写中见情感之强烈，或于悬想设问的口吻中见忧念之深切。故虽四句皆用同样的当句对而丝毫不觉其单调重复。在四组当句对中，诗人又精心设计了三组叠字，即第二句的"妾"、第三句的"行"、第四句的"到"，将它们分别安排在句中不同的位置，各自起着不同的作用，第二句"西风吹妾妾忧夫"，"妾"字紧相连接，构成顶针修辞，突出这种"忧"念的迅疾、直接、不假思索、完全出于感情的自然反应。第三句以"一行书信"与"千行泪"构成强烈对比，意在渲染情之强烈，第四句重叠"到"字，以"寒到"反衬"衣到"，见忧念之深。而这种在当句对内错落地安排叠字的句式，读来犹如一串累累的贯珠，使全诗一气呵成，更加强了艺术整体感和浑成感。前人或谓诗近盛唐，就浑成方面看，确有盛唐风韵，而全诗的流走格调与音韵上的美感也因上述句法字法而凸显。

杜荀鹤

杜荀鹤（846—904），字彦之，自号九华山人，池州石埭（今安徽石台）人。曾隐居庐山十年。早有诗名，屡试不第。昭宗大顺二年（891）方登进士第。后还乡，为宣州节度使田頵辟为从事。天复三年（903），奉頵命使大梁，与朱温密谋攻讨淮南节度使杨行密，适值頵兵败被杀，遂留大梁幕。天祐元年（904），任主客员外郎、知制诰，充翰林学士，旋卒。曾自编其诗为《唐风集》三卷，录诗三百余首，顾云为之作序。今存宋蜀刻本《杜荀鹤文集》三卷。《全唐诗》编其诗为三卷。

春宫怨①

早被婵娟误②，欲妆临镜慵③。承恩不在貌，教妾若为容④。风暖鸟声碎，日高花影重⑤。年年越溪女⑥，相忆采芙蓉⑦。

[校注]

①此诗一作周朴诗。按：韦庄所编选的《又玄集》卷下、韦縠所编选的《才调集》卷八均载此诗，署杜荀鹤作。宋王安石《唐百家诗选》卷十九、计有功《唐诗纪事》卷六十五亦署杜作。欧阳修《六一诗话》谓此诗系周朴作，恐误记。诗写宫女春日的幽怨。②婵娟，形容女子美好的容态。③临镜，对镜。慵，懒，形容提不起兴致的样子。④二句意谓，承受皇帝的恩宠，并不在于容貌是否美好，让我怎样去打扮修饰自己的容颜呢。⑤重，重重叠叠。⑥越溪，指若耶溪，源出浙江绍兴市若耶山，相传为西施浣纱之处。因其在越地，故称。越溪女，指西施往日的浣纱女伴。⑦采芙蓉，采莲。二句意为年年都会深

情地追忆起昔日在若耶溪和女伴们一起采莲浣纱的欢乐生活情景。

[笺评]

欧阳修曰：唐之晚年，诗人无复李、杜豪放之格，然亦务以精意相高。如周朴者，构思尤艰，每有所得，必极其雕琢，故时人称朴诗"月锻季炼，未及成篇，已播人口"，其名重当时如此，而今不复传矣。余少时犹见其集，其句有云："风暖鸟声碎，日高花影重。"又云："晓来山鸟闹，雨过杏花稀。"诚佳句也。（《六一诗话》）

吴聿曰：杜荀鹤诗句鄙恶，世所传《唐风集》首篇"风暖鸟声碎，日高花影重"者，余甚疑不类荀鹤语。他日观唐人小说，见此诗乃周朴所作，而欧阳文忠公亦云耳。盖借此引编，已行于世矣。（《观林诗话》）

《幕府燕闲录》：杜荀鹤诗鄙俚近俗，唯宫词为唐第一，云："早被婵娟误，欲妆临镜慵。承恩不在貌，教妾若为容。风暖鸟声碎，日高花影重。年年越溪女，相忆采芙蓉。"故谚云："杜诗三百首，唯在一联中。""风暖鸟声碎，日高花影重"是也。

魏庆之曰：绮丽："风暖鸟声碎，日高花影重。"（《诗人玉屑》）

方回曰：譬之事君而不遇者，初亦恃才，而卒为才所误。愈欲自衒，而愈不见知。盖宠不在貌，则难乎其容矣。女为悦己者容是也。风景如此，不思从平生贫贱之交可乎！（《瀛奎律髓》卷三十一）

王世贞曰：王勃："河桥不相送，江树远含情。"杜荀鹤："承恩不在貌，教妾若为容。"皆五言律也。然去后四句作绝乃妙。（《艺苑卮言》）

唐汝询曰：起道尽悔情；次联十字怨甚。（《删补唐诗选脉笺释会通评林·晚七律》引）

吴山民曰：次联深得《国风》和婉之致。（同上引）

周启琦曰：三、四善怨。五、六缛绣。细玩五、六，终不如三、

四更妙。（同上引）

周珽曰：此篇构词转折，含情真至……魏菊庄以三、四句为自然句法，五、六为绮丽句法，不知结语托意更深，想头又远。此诗若无此结，终入寻常格调。方万里谓譬之事君而不遇者……徐子扩云："此诗为久困名场而作，于六义属比。士之才犹女之色也，故托以自喻。极为切至。五、六一联，见得意之人，纷纷乘时而喜悦者众也。末言己虽失意，年年随计，志犹未已，亦可叹也。故思其友之同事者为言。"以意逆志，是为得之。诚然哉！（《才调集补注》引）

钟惺曰：（"鸟声碎"）三字开诗馀思路。（《唐诗归》卷三十四）

陆时雍曰：三、四善怨，五、六缛绣语。（《唐诗镜》卷五十一）

《雪涛小书》：有评者曰："杜诗三百首，尽在一联中。'风暖鸟声碎，日高花影重。'"余玩之，终不如次联更妙。"承恩不在貌，教妾若为容。"二语寥寥，而君臣上下遇合处，情皆若此。杜以两语括之，可谓简而尽，怨而不怒者矣。

王夫之曰：晚唐饾凑，宋人支离，俱令生气短绝。"承恩不在貌，教妾若为容。风暖鸟声碎，日高花影重。"医家名为关格，死不治。（《姜斋诗话》）又曰："风暖鸟声碎，日高花影重"，词相比而事不相属，斯以为恶诗矣。（《古诗评选》）

黄周星曰：当时谚云："杜诗三百首，唯在一联中。"即此"风暖"一联也。故《唐风集》以之压卷，想当不谬。（《唐诗快》）

冯舒曰：五、六写出"春宫"，落句不测。（《瀛奎律髓汇评》引）又曰：奇妙在落句，得力在颔联。（《才调集补注》引）

冯班曰：全首俱妙，腹联人所共知也。曰：精极。（《才调集补注》引）

贺裳曰：《春宫怨》，不唯杜集首冠，即在全唐亦属佳篇。"承恩不在貌，教妾若为容。"此千古透论，卫硕人不见容，非貌寝也；张良娣擅权，非色胜也。陈鸿《长恨传》曰："非徒殊艳尤态独能致是，盖才智明慧，善巧便佞，先意希旨，有不可形容者焉。"即此诗转语。

读此，觉义山之"未央宫里三千女，但保红颜莫保恩"，尚非至论。（《载酒园诗话又编》）

王士禛曰：晚唐人诗"风暖鸟声碎，日高花影重""晓来山鸟闹，雨过杏花稀"……皆佳句也。然总不如王右丞"兴阑啼鸟缓（换），坐久落花多"自然入妙。（《带经堂诗话》）

黄生曰：（首联）上因起。（次联）走马时。（三联）顺因句。（四联）错装结。又曰：尾联转换。"若为"，唐人方言，犹如何也。言不知所以为容也。"容"，即"女为悦己者容"之"容"字。此感士不遇之作也。才人恃才，不肯傲幸；苟得而倖获者，皆不才之人。是反为才所误，故为愤而自悔之词。借入宫之女为喻，反不如溪中女伴，采莲自适，亦喻不求闻达之士，无名场得失之累也。（《唐诗摘抄》卷一）

何焯曰：五、六是"慵"字神味。入宫见妒，岂若与采莲者之无猜乎，落句怨之甚也。（《瀛奎律髓汇评》引）又曰：落句收足"早"字"貌"字。（《唐三体诗》评）

纪昀曰：前四句微觉太露，然晚唐诗又别作一格论。结句妙，于对面落笔，便有多少微婉。（《瀛奎律髓汇评》引）

王谦曰：思盛年之事以自伤也。古人宫词类多自况，此云早被容貌所误者，激为不平之语也。（《碛砂唐诗纂释》）

顾安曰：三、四临镜低回，有无限意思在。五、六虽佳，与结句却不合笋。（《唐律消夏录》）

沈德潜曰：（首句）恃貌而误。（"承恩"二句）不得已而随俗。回忆盛年以自伤也。须曲体此意。（《重订唐诗别裁集》卷十二）

田同之曰：杜荀鹤"承恩不在貌，教妾若为容"一律，王元美以为去后四句作绝句为妙，其言当矣。（《西圃诗说》）

吴瑞荣曰：（首二句）负色人难得此透亮语。宫怨题，能为律诗，难矣。终首不露"怨"字痕迹，可谓和平。（《唐诗笺要》）

周咏棠曰：点破世情，鬼当夜哭。（"承恩"二句评）（《唐贤小三

昧集续集》）

王寿昌曰：唐人佳句，有可以照耀古今，脍炙人口者，如……杜荀鹤之“风暖鸟声碎，日高花影重”……此等句当与日星河岳同垂不朽。（《小清华园诗谈》卷下）

潘德舆曰：杜荀鹤以“风暖鸟声碎”一联得名，愚谓不如“暮天新雁起汀洲，红蓼花开水国秋”清艳入骨也。（《养一斋诗话》）

俞陛云曰：题面纯为宫怨而作。首言早擅倾城之貌，自赏翻以自误。寸心灰尽，临明镜而多慵。三、四谓粉黛三千，谁为丽质，而争宠取怜者，各工其术，则己之膏沐，宁用施耶？五、六赋“春”字。五句言天寒鸟声多噤，至风暖则细碎而多；六句言朝晖夕照之时，花多侧影。至日当亭午，则骈枝叠叶，花影重重。用“碎”字“重”字，固见体物之工，更见宫女无聊，借春光以自遣，故鸟声花影体会入微。末句忆当年女伴，搴芳水次，何等萧闲，遥望若耶溪上，如笼鸟之羡翔云，池鱼之思纵壑也。此诗虽为宫人写怨，哀窈窕而感贤才，作者亦以自况。失意文人望君门如万里，与寂寞宫花同其幽怨已。（《诗境浅说》）

[鉴赏]

唐人的宫怨诗（不包括写宫中生活琐事的宫词）多数未必有寄托，但杜荀鹤的这首《春宫怨》则明显是有寄托的。“女无美恶，入宫见妒；士无贤不肖，入朝见嫉”（邹阳《狱中上梁王书》），正揭示出宫女和文士在命运上的相似性，以及托宫女的怨情以寄寓才士之不遇的艺术构思的合理性。但这首有托寓的宫怨诗的好处，却主要表现在将宫女的怨情写得非常真切细腻、婉曲含蓄，富于生活实感，毫无有些托寓之作从概念出发，用类型化的比喻，表达固定化的意旨，缺乏生活气息的弊病。即使完全当作一首单纯的宫怨诗来欣赏，也是一首优秀之作。

"早被婵娟误，欲妆临镜慵。"婵娟用以形容女子，兼指其美好的容颜和姿态。"婵娟"本不应"误"人，这里却用"早被婵娟误"来概括自己的悲剧境遇及其原因，正暗示宫廷生活环境的反常。但诗人此处虽点明而并不说破，留待下文作解答。在仿佛是自怨自艾、自怜自悔的口吻中正蕴含着对婵娟反而误人的环境的怨意。紧接着一句"欲妆临镜慵"，点醒此刻女主人公正对镜顾影，准备梳妆打扮。上句所写的，正是在她临镜欲妆的刹那触发的思绪。美好的容态既反而误人，梳妆打扮也就自然提不起任何兴致。句末的"慵"字，非娇懒之态，而是意兴索然，心灰意冷的表现。

"承恩不在貌，教妾若为容。"颔联续写女子"临镜"顾影时的内心活动，明白揭示出"被婵娟误"和"慵"于梳妆的原因：进入宫中，方知要获得君主的宠幸，并不在容貌是否美好。三千粉黛，后宫佳丽无数，"承恩"的诀窍更主要的是靠工于心计，献媚邀宠，投君主之所好，排斥其他有竞争力的嫔妃宫女。这一切宫中的潜规则，诗人都不加说明，仅以"不在貌"三字概括，令人思而得之。话说得既明白，却又非常含蓄。既然"承恩不在貌"，那么任凭你如何着意修饰打扮，也毫无意义，故说"教妾若为容"。欣赏这两句，必须与上句"临镜"联系起来体味。镜中人面，本已天生丽质，再加修饰，自当倾国倾城，但一想到"承恩不在貌"的宫中规则，自己简直无所适从，不知道怎样打扮了。自己所有的只是"婵娟"的容态，其他那些献媚邀宠、妒害他人的一套根本不会，也不屑为，看来只能永远被冷落、被闲置，老死宫中了。顾安说："三、四临镜低回，有无限意思在。"可谓善于体悟。"承恩不在貌"五字，是全篇关键所在，也是女子悲剧命运的真正原因。二句用流水对，语意一贯，于明快爽利中有无限苦衷沉痛，反映出宫女完全无法掌握自身命运的悲剧心态。

"风暖鸟声碎，日高花影重。"腹联从抒情转而写景，紧扣题目"春"字。但正如颔联抒情是情中有景一样，腹联写景，也是景中含情。春风送暖，鸟儿们感受到春天的和煦气息，变得非常活跃，竞相啼鸣，发出细碎清脆的鸣啭声。"碎"字正传神地描绘出鸟声之轻俏、嘈杂和欢快，这对处于苦闷无憀中的宫女的心情正是一种有力的反衬。日渐至中天，阳光直射在花丛中，显得花影重重叠叠。这是写日近正午的静境，也透露了宫女永日无憀寂寞的心绪。鸟的活跃、花的繁茂，对于处在禁锢中毫无生活乐趣的宫女来说，不仅激不起欣赏的兴致，而且是一种刺激。这一联的"碎"字"重"字虽略显刻画痕迹，但由于它含蓄地透露了宫女的苦闷无聊意绪，并不显得过于雕琢。它与颔联相互配合，更充分地表现了"春宫怨"的主题。此联写景，仍不离宫女的视、听、触觉感受，与上四句写宫女"临镜"所思仍一意贯通。

"年年越溪女，相忆采芙蓉。"尾联从宫中现境宕开一笔，写宫女对往昔与女伴在越溪上采莲情景的回忆。由于一入深宫，便陷于永无休止的寂寞苦闷之中，故更易触动对往昔在家乡时与女伴浣纱采莲欢快情景的追忆。这仿佛是寂寞无聊生活中唯一的慰藉，但同时也反衬出了现实境况的可悲。在对过去无忧无虑生活的思忆向往中，透露的正是春宫的无边冷寂。这个结尾，既开拓了诗境（时间上从现在回溯往昔，空间上从宫中跳到越溪），而且使全诗更加余味悠长。

诗人早著诗名，以才自负，却屡试不第，诗中的宫女，自嗟"早被婵娟误"，隐然有自况的意味。而"承恩不在貌"一语，更明显融汇了诗人对当代统治者在任用人才方面的种种反常行为的深刻体验。但这种寓托，由于与对宫女的生活境遇、心理意绪的真切描写紧密结合，浑为一体，故读来只感到自然和谐，毫无比附之痕。有的评家连五、六两句也从人事上加以比附，就不免生硬甚至穿凿了。

送人游吴①

君到姑苏见②，人家尽枕河③。古宫闲地少④，水港小桥多⑤。夜市卖菱藕，春船载绮罗⑥。遥知未眠月，乡思在渔歌⑦。

[校注]

①吴，此指春秋时吴国都城姑苏，今江苏苏州市。作年不详，有可能作于诗人早年。②姑苏，苏州的古称，因城外有姑苏山而得名。③枕河，指人家的大门紧靠着河港。④古宫，指古代遗留下来的宫殿。春秋吴国有阖闾宫，三国吴国亦有宫殿遗迹。又，宫为古代对房屋居室的通称，故古宫亦可泛指古老的房舍宅院。⑤水港，犹河汉，指苏州城中纵横遍布于街坊之间的小河。⑥绮罗，泛指华美的丝织品。苏州一带盛产蚕丝，织造业繁盛，故多丝织品或丝绸衣服。或云"绮罗"借指穿着华美丝绸衣服的女子，亦通。⑦二句遥想被送的友人在吴中故都月夜未眠之时，听到舟中传来的渔歌，当会引动对故乡的思念。

[笺评]

张淏曰：《送人游吴越》云："夜市桥边火，春风寺外船"，《维扬春日》云："络岸柳丝悬细雨，绣田花朵弄残春"，《闽中》云："雨馀紫菊丛丛色，风弄红蕉叶叶声。北畔是山南畔海，只堪图画不堪行"，可谓善状三处景物者。（《云谷杂记·杜荀鹤诗》）

余成教曰：晚唐诗人有佳句而多俗言者，杜彦之荀鹤是也。"承恩不在貌，教妾若为容""溪山入城郭，户口半渔樵""古宫闲地少，水港小桥多"……皆为佳句。（《石园诗话》卷三）

沈德潜曰：（"古宫"一联）写吴中如画。（《重订唐诗别裁集》卷十二）

《精选评注五朝诗学津梁》："多"字句如在画中。转韵贴切，无斧凿痕。一收反振。

俞陛云曰：户藏烟浦，家具画船，江南之擅胜也。诗言其烟户之盛，桥港之众多。余生长吴越，诵之如身在鹂坊鹤市间。忆近人句云："履齿声喧沽酒市，波光红映过桥灯。"写江乡景物如绘。作旅行诗

者，能掩卷若身临其地，便是佳诗。（"古宫"一联）（《诗境浅说》）

[鉴赏]

　　杜荀鹤对苏州似乎怀着一份特别的情结，他的《送友游吴越》《送人宰吴县》和这首《送人游吴》，都可以看出他对吴中风物的热爱和向往。三首诗中，均有写景、抒情的名联佳句，如"字人无异术，至论不如清。草履随船卖，绫梭隔岸鸣""夜市桥边火，春风寺外船""君到姑苏见，人家尽枕河。古宫闲地少，水港小桥多"，而这首诗通体浑融完整，堪称一幅苏州的风物风情画。

　　首联就题目"送人游吴"起笔，如面对被送的友人临行握别时随意道家常，口吻亲切自然，轻松潇洒。"君到姑苏"，应题内"送人游吴"，"见"字轻逗下句，并领起前三联。"人家尽枕河"，是苏州这座江南历史文化名城民居建筑的一大突出特征。它不是指一般的人家沿河而居，而是指其利用江南水乡河汊密布的特点，在每一条河汊两旁靠岸而建起彼此相对、毗连不断的民居，犹如一条条街市，而每一条小河便是川流不息的市街了。这种建筑设计，使自然景观与人文景观融为一体，也使整个城市于繁华热闹之外别具一种田园诗般的幽静和谐的美感。句中的"枕"字用得极为贴切生动，它不是一般地指"紧挨"之意，而是形容夹岸的民居均头枕河边，大门朝着水流。这一句总括苏州这座小城的总特征，以下四句均与这一特点密切相关。

　　"古宫闲地少，水港小桥多"。苏州是春秋时吴国的都城，后来三国时代的吴国创业亦始于此。其地唐时犹有吴太伯庙，则古代宫观的遗迹想必仍多存留。但由于地处江南繁华富庶之地，人多地少，故虽为古宫遗址，却少闲地，这正反映出苏州人烟的稠密，屋宇的毗连。而由于城中水道密布，居民夹岸而居，桥梁便成了极重要的交通设施，众多的跨河而建的各式各样的小桥也就成了苏州城的一道独特的风景。如果说密布的水港是苏州的血脉，那么跨河而建的众多桥梁便是苏州这座水城上最美的装饰。白居易《三月三日闲行》诗有"绿浪东西南北水，红栏三百九十桥"之句，这三百九十桥正是当时官桥的总数，可以想见其时桥梁之众多、建筑之华美。这一联对仗工整，而出语天然，纯用朴素的白描手法，勾画出苏州城居民之稠密、水港之密布、桥梁之众多，可以说将苏州最动人的风韵毫不费力地表现出来了。而前宾后主，以"少"衬"多"，使下句在对映中更显得突出。

"夜市卖菱藕，春船载绮罗。"腹联由自然景观、人文景观的结合转写水城的商业活动，却仍紧扣"人家尽枕河"这一突出特点来写。由于地处水乡，故多菱藕，由于经济繁荣，故有夜市。这"夜市卖菱藕"的景象，既透露出城市的繁华，又透出了江南水乡的气息；而那载满绮罗织品的船只行驶在水港的碧波之上，穿越这座座红栏小桥，既反映了苏州附近物产之丰饶、商业之繁盛，更为这座城市增添了浓郁的春天气息。由"春船""绮罗"的画面，还可以引发城市繁华生活风貌的进一步想象。

"遥知未眠月，乡思在渔歌。"尾联紧扣题目"游"字，收转游吴友人的乡思。"遥知"二字，作揣想口吻，谓苏州固然美好繁华，但我料想你在月夜未眠，听到渔歌响起的时候，该会引起对故乡的思念吧。这一结，既点明了被送者游子的身份，缴足题面，又进一步开拓了诗境，丰富了诗情，且具有悠然不尽的余味。

作者所处的时代适值唐末大动乱之际，而他笔下的苏州却丝毫不见动乱的阴影，读者于此或不免产生疑问。宋人孙逢吉的《普明院记》中的一段记述可以帮助我们解答这个疑问："自唐白公为刺史时，已谓八门、六十坊、三百桥、十万户……逮乾符、光启间，大盗蜂起，争为强雄，而武肃王钱镠以破黄巢、诛董昌之功，尽有浙东之地。五代分裂，诸藩据数州，惟王独尝顺事中国。有宋受命，画籍土地府库，帅其属朝京师，遂去其国。盖自长庆讫宣和，更七代三百年，吴人老死不见兵革（按：公元890—898，苏州因军阀争夺，曾发生短期战乱，但未伤元气），覆盖生养至四十三万家。而吴太伯庙栋，犹有唐昭宗时宁海军、镇东军节度使钱镠姓名书其上，可谓盛矣。"杜荀鹤这首诗，正反映了免于唐末战乱之祸的繁华美丽的苏州城的动人风韵，弥足珍贵。

山中寡妇①

夫因兵死守蓬茅②，麻苎衣衫鬓发焦③。桑柘废来犹纳税④，田园荒后尚征苗⑤。时挑野菜和根煮⑥，旋斫生柴带叶烧⑦。任是深山更深处，也应无计避征徭⑧。

[校注]

①《全唐诗》校："一作《时世行》。"按：详"笺评"引五代何光远《鉴诫录》。②兵，兵戈，借指战乱。蓬茅，蓬草茅草盖的草屋。③麻苎，大麻和苎麻，泛指麻，茎皮可供织成麻布。焦，枯黄。④桑柘，桑树和柘树，叶可养蚕。废，荒废、枯死。⑤征苗，庄稼尚未成熟时预征的青苗税。⑥挑，拣择，采择。⑦旋，现。斫，砍。生柴，指青柴，刚砍下尚未晒干的柴。⑧也应，也该，也定然是。征徭，租税和徭役。

[笺评]

何光远曰：梁朝杜舍人荀鹤，为诗愁苦，悉于教化，每于吟讽得其至理……杜在梁朝，献太祖《时世行》十首，欲令太祖省徭役，薄赋敛。是时方当征伐，不洽上意，遂不见遇。旅寄寺中，敬相公翔谓杜曰："希先辈稍削古风，即可进身，不然者，虚老矣。"杜遂课《颂德诗》三十章，以悦太祖。议者以杜虽有玉堂金马之拜，顿移教化之词，壮志清名，中道而落。《时世行》聊纪两首，《颂德诗》不复录之。(《鉴诫录·削古风》)

蔡正孙曰：愚谓此诗备言民生之憔悴，国政之烦苛，可谓曲尽其

情矣。采民风者，观之其能动心否乎？（《诗林广记前集》卷九）

　　吴可曰：老杜诗："本卖文为活，翻令室倒悬。荆扉深蔓草，土锉冷疏烟。"此言贫不露骨。如杜荀鹤"时挑野菜和根煮，旋斫生柴带叶烧"，盖不忌当头，直言穷愁之迹，所以鄙陋也。切忌当头，要影落出。（《藏海诗话》）

　　方回曰：荀鹤诗至此俗甚，而三、四格卑语率，最是"废来""荒后"，似此者不一。学晚唐者，以此为式，予心盖不然之。尾句语俗似浑，却切。（《瀛奎律髓》卷三十二）

　　陆次云曰：大似"东邻扑枣"之诗，自是君家诗法。（《五朝诗善鸣集》）

　　吴乔曰：开成已后，诗非一种，不当概以晚唐视之。如"时挑野菜和根煮""雪满长安酒价高"之类，极为可笑。（《围炉诗话》）

　　冯舒曰：直写时事，然亦伤粗俗。（《瀛奎律髓汇评》引）

　　查慎行曰：一变樊川家法，但要说得爽快，此学香山而失之肤浅者。（《初白庵诗评》）

　　纪昀曰：虽切而太尽，便非诗人之致。又曰：五、六尤粗鄙。（《瀛奎律髓汇评》引）

　　无名氏（甲）曰：前六句叙事，而总括在末句，不独为一人也。诗与少陵气脉相通，岂非小杜贤子耶！（同上引）

　　曹锡彤曰：总以首句"兵"字作主脑，死守以兵，征徭亦从兵耳。（《唐诗析类集训》）

[鉴赏]

　　七律自初唐创体以来，常用以奉和应酬，崇尚高华典雅的风格，至杜甫而引入时事政治题材和深沉的时代感慨，境界一变而为沉雄博大，慷慨苍凉。晚年在夔州时，更创作出像《又呈吴郎》这种用朴素通俗的语言表现贫妇生活境遇，控诉统治者"诛求到骨"的优秀作品。杜荀鹤这首《山中寡妇》，从选材、立意到语言风格，都明显受到杜甫《又呈吴郎》的影响，体现七律通俗化的特色。这也是杜荀鹤在七律创作中的一种自觉追求。

这首诗写的是居于深山之中一位寡妇的悲惨生活境遇，但反映的却是唐末在长期战乱和苛重征敛的双重灾祸中无以为生的广大穷苦百姓的命运。"山中寡妇"这一特殊的人物，正是作为唐末广大农民的典型出现在诗中的。据何光远《鉴诫录》，这首诗原是《时世行》组诗十首中的一首，可见诗人在创作时，是明确将具体人物的命运与"时世"联系起来，自觉实践其"诗旨未能忘救物"的创作宗旨的。

"夫因兵死守蓬茅"，首句用"夫因兵死"四字，开门见山地揭示出女主人公悲剧境遇的根源。唐末从黄巢起义爆发到被扑灭，再到各地军阀混战，数十年内，兵连祸结，造成"四海十年人杀尽"的悲惨局面。这位因兵祸战乱而死了丈夫的寡妇，正是当时广大农民遭受战乱之祸的一个缩影。"守蓬茅"是指她在丈夫死后仍困守于深山里面的破茅屋中。或解为寡妇是为了躲避征徭而逃至山中，殆非，观"守"字可见。失去了丈夫这个家庭中的主要劳动力，也就失去了生活的主要来源。寡妇之所以"守蓬茅"，是因为除了这间山中的破草房外，已经一无所有，也没有任何地方可去了。"守"字中正含有唯此可"守"的悲凉与无奈。

次句转写山中寡妇的形象："麻苎衣衫鬓发焦。"她身上穿着粗劣破旧的麻布衣衫，两鬓一片焦黄。简洁的肖像描写透露出她生活上极端艰困，处于衣不御寒、食不果腹的境地。特别是句末的"焦"字，怵目惊心地显示了长期营养不良造成的生命的焦枯。这种描写，令人联想起白居易的《卖炭翁》中"两鬓苍苍十指黑"的著名诗句。

"桑柘废来犹纳税，田园荒后尚征苗。"颔联写赋税的苛重。这一联所写的现象与战乱的长期绵延有着直接的联系。为了进行无休止的征战，各地的统治者和官府都加重了对穷苦百姓的压榨掠夺。尽管由于长期战乱，桑柘、田园都已荒废，但官府却照样向百姓索取丝税和青苗税。比起"二月卖新丝，五月粜新谷"来，这里所写的现象又进了一层。前者是在农民尚有丝可织、有田可种的情况下提前交纳租税，后者却是在无丝可织、无田可种的情况下仍然要缴纳赋税。这正是末世统治者毫无章法的横征暴敛。"废""荒"与"犹""尚"的对照中，正突现了末世的乱象。

"时挑野菜和根煮，旋斫生柴带叶烧。"在这种极端苛重的压榨之下，死去了丈夫、断绝了主要生活来源的山中寡妇的生活境遇之悲惨可想而知。腹联从所食之物、所烧之柴两个方面极写其生活之艰困。"时"是时时、经常的意思，说明采择野菜充饥乃是常态。野菜已难果腹充饥，却连野菜也要连根一起煮了吃，可见连野菜也被饥民采择得几乎绝种了。采来野菜要煮熟它，却发现家中连干柴也没有，只能现砍山上的青柴来烧，而且是连干带叶一起烧，透露出寡妇家中既无隔夜之粮，而且连一捆干燥的柴也没有。生活濒临绝境的情景，从"时挑""旋斫""和根""带叶"的描写中，得到淋漓尽致的表现。这种描写，非亲眼目睹这种景象者，很难想象。说明诗人对所写的对象有较真切的体验。

"任是深山更深处，也应无计避征徭。"尾联是因山中寡妇受战乱、租税之祸的苛重而濒于绝境的现象所发的感慨：任凭是比山中寡妇居住得更深僻的百姓，恐怕也没有办法躲避统治者这无处不到的苛重征赋和徭役吧。"任是""也应"，语虽出于悬想，情却料其必然。这一结尾，使诗境进一步拓开，由"山中寡妇"的境遇联及"深山更深处"的劳苦百姓，以显示山中寡妇的悲剧境遇绝非个别的现象，而是乱世末世广大农民的普遍遭遇。透露出被压榨到濒于绝境的下层百姓再也不能照旧生活下去了。

比起杜甫的《又呈吴郎》来，诗人对山中寡妇的同情虽显然可见，但却缺乏杜诗中对"无儿无食"的"妇人"那种细致入微的设身处地的体贴。杜诗之深，正缘于深入到人物的内心深处，这一点，正是杜荀鹤此诗之所短。

韦　庄

韦庄（约836—910），字端己，杜陵（今陕西西安市东南）人，宰相韦待价之后，诗人韦应物四世孙（一说为宰相韦见素之后）。僖宗广明元年（880）十二月，黄巢攻入长安，时韦庄在京候次年春进士试，遂陷于兵中。中和三年（883）在洛阳写成《秦妇吟》。其后曾漂泊于润州、越州、江西、两湖等地，长达十余年。昭宗乾宁元年（894）始登进士第，授校书郎。光化三年（900）编选《又玄集》。冬授左补阙。天复元年（901），入蜀依王建，任掌书记。天祐四年（907）唐亡，与诸将劝进王建为帝，任左散骑常侍、判中书门下事。前蜀武成二年（909），为吏部侍郎同平章事，次年八月卒。工诗擅词，词与温庭筠并称"温韦"，诗有《浣花集》十卷本传世。《全唐诗》编其诗为六卷。今人李谊有《韦庄集校注》。

章台夜思①

清瑟怨遥夜，绕弦风雨哀。孤灯闻楚角②，残月下章台。芳草已云暮，故人殊未来③。乡书不可寄，秋雁又南回④。

[校注]

①章台，即章华台，春秋时楚国离宫。《左传·昭公七年》："及即位，为章华之台，纳亡人以实之。"杜预注："章台，南郡华容县。"台为春秋时楚灵王所建，高十丈，基广十五丈，称"华容之章华"，故址在今湖北监利县西北。或谓此"章台"指汉长安之章台街，非，视颔联"闻楚角"，尾联"乡书不可寄，秋雁又南回"可知。韦庄家在杜陵，如章台指章台街，不得云"乡书不可寄，秋雁又南回"。诗当是诗人漂泊两湖访章华台故址时思乡念友之作，非在长安作。②楚

角，楚地的号角声。章华台在楚，故云。③二句化用《楚辞·招隐士》"王孙游兮不归，春草生兮萋萋"及江淹《休上人怨别》"日暮碧云合，佳人殊未来"之意。芳草，即春草。暮，指凋衰，暗示时已至秋令。④时诗人在楚地，遥忆故乡京兆杜陵，望见秋雁南飞，联想起鸿雁传书的传说，想寄书故乡而不可得，故有此二句。

[笺评]

钟惺曰：悲艳动人。(《唐诗归》卷三十六)

谭元春曰：苦调柔情。(同上)

陆时雍曰：二句佳。三、四盛唐气格。(《唐诗镜》卷五十四)

邢昉曰：音韵忽超，但"芳草"一联太沿"日暮碧云"耳。(《唐风定》)

王士禛曰：律诗工于发端，承接二句尤贵得势……"古戍落黄叶，浩然离故关"，下云"高风汉阳渡，初日郢门山"；"锦瑟怨遥夜，绕弦风雨哀"，下云"孤灯闻楚角，残月下章台"，此皆转石万仞手也。(《带经堂诗话》)

黄生曰：句调坚老，晚唐所罕。(《唐诗摘抄》卷一)

纪昀曰：高调，晚唐所少。(《删正二冯评阅才调集》)

周咏棠曰：起得有情，接得有力，所谓万钧石在掌上转也。此诗与飞卿"古戍落黄叶"之作，皆晚唐之绝品也。(《唐贤小三昧集续集》)

管世铭曰：温庭筠"古戍落黄叶"，刘绮庄"桂楫木兰舟"，韦庄"清瑟怨遥夜"，便觉开、宝去人不远。可见文章虽限于时代，豪杰之士终不为风气所囿也。(《读雪山房唐诗序例》)

吴子良曰：《能改斋漫录》云：……淮南小山《招隐士》云："王孙游兮不归，春草生兮萋萋。"陆士衡《拟庭中有奇树》云："芳草久已茂，佳人竟不归。"即《招隐》语也。谢灵运诗"圆景早已满，佳人殊未适"，盖又祖士衡，而江则兼用陆、谢及魏文语也。其后韦庄《章台夜思》云："芳草已云暮，故人殊未来"……无非蹈袭前语，而视陆、谢则又绝类矣。(《吴氏诗话》。系摘取吴氏《林下偶谈》中论诗之语而成)

朱庭珍曰：(五、七言律)起笔得势，入手即不同人，以下迎刃而解矣。如……温飞卿之"古戍落黄叶，浩然离故关"，韦端己之"清瑟怨遥夜，绕弦风雨哀"，李玉谿之"高阁客竟去，小园花乱飞"……以上诸联，或雄厚，或紧遒，或生峭，或姿逸，或高老，或沉着，或飘脱，或秀拔，佳处不一，皆高格响调，起句之极有力，最得势者，可为后学法式。(《筱园诗话》)

俞陛云曰：五律中有高唱入云，风华掩映，而见意不多者，韦诗其上选也。前半首借清瑟以写怀。泠泠二十五弦，每一发声，若凄风苦雨绕弦杂遝而来。况残月孤灯，益以角声悲凉，楚江行客，其何以堪胜！诵此四句，如闻雁门之琴，桓伊之笛也。下半首言草木变衰，所思不见，雁行空过，天远书沉，与李白(按：当为杜甫)之"鸿雁几时到，江湖秋水多"相似，皆一片空灵，含情无际。初学者宜知此诗之佳处，前半在神韵悠长，后半在笔势苍健。如笔力尚弱而强学之，则宽廓无当矣。(《诗境浅说》)

[鉴赏]

辛文房《唐才子传》说："(韦)庄早尝寇乱，间关顿踬，携家来越中，弟妹散居诸郡。江西湖南，所在曾游，举国有山河之异。故于流离漂泛，寓目缘情，子期怀旧之辞，王粲伤时之制，或离群轸虑，或反袂兴悲，《四愁》《九怨》之文，一咏一觞之作，俱能感动人也。"这首著名的五律，便是他漂泊楚地时访章华台旧址秋夜怀友思乡之作。

"清瑟怨遥夜，绕弦风雨哀。"起联写秋夜弹瑟。遥夜即长夜，《楚辞·九辩》："靓杪秋之遥夜兮，心缭悷而有哀。"深秋夜长，反复

辗转，不能成寐，遂起而弹奏清瑟以自遣，瑟声凄清悲凉，故曰
"清"曰"哀"；因心情不平静，故弹瑟的节奏疾速，听之似有风雨凄
其之声从弦间流溢而出。写瑟声之哀怨与急骤正透露出诗人心绪的哀
凄与纷乱。这一联所写的情景，实近阮籍《咏怀》首篇之"夜中不能
寐，起坐弹鸣琴"，只不过未明白点出"不能寐"而已，而从瑟声的
描写中，即已暗透诗人的心情。一起便有风雨凄其之氛围，使读者立
即进入诗境。有遒劲的气势，又有唱叹的情韵，故评家于此联每奉为
五律起调之高的范例。

"孤灯闻楚角，残月下章台。"颔联转写弹瑟之后所闻所见，进一
步渲染孤寂凄清的氛围。秒秋长夜，独对孤灯，已感孤寂凄清，正值
此时，远处又传来城头画角的悲凉声音，更倍感心绪的悲凄。曰"楚
角"，正见身处千里之外的楚江异乡，不言思乡而乡思已自流露。这
一句写所闻，下句写所见。一钩残月，此时正隐没在章华台之后的天
空中，见夜已深。而"残月"与"孤灯"的对映，更加重了凄寂黯淡
的气氛。作者在抒写自己流落异乡的心境时，曾有"画角莫吹残月
夜"之句，这一联中"楚角"与"残月"的叠用，正透出异乡秋夜，
闻见之间，无物不触动乡情旅思的情景。这一联主要通过景物的渲染
来烘托乡思羁愁，虽不用"哀""怨"一类字面，而情思之凄寂黯淡、
悲凉无限，自寓于景物描写之中，情感的表达较首联更加含蓄蕴藉。
第四句还略带象征色彩。

以上四句，一气蝉联，写长夜弹琴、绕弦风雨，写残月孤灯、霜
天画角，处处渗透悲情，至第四句句末方点明身处之地——章台，为
后两联正面写乡思作引线，也点醒前两联所写均与身处异乡密切相关，
故第四句实起着勾连前后幅的枢纽关键作用。

"芳草已云暮，故人殊未来。"腹联化用《楚辞·招隐士》及曹
丕、陆机、谢灵运、江淹诸人诗意及字面，写自己身处楚江异乡，自
春值秋，眼看萋萋春草就要凋衰枯黄了，而自己所等待的"故人"却
尚迟迟未来。曰"故人"而不曰"佳人"，当是实指某位友人，作者

在题目与诗中并未说明，自不必探究。但两句所写，自是异乡孤寂中更加强烈的怀友之情。"芳草"而曰"暮"，语固独创，意亦兼含比兴，使人联想起美人芳草的迟暮之感这类意蕴，但亦不必过于执实。

"乡书不可寄，秋雁又南回。"作者漂泊湖湘楚江的具体时间，难以确考，而大抵在昭宗龙纪元年（889）起至景福二年（893）春的两三年内。是时黄巢虽已败死，但各地军阀混战仍继续不已。所谓"乡书不可寄"，当是因战乱重阻之故。看到一年一度南来的秋雁，想起自己漂泊异乡、有家难回的境遇，感慨自己连寄书家乡亦不可得，不免更增悲慨。末句着一"又"字，正见流寓异乡，已历数年，今见秋雁南回，"又"是一年，而回乡之望犹渺茫无期之意自寓言外。

晚唐五七言律多琐碎卑弱，此作不但通体浑融完整、格高调逸、有盛唐风韵，且于流丽中见感慨顿挫，实为唐末佳制。

题盘豆驿水馆后轩①

极目晴川展画屏，地从桃塞接蒲城②。滩头鹭占清波立，原上人侵落照耕③。去雁数行天际没，孤云一点净中生④。凭轩尽日不回首⑤，楚水吴山无限情。

[校注]

①盘豆驿，在唐河南道虢州阌乡县（今属河南灵宝市）西南三十里。按：李商隐有《出关宿盘豆馆对丛庐有感》七律，道源注引《甘棠志》："盘豆馆在湖城县西二十里。昔汉武帝过此，父老以牙豆盘献，因名焉。"湖城县在阌乡县之东。驿滨枣香峪水，为京洛大道所经。岑参有《夜过磐豆隔河望永乐寄闺中效齐梁体》，磐豆即盘豆驿，今灵宝市西仍有盘豆镇。韦庄曾自杜陵迁居虢州，夏承焘《韦端己年谱》谓僖宗乾符四年（877）庄四十二岁时自鄂杜移居虢州，而任海天则谓其迁居虢州当在咸通元年（860）早春（见其《韦庄研究》第

四章《迁居虢州》）。此诗当为迁居虢州期间近地游览之作。轩，以敞亮为特点的建筑物，如亭、阁等。②桃塞，即桃林塞。《书·武成》："偃武修文，归马于华山之阳，放牛于桃林之野，示天下弗服。"桃林在今河南灵宝市以西、陕西潼关以东一带地区，其地有古桃林塞。蒲城，即蒲坂城，唐河东道蒲州州城所在（今属山西永济市，隔河与盘豆馆相对。非指唐京兆府之蒲城（在华州北面二十里）。③侵，近，依傍。④净中，指明净的天宇中。⑤冯，通"凭"。轩，栏，指亭阁的栏杆。

[笺评]

金圣叹曰：（前解）写景，后解叙怀，"极目"，言在驿馆后轩极目也。"展画屏"言其日天晴，川光如练，自此至彼，一望迤逦，如画屏初展也。滩头鹭立，原上人耕，虽写极目所见，然言外实见鹭亦有占，人亦有耕，而己独漂遥道途，不得休息，遂生出后一解诗来也。（后解）五、六要知其从雁未没、云未生前，早已凭轩不回首；直至雁已没、云亦没后，只是凭轩不回首，谓之"尽日凭轩不回首"也。不知其不回首凡经多少时始又云生。总之，只要想此雁没云生之处，则为何处而为其尽日不回首处，便叹此五、六，又另是全唐人所未道也。（《贯华堂选批唐才子诗》卷十）

[鉴赏]

韦庄七律，清新流丽，写景饶有画意，这首《题盘豆驿水馆后轩》和《汧阳间》都是典型的例证。盘豆驿濒河，水馆当是傍水而建的馆舍，其后轩当面临黄河，故视野宽阔，这对理解诗中写景的特色有帮助。

"极目晴川展画屏，地从桃塞接蒲城。"首联大处落墨，概写极目远望的感受。这是一个晴朗的好日子，诗人在轩敞的水馆后轩极目远望，但见晴川一片，自南而北，迤逦相接，从南边的桃林古塞，跨越东去的黄河，直接河对岸的蒲坂城，川原相接，山水相连，如同展开一幅阔远秀美的画屏。从视角感受产生的自然次序来说，应是先纵目游观"地从桃塞接蒲城"的广阔山川之后，才有"展画屏"之感，现在将它们倒过来说，先用概括之笔极写"极目晴川"与"展画屏"的美感和快感，然后再补出视野所及的范围，便以先声夺人之势创造出最能引动读者阅读美感的阔远秀美境界，虽未具体描写山川景物，而读者的阅读兴奋却已被立即调动起来了，可谓笔未到而气已吞。韦庄写山川胜景，每将其视为画图，除这首诗外，《汧阳间》谓"汧水悠悠去如绢，远山如画翠眉横"，《稻田》谓"更被鹭鹚千点雪，破烟来入画屏飞"，均为显例。

"滩头鹭占清波立，原上人侵落照耕。"颔联从广远的画屏中选取两幅图景：俯视河边的沙滩上，白鹭面对着清澈的河水（当指枣香峪水，而非黄河），悠然站立；远望川原之上（黄土高原地区，高者为川原，低者为沟壑），农夫正在落日余晖的映照下从事耕种。两句中特意用了两个比较尖新的字眼——"占"和"侵"，给人以白鹭独自占有滩头清波美景的感觉，其中似含有欣美其悠闲不迫情趣的意味；而农人披一身落照余晖从事耕作的图景，也从"侵"字中得到生动的表现。两句一为静景，一为动景，但都传达一种悠闲容与的情致。

"去雁数行天际没，孤云一点净中生。"腹联从俯视远望转为仰观：在寥廓高远的天空中，数行南去的雁群渐飞渐远，最后逐渐隐没于天际，而原本一碧如洗的秋空，却在不经意间浮现出一点孤云，使高远的天空更显得寥廓。这两句写的是一个相当长的时间过程：从最初见到空中出现雁阵，一直到它们隐没消失到南边的天际；从最初的碧空如洗、纤云不生到忽然瞥见孤云一点浮现于蓝天之中。而诗人在凝望雁行南去、孤云忽现过程中目注神驰的情景也可想见。如果说上句所写的还是诗中常景，下句所写的却是此前诗人很少发现的独到之境。其中蕴含了诗人对这种美好境界发现的自我欣赏和审美愉悦。这是一种非长时间静心观赏不能发现的美好境界。正是这两句所体现的长时间静观的情景，直接逗引出下联中的"尽日"来。

"凭轩尽日不回首，楚水吴山无限情。"第七句总束以上三联，点出"尽日"二字，则透露诗人系从早到晚、凭栏观赏于水馆后轩，其下复加"不回首"三字，则凝望之久、神驰之状、兴会之高均可言外见之。末句拓开一层，谓见此山水佳胜，益动己畅游楚水吴山、江南胜景之浓厚兴趣，引起对更加美好风光的悠然神往，故说"无限情"。这一拓展，不但从眼前景过渡到想象中的"楚水吴山"景色，且以虚托实，反过来更突出了眼前景的值得流连欣赏，也使全诗留下了悠然不尽的余韵。

诗的中间两联，就"展画屏"生发出滩头鹭立、原上人耕、天边雁没、碧天云生四幅不同的图景。它们的共同特点是高远寥廓、明净清丽，这正透露出诗人在观赏自然景物时的审美感受。诗虽写得很通俗明畅，但情思格调并不低俗。在唐末主要诗人之中，韦庄是审美情趣比较高雅的诗人。

金陵图①

谁谓伤心画不成②？画人心逐世人情③。君看六幅南朝事④，老木寒云满故城⑤。

[校注]

①金陵图，据诗的三、四句，当指用六幅绢帛连接起来描绘南朝旧都建康（即古金陵）的图画。金陵，战国楚威王七年灭越后在今南京市清凉台（石城山）设金陵邑。即今江苏南京市之古称。六朝均建都于此。②晚唐诗人高蟾《金陵晚望》："曾伴浮云归晚翠，犹陪落日泛秋声。世间无限丹青手，一片伤心画不成。"韦庄此诗首句，显系针对高蟾诗末句而发。③意为画家的心情与同时代的人是相随相通的。

④六幅，指作画的绢帛。《汉书·食货志下》："布帛广二尺二寸为幅，长四丈为匹。"唐代绢画大型者多六幅连缀而成。方干《题画建溪图》"六幅轻绡画建溪"可证。南朝事，此指南朝都城建康的情景。⑤故城，指古金陵城，亦即南朝旧都建康。

[笺评]

宋顾乐曰：翻高蟾意，高唱而入，已得机得势。次句又接得玲珑。末句一点，画意已足，经营入妙。（《唐人万首绝句选》评）

刘拜山曰：僖、昭之世，长安屡陷，残破极矣。此殆借南朝旧事以伤时耳，宜其沉痛如此。（《千首唐人绝句》）

[鉴赏]

唐僖宗中和三年（883）三月，韦庄因投献长篇史诗《秦妇吟》给因事至洛阳的镇海军节度使周宝，得其赏识，遂随周宝南下润州（今江苏镇江市），成为周宝的门客。金陵属润州管辖，这首《金陵图》有可能是诗人在润州期间见到描绘金陵故城的图画时，有感而作。诗人抒写的深沉强烈的家园残破、世事沧桑之感，当与此前数年黄巢入长安，建国号的时代丧乱情事密切相关。作者另有一首《上元县》（题下注：浙西作。）云："南朝三十六英雄，角逐兴亡尽此中。有国有家皆是梦，为龙为虎亦成空。残花旧宅悲江令，落日青山吊谢公。止竟霸图何物在，石麟无主卧秋风。"吟咏对象、所抒感慨与《金陵图》近似，且《上元县》、《江上逢史馆学士》（亦浙西作）、《金陵图》三诗相连，同置一卷，亦可证《金陵图》当作于同时同地。这一年，黄巢虽已退出长安东进，但尚未败死。唐王朝在农民起义和军阀混战的双重打击下，已经摇摇欲坠，濒临末日了。

"谁谓伤心画不成"，起句突兀而来，像是与人高声辩论，故唱反调，事实的确如此。时代较韦庄略早的前辈诗人高蟾（生卒年不详，但登第年较韦庄早十八年)《金陵晚望》诗说:"世间无限丹青手,一片伤心画不成。"因金陵晚望而触动对唐王朝行将沦亡的伤感,而发为深沉的感慨,认为世间无数丹青妙手,也画不出内心深处对国家沦亡、朝代更替的"伤心"。应该说高蟾的这两句诗是写得非常沉痛,表现也是非常出色的,因为它通过图画用色彩与线条仅能图形写貌却难绘心传神,突出了诗人的"一片伤心"之深沉强烈。高蟾的这两句诗,在当时诗坛上,很可能是广泛流传,且有很高知名度的。韦庄这首诗的起句,显然是针对高诗的末句有感而发。"谁谓伤心画不成",用反问语气,否定高蟾的看法,但并非否定他的"伤心"和感慨,恰恰相反,诗人的用意,正在强调无形无状的"伤心"也是可以"画得成"的。这一反问中同样蕴含了深沉强烈的感慨,使读者受到感染,并引起思索。可以说这个突兀的发端一开始便紧紧抓住了读者,并怀着强烈的期待。

"画人心逐世人情",次句先撇开《金陵图》本身是否画不画得出"伤心"不作正面描写,而从画家的心理与世人相随相通这一理论层面着笔。从一般的意义上说,"画人"本身就是"世人"的一分子,"世人"对时代衰乱的感受,"画人"同样具有;从特殊的意义上说,作为艺术家的"画人",又往往具有对时代的较一般世人更加敏锐的感受,其对国家沦亡的"伤心"也往往更加强烈而深沉。因此,"画人"不但与"世人"同心相应,且较"世人"有更强烈的表现"伤心"的欲望。这正是"画人"能"画"出"伤心"的理论依据和时代原因。诗不是写论文,但"画人心逐世人情"这一句确实蕴含了艺术与时代息息相关的道理。

"君看六幅南朝事,老木寒云满故城。"三、四两句,回到《金陵图》本身,用自己读画的感受来证明画家的"一片伤心"是画得成的。"江南佳丽地,金陵帝王州"(谢朓《入朝曲》),但眼前这用六幅绢帛连接而成的大型都邑风物画,却并没有去描绘宏伟的宫殿、繁华的街市、川流不息的车马人群和郁郁葱葱的帝王之都的气象,而是着意渲染了古老的金陵城中，老木凋衰，寒云笼罩，一片萧条冷落、衰残凋敝的景象。这种景象，正是南朝政权一个接一个走向衰亡的象征，也是当年的唐帝国面临分崩离析局面的写照。其中充满了朝代更换、世事沧桑的历史感慨和现实感慨，也渗透了画家对唐王朝重演南朝覆亡命运的"无限伤心"。"谁谓伤心画不成"，画家通过这"老木寒云满故城"的图景，不正把无限伤心"画"出来了吗？

诗人抒写自己读《金陵图》的感受，发表对图画是否可以画心的见解，自然意不在翻高蟾诗的案，而是借此表达自己对时代衰亡的沉痛感受。说"一片伤心画不成"也好，说"谁谓伤心画不成"也好，意见似乎相反，但在表达诗人对时代的"一片伤心"这个主旨上，却是殊途同归的。

台　城①

江雨霏霏江草齐②，六朝如梦鸟空啼③。无情最是台城柳，依旧烟笼十里堤④。

[校注]

①题一作《金陵图》。台城，六朝时的禁城。洪迈《容斋续笔·台城少城》："晋、宋间谓朝廷禁省为台，故称禁城为台城。"故址在今南京市鸡鸣山南、乾河沿北。其地本三国吴之后苑城。东晋成帝时改建作新宫，遂为禁城。历宋、齐、梁、陈，皆为台省（中央政府）和宫殿所在地。至唐时已荒废。②霏霏，雨盛貌，形容雨细而密。③六朝，建都于金陵（吴时称建业，东晋、宋、齐、梁、陈称建康）的六个南方王朝。④烟笼，形容杨柳茂盛，如堆烟笼雾。十里堤，指傍玄武湖的长堤。

[笺评]

谢枋得曰：台城乃梁武帝饿死之地，国亡主灭，陵谷变迁，人物换世。唯草木无情，只如前日。此柳必梁朝所种，至唐犹存。"无情""依旧"，四字最妙。端平北使王橶诗云："到处江山是战场，淮民依旧说耕桑。梅花不识兴亡恨，犹向东风笑夕阳。"讥本朝文士不知边事之危急。景定间，北将胡谘议留江州诗云："寂寞武矶山上庙，萧条罗伏水中船。垂杨不管兴亡事，依旧青青两岸边。"亦讥本朝将相不知国家将亡，文臣武臣随时取乐，视危急如平安无事时也。二诗皆从此诗变化。（《注解章泉涧泉二先生选唐诗》卷五）

何新之曰：奇隽体。（《删补唐诗选脉笺释会通评林·晚七绝》引）

吴山民曰：就图发黍离之感。（同上引）

徐充曰："依旧"二字，得刘禹锡用"旧时"意。（同上引）

胡次焱曰：始责烟柳无情，不顾兴亡，终羡烟柳自若，付兴亡于无可奈何，意味深长。（同上引）

唐汝询曰：此赋图上之景（按：《唐诗解》题作《金陵图》），因发吊古之思。台城已破，柳色无改，是以恨其无情也。（《唐诗解》卷三十）

陆时雍曰：韦庄七绝，声格苦弱。（《唐诗镜》卷五十四）

周珽曰：首句图景，次点破金陵，见朝代变易。后二句吊古思深。（《删补唐诗选脉笺释会通评林·晚七绝》）

郭濬曰：听歌《麦秀》。（同上引）

陆次云曰：多少六朝凭吊诗，总被"六朝如梦"四字说尽。（《五朝诗善鸣集》）

吴昌祺曰：呜呼！古今多少台城柳耶！横种亦生，倒种亦生，态弱花狂，无往不可。（《删订唐诗解》）

张文荪曰：端己声调宏壮，亦晚唐好手。此诗厚而有味。（《唐贤清雅集》）

周咏棠曰：韵足与牧之"商女后庭"之作同妙。（《唐贤小三昧集续集》）

范大士曰：陵谷变迁之感。人自多情，故觉柳无情耳。（《历代诗发》）

李锳曰：题画而寓兴亡之感，言外别有寄托。（《诗法易简录》）

宋顾乐曰：咏柳从无人说"无情"者，一翻用，觉感慨不尽。（《唐人万首绝句选》评）

马时芳曰：韦端己《台城》赋凄凉之景，想昔日盛时，无限感慨，都在言外，使人思而得之。（《挑灯诗话》）

刘永济曰："六朝如梦"，一切皆空也。"依旧"之物，唯柳而已，故曰"无情"，然则有情者不免感慨可知矣。此种写法，王士禛所谓"神韵"也。（《唐人绝句精华》）

沈祖棻曰：先写所见，次抒所怀。这两句由景及情，是对台城即当时南朝的政治中心变化的观感。后半以物之无情，反衬诗人之多情……这种将无知之物人格化，赋予它以生命，从而描写其无情或多情，同时，又以"最是""惟有""只有"等字钩勒，从许多相同或相似的景物中突出一种，加以夸张的手法，能够强化和深化所要表达的感情，因而为诗人们所乐于采用。（《唐人七绝诗浅释》）

刘拜山曰：首句"江雨"与"江草"相应，写出一片迷濛，真如梦境。后半借垂柳抒慨，尤为空灵含蓄。（《千首唐人绝句》）

[鉴赏]

这是一首凭吊六朝古迹的诗。台城，是六朝的禁城，旧址在今南京玄武湖旁，和鸡鸣山相接。六朝时期，这里是政治中枢，也是帝王荒淫享乐的场所。中唐杰出诗人刘禹锡《金陵五题·台城》说："台城六代竞豪华，结绮临春事最奢。万户千门成野草，只缘一曲后庭花。"到唐代末年，台城虽尚存，但已荒废不堪了。

凭吊古迹之作，总免不了要抒写盛衰兴亡之感，吊古伤今之慨。这首诗也不例外，不过，一般的吊古诗为了抒发今昔之慨，都要在不同程度上触及史事（像刘禹锡《台城》中的"结绮临春"和"后庭花"）。这首诗却完全撇开具体的史实（包括人、事），从头到尾采取侧面烘托的手法，着意渲染一种梦幻式的情调气氛，让读者透过这层隐约的感情帷幕去体味作者的感慨，这是一个值得注意的特点。

"江雨霏霏江草齐"。起句不正面描绘台城，而是烘染氛围。金陵滨江，玄武湖本来又连通长江，故说"江雨""江草"。江南的春雨，密而且细。在霏霏雨丝中，四望迷蒙，如烟笼雾罩，给人以如梦似幻之感。暮春之时，江南草长，碧绿如茵，又显出自然界的蓬勃生机。这景物既迷人，又容易勾起人们的迷茫惆怅之情，这就为下句抒情作了准备。

"六朝如梦鸟空啼"。从首句描绘江南烟雨到次句的感慨六朝如梦，跳跃很大，乍读似不相属。其实在霏霏细雨，如茵碧草之内就隐藏着一座已经荒凉破败了的台城。鸟啼草绿，春色常在，而曾经在台城争权夺利、追欢逐乐的六朝统治者却早已成为历史上来去匆匆的过客，原先豪华壮丽的台城也成了供人凭吊的荒凉历史遗迹。从东吴到陈，三百多年间六个短促的王朝一个接一个地衰败覆亡，变幻之速，本就给人以"如梦"之感（李商隐《咏史》："三百年间同晓梦"），再以自然景物的依然如旧与人事的沧桑变化相对照，更加深了"六朝如梦"的感慨。"台城六代竞豪华"，但眼前这一切均已荡然无存，只有不解人世沧桑的鸟在发出欢快的啼鸣。"鸟空啼"的"空"字，寓慨很深。

"无情最是台城柳，依旧烟笼十里堤。"杨柳是春天的标志。在春风中摇曳的杨柳，总是给人以生机勃勃、春意盎然之感，让人想起繁荣兴茂的局面。当年这十里长堤上的柳色，曾经是台城繁华风光的点缀。如今，台城已是"万户千门成野草"，而台城柳，依然堆烟笼雾，布满十里长堤。这繁荣兴茂的自然景色和荒凉破败的历史遗迹的鲜明对比，对于一个刚刚经历了黄巢起义军入据长安的历史巨变、深怀亡国之忧的诗人，该是多么令他感慨欷歔、触景生悲！台城柳不管人间兴亡，它照样生长繁茂，"烟笼十里堤"，故说它"无情"，说柳"无情"，正透露出诗人在目睹台城柳色时所引起的无限兴亡之感。句前的"最是"二字用力勾勒，举凡前面所写的"江雨""江草"和啼鸟，也都归于"无情"之列，诗人之感慨之深，因此二字也更显突出了。

　　尽管诗人将自己的感触写得很虚、很含蓄，但联系他所处的那个时代，其实际内容并不难体味。在农民起义的沉重打击下，这时的唐王朝已经日落西山、奄奄一息［据夏承焘《韦端己年谱》，本篇作于僖宗光启三年（887）秋，但诗中写景，颇不似秋令，疑是中和三年（883）春在浙西润州幕为客时游金陵所作］。诗人凭吊台城古迹，回顾六朝旧事，免不了有"今之视昔，亦犹后之视今"之感。亡国的不祥预感，在写这首诗时是缠绕在诗人心头的，它没有像一般的吊古诗那样，在吊古伤今中寓历史鉴戒教训，而是流露出浓重的伤感情绪。这是因为当时唐王朝覆亡之势已成，重演六朝悲剧已不可避免。自然界自有其自身的规律，在永恒的自然面前，六朝也好、唐朝也好，都只不过是短暂的一瞬。人间兴亡自有它的规律，说台城柳"无情"，正透露了诗人的无奈。诗虚处传神的手法，运用得自然入妙，令人咀嚼不尽。

钱 珝

钱珝，生卒年不详，字瑞文，吴兴（今属浙江）人。大历诗人钱起曾孙。广明元年（880）登进士第。昭宗时，历任太常博士、京兆府参军、蓝田尉，充集贤殿校理。乾宁二年（895），宰相王抟荐为膳部郎中、知制诰，进中书舍人。光化三年（900），王抟贬官，珝亦贬抚州司马，自襄阳浮舟而下，舟中自编其诗文为《舟中录》二十卷（已佚）。其《江行无题一百首》即江行途中所作，混入钱起集中；此外尚有他作混入起集。《全唐诗》编其诗为一卷。

江行无题一百首 （其九十八）①

万木已清霜，江边村事忙②。故溪黄稻熟③，一夜梦中香。

[校注]

① 《江行无题一百首》，原误入钱起集中，明胡震亨《唐音癸签》卷三十二考辨其误云："钱珝，起之曾孙也。起释褐校书，终尚书考功郎。珝官历中书舍人，掌纶诰，后坐累贬抚州司马。其江行绝句百首正赴抚时途中所作也。珝有他文（按：指《舟中录序》）载《英华》中云：'夏六月获谴佐郡，秋八月自襄阳浮舟而下。'今其诗有'润色非东里，官曹更建章'，'去指龙沙路，徒悬象阙心'，'岘山回首望，如别故乡人'，及'好日当秋半，九日自佳节'等句，其官、其谪地、其经途、其时日，无勿与珝合者，起无是也。后人重起名，借篇贻厥，为起公增美耳。……至《早入中书》一篇，起未为此官，与江行百者，并当归珝为是。"又其《唐音癸签》亦云："诗中岘山、沔、武昌、匡庐、鄱湖、浔阳诸地，经涂所历，一一吻合，而秋半、九日，尤为左验，其为珝诗无疑。"②村事，指农事（割稻、打稻、晒稻等）。③故溪，犹故园。钱珝故乡在吴兴（即湖

州)。《元和郡县图志·江南道·湖州乌程县》："霅溪水，一名大溪水，一名苕溪水，西南自长城、安吉两县东北流，至州南与馀不溪水、苧溪水合，又流入于太湖，在州北三十五里。"

[笺评]

刘拜山曰：以稻香入梦写思乡之情，何等亲切！（《千首唐人绝句》）

[鉴赏]

《江行无题一百首》是光化三年（900）钱珝由中书舍人贬抚州司马舟行途中所作，因随所见所闻所感入咏，不主一意，难以命题，故曰"无题"。其实其中的每一首，还是有具体描写吟咏对象的，像这首诗，写的就是途中思乡入梦这一内容。

"万木已清霜"，起句明点时令，兼写秋景。诗人八月自襄阳浮舟而下，这里说江边的万木已经受到清霜的浸染，当已是凉秋九月的时节。从"已清霜"三字中，不仅可以想象出深秋树叶黄落，枝干清疏的景象，而且可以联想到枫树、乌桕等霜叶火红的绚烂景色，诗人所见到的深秋景物，色彩并不单调。

"江边村事忙"，次句承上"已清霜"，写江边村落中农事繁忙的景象。在南方，这正是晚稻收获的季节。故家家户户，男女老幼，都一齐出动，割稻、打稻、晒稻，一片繁忙景象。这一句用朴素的语言直叙，但其中自含对所见景象的喜悦、欣赏之情。而正是白天所见的农事繁忙景象，使诗人触动对故乡收获季节的联想，因而自然引出三、四两句来。故次句虽质朴，在全篇中却起着承上启下的枢纽作用。

"故溪黄稻熟，一夜梦中香。"由江边农家农事繁忙的景象，诗人不由得联想到故乡吴兴的溪边田头，此刻也正是晚稻金黄，熟透飘香的季节了。因为思念故乡，夜间不由得积思成梦，梦回故乡，恍惚间似感梦中一夜，都充满了稻花的袭人清香。

　　诗从时令物色写到江村农忙，再由江村农忙联想故溪稻熟，又由故溪稻熟转而思乡入梦，最后引出梦中稻香，辗转相引，妙处全在末句。写思乡、写乡梦本很平常，但说梦中"一夜稻花香"却是前所未有的奇思妙想。梦本虚缈，虽或因记忆而恍惚有形，甚至有语，但从来没有人写到过梦中有色有香。由于思乡情切，不但梦中见到故乡田头晚稻金黄的颜色，而且仿佛一夜间在枕边都萦绕着故乡的稻香。思乡之情的殷切，不但把本来虚无缥缈的梦写得如同真实的生活，而且把梦也香化诗化了。极奇幻的想象，却又极具生活实感，极符想象的逻辑，这正是此诗艺术魅力的集中体现。

未展芭蕉

　　冷烛无烟绿蜡干^①，芳心犹卷怯春寒。一缄书札藏何事^②，会被东风暗拆看^③。

[校注]

　　①没有舒展开的芭蕉形状像蜡烛，色绿而无蜡烟、蜡泪，故云"冷烛无烟绿蜡干"。冷烛、绿蜡同指一物，不过从不同角度加以形容描写而已。②缄，封。古代的书信卷成圆筒形状，加上封套。书札，书信。此以一封书信卷成圆筒状形容未展芭蕉。李商隐《骄儿诗》："芭蕉斜卷笺。"亦以斜卷之笺形容未展之芭蕉。③东风，春风。

[笺评]

　　宋长白曰：结语较辛稼轩"芭蕉渐展山公启"尤为风韵。若路延德（《芭蕉》）诗"叶如斜界纸，心似倒抽书"，未免近俗矣。（《柳亭诗话》）

　　宋宗元曰：（末二句）韵极。徐文长曰：贺知章《咏柳》诗："不

知细叶谁裁出，二月春风似剪刀。"与此诗后二句相似。（《网师园唐诗笺》）

[鉴赏]

丰富而优美的联想，往往是诗歌创作获得成功的重要因素，而一味地雕镂刻画，则常是诗歌韵味的大忌。李商隐《代赠》说："芭蕉不展丁香结，同向春风各自愁。"由未展的芭蕉和缄结的丁香，联想到固结不解的愁怀，这联想新颖、自然而极富情韵。不过，在李诗中，未展的芭蕉只是构成全诗艺术意境之一体，而通篇咏未展芭蕉，并以丰富优美的联想为特色的，则是钱珝的这首咏物诗。

首句从未展芭蕉的形状、色泽设喻。"冷烛""绿蜡"实同指一物，分而言之是从不同角度状物的需要。尚未舒展开来的芭蕉叶状如蜡烛，不过它并不点燃流脂，故曰"无烟""干"，这都是很平常的形容刻画。值得一提的是"冷烛""绿蜡"之喻。蜡烛通常给人的感觉是红亮、温暖，这里却用"绿""冷"来形容，显得新颖、独特，且切合对象的特点。我们仿佛可以感受到弥漫在蕉烛上面的一层早春的寒意，可以想见它的翠绿、光洁的色泽。

如果说首句还只是从外形上比拟、刻画，那么第二句就进而绘形传神了。卷缩在未展芭蕉的最里一层，俗称"蕉心"。诗人通过联想，把未展芭蕉比成芳心未展的少女。从表面看，和首句"冷烛""绿蜡"之喻似乎脱榫。其实，无论从形象上、意念上，两句都是一脉相通的。"蜡烛有心还惜别"。"有心惜别"的蜡烛本来就可用以形容多情的少女，所以蕉心—烛心—芳心的联想原很自然。在诗人想象中，这在料峭春寒中卷缩未展的芭蕉，仿佛是一位含情脉脉的少女，由于带着寒意的环境的束缚，她只能暂时把自己的情怀隐藏在心底。未展芭蕉，在这里被人格化了。句中的"犹"字、"怯"字极见用意。"犹"字不只明写目前的"未展"状态，而且透露出将来的舒展，与末句的

"会"字遥相呼应。"怯"字不仅传神地描绘出早春寒意的包围中芭蕉卷缩不舒的形状和柔弱的身姿，而且写出了它的感觉、感情，特别是它那不胜料峭春寒的神情。而诗人那种细意体贴、深切同情也自然流注于笔端。

三、四两句却又别具匠心，另外设喻。古代的书札卷成圆筒形，外加封套，与未展芭蕉相似（"芭蕉斜卷笺"，设喻与此相类），所以有第三句"一缄书札"的联想。从"芳心"到"书札"，设喻虽又翻新，但意脉仍自贯通，读时只觉浑然一片。这奥妙就在"藏"字和上句"卷"字的联系上。书札紧卷者，它的内容——写信者的一片"芳心"就深藏在里面，仿佛不情愿向外界公开内心的秘密。这和"芳心犹卷"在意念上完全相通，然而三、四两句又绝非第二句的重复。通过"藏何事"的发问和"会被东风暗拆看"的遥想，展示了新的意境，表达了更美好的情思。在诗人想象中，寒气终将消逝，芳春即将到来，和煦的东风总会暗暗拆开"书札"，使书信中蕴含的美好情愫呈露在无边春色之中。这想象很美，很富于诗意，使人自然联想起生活中类似的情事。句中的"会"字，用得毫不着力，却让人感到"东风暗拆"是顺乎自然规律的事，使上句的"藏何事"落到实处。而"暗"字则极精细地显示了从"藏"到"拆"这个过程的自然和渐进，显示出这个变化是在不知不觉中进行的、完成的。

优美的联想在这首诗里，不仅是生动精切比喻的源泉，而且是把这一连串比喻串成了一个艺术整体的引线。而这种优美的联想归根结蒂又来源于诗人的生活体验。如果诗人对生活中受到环境束缚、禁锢的少女的感情与愿望缺乏真切的体察，对她们的命运缺乏深切的同情，他是无论如何不会有这些诗意的联想的。

曹　松

曹松（约830—?），字梦征，舒州（今安徽潜山）人，咸通四五年（863、864）间，曾游湖南，其后又曾游广州。乾符二、三年（875、876）间，依建州刺史李频。曾避乱隐于洪州（今江西南昌）西山。光化四年（901）方登进士第，年已七十余。授校书郎，旋弃官南归，卒。《新唐书·艺文志》著录《曹松诗集》三卷，已佚。《全唐诗》编其诗为二卷。

己亥岁二首 (其一)①

泽国江山入战图②，生民何计乐樵苏③。凭君莫话封侯事④，一将功成万骨枯。

[校注]

①题下原注："僖宗广明元年。"按：广明元年（880）系作诗之年。而诗题"己亥岁"则为乾符六年（879），是年黄巢入广州，聚众至百万，旋率军北伐，取江陵，沿江东下。诗的内容，系反映黄巢军沿江东下，与唐王朝军队交战，泽国江山尽为战火所笼罩之情事。②《通鉴》卷二百五十三乾符六年十月："黄巢在岭南，士卒罹瘴疫死者什三四，其徒劝之北还以图大事，巢从之。自桂州编大栰数十，乘暴水，沿湘江而下，历衡、永州，癸未，抵潭州。李係婴城不敢出战，巢急攻，一日陷之。……尚让乘胜进逼江陵，众号五十万。"十一月，黄巢北向襄阳，为山南东道节度使刘巨容、江西招讨使曹全晸所败。转攻鄂州，又转掠饶、信、池、宣、歙、杭等十五州。广明元年三月淮南节度使高骈遣其将张璘等击黄巢，屡捷。卢携奏以骈为诸道行营都统，"骈乃传檄征天下兵，且广召募，得土客之兵共七万，

威望大振，朝廷深倚之"。四月，"张璘渡江，击贼帅王重霸，降之。屡破黄巢军。巢退保饶州。别将常宏，以其众数万降。璘攻饶州，克之"。这一带是江南水乡泽国地区，故云"泽国江山入战图"。③樵，砍柴；苏，割草。樵苏，指日常生计。④凭，请。

[笺评]

计有功曰：松有诗云："凭君莫话封侯事，一将功成万骨枯。"可谓谙世故矣。（《唐诗纪事·曹松》）

谢枋得曰："一将功成万骨枯"，即孟子所谓"争城以战，杀人盈城；争地以战，杀人盈野；率土地以食人肉。"仁人君子，闻此诗者，必不以干戈立功名矣。（《注解章泉涧泉二先生选唐诗》卷四）

蔡正孙曰：愚因记张籍《将军行》云："边城亲戚曾战殁，今逐官军收旧骨。碛西行见万里空，乐府独奏将军功。"杜子美《出塞曲》云："功名图麒麟，战骨当速朽。"刘湾《出塞词》云："死是征人死，功是将军功。"刘潜夫《国殇行》云："呜呼诸将官日穹，岂知万鬼号阴风。"陆龟蒙《筑城词》云："城高功亦高，尔命何劳惜。"此诗此意，真足以为贪功生事，轻视人命者之戒。（《诗林广记后集》卷十）

释圆至曰：此诗自来错会，用意深切尤在上。（《笺注唐贤三体诗法》）

唐汝询曰：黄巢之乱，诸将多欲因乱取封，故松有此。言泽国江山俱已入战图矣，生民何计而乐樵苏战！纵使君辈不言封侯，赤心靖难，然至功成而杀戮已是不赀，况可贪乱而求封乎！（《唐诗解》卷三十）

周弼曰：为实接体。（《删补唐诗选脉笺释会通评林·晚七绝》引）

何新之曰：为豪放体。（同上引）

敖英曰：千古滴泪，后之仗钺临戎者，读此诗而不感动者，是无人

心也。(同上引)

吴山民曰：惨语动情。(同上引)

金献之曰：边城诗不过叙从军之苦而已，若此诗可写一通置之人主座右。(同上引)

周珽曰：按唐史：僖宗乾符六年己亥春，高骈破黄巢于亳州，巢趋广南。十一月复趋襄阳，刘巨容又破之，所谓"江山入战图"也。时诸将多乐于贪功，无视民肝脑涂地，故松发此叹。(同上)

黄周星曰：此即无定河边之骨也。"一"且不忍，何况于"万"！然则，此侯竟当封为"万骨侯"可矣。(《唐诗快》)

贺裳曰：(曹松)集中之最，终当以《己亥岁》首篇为冠。(《载酒园诗话又编·曹松》)

吴昌祺曰：不及"无定河"二语，而亦足警世。(《删订唐诗解》)

沈德潜曰：诗有当时盛称而品不贵者，王维之"白眼看他世上人"，张谓之"世人结交须黄金"，曹松之"一将功成万骨枯"，章碣之"刘项原来不读书"，此粗派也。(《说诗晬语》卷上)

钱大昕曰：唐末诗人，多以绮丽纤巧为上，所谓桑间濮上亡国之音也，而昧者转以为唐人正声，谬矣。若……曹松之"凭君莫话封侯事，一将功成万骨枯"……语近情深，有《三百篇》之遗意。(《十驾斋养新录·晚唐诗》)

刘永济曰：末句极沉痛，以"万骨"换侯封，是何政策！(《唐人绝句精华》)

刘拜山曰：作意全在"凭君莫话封侯事"一语，盖指残害生灵，杀人如草，以博一己之功名，如高骈者耳。后来只传诵末句，视为反对一切战争之言，显非作者本意。(《千首唐人绝句》)

[鉴赏]

从这首诗的题目及两诗的内容看，诗中所反映的战争无疑是黄巢起义军自江陵沿江东下攻城略地以及唐王朝各路兵马对黄巢军队进行剿伐的战事。但此诗矛头所指，却是对唐朝将帅镇压农民起义军的"功勋"的深刻揭露与指责。这是诗的特点和价值所在。

"泽国江山入战图，生民何计乐樵苏。"前两句叙写去年黄巢起义军挥师北向、沿江东下以来江南水乡泽国尽沦为战区，广大百姓无以为生的状况。南方诸道，安史之乱以来较之北方，遭受的战乱较少，且经济比较发达，人民生活相对较为安定。现在，却连一向较为平静的"泽国江山"也陷为烽火连天的战场，可见整个大唐帝国已经到了风雨飘摇、全面崩溃的危殆局面。在遍地烽火的情况下，普通的平民百姓有什么办法能过上最起码的平静生活呢？砍柴割草，本是农家最低程度的维持生计之道，根本谈不上什么"乐"，但在这遍地战乱的年代，却连以樵苏为乐也根本不可能了。人民不是死于战乱，就是被压榨掠夺到无以为生的程度。这两句诗，虽是写"己亥岁"的战事的严重后果，却同时是唐末广大百姓遭受战乱摧残的艺术概括。从中可以看出，诗人的着眼点首先在于战争对人民生活所造成的灾难，而不是对濒临绝境的唐王朝命运的关切。这正是末世士人对唐王朝绝望心态的反映。

"凭君莫话封侯事，一将功成万骨枯。"后两句是诗人就唐王朝将帅以镇压农民起义军邀功请赏、获取高官厚禄的议论。在围追堵截、讨伐剿灭农民起义军的过程中，出现了不少"有功"的将帅，其中最突出的莫过于因讨黄巢有功，于乾符六年冬"进位检校司徒、扬州大都督府长史、淮南节度副大使知节度事，兵马都统、盐铁转运使如故"的高骈。可谓"封侯"赐爵，位极人臣了。但诗人却以严冷之笔，直揭其"功成"的惨重代价和罪恶本质。说请别再提什么功成封侯的事，引以为荣了，须知这"一将功成"乃是用"万骨枯"的代价换来的。这"万骨枯"中，既有无数被驱遣上战场的唐军士卒，也有为战火所殃及的普通百姓，更有起义军的士兵。"一"与"万"的强烈鲜明对照，突出地揭露了所谓"封侯""功成"的罪恶本质，使人联想起这"封侯"之"功"原是用千千万万人的鲜血换来的。杜荀鹤《再经胡城县》说："今来县宰加朱绂，便是生灵血染成。"感愤之强烈，与曹松诗后二句相似，但曹诗的高度艺术概括力，却为杜诗所欠缺。

后两句的"封侯""功成"显然不包括黄巢起义军的将领，这是因为当时的起义军，还处于辗转各地流动作战的状态，离破长安、建新朝还有一段时日，更谈不上封侯之事。当时挟剿灭义军之功以封侯邀赏，甚至像高骈那样，企图效孙策三分的军阀才是诗人所揭露所抨击的对象。

黄 巢

黄巢（？—884），曹州冤句（今山东菏泽）人。少时与王仙芝以贩私盐为生。屡举进士不第。僖宗乾符二年（875），聚众数千人响应王仙芝起义。仙芝为唐所杀，众推巢为王，号"冲天大将军"，建元王霸。广明元年（880）十二月，攻入长安，称帝，国号大齐，年号金统。中和四年（884）兵败至泰山狼虎谷，自杀。《全唐诗》录存其诗三首，其中《自题像》系元稹诗误入。

题菊花

飒飒西风满院栽，蕊寒香冷蝶难来。他年我若为青帝①，报与桃花一处开②。

[校注]

①青帝，古代神话中的五天帝之一，是位于东方的司春之神。
②报，告知，此处含有告令之意。

[笺评]

张端义曰：黄巢五岁，侍翁父为《菊花联句》。翁思索未至，巢信口应曰："堪与百花为总首，自然天赐赭黄衣。"巢之父怪，欲击巢，乃翁曰："孙能诗但未知轻重，可令再赋一篇。"巢应之曰："飒飒西风满院栽，蕊寒香冷蝶难来。他年我若为青帝，报与桃花一处开。"跋扈之意，已见于婴孩之时，加以数年，岂不为神器之大盗耶！（《贵耳集》卷上）

刘拜山曰：此咏物言志，而有天下均平，春台同登之意。胸襟气概，陈涉辍耕之叹，未足相比。（《千首唐人绝句》）

[鉴赏]

唐末一位不大出名的诗人林宽写过一首《歌风台》诗："蒿棘空存百尺基，酒酣曾唱大风词。莫言马上得天下，自古英雄尽解诗。"他从刘邦作《大风歌》，引出一个带普遍性的结论。这个结论的可靠程度究竟怎样，也许还有待于验证。不过，古往今来，确有一系列成功的或失败的英雄"解诗"的事例。和林宽同时代的农民起义领袖黄巢所作的两首别开生面的题赋菊花的诗，就为这个结论提供了现实的生动例证。林宽是唐懿宗、僖宗时人，黄巢率义军入长安时，他可能正在京城［乾符三年（876）林宽在长安，有《陪郑诚郎中假日省中寓直》诗，乾符五年在长安，有《送升道靖恭相公分司》（后诗离黄巢入长安不到两年）］，"自古英雄皆解诗"之论虽不一定与黄巢赋菊之事有什么直接联系，但两人在时、地上的这种巧合倒能引起人们的一些联想。

自从陶渊明"采菊东篱下，悠然见南山"的名句一出，菊花就和孤标傲世的高士、隐者结下了不解之缘，几乎成了文人孤高绝俗精神的一种象征。黄巢的菊花诗，却完全脱出了同类作品的熟套，表现出全新的思想境界和艺术风格。

第一句写满院菊花在飒飒秋风中开放。"西风"点明节令，"满院"极言其多而盛。说"栽"而不说"开"，是避免与末句重韵，同时"栽"字本身也给人一种挺立劲拔之感。写菊花迎风霜开放，以显示其劲节与生命力，这在一般文人的咏菊诗中也不难见到；但"满院栽"却显然不同于文人诗中菊花的形象。无论是表现"孤标傲世"之情、"孤高绝俗"之感，或"孤芳自赏"之态、"孤子无伴"之慨，都脱离不了一个"孤"字。黄巢的诗独说"满院栽"，是因为在他心目中，这菊花本来就是人数众多的群体。同是傲风霜的菊花，在这里却绝无"孤高""孤子"的气息。作者在下"满院"二字时可能没有刻意推敲，只是自然道出，但唯其如此，就更显出问题的实质。

菊花迎风霜开放，固然显出它的劲节，但"蕊寒香冷蝶难来"，却是极大的憾事。在飒飒秋风中，菊花似乎带着寒意，散发着幽冷的芳香，不像在风和日丽的春天开放的百花，浓香竞发，因此蝴蝶也就难得飞来采集菊花的幽芳了。在文人的作品中，这个事实通常总是引起两种感情：孤芳自赏与孤子高傲。作者的感情有别于此。在他看来，"蕊寒香冷"是因为菊花开放在寒冷的季节，他为菊花的开不逢时而惋惜、而不平。这种感情本身就蕴含着改变环境的诉求和渴望。

三、四两句正是上述感情的自然发展，揭示环境的寒冷和菊花命运的不公平，不是安之若素，也不是自怨自艾、牢骚满腹，而是要自我主宰，重新安排菊花的命运。作者想象，有朝一日自己做了司春之神，就要告示天下，让菊花和桃花一起在春天开放。这一充满强烈浪漫主义激情的想象，集中地表现了作者的宏伟抱负和理想，表现了农民起义领袖的气度胸襟。统观全诗，寓意是比较明显的。诗中的菊花，无疑是当时社会上千千万万处于底层的人民的化身。作者既赞叹他们迎风霜而开放的顽强生命力，又深深为他们所处的环境、所遭的命运而愤激不平，立志要彻底加以改变。所谓"为青帝"，就是建立农民革命政权的形象化表述。作者想象，到了那一天，广大下层百姓就都能生活在温暖的春天里。值得注意的是，这里所抒写的并不是一般的对美好生活的憧憬，而是同时体现了农民朴素的平等观念。因为在作者看来，菊花在秋天开放，"蕊寒香冷蝶难来"，是极大的不公平。他的宏愿，就是要重新安排菊花的命运，让它和桃花一样享受春天的温暖。不妨说，这是农民平等思想的诗化。

这里还有一个靠谁来改变命运的问题。是祈求天公的同情与怜悯，还是"我为青帝"来改变，其间存在着做命运的主人和做命运的奴隶的区别。由于农民阶级本身的局限和历史的限制，农民起义不可能真正实现自己提出的革命目标。黄巢起义即使最终巩固了大齐政权，它也终将演化为封建地主阶级的政权。但黄巢的这首《题菊花》，却无疑代表了当时千百万农民的改变不公平命运的要求。

这首诗所抒写的思想感情是非常豪壮的，它使封建文人表达自己胸襟抱负的豪言壮语不免相形失色。但它并不流于粗豪，而是豪壮而不失含蕴，比较耐人咀嚼。这是因为诗中成功地运用了比兴手法，而比兴本身又具有生动的形象和新颖的喻意的缘故。

菊　花①

待到秋来九月八②，我花开后百花杀③。冲天香阵透长安④，满城尽带黄金甲⑤。

[校注]

①《全唐诗》题作《不第后赋菊》，今仍从《清暇录》作《菊花》，详参"笺评"引《清暇录》。②九月九日为重阳节，重阳节有赏菊的风俗。此云"九月八"，是为了与下"杀""甲"押韵。③杀，凋零，衰飒。④香阵，犹浓香。⑤黄金甲，金黄色的铠甲，借喻金黄色的菊花。

[笺评]

郎瑛曰：《清暇录》载：黄巢不第，有《菊花》诗曰："待到秋来九月八，我花开后百花杀。冲天香阵透长安，满城尽带黄金甲。"尝闻我太祖（按：指明太祖朱元璋）亦有《咏菊花》诗："百花发，我不发，我若发，都骇杀。要与西风战一场，遍身穿就黄金甲。"人看二诗，彼此一意。成则为明，而败则为黄也。予则以香气透长安，不过欲窃据之意；满城尽带甲，扰乱一番也。巢之反，果在秋天；兵败士诚、友谅与得大都之日，皆在八九月西风起时，"穿金甲"岂非为帝耶？是乃二诗之谶耳。（《七修类稿·诗文类九·菊花诗》）

[鉴赏]

这首诗的题目，《全唐诗》作《不第后赋菊》，大概是根据明代郎瑛《七修类稿》引《清暇录》有关此诗的记载。但《清暇录》只说这诗是黄巢落第后所作，题作《菊花》，这和径自题为《不第后赋菊》，是并不相同的。前者，落第仅仅是写作的一种背景，人们可以联想到作者在京应试的过程中，进一步感受与认识到唐王朝的腐朽与虚弱，从而下定了推翻它的决心。这是完全符合人们认识事物的规律的。但如属后者，则这首诗有可能被曲解为发泄个人落第的私愤，从而对这场"冲天香阵透长安"的农民战事的起因，也有可能作出历史唯心主义的解释，这当然是不足取的。

重阳节有赏菊的风俗，相沿既久，这一天无形中也成了菊花节。这一首《菊花》诗，其实并非泛咏菊花，而是遥庆菊花节。因此一开头就大书"待到秋来九月八"，意思是等到重阳菊花节那一天。不说"九月九"，而说"九月八"，是为了与"杀""甲"押韵。这首诗押入声韵，作者要借此造成一种斩绝、激越、凌厉的气势。因此他宁可把菊花节由九月九改成"九月八"来趁入声韵，却不愿用"九月九"而放弃入声韵，特别是首句入韵所造成的强烈效果。从这里可以悟出形式服从内容需要的道理。"待到"二字，似脱口而出，其实分量很重。因为作者要"待"的那一天，是天翻地覆、扭转乾坤之日，因而这"待"，是充满热情的期待，是热烈的向往。而这一天，又绝非虚无缥缈、可望而不可即，而是如同春去秋来、时序更迁那样，一定会到来的。因此，语调轻松、跳脱，充满自信、乐观情绪。这正是那个统治集团十分腐朽、虚弱，农民革命风暴声势浩大的时代的产物。一些站在时代前列，与人民情绪息息相通的人物，会在生活中深深感染到时代的气息而对未来充满信心。

"待到"那一天又怎样呢？照一般人的想象，无非是菊花盛开，幽香袭人。作者却接以石破天惊的奇句——"我花开后百花杀"。菊花开时，百花均已凋零，这本来是自然界的规律，也是人们习以为常的自然现象，所谓"此花开后更无花"，说的就是这种现象。作者在这里特意将菊花之"开"与百花之"杀"（凋零）并列在一起，构成鲜明对照，意在显示其间的必然联系。他亲切地称"菊花"为"我花"，显然用以象喻广大被压迫的百姓。那么，与之相对立的"百花"自然是喻指反动腐朽的封建统治集团了。这在客观上显示了一个真理：人民奋起掌握自己命运、庆祝胜利之时，便是反动腐朽的统治者覆灭之日。赋予自然界的花开花谢以这样的革命内容，确实是破天荒的。上一首因菊花开不逢时而生出"他年我若为青帝，报与桃花一处开"的奇想，这一首却转而为庆幸菊花开当其时——"我花开后百花杀"。设喻虽相反，却同样表现了推翻反动腐朽封建王朝的情怀。这一句语调斩截，气势凌厉，形象地显示了农民起义领袖果决坚定的精神风貌。这是足以使反动统治者战栗的诗句。

三、四句承"我花开"，极言菊花盛开的壮丽情景："冲天香阵透长安，满城尽带黄金甲。"整个长安城，到处都开满了带着黄金盔甲的菊花。它们散发出的浓郁香气，直冲云天，浸透全城。这是菊花的天下，菊花的王国。想象的奇特，设喻的新颖，辞采的壮伟，意境的瑰丽，都可谓前无古人。菊花，在文人笔下，最多不过赞美其傲视风霜的风骨而已，这里却赋予它农民起义军将士的战斗风姿与性格，从而使它成为最新最美的农民革命战争之花。为了淋漓尽致地表达对这个菊花王国的赞美，作者用了"冲""阵""透""满""尽"等一系列富于力度的词语。不说"香气"而说"香阵"，是因为这菊花既非"孤芳"，也非一般的"丛菊"，而是花开满城；正因为是"香阵"，故说"冲天"，说"透长安"。"冲""透"二字，分别写出其气势之盛与浸染之深，足见天上地下，六合广宇，无处不散发出浓郁的战斗气息。通过独特的形象，作者生动地展现了农民起义军攻克长安、推翻唐王朝、主宰一切的胜利前景。黄巢在被起义军推为首领后，自号

"冲天大将军"，表明其志在冲垮唐王朝的天下，与这首诗中的"冲天"正相吻合，恐非偶然。

　　黄巢的两首菊花诗，无论意境、形象、语言、手法，都使人耳目一新。根本原因，在于作者是农民起义军的领袖，又有一定的文化艺术素养的缘故。写诗当然要用形象思维，但艺术想象和联想的具体内容，却不能不受到作者立场、世界观和生活实践的制约。没有黄巢那样的抱负胸襟、战斗性格，就不可能发出"我花开后百花杀"这样的奇语和"满城尽带黄金甲"的奇想。"可怜故园菊，应傍战场开"（岑参《九日》），在一般文人心目中，菊花是只能在高士的东篱下生长，而不应开放在战场上的。把满城菊花和千万带甲的义军战士联系在一起，赋予它一种战斗的美，这是一种全新的审美观念。而这，只能植根于战斗的生活实践。"自古英雄尽解诗"的观点，也许正应从这个根本点上去理解。

张　泌

张泌，生卒年不详。事蜀为舍人。《花间集》载其词二十七首。《全唐诗》录存其诗一卷，均出自五代十国后蜀韦縠所编之《才调集》卷四。或以为此张泌系南唐后主朝之张泌（一作佖），非。

寄　人①

别梦依依到谢家②，小廊回合曲阑斜③。多情只有春庭月，犹为离人照落花。

[校注]

①《全唐诗》此题共二首，这是第一首。第二首"酷怜风月为多情"一作张佖诗。关于此诗的本事，见"笺评"引《词苑丛谈》。亦误为南唐之张泌（佖）。②依依，依恋不舍的样子。《古诗为焦仲卿妻作》："举手长劳劳，二情同依依。"亦可解为依稀仿佛之状。谢家，犹"谢娘家"，借指所思女子所居。温庭筠《更漏子》词："香雾薄，透重幕，惆怅谢家池阁。"韦庄《浣溪沙》词："惆怅梦馀山月斜，孤灯照壁背窗纱，小楼高阁谢娘家。"③回合，犹回环四合。曲阑，曲折的栏杆。

[笺评]

徐钲曰：张泌仕南唐为内史舍人。初与邻女浣衣相善，作《江神子》词云："浣花溪上见卿卿，脸波明，黛眉轻。绿云高绾，金簇小蜻蜓。好是问他知得么？和笑道：莫多情。"后经年不复相见。张夜梦之，寄绝句云："别梦依依到谢家（下略）。"（《词苑丛谈》）按：

《瑯嬛记》卷下引《虚楼续本事诗》云："张泌，江南人，字子澄，仕南唐为内史舍人。初与邻女浣衣相善，经年不复睹，精神凝一，夜必梦之。尝有诗云：'别梦依依到谢家（下略）。'浣衣计无出，流泪而已。"当为《词苑丛谈》所本。

周弼曰：为实接体。（《删补唐诗选脉笺释会通评林·晚七绝》引）

敖英曰：末二句无情翻出有情。（《唐诗绝句类选》）

陆时雍曰：意好，语是词家。（《删补唐诗选脉笺释会通评林》引）

周珽曰：《寄人》二诗，俱情痴之语。又唐人有诗云："两心不语暗知情，灯下裁缝月下行。行到阶前知未睡，夜深闻放剪刀声。"虽是郑、卫之音，而鲜丽俱有风体。（同上）

宋宗元曰：蕴藉。（《网师园唐诗笺》）

《精选评注五朝诗学津梁》：以多情春光为寓意，末二句结构绝妙。

潘德舆曰：泌（泌）有《寄人》一绝云："别梦依依到谢家……"比之司空表圣"故国春归未有涯，小栏高槛别人家。五更惆怅回孤枕，犹自残灯照落花"，风流略似。（《养一斋诗话》卷四）

沈祖棻曰：此诗是写别后相思之情，寄与所思之人的……起句写相思成梦，依依有情……次句写梦中所见，也就是现实中曾经到过的地方……而此前旧游，往日欢情，别后相思，一切都在其中了……后两句便接写醒后之情之境……不论前半之写梦中，后半之写梦后，都极言相爱之深，相思之苦；而突出明月之为离人照落花为多情，则不仅是向对方诉苦，同时也就在埋怨对方之无情。（《唐人七绝诗浅释》）

刘拜山曰：梦中重到，居处宛然，然不见所爱之人，意其忘情旧爱，故托兴于明月落花，以抒忧疑惆怅之情。（《千首唐人绝句》）

[鉴赏]

张泌的《寄人》七绝，共二首，第一首说"酷怜风月为多情，还到春时别恨生。倚柱寻思倍惆怅，一场春梦不分明"。二首均为以诗代书之作，所寄对象，当是他往日相恋的一位女子。前人笔记、词话中有关此诗本事的记载，未必可信，但诗中所抒发的感情则显然是一种人去楼空、前尘如梦的感触和失落怅惘的意绪。

起句写梦寻对方原来的住处。"谢家"，即"谢娘家"的省称，唐人多用以指所思女子居处。温庭筠《更漏子》词："香雾薄，透帘幕，惆怅谢家池阁。"韦庄《浣溪沙》词："小楼高阁谢娘家。"均可证。"依依"，既写梦魂对"谢家"的依恋追寻，兼状梦境的依稀仿佛和梦幻的轻袅飘忽，而无限相思怅惘之意自见于言外。

次句续写梦到谢家后所见。对方家中，当是过去诗人常到的地方，梦中重到，映现在眼前的首先是四面回合的小廊和曲折逶迤的栏杆。这一带想必是他过去最熟悉、留下过许多美好记忆的所在，因此印象特别清晰。梦中重到，依然唤起许多亲切温馨的记忆。但往日的情人却已杳无踪影。回廊寂寂，栏杆斜迤，则又徒增人去院空、怅惘感伤之情。沈祖棻先生说："次句写梦中所见……而此前旧游，往日欢情，别后相思，一切都在其中了。"所解甚是。

"多情只有春庭月，犹为离人照落花。"这两句承上"别梦""到谢家"仍写梦中所见所感。离人，这里指怀着离愁的诗中主人公，亦即诗人自己。两句是说，往事已成陈迹，对方已经离去，如今只有映照着春天庭院的一轮明月，仍然为我这个满怀离情的人照着落花。说"多情只有"，正透露诗人心中另有一番"无情"的怅触在，至于这"无情"是指已经离去的伊人，还是指不解人意、徒增感伤的景物，则任读者体味，也许是二者兼而有之。春庭明月，过去想必曾经双照对方和诗人在花前相聚；而今，月色依旧，但所照者却只有孤子的离人和空庭的落花了。空庭、淡月、落花，给人一种空虚黯淡、凋零残败之感，使人自然联想起美好事物和爱情的消逝。这两句所展示的梦境，仿佛是诗人伤往叹逝情绪的外化和象征。用诗人自己的话来形容以往的一切，不过"一场春梦不分明"罢了。

三、四两句，或有写梦醒所见一解。前后幅分写梦中和梦后，自属常法。但细味全诗，总觉前后幅联系得很紧，其间看不出任何时间和空间上变换转接的痕迹，与司空图《华下》第三句明点"五更惆怅回孤枕"，再转出"犹自残灯照落花"的孤枕梦回所处现境不同。"多情只有"四字，更将前后幅紧密勾连，表明所写同属一个"别梦"。如果前后分写梦中和梦后，则第二句似感意犹未了，第三句又显得突兀，与上幅脱节。看来，还是将全诗理解为同一梦境艺术整体感较强。

题为"寄人"，内容则是述梦，梦的内容又是人去院空、月照落花，则相思相忆之情、怅惘空虚之感、怨望无情之意，便都含而不露地包蕴其中了。

无名氏

哥舒歌^①西鄙人

北斗七星高^②，哥舒夜带刀。至今窥牧马^③，不敢过临洮^④。

[校注]

①哥舒，指哥舒翰，唐开元、天宝时期著名少数民族将领。两《唐书》有传。《全唐诗》题注："天宝中，哥舒翰为安西节度使，控地数千里，甚著威令，故西鄙人歌此。"西鄙人，西方边境地区的人，名不详。按：据两《唐书》，哥舒翰未曾任安西节度使，"安西"当为"河西"之讹。《旧唐书·哥舒翰传》："吐蕃寇边，翰拒之于苦拔海，其众三行，从山差池而下，翰持半段枪当其锋击之，三行皆败，无不摧靡，由是知名。天宝六载……充陇右节度副使。先是，吐蕃每至麦熟时，即率部众至积石军获取之……前后无敢拒之者。至是，翰使王难得、杨景晖等潜引兵至积石军；设伏以待之。吐蕃以五千骑至，翰于城中率骁勇驰击，杀之略尽，馀或挺走，伏兵邀击，匹马不还。……明年，筑神威军于青海上，吐蕃至，攻破之；又筑城于青海中龙驹岛，有白龙见，遂名为应龙城，吐蕃屏迹不敢近青海。"《新唐书·哥舒翰传》："久之（按：指天宝十二载），进封凉国公，兼河西节度使。攻破吐蕃洪济、大莫门等城，收黄河九曲，以其地置洮阳郡，筑神策、宛秀二军，进封西平郡王。"此歌所咏赞的情事，当综括上述抗击吐蕃之事。非止一端。诗中所反映的，当为哥舒翰以陇西节度兼河西节度时破吐蕃，收复黄河九曲之地的情事。②北斗七星，在北面天空排

列成斗形的七颗亮星，其名称为：一天枢、二天璇、三天玑、四天权、五天衡、六开阳、七瑶光。一至四为斗魁，五至七为斗柄，又名玉衡。《晋书·天文志上》："北斗七星在太微北……斗为人君之象，号令之主也。"③窥，伺机图谋、觊觎。牧马，古代北方少数民族每于秋收季节南下内地牧马，以窥探虚实，伺机劫掠。贾谊《过秦论》："始皇……乃使蒙恬北筑长城而守藩篱，却匈奴七百馀里，胡人不敢南下而牧马。"此句及下句用此。④临洮，唐陇右道有洮州临洮郡，又有岷州和政郡，武德元年（618）析临洮郡之临洮、和政置，州治溢乐即本名临洮县者，今甘肃岷县。因其北临洮水，故称。二句谓至今吐蕃犹慑于哥舒翰之声威，不敢窥伺觊觎内地，越过临洮。

[笺评]

《唐诗广选》：气骨高劲，不域于中唐者。

《唐诗训解》：为中国长气。

唐汝询曰：哥舒翰立功西域，边人歌之。言当斗高之时，哥舒带刀夜战，吐蕃畏之。至今牧马犹未敢越临洮也。翰后为禄山所执，此岂未败时歌欤？（《唐诗解》卷二十四）按《删补唐诗选脉笺释会通评林》引唐汝询解曰：哥舒御吐蕃，倍悍勇，潼关之败，毡矣。此歌盖不欲以一眚掩之。

沈德潜曰：与《敕勒歌》同是天籁，不可以工拙求之。（《重订唐诗别裁集》卷十九）

孙洙曰：（首句）先着此五字，比兴极奇。（《唐诗三百首》）

俞陛云曰：《诗》三百篇，无作者姓氏，天怀陶写，不以诗鸣，而诗传千古。三代以下惟恐不好名，汉魏以降，作者林立矣……此西鄙之人，姓氏湮没，而高歌慷慨，与"敕勒川，阴山下"之歌，同是天籁，如风高大漠，古戍闻笳，令壮心飞动也。首句排空疾下，与卢纶之"月黑雁飞高"皆工于发端。唯卢诗含意不尽，此诗意尽而止，

各极其妙。(《诗境浅说》续编)

[鉴赏]

唐代出现了一大批少数民族出身的著名将帅，他们在抗御境外民族入侵、保卫边境安宁和内地免受侵掠等方面都起过重要作用。像玄宗时的名将哥舒翰、高仙芝就分别是突厥人和高丽人。而哥舒翰在抗御吐蕃入侵方面的功绩和威望，更深得当时百姓特别是西北边地人民的赞颂，这首《哥舒歌》就是当时一位不知名的边地百姓对哥舒翰的赞歌。据《太平广记》卷四百九十五引温庭筠《干𦠿子》云："天宝中，哥舒翰为安西节度，控地数千里，甚著威令，故西鄙人歌之曰：'北斗七星高，哥舒夜带刀。吐蕃总杀尽，更筑两重濠。'"这大概是《哥舒歌》的原始面貌，后两句虽然极朴素本色，但不免有些情绪过激，带有民族仇恨的印记。我们现在看到的文本，从"窥牧马"及"不敢"等用语本于贾谊《过秦论》看，可能是有一定文化知识修养的文人对原歌进行了修改加工。加工后的《哥舒歌》，既保留了原歌中的精华，又在思想内容及艺术表现上有了明显提高。加工者究竟是唐人还是后代人，不得而知，但至迟明初高棅编选的《唐诗品汇》中所选的《哥舒歌》，已是我们现在所见到的样子了。

"北斗七星高，哥舒夜带刀。"民歌每以景物起兴，这首歌也循此常例，但却起势突兀，境界高远，兴寄无端。极具气势，也极耐讽咏，给人以丰富的联想。在辽阔的草原大漠，月上之前，天宇中最引人注目的便是高悬北天的北斗七星。由于它的照耀，天宇和原野显得分外寥廓高远、广阔无垠，而句末的"高"字，又透露出仰望北斗七星的边地人民对它的崇敬之情。作者未必有明确的比喻之意，但正是这种寄兴在有意无意之间的起兴，使这首歌的发端既透露出西北边境地区的高远寥阔境界，又传达出歌者仰望北斗七星高悬时的景仰情怀，却又不落言筌，任人自领。这一句为哥舒的出场创造出典型的环境氛围，引发读者对他的出场的期待。第二句却以极省净的笔墨写哥舒的出场。作者舍去一切有关哥舒形貌装束、战斗业绩的叙写，只紧承上句"七星高"下了"夜带刀"三字。而这月黑星高之夜带刀巡夜的哥舒形象，却突出地表现了这位威震西陲的将帅忠勤不懈、警备戍守、亲历日常防务的精神品格和威武雄豪的形象，既令敌人胆慑，又使边地百姓感到可亲。这样用笔，近似皮影戏布幕上出现的一幅生动而省净的剪影，以少总多，以一当十，传达出的正是人物的精神风采。

"至今窥牧马，不敢过临洮。"三、四两句，原作在语言上既失之粗直，在内容上也不免带有过激的民族仇恨气息。改本将表现的重点放在对哥舒翰的历史功绩的赞颂上，突出其英武的形象与壮盛的声威使吐蕃为之胆慑，至今不敢越过临洮来侵掠内地，骚扰百姓。值得注意的是，作者在赞颂其功绩时并不是赞扬他如何开疆拓土，扩大唐王朝的版图，而是着眼于防止吐蕃的入侵，保证边境的安宁，这就强调了他的所作所为及历史的功绩是"安边"而非"拓土"，是为了沿边百姓的安宁，而非迎合统治者的开边黩武意旨。这样的改动，自然使诗的思想境界和艺术境界都提高了。

历史上的哥舒翰，在抗御吐蕃入侵方面确实建立了显著的业绩，但他在天宝八载以牺牲数万唐朝士卒为代价的夺取石堡城的战事，却在当时便受到大诗人李白的谴责："君不能学哥舒，横行青海夜带刀，西屠石城取紫袍。"应该说，《哥舒歌》中的哥舒翰和李白《答王十二寒夜独酌有怀》中的哥舒翰，都是对历史上真实的哥舒翰某一侧面的反映。不能因这一面而否定另一面。李白的诗，也并非对哥舒翰作出整体是非功过的历史评价，而是有感而发。

杂　诗①

无定河边暮角声②，赫连台畔旅人情③。函关归路千馀里④，一夕秋风白发生。

[校注]

①《杂诗十首》，无名氏作，最早见于五代后蜀韦縠编选的《才调集》卷十，本篇系十首之五。《全唐诗》收《杂诗》十九首，此为其十六。②无定河，黄河中游支流，在今陕西省北部，源出白于山北侧，绕经今内蒙古自治区南端，折而东流，经绥德县，至清涧县东入黄河。原名闿水，后人因其溃沙急流，深浅不定，故改称无定河。《元和郡县图志·关内道四·夏州朔方县》："无定河，一名朔水，一名奢延水，源出县南百步。赫连勃勃于此水之北、黑水之南，改筑大城，名统万城。今按州南无奢延水，唯无定河，即奢延水也，古今异名耳。"③赫连台，东晋末夏国赫连勃勃所建楼台。《元和郡县图志·关内道四·夏州朔方县》："乌水，出县黑洞，东注奢延水。本名黑水，避周太祖讳，改名乌水。初，统万城成，勃勃下书曰：'今都城已建，宜立美名。朕方统一天下，君临万国，宜以统万为名。'其城土色白而牢固，有九堞楼，峻险非力可攻。郦道元云：'统万城蒸土加功，雉堞虽久，崇墉若新。'"当指统万城上所筑之台。或云指延长县之髑髅台。④函关，指函谷关，战国时秦置，故址在今河南灵宝市东北。汉元鼎三年（前114）徙于河南新安县东，称新函谷关。今关门洞及瞭望台犹存。《元和郡县图志·河南道二·陕州灵宝县》："函谷故城，在县南十里。秦函谷关城，汉弘农县也。"《西征记》曰："函谷关城，路在谷中，深险如函，故以为名。其中劣通（道路），东西十五里，绝岸壁立，崖上柏林荫谷中，殆不见日。……东自崤山，西至潼津，通名函谷，号称天险，所谓'秦得百二'也。"

[鉴赏]

这是一首抒写羁留北方边塞地区的旅人思乡情怀的诗。内容很单纯。但借助于景物的渲染和音韵的作用，却创造出一种阔大悲凉、低回不尽的艺术意境，具有浓烈的艺术感染力。

诗中描绘的北方边塞，在今陕西北部无定河流域一带，唐代属夏绥节度使管辖。诗中所写的旅人，可能是寄幕，也可能是漫游。这一带正处于毛乌素沙漠南缘，无定河附近又是经常发生战争的沙场，因此无论是自然景象或是历史遗迹，都使旅人极易触发万绪悲凉的情思。诗的开头两句，就特意选取了"无定河"和"赫连台"这两个具有明显地域特征的事物来渲染荒凉的景象，表达凄清的旅思。一提到无定河，人们不仅会自然联想起这条流经沙漠地区的河流溃沙急流、变易不定的形象和两岸荒凉空漠的景象，而且会浮现出古战场上白骨黄沙累累枕藉的惨烈情景。就在这时，远处又传来一阵阵悲凉的暮角之声，使这位旅人的情思在自然、历史与现实的萦回反复中更加悲凉凄清，难以为怀了。"赫连台"是东晋末年一代枭雄赫连勃勃所建的统万城的楼台遗址（或谓即京观，髑髅台）。这位在东晋末几乎统一了北中国的枭雄当年虽曾称霸一时，"夷夏嚣然"，如今也早已成为历史上来去匆匆的过客，只剩下旧日的荒台遗址供人凭吊了。这句的"旅人情"，既上承"暮角声"所勾起的苍凉情思，又下启末句的"乡愁"，同时也蕴涵了因"赫连台"这一历史遗迹引起的沉思和感慨。

"函关归路千馀里，一夕秋风白发生。"第三句上承"旅人"，点明自己的家乡远在千里之外的函关之东。"千馀里"的路程，并不算太遥远，即使是徒步而归，也不过半个月左右就可还乡。但这位"旅人"显然是由于为事所牵，虽有家而归未得，故在心理上便倍感这"千馀里"的"归路"之可望而不可度越了。正值此时，荒寒空旷的朔漠之上，暮色苍茫之中，又吹起了阵阵萧瑟的秋风，使得本就万绪悲凉的旅人在乡思的煎熬下，愁怀更加难堪，一夕不寐，白发顿生。古人言愁，有一夕而白发生的记载，所谓伍子胥过昭关一夜而发尽白即其例。虽似夸张之词，却符合生活真实。此处未必用典，只是借助环境气氛的渲染，极写"乡愁"之强烈深浓而已。由于前面已有"无定河""赫连台""暮角声""旅人情"及"归路千馀里"的层层渲染，这结尾的点睛之句便显得水到渠成，自然真切，毫不着力。至此，旅人的悲愁情思已达于极致。而"一夕秋风白发生"的集中抒情却仍留下了悠长的余韵，令人寻味不已。

这首诗通篇从押韵到用字，都给人一种明显的悲凉凄清、低回呜咽之感，反复吟咏，自有一种万绪悲凉的情绪萦绕于字里行间，声与情的和谐结合，正是这首诗富于感染力的奥秘之一端。

附　录

一部切实有用的唐诗新选本
——读刘学锴先生的《唐诗选注评鉴》

余恕诚

　　唐诗是中华文化宝库中最璀璨的艺术瑰宝。历代选家编选的近千种唐诗选本，对优秀唐诗的广泛流传、深入人心起到了巨大而深远的作用。改革开放以来，唐诗的整理考订和研究成果堪称丰硕，但唐诗的普及工作则相对滞后。35 年中，除带有选本性质的《唐诗鉴赏辞典》产生了广泛影响外，质量较好的唐诗选本不过两三种。以致时至今日，各地出版社还在不断翻印孙洙的《唐诗三百首》，尽管此书从选目上看就显然不足以充分反映唐诗的思想与艺术成就，但由于近现代在唐诗选注工作方面的滞后，在竞争上，却不能不输给一部两个半世纪前的选本。因此，编选一部从选诗数量和质量上能较充分地反映唐诗主潮与其辉煌的艺术成就，从整理方式上能适应不同读者对象的多方面需要，注释详明、资料丰富、赏析切实细致，既广泛吸收古今学人的研究成果，又有撰者自己体悟研究心得的综合型唐诗选本，便成为当前的迫切需要，甚至可以说已经成了一种时代的呼唤。新近出版的集选诗、校注、笺评、鉴赏为一体的刘学锴先生所撰的《唐诗选注评鉴》（中州古籍出版社 2013 年版）便是一部能适应不同读者对象的切实有用的唐诗新选本，它也可以说是适应了时代呼唤。

一、选诗

现存的 5 万多首唐诗，艺术上出众的作品大约在 2 千首上下，其中特别优秀之作约六七百首。清代沈德潜编选的《重订唐诗别裁集》选诗 1928 首，基本上网罗了唐诗中可圈可读之作，成为大型唐诗选本的代表。但沈氏从"诗本六籍之一，王者以之观民风、考得失，非为艳情发也"的诗学观念出发，对李商隐的《锦瑟》《无题》乃至《春雨》一类佳作概不入选，不免有沧海遗珠之憾。在沈书基础上再加精选的孙洙《唐诗三百首》对上述缺失有所匡补，又特别注重诗的可接受性，便于初学者诵习，遂成为二百五十年来家弦户诵之书和小型唐诗选本的范型。但一则由于选诗数量过少（310 首），不免遗漏大量优秀之作，特别是由于过去注重可接受性而不收杜甫《自京赴奉先县咏怀五百字》《北征》等碧海掣鲸之作，不免使唐诗的思想深度和艺术厚重度难以体现，而且其中也还是选入了一些平平之作。建国以来两部有影响的唐诗选——马茂元先生的《唐诗选》、社科院文研所的《唐诗选》，选诗各为五百余首、六百余首，正可说明这是唐诗精品的大致数目。由于时代观念的进展和选诗数量的增加，沈、孙二书存在的缺失自然也得到了纠正补充。《唐诗选注评鉴》共选诗 650 首，与上述两部《唐诗选》选诗数大体相当，而具体篇目则各有异同。与《唐诗三百首》选目相同的共 204 首，可以说将它的精华全部保留下来了。从大家、名家入选的数量来看，李白、杜甫各 60 首，李商隐 40 首、陈子昂 10 首、孟浩然 14 首、王维 26 首、王昌龄 10 首、高适 12 首、岑参 13 首、刘长卿 14 首、韦应物 14 首、李益 9 首、张籍 8 首、王建 8 首、孟郊 7 首、韩愈 22 首、柳宗元 10 首、刘禹锡 4 首、李贺 24 首、元稹 11 首、白居易 25 首、温庭筠 18 首、杜牧 19 首，应该跟他们的艺术成就和在唐诗史上的地位还是基本上吻合的。其中李商隐诗入选数量的增加，反映了改革开放以来诗学观念和审美标准的更新变化和对李商隐一类重主观、擅长抒写心灵世界的诗人及其诗歌创作价值的重新发现，体现出鲜明的时代色彩。撰者选诗，总的原则是在注重思想内容的前提下，重视诗的艺术性与可读性，强调诗的情韵意境风神这些唐诗突出的特征和中国古典诗歌精炼而富于含蕴的优良传统，而对那些缺乏诗心诗情而务为险怪奇崛、刻意苦吟但实乏诗味之作，则无论当时后世的诗名大小，概不入选。同时强调诗歌艺术所应具有的整体性的美学效应，对一些仅有名联佳句而全篇殊馁之作也往往弃而不取。总的来看，所选的650首诗，虽未必每一首都是艺术精品，但可以说大体上反映了唐诗社会教化与个体抒情并重的多重功能，反映了唐诗所达到的艺术高度。既重视反映时代现实风貌和社会矛盾、人民疾苦之作，又注重以李贺、李商隐为代表的写心灵世界的诗作；对初盛中晚不同时期的作品，亦无轻重轩轾之偏见，上卷至盛唐末的杜甫止，下卷则为中晚唐五代诗，平分秋色，自非偶合。值得注意的是，选目中出现了不少在一般中型唐诗选本中罕见的新面孔。如骆宾王的《在军登城楼》、乔知之的《绿珠篇》、宋之问的《寒食还陆浑别业》、沈佺期的《入少密溪》、张说的《深渡驿》、王维的《白石滩》、李颀的《送刘昱》、岑参的《邯郸客舍歌》、李白的《送陆判官往琵琶峡》、韦应物的《出还》、严维的《送人入金华》、权德舆的《岭上逢久别者又别》、窦叔向的《夏夜宿表兄话旧》、窦牟的《奉诚园闻笛》、窦巩的《宫人斜》、陈润的《宿北乐馆》、王建的《江馆》、韩愈的《榴花》、刘禹锡的《杨柳枝》（清江一曲柳千条）、元稹的《离思五首》（其二）、白居易的《花非花》《华州西》、温庭筠的《春江花月夜词》《侠客行》《题崔公池亭旧游》、李群玉的《引水行》、李商隐的《梦泽》《屏风》《端居》《燕台四首》、曹唐的《仙子洞中有怀刘阮》、钱珝的《江行无题》（其九十八，万木已清霜）等。总数约占全书选目百分之五六。它们也许还称不上是艺术经典，但在题材的新颖、诗味的隽永、意境的独特等方面都各有鲜明的特色，有的还是唐代唯一的诗歌家族的代表作。把它们介绍给广大的读者，可以使人们进一步领略唐诗的丰富多彩面貌。

二、校注

由于是普及读物，《唐诗选注评鉴》的校勘力求精简，一般情况下也只据作为底本的清编《全唐诗》所校注的异文择要出校并据以改字，一般词语的解释也力求简明。但当遇到重要作品的重要异文需要作重点考辨分析时，也不惜篇幅征引有关资料详加考析。典型的案例如崔颢的《黄鹤楼》首句，自明代中叶以来多数选本、总集及评论称引均作"昔人已乘黄鹤去"，撰者详征自唐至明初的唐诗选本、总集均作"昔人已乘白云去"，证明这是崔诗首句的原貌，并指出"白云"系用《庄子·天地》"乘彼白云，游于帝乡"之典，指昔人已乘白云驾黄鹤登仙而去，故校定异文时仍恢复了崔诗的原貌。王湾的名作《次北固山下》在作者当世即有两个从题目到首尾两联的文字完全殊异的传本，颔联出句末字亦有"阔""失"之异，撰者经过仔细考析，认为题为《江南意》者乃是作者的初稿，题为《次北固山下》者系修改后的定稿，并以改定稿为准载录此诗。又如李商隐《夜雨寄北》或作《夜雨寄内》，冯浩、张采田因而谓此诗系大中二年巴蜀之游时寄内之诗。撰者承岑仲勉大中二年巴蜀之游并不存在之说而加发挥，从李诗宋明清诸旧本及嘉靖本《万首唐人绝句》均作"北"，唯错误及擅改较多的姜本作"内"，从版本学的角度证明当作"北"，并列举商隐文内之"巴山"均指东川梓州一带之山，证实此诗系大中五至九年居梓幕期间寄长安亲友之作。

注释中涉及作者主名、作诗背景年代考辨时，撰者也每详加引征有关材料进行考证。旧题王之涣《登鹳雀楼》，据《国秀集》卷下同时选录朱斌、王之涣诗，而此首署处士朱斌作，题为《登楼》，兹从最早的载录归朱斌名下，并于注释中详引当代学者佟培基、陈尚君之说为证。同样，旧题贾岛《寻隐者不遇》《渡桑干》亦据最早分别载录二诗的《文苑英华》题孙革作、《御览诗》题刘皂作判归孙、刘。前诗据首句"松下问童子"及次句"言师采药去"，证明题当作"访羊尊师"，所访者系道士，非一般隐者；后诗据令狐楚早岁长期居太原，当与长久居并州的刘皂结识，所编《御览诗》刘皂诗四首当属可靠，故题亦当从之作《旅次朔方》。刘禹锡的《杨柳枝》（清江一曲柳千条），虽系删改白居易《板桥路》而成，但艺术上远胜白氏原作，已是再度创作的独立作品。或以为此作当归白居易，撰者据《云溪友议·温裴黜》所载刘采春女周德华歌当代名士诗词共十七首，作者均无误，证明此首诗当从之定为刘禹锡作。

作诗年代考证方面，如李商隐的《哭刘蕡》七律，此前多据冯浩、张采田开成末会昌初商隐南游江乡的成说，将此诗系于会昌二年。撰者据刘蕡次子刘理墓志及自己所撰有关江乡之游的多篇考证文章，考定刘蕡与商隐大中二年春初在洞庭湘阴相遇，大中三年蕡卒于浔阳，此诗当作于大中三年秋。李白《长相思》，撰者联系天宝三载赐金放还后作于单父的《单父东楼秋夜送族弟之秦》诗的后段，证明二诗所抒均系逐臣去国之思，不过一用直抒，一用比兴，作诗时地当亦相同。有的作品，由于研究者对诗人生平仕历的考证有分歧，系年亦因之有别。刘长卿《新年作》，有作于南巴与睦州二说。撰者据诗中"岭猿同旦暮"及"已似长沙傅，从今又几年"之句，认为刘贬南巴虽历经江西侯命、重推之情事，但最终仍赴南巴贬所，此诗"已似"句乃指自乾元二年初奉贬命至上元二年（757—761）春在南巴贬所之时间，并据《长沙过贾谊宅》及《秋杪江亭作》勾画出贬途所经的路线。

《唐诗选注评鉴》对典故的注释，多征引典故出处的原文，而较少用简述大意的做法。这方面与一般的选本明显不同，而比较接近高步瀛《唐宋诗举要》的注释。这样做的原因，主要是考虑到一部分读者（中学语文教师、大学中文系学生、研究生乃至青年教师）的需要。像韩愈的《石鼓歌》、李商隐的《锦瑟》之类作品自不必说，即便是短小的绝句如窦牟的《奉诚园闻笛》、李益的《塞下曲》（伏波唯愿裹尸还），由于句句用典，如果不征引典故出处原文，不但一般读者难以透彻理解诗意，就是有一定专业知识的读者也不易理解其用典的技巧。由于征引原文之后仍有解释，并不会影响一般读者的理解。

三、笺评与诗人小传

所谓笺评，实际上是对所选诗历代诠解与评论的汇集，即集解与集评。由于所选绝大部分均为历代选本、诗话反复选载、提及的名篇，故资料相当丰富。撰者还将所收材料扩展至近人乃至当代学者，举凡刘永济、俞平伯、朱自清、钱锺书、萧涤非、程千帆、沈祖棻、马茂元、胡小石、罗宗强、郝世峰、王水照、王运熙、王蒙、莫砺锋等著名学者、作家均有所载录。将自唐迄今的这一系列材料汇集在一起，等于为有兴趣深入研究所选名篇的读者提供了一份阐释史的资料长编。一般的读者也可藉此开拓眼界与思路，从诸多不同角度的阐释评论中得到多方面的启发，丰富和加深对诗旨诗艺的体悟理解。表面上看，这只是资料的搜集展示，实质上它们蕴含了历代学人的研治成果，本身具有丰富的学术涵量。

每位诗人都有一篇小传。文字虽简，却包含了历代学者对诗人生平仕历的考证成果，特别是改革开放以来以傅璇琮、陈尚君、陶敏、谭优学等学人为代表的唐代诗人生平考证的最新成果，其中如李商隐、温庭筠还包含了撰者自己的考证成果，凝聚的学术含量同样相当厚重。

四、鉴赏

选诗有选家的评点，早在唐代殷璠《河岳英灵集》、高仲武《中兴间气集》已开其端，其后如明代唐汝询《唐诗解》、清代金圣叹《贯华堂选批唐才子诗》、徐增《而庵说唐诗》、王尧衢《古唐诗合解》更衍为篇幅较长的疏解与品评。但选诗千首以上每篇均撰鉴赏文章的成功尝试则为1983年组织近200位学人撰著的《唐诗鉴赏辞典》。它的广泛流行，长销不衰，证明了社会上对这类书籍的长期需要。《唐诗选注评鉴》吸取了它的经验，为每篇诗都撰写了一篇鉴赏文章。这主要是为一般读者所设置的，却无疑是全书用力的重点。基本做法是在疏解诗意、再现诗境的同时对全诗的艺术风貌及特色做一些品评。由于是在集解集评的基础上进行鉴赏，故撰者的这部分内容既能广泛吸取历代学人正确的解释品评，并加以融通发挥，又能发现前人阐释评点的误区而加以纠正。撰者所写的鉴赏文，以全面细致切实为主要特点，既力戒求深反凿，又避免空泛玄虚。长篇如《长安古意》《春江花月夜》《自京赴奉先县咏怀五百字》《北征》《秋兴八首》《韩碑》等固赏析详尽透彻，短章如《锦瑟》《贾生》《隋宫》（七律）《晚晴》《齐宫词》，亦细入毫芒。所选虽均为历代评语甚多的名篇，但撰者仍力求有自己的独特体悟发明，或有新的切入点，希望对读者有所启发。不但撰者专攻的李商隐、温庭筠为然，就是李、杜等大家之作亦有自己的看法。像《秋兴八首》，撰者就在前人、近人的基础上提出"故园心"与"故国思"两个既有区别又有密切联系的方面来概括组诗的内容意蕴，并指出"百年世事不胜悲"更能深刻提示组诗的内在意蕴，即抒发诗人对唐王朝由极盛转衰的沧桑巨变的深沉时代悲慨与个人悲剧命运的感慨，客观上显示了封建社会巅峰的消逝。联系撰者对《丹青引赠曹将军霸》《观公孙大娘弟子舞剑器行》《江南逢李龟年》等诗的鉴赏，读者对杜甫晚年诗歌创作的特征、价值和意义或许有进一步的体认。对李白的许多名篇，如《古风》（大雅久不作）《蜀道难》《将进酒》《长相思》《关山月》《杨叛儿》《长干行》《清平调词》《子夜吴歌·秋歌》《襄阳歌》《梁园吟》《峨眉山月歌》《金陵酒肆留别》《渡荆门送别》《陪侍郎叔游洞庭醉后三首》（其三）《望天门山》《独坐敬亭山》《题戴老酒店》诸诗的解读品鉴，同样有不少独到之见。即便是像金昌绪的《春怨》、孙革的《访羊尊师》一类短章，撰者也都力求道出自己的感受，对诗的特色有所发明。

撰者早年师从林庚先生研治唐诗，于林先生对唐诗的整体把握与对作品的灵心妙悟朝夕濡染；其后又执教北大古典文献专业，并长期从事唐诗的教学研究，特别是唐人别集的整理，有《李商隐诗歌集解》《李商隐文编年校注》《温庭筠全集校注》等为学界公认的古籍整理标杆性著述；又是《唐诗鉴赏辞典》撰稿字数占全书十分之一的主要作者，先后为中央人民广播电台及其他鉴赏辞典撰写过近 500 篇鉴赏文章，是国内长于此道的作者。这多方面因素的结合，为撰写这部历时四年、长达 290 万字的《唐诗选注评鉴》提供了极为有利的条件。撰者对此书的定位是切实有用，希望它能在一个较长的时期内受到读者这样的认可。历史对于精品是不会湮埋的，相信刘先生辛苦著书于读者切实有用的愿望定会实现。

（原文发表于 2014 年 3 月《安徽师范大学学报》人文社会科学版第 42 卷第 2 期 261—264 页）

两种唐诗选

陈尚君

这几年国学热，常有朋友问我今人唐诗选何者为好，愿在此介绍两种，一是马茂元先生《唐诗选》（上海古籍出版社 2017 年 11 月新版），一是刘学锴先生《唐诗选注评鉴》（中州古籍出版社 2013 年 9 月版）。

马茂元（1918—1989）为清季桐城派殿军马其昶之孙。幼承庭训，熟读历代诗文，于唐诗研究卓有建树。尤倡导在背诵吟读基础上，体会唐诗的文辞之美、音节之美和意境之美，注意文史互取，知人论世，揭橥名篇，解读英华，详尽注释，准确阐释。生逢世变，不改风雅，于上世纪 50 年代初选唐诗，真诚考虑时代之阅读需求，当时篇幅约近 20 万字。历时 30 年，反复斟酌增订，直到去世，接近完成，复经受业门人刘初棠、赵昌平等依循师意，缀补完成，至 1999 年出版，增至 90 万字，备受读者欢迎。

马茂元《唐诗选》优点，一是选诗 500 多首，吸取清编《唐诗三百首》之成就，削除少数不适应今日读者的篇什，照顾唐诗各时期各流派作者的成就，遴选之精当，眼光之独到，远在前书之上。二是选诗兼顾思想艺术成就，要以造诣精妙、意境优美之篇章为主，将唐诗中最优秀的作品，向一般读者作负责任的介绍。三是注释准确充分，既避免掉书袋式的堆砌，又注意适合中等文化程度读者阅读之需要。马先生旧学根柢深厚，解读字斟句酌，深入浅出，达到很高的解说水平。四是积极吸取当代唐诗研究的前沿成就，所作诗人小传、诗歌本事、系年总评，都具有较高学术水平。更值得称道的是，本书最后定稿于马先生缠绵病榻之时，赵昌平亲承遗意，投入很大精力完成遗著的写定，最后出版时退逊而不署名。据我所知，此书可以视为两代唐诗学者的学术结晶，也可以见到老辈学统和道德的继承发扬。

刘学锴，1933年生，浙江松阳人。早年就读、执教于北京大学中文系，中年后任教于安徽师范大学文学院。他与余恕诚合著《李商隐诗歌集解》，对向称难以解读的李商隐诗，作了堪称当代集大成的解读，曾获第六届国家图书奖。他又独立完成《温庭筠全集校注》与温、李二家之传论，为同辈学者之翘楚。

《唐诗选注评鉴》为刘学锴75岁后所著，历时四年多方完成，可以说是长期坚持细读文本、寻绎诗意，晚年集中解说唐诗的总结性著作。全书将近300万字，选诗650首，宗旨为："从选诗的数量和质量上较充分地体现唐诗的艺术成就，从整理的方式上为广大读者提供较为翔实的注释和丰富的资料，并为读者的鉴赏提供一些比较切实的参考。"在前言中，他分选诗、校注、笺评、鉴赏四个部分揭示此书的追求。选诗，以有诗情诗味为第一要旨，以是否有成功的艺术创新为参考，也考虑到诗意的艺术完整，不取有名句而整体庸弱的作品。校注，用力极勤，且涉及诸多方面。虽然用一般《全唐诗》作底本，不能说最好，但涉及重要异文时，注者穷搜深究，真值得佩服。如崔颢《黄鹤楼》首句，列举明初前各种选本都作"昔人已乘白云去"，作"黄鹤"为明中叶以后妄改，并认为此句用《庄子·天地》"乘彼白云，游于帝乡"典，纠正明清人的臆解。我还可以补充更多书证，如敦煌文本、宋太宗手书，王安石《唐百家诗选》的两个宋本，都作"白云"，可谓确凿不移。对涉及作诗背景、写作年代、作者归属的考证，也比一般选本大为详细。将"白日依山尽"明确划归朱斌，有确证和勇气。三是笺评，汇聚历代疏解评论，作者将其看作一首诗的接受史料来选取。最后是鉴赏，作者说致力于"在疏解诗意、再现诗境的同时对全诗的艺术风貌及特色进行一些品评"，最为精彩。

就两部选本而论，则刘著曾参考马选，也刻意保持不同。选诗方面，如沈佺期、宋之问，马选 5 首，刘选 7 首，同者仅 4 首；韩愈，马选 13 首，刘选 22 首，同者仅 8 首，远超《唐诗三百首》之不足，反映韩诗的全面成就。两书都选入一些被历代选家忽略的好诗。如马选杜甫《送路六侍御入朝》，认为写出"久别重逢，乍逢又别，别后会见无期"的复杂感受。就注释、评鉴来说，两书有简繁之别。马注多直接明白，需讨论处不过百来字，刘注则不辞繁重，希望将各家意见传达出来后作折中的判断。评鉴，马多数语折简，直指肯綮，刘则详尽分析，务使寓意毕呈。如歌妓刘采春所唱《啰唝曲六首》，两家选了相同的三首，其一："不喜秦淮水，生憎江上船。载儿夫婿去，经岁又经年。"马评："恼水，恼船，却不恼人，痴语情深。"刘则认为末句包含"多少思念和牵挂，多少孤寂和痛苦，多少期待和失望"。其二，"莫作商人妇，金钗当卜钱。朝朝江口望，错认几人船。"马评次句："富足矣，奈何情爱常不足。"谓末句较温词"过尽千帆"来，"尤觉纯朴可怜"。其三："那年离别日，只道住桐庐。桐庐人不见，今得广州书。"马认为"妙在以桐庐顶真，又翻出广州作殿，使有'更行更远更杳'之意"。刘读二诗都看到商妇的苦闷与怨怅，"直起直落中有无限含蓄"。见解之差异，可以从两位选家的年辈、眼光中体会，就读者言，可得到多元启示。

当然可议处都有。两书都选张旭《桃花溪》，我较认可莫砺锋教授认为诗出北宋蔡襄所作的考证。前引《啰唝曲》，最早的《云溪友议》已说为"当代才子所作"，马选不署刘名而归乐府诗，刘选仍署刘采春，似可再酌。还要说到的是，刘著篇幅太大，出了城砖般的两册后，也没有很好的宣传和发行，乃至不为世知。

我始终觉得，唐诗热的阅读和欣赏水平需要不断提升，不能一直保持在童蒙层次，因此乐意介绍当代最好的选本给读者。

（原文发表于 2018 年 4 月 23 日《文汇读书周报》
第 1710 号第三版"书人茶话"）